日據時代
臺灣小說選

施淑……編

修訂版序

施淑

日據時代的臺灣現代文學，發軔於一九二〇年代初，延續至第二次世界大戰結束日本投降為止，時間上正好涵蓋日本殖民統治的後半階段，雖然它只有二十五年的歷史，但卻呈現出多方面的意義。政治上，它顯示出被殖民的臺灣人民尋求身分認同和自主權力的艱辛搏鬥；思想上，它反映了臺灣人民從殖民奴役的創傷中，認識臺灣，創造自我生命的精神掙扎；藝術上，它表現著社會歷史劇變中，應合現實發展的新內容和新形式的追求和建立。這些情況普遍存在於日據時期的現代文學作品，只不過在小說寫作上表現得格外顯著。

從發生和發展趨向來看，日據時代的臺灣現代小說與二十世紀初世界弱小民族文學一樣，一開始就具有強烈的反封建、反殖民帝國主義的基本性格。這寫作上的特徵，明白顯示著它之屬於第一次世界大戰後，由啟蒙思想和社會主義信念主導的新興文學思潮，也即是發生在被壓迫國家及東西方進步作家陣營中，以民族解放、社會正義和思想自由為目標的現代性的文學運動。這在創作上以現實主義為主要表現形式，理念上以人道關懷和社會改革為主要訴求的文學思潮，決定了日據時代的臺灣小說，在誕生的時刻，便與那表現人的破滅、敗北和絕望的世紀末文藝及現代主義文學有著根本的分歧，而以寬闊的視野和自覺意識，跟隨時代腳步，記錄臺灣的歷史苦難並瞻望人類的未來。這一切，都成了臺灣現代文學史的珍貴的精神傳統。

根據作品的整體表現，日據時代的臺灣小說約可劃分為三個發展階段。

第一個階段，從一九二〇年《臺灣青年》創刊到一九二七年「臺灣文化協會」左右翼分裂為止。一九二〇年在東京的臺灣留學生，受到第一次世界大戰後自由主義及民族自決思想的影響，組織了「臺灣青年雜誌社」，發行《臺灣青年》月刊，鼓吹民族自決和新文化、新思想的建立，並刊登文藝論述及創作。一九二一年島內知識分子組織「臺灣文化協會」，以啟發民智、灌輸民族思想、改革社會為宗旨，進行文化啟蒙和非武裝抗日活動。一九二三年《臺灣民報》在東京創刊，一九二七年遷台，其中的文藝專欄是作品、評論、中國大陸五四新文學和世界文學轉載及譯介的主要園地。這個階段適逢日本「大正民主期」，在較大程度上容許言論思想自由，島內則有「農民組合」、「工友聯盟」等工農運動，並有「黑色青年」等無政府主義社團散播烏托邦社會主義思想。影響所及，使萌芽中的臺灣現代小說集中出現揭露殖民罪惡及社會問題的帶有濃厚政治色彩的作品，收輯在本集中的無知的〈神祕的自制島〉、賴和的〈一桿「稱子」〉即其中的代表作。另外，〈榮歸〉、〈流氓〉、〈新興的悲哀〉，發表時間雖在文協分裂後，但小說主題及意識形態仍屬這一階段的延續。

一九二七年「臺灣文化協會」左右翼分裂到一九三七年中日戰爭爆發的十年間，是日據時代臺灣小說蓬勃發展的階段，也是藝術表現進入成熟的階段。一九二七年以後臺共的介入及獲得文協的主導權，使馬克思主義的階級鬥爭和革命理論，在已有的無政府主義的烏托邦理想基礎上，加速滲透和作用於勞動大眾及知識界，造成一九三〇年《臺灣戰線》、《伍人報》、《洪水報》、《赤道報》、《明日》等左翼雜誌紛紛出現。一九三一年由在臺日人及本地青年組織的「臺灣文藝作家協會」及其機關雜誌《臺灣文學》，在日本無產階級藝術聯盟「納普」及第三共產國際的影響和指導下，成了臺灣普羅文藝運動的先鋒，它的精神延續存在於稍後創刊的《先發部隊》和《臺灣新文學》裡。這期間雖經過一九二九、一九三一、一九三二年日本殖民政府連續的思想大整肅及對左翼人士和進步知識分子的迫害，但社會革命、國際主義精神、大眾文學等觀念，已構成前衛作家的思想戰線，本集中楊守愚的〈決裂〉、楊逵的〈送報伕〉就是這思想意識的直接反映，相對於這兩篇小說的昂揚氣息，王詩琅的〈沒落〉呈現的是日據時代臺灣左翼思想者由激越到鎩羽的精神和心靈歷程。

在理想和現實之間，一九二七年以後，遵循溫和改革路線的民族主義者，他們的文化啟蒙理想和民主自由要求並未因退出文化協會而消失。一九三二年創刊的文學雜誌《南音》，一九三四年全島性文藝工作者組成的「臺灣文藝聯盟」及其機關雜誌《臺灣文藝》，還有一九三三年留學東京的青年創刊的《福爾摩沙》，都分別為臺灣及臺灣文學找尋出路。《南音》對於表現臺灣人「全集團的特性」的主張，文藝聯盟「實現文學大眾化」的宗旨，《福爾摩沙》發刊宣言堅持的「創造真正臺灣人所需要的新文藝」，凡此都朝向臺灣大眾生活和臺灣的主體意識的思考。這些聲音雖不若志在改天換地的左翼革命思想者的激情高亢，但並未喪失反抗和批判的鋒芒，因為他們的思考仍指向殖民暴力下，壓迫與被壓迫，奴役與被奴役的根本問題，而且中國文化傳統和「大漢民族」的身分認同依舊構成思考的基礎。這些理念，伴隨著一九三〇年代日本殖民統治的文化和物質建設所帶來的社會轉型，有關民族的尊嚴和命運，人性和人的存在意義等問題成為小說創作的重要議題。輯入本集的朱點人的〈秋信〉，傳達了殖民文化霸權下，臺灣傳統文人的末日訊息。呂赫若的〈牛車〉則由勞動人民的位置，冷肅呈現著資本主義生產方式和殖民高壓共同製造的生命的絕境。翁鬧〈天亮前的戀愛故事〉、龍瑛宗〈植有木瓜樹的小鎮〉分別寫出殖民現代化產生的個人意志的殘破和人性的荒廢傾斜。這兩篇達到高度藝術成就的作品，以諸多的矛盾面向，高度凝集著日據時代臺灣知識人的思想的、現實的困局，以及殖民現代化下，失去了自主性的臺灣歷史發展的困境。

一九三七年中日戰爭爆發，日據時代臺灣小說進入第三個同時也是最後的階段。戰爭的陰影，使龍瑛宗預感「文學的長夜」的到來。這一年四月，在蘆溝橋事變之前，臺灣總督府下令廢止臺灣報刊雜誌的漢文欄，原本中日文並行的文藝創作，至此被迫成為單音。為了因應侵略戰爭的需要，日本政府於事變後迅速頒布「國民精神總動員要點」，作為戰爭的思想整備的總指標。到一九四一年珍珠港事變及太平洋戰爭爆發，以至日本投降，臺灣人的精神和現實生活都被捲入封建和資本帝國主義思想兼而有之的政治夢魘：大政翼贊、八紘一宇、皇民化運動、大東亞聖戰、大東亞共榮圈，等等。這些標語口號成了所謂「國策文學」的不變主題，影響所及，整個文藝創作也逐步走入漫漫長夜。

這個階段中，文藝社團有一九四〇年以西川滿為首的「臺灣文藝家協會」，發行《文藝臺灣》雙月刊，一九四一年由張文環等本地作家組成的「啟文社」，發行《臺灣文學》季刊。前者標榜浪漫唯美，後者著重臺灣鄉土，保持現實主義創作精神。兩個刊物在一九四三年同時停刊，改由「臺灣文學奉公會」發行《臺灣文藝》，成為戰爭末期文學界的首要刊物及國策文學的大本營。本集編選的〈慾〉、〈花開時節〉、〈閹雞〉、〈奔流〉都發表於《臺灣文學》，除了〈奔流〉之外，小說主題都與國策和時局無關，意識上基本延續了上一階段社會寫實的精神，它們的內容則呈現了戰爭威脅下，臺灣人自成天地的生活樣貌。其中，巫永福的〈慾〉對小市民陰暗心理和爾虞我詐的人際關係的刻劃，楊千鶴〈花開時節〉對富裕家庭少女的浪漫情懷的描繪，可作為經過日本近五十年的殖民文化和資本主義觀念淘洗後，臺灣市鎮居民的道德意識、情感活動和生命情調的抽樣。相對於此，張文環的〈閹雞〉是日本殖民末期，踏入初步現代化的臺灣社會的風俗畫，畫卷中展示的人物群像，他們的悲歡掙扎，生活節奏，以至於看似簡單蒙昧的生命態度，無一不帶有臺灣歷史文化的深刻印記。這一切，正是當時的皇民化運動所要鏟除根絕的對象，也是王昶雄〈奔流〉中，掙扎於自我否定和時代逆流的小說人物的苦悶困惑的原鄉，及其用以抵抗皇民化思想的退化殘酷的封建法西斯本質的據點。而這篇充滿懷疑痛苦色調的作品，也就以它的巨大的問號，為日據時代的臺灣和日據時代的臺灣文學，留下一個恰如其實的悲劇性的終結。

本集的編選，緣自於我對日據時代臺灣文學的探索。一九七〇年代，我因研究中國社會主義文藝理論家胡風，看到他編譯的《山靈：朝鮮臺灣短篇集》，這是我第一次讀到日據時代傳統漢詩之外的臺灣新文學作品。收在那選集裡的楊華的〈薄命〉、呂赫若的〈牛車〉、楊逵的〈送報伕〉，讓我印證了童年以來聽聞的日據時代臺灣慘淡不幸的庶民生活和殖民高壓的恐怖歲月。其中，〈牛車〉和〈送報伕〉的優異的藝術表現及潛藏其間的社會主義思想，深深地打動著我，特別是楊逵小說裡的國際主義思想的寬闊的、鷹揚的氣息，更使我感動不已，因為那是我在一九三〇年代中日左翼文學作品中很少看到的，也是我迄今深信的人類歷史發展的道路。

回臺後，歷經鄉土文學論戰、黨外反對運動、戒嚴令廢除等社會政治大事，以及海峽彼岸文革結束，改革開放時代的到來，我因研究上的興趣，在大陸新時期文學之外，開始涉足被光復後的文藝政策列入文學史禁區，被白色恐怖刻意消音淹滅的日據時代臺灣文學。爾後，隨著大專院校逐漸增入臺灣文學課程，為了教學上的需要，我嘗試編了這本《日據時代臺灣小說選》，交由臺北前衛出版社出版，希望能提供相關課程的基本參考資料，並成為想認識臺灣，了解日據時代臺灣現代文學的讀者的入門讀物。

一九九二年選集面市後，我與出版社即再無聯繫，直到五、六年前，前衛出版社出了日本人小林善紀的《臺灣論》，一時之間在臺灣沸沸揚揚，喧騰不已。作為臺灣文學的教研者和小說選集的編者，我在錯愕和痛心之餘，深信這集子裡，以他們的心血和犧牲，他們的理想和熱望，一一為日本殖民下的臺灣留下見證，為臺灣的歷史苦難留下印記的作者們，對小林善紀之流及充斥書中的以本土化為傲、以臺灣主體性自居的所謂「臺灣論」者的自我卑賤化行徑，必然恥與為伍，因為這集子裡的作品本身就是最雄辯的證明。

也因為這樣的緣故，我把剩餘的書全數買回，讓這本未有任何出版合約的集子做個了結。幾年來，眼見臺灣政治的風雲變幻，每逢被問到這書的後續出版，我只覺意興闌珊。現在麥田出版社有意重印此書，讓它重返讀者面前，我把作者簡介及書後大事年表，按新資料做了必要的訂正，書名及篇目仍舊。在此，我要特別感謝麥田副總編輯林秀梅女士，因為她正是本書的原初校稿者，而且如果不是她一再敦促，這個選集恐怕不會重新問世。

二〇〇七年七月十三日

目次

日據時代臺灣小說選

神祕的自制島

無知

有一天是東海上自制島的一個大紀念日，全島的人民以及飛潛動植物等，都很熱誠的來歡迎這個紀念。這個機會，恰好有個無知國裏的頑民，也來觀光。他便把觀光所感，作了一篇短短的隨筆。承他不棄，把這篇隨筆寄與本雜誌。讀者諸君，當知這個自制島，並不是遠在天上，偏這位無知先生，詫為創見，這便可見他的眼光很短視了。適本誌乏稿，勉應其請。請讀者諸君，也勉強來看他一遍，何如？本誌記者識。

我這個我便是無知自稱一天飲了幾杯薄酒，微微地有點醉意，便倚在竹床上打盹，忽然間神魂飄蕩，我的身子便似駕著飛機一般，在半空中飛行，我怕的手足無措，兩眼卻緊緊地閉著，但聽得耳畔呼呼的風響，腳底滾滾的濤聲，不知那頃刻間便行了幾千萬里的路程，忽地風停浪靜，我的身子卻落在一個島上。

我便睜開眼睛一看，但見一帶遠山，濃翠欲滴，眼前卻是平疇萬頃，稻穗搖青，我那時恍惚像置身金碧畫幃中，說不盡的愉快。

我那時便左顧右盼，要尋得個指點前途的人，以便引導我漸入佳境，恰好那隔岸的垂柳陰中稻苗畦畔，有個牽牛飲澗的農人，在那邊蹲著，我便想向前攀談，不意那人也因為看見了我，忽地站起來，我便嚇了一跳，遠遠地立著相看，原來那人的項下卻帶上一具像枷一樣的東西，我看他那種怪模樣，也不敢向前攀談了，我便任意選擇一條極闊的道路，逶迤而進。

這一來益發匪夷所思了，不但南阡北陌，望得見的農人，項下都帶上那個東西，便是這一條大路上，碰著的人，也無一個項下不帶那個東西的，並且路旁竹樹叢雜處，坐著幾個婦女，手裏編著草笠，項下依然也有那個東西，然而還有不可思議處哩，他們大家身上雖說是佩了這樣一個障礙物，看他那活潑勤敏的舉動，卻又似毫無感覺甚麼苦痛的樣子。

我那時為好奇心所刺戟，也不管它是遇仙哩，是著魔哩，便一意孤行，奮勇上前，要探求此中人這個怪現象的究竟。

夕陽在山，鴉雀噪晚，我已過了幾處的竹籬茅舍，幾處的流水板橋，便漸漸看見那濃雲密霧中的金碧樓臺，紅牆錦樹，我心中便覺悟著已漸近靈境了。

我於是又行約近一、二個小時，便走到一個五光十色千花萬葉紮成的大綠門下，那大綠門的上頭，用著數百顆的夜明珠，穿成了三個栲栳大的字形，便是祝自制，其餘裝飾烘染的夜明珠，還不計其數，那真是莊嚴美麗到極頂了。

在那綠門下熙來攘往的遊人，自然是萬頭攢動，然而要尋一個項不帶枷的人，卻是難得，甚至馬背郎君，車中游女，也都很平等底帶上那個奇異的裝飾品，我那時也迷離惝怳到極點了，便決定打個入鄉問俗入國問禁的主意，要尋一個人來替我解釋這一點疑團。

好了好了，那一邊有一個道貌岸然的紳士來了，除佩了人人共有的項具之外，胸前還特別的加上一個紅錦燦然的飾物，大搖大擺的從人叢中過來，便也有些人和他點首，那時節我便趕緊湊上幾步，和他作揖相見，那紳士把隻光芒四射的白眼，向我瞪了一下便用最傲慢的口吻，先發問道：「你是甚麼人，你莫不是有求於我麼？」那時節我實是要借重他，便用最謙和的態度，來答應他道：「是，不錯，先生，我是要領教貴地風俗的。」那紳士率然說道：「領教甚麼？」我便說道：「先生，貴地山明水秀，人物也還不惡，為甚麼要帶上那個奇怪的裝飾品？我想把它來解放了，豈不甚妙？」那紳士勃然變色道：「這個東西，是我們求之惟恐不得的，你甚麼顛倒來說解放的話，你這個人難道是不要求幸福嗎？」

我既不得理解，只得又下氣卑聲來請教他道：「先生，願聞其說。」他看見我那種很卑屈的態度，也有點喜歡，便說道：「孺子可教，我便對你實說了罷。我們這個東西，是不容易得來的，我們經了廿餘年的訓練，祖師纔賜了這個護身的法物，向來的祖師，雖也曾賜過法物，但還是木製的，不甚堅牢，現在這位祖師，道力通天，纔把木製的盡變成金屬的，這不是萬劫不壞的法物麼？」我又問道：「先生，這法物有甚麼用處哩？」他道：「這個法物，變化無窮，其中的奧妙，連我也未能盡悉，但略舉數端，已算是世界上獨一無二之寶。第一呢，是使人飢了不想食飯，寒了不想穿衣。第二呢，是使人勞不知疲，辱不知恥。第三呢，是使人不必需要甚麼新學問，不得感受新思潮。你想想這樣大作用的法物不用誠意去求它，難道祖師肯容容易易的給了你麼？既是用誠意去求來的，甚麼又肯容容易易的放手呢？」

我聽那紳士說得這等神妙，也有點動心，便又殷殷勤勤地去請教他道：「先生，你們島人既已不必食飯穿衣，為何還要辛辛苦苦地去耕織呢？」那紳士笑不可仰的說道：「你這個人可算蠢到極點了，你想祖師的黃巾力士數萬人，是不帶法物的，我們雖能不食，何能也叫他不食？我們雖能不衣，何能也叫他不衣？況且知恩報恩，他們為祖師護法，這法物始有種種變化的作用，須知我們所以能享受上列各件大利益，均出力士諸君護法之賜，我們就是餓死了凍死了，也要出死力來供養他們，纔算合理。」

我聽了這一場講話，對於這個島人項具問題，雖算有點明白，但還有一個疑問，因這法物既有許多妙用，為甚麼它的祖師，單傳給島人，不傳給自己的護法呢？我當時雖未敢孟浪發言，但那神色間頓流露出躊躇不決的表現，那紳士看出我的懷疑的態度，便轉問我道：「汝不是懷疑那法物何以獨私於我們？護法力士們轉不得分惠嗎？其實，這也有兩種的緣故，一則是我們怕自己制服自己的身心不住，向祖師懇願獨特的恩賜。二則是祖師修煉這種法物時，便發願要仗這法物為自制島人獨特的放一大異彩。有這等緣故，所以非自制島的土著人，便不能享受這獨特的恩典，假使偶然的或勉強的來享受，也絕不會生出那奧妙的美果來，你不看見我們慶祝的大綠門額堂堂地寫著祝自制嗎？你但把這自制兩個字，去循名核實的，體驗一番，便也思過半了，我們田裏所種之稻，也結了生命的自制之實，我們胸裏所有的思想，也銘著自制的金言，你想這等千頭萬緒的自制，卻是欲制何人，如果把來開放了，使別處的人，也可以利益均沾，這神祕的自制島，還有甚麼特色呢？」

我飽聽了那紳士這一篇很徹底的自制論，我偷眼一看，他的項具，果然是刻著那兩個字，便是來往行人的項具，都也很平等的刻著那兩個字。我正俯首尋思這兩個字的偉大的效果，忽地金光一閃，從那邊濃雲密霧裏落下一位的黃巾力士，那紳士急忙的伏在地上，一切行人均隨著那紳士也伏在地上，那力士的項下雖無特別裝飾，但手裏卻提著一具金枷，他見我立著不動，又無項具，他便把手中這付枷，從我的頭上擲下來，我這一嚇，非同小可，我的身子便像從雲端裏跌下來一樣，嚇出一身冷汗，卻原來是做夢。夢雖是夢，我的靈魂，從此以後，不免夜夜要受那力士的威脅了。

原載《臺灣》第四年三月號第三號（一九二三年三月十日）

無知

無知，生平不詳。〈神祕的自制島〉是目前僅見的署名這位作者的作品。

這篇發表於一九二三年的小說，是臺灣新文學萌芽期的珍貴史料。從小說內容上對於殖民統治的強烈批判和反抗情緒，從文字和布局上仍殘留著中國傳統寓言小說的特質，都十分引人深思，而這也使這篇作品對臺灣文學和臺灣歷史的發展具有寓言的意義。同樣以寓言方式表現臺灣被殖民處境的小說，還見於天遊生的〈黃鶯〉，這篇發表於一九二六年的作品（見《光復前臺灣文學全集》卷一〔臺北：遠景，一九七九〕），不論就語言形式或思想內容，都更具有現代小說的色彩，可與〈神祕的自制島〉並讀。

一桿「稱仔」

賴和

鎮南威麗村裏，住的人家，大都是勤儉耐苦平和從順的農民。村中除了包辦官業的幾家勢豪，從事公職的幾家下級官吏，其餘都是窮苦的占多數。

村中，秦得參的一家，尤其是窮困的慘痛，當他生下的時候，他父親早就死了。他在世，雖曾贌（租耕，或長期租耕）得幾畝田地耕作，他死了後，只剩下可憐的妻兒。若能得到業主的恩恤，田地繼續贌給他們，雇用工人替他們種作，猶可得稍少利頭，以維持生計。但是富家人，誰肯讓他們的利益，給人家享。若然就不能成其富戶了。所以業主多得幾斗租穀，就轉贌給別人。他父親在世，汗血換來的錢，亦被他帶到地下去。他母子倆的生路，怕要絕望了。

鄰右看她母子倆的孤苦，多為之傷心，有些上了年紀的人，就替他們設法，因為餓死已經不是小事了。結局因鄰人的做媒，他母親就招贅一個夫婿進來。本來做後父的人，很少能體恤前夫的兒子。他後父，把他母親亦只視作一種機器，所以得參，不僅不能得到幸福，又多挨些打罵，他母親因此，和後夫就不十分和睦。

幸他母親，耐勞苦，會打算，自己織草鞋、畜雞鴨、養豬，辛辛苦苦，始能度那近於似人的生活。好容易，到得參九歲的那一年，他母就遣他，去替人家看牛，做長工。這時候，他後父已不大顧到家內，雖然他們母子倆，自己的勞力，經已可免凍餒的威脅。

得參十六歲的時候，他母親教他辭去了長工，回家裏來，想贌幾畝田耕作，可是這時候，贌田就不容易了。因為製糖會社（糖公司），糖的利益大，雖農民們，受過會社刻虧（刻薄待遇）、剝奪，不願意種蔗，會社就加上「租聲」（方言，提高租穀），向業主爭贌，業主們若自己有利益，那管到農民的痛苦，田地就多被會社贌去了。有幾家說是有良心的業主，肯贌給農民，亦要同會社一樣的「租聲」，得參就贌不到田地。若做會社的勞工呢，有同牛馬一樣，他母親又不肯，只在家裏，等著做些散工。因他的氣力大，做事勤敏，就每天有人喚他工作，比較他做長工的時候，勞力輕省，得錢又多。又得他母親的刻儉，漸積下些錢來。光陰似矢，容易地又過了三年。到得參十八歲的時候，她母親唯一未了的心事，就是為得參娶妻。經她艱難勤苦積下的錢，已夠娶妻之用，就在村中，娶了一個種田的女兒。幸得過門以後，和得參還協力，到田裏工作，不讓一個男人。又值年成好，他一家的生計，暫不覺得困難。

得參的母親，在他二十一歲那一年，得了一個男孫子，以後臉上已見時現著笑容，可是亦已衰老了。她心裏的欣慰，使她責任心亦漸放下，因為做母親的義務，經已克盡了。但二十年來的勞苦，使她有限的肉體，再不能支持。亦因責任觀念已弛，精神失了緊張，病魔隨乘虛侵入，病臥幾天，她面上現著十分滿足、快樂的樣子歸到天國去了，這時得參的後父，和他只存了名義上的關係，況他母已死，就各不相干了。

可憐的得參，他的幸福，已和他慈愛的母親，一併失去。

翌年，他又生下一女孩子。家裏頭因失去了母親，須他妻子自己照管，並且有了兒子的拖累，不能和他出外工作，進款就減少一半，所以得參自己，不能不加倍工作，這樣辛苦著，過有四年，他的身體，就因過勞，伏下病根，在旱季收穫的時候，他患著瘧疾，病了四五天，纔診過一次西醫，花去兩塊多錢，雖則輕快些，腳手尚覺乏力，在這繁忙的時候，而又是勤勉的得參，就不敢閒著在家裏，亦即耐苦到田裏去。到晚上回家，就覺得有點不好過，睡到夜半，寒熱再發起來，翌天也不能離床，這回他不敢再請西醫診治了。他心裏想，三天的工作，還不夠吃一服藥，那得那麼些錢花？但亦不能放他病著，就煎些不用錢的青草，或不多花錢的漢藥，服食。雖未全都無效，總隔兩三天，發一回寒熱，經過有好幾個月，纔不再發作。但腹已很脹滿。有人說，他是吃過多的青草致來的，有人說，那就叫脾腫，是吃過西藥所致。在得參總不介意，只礙不能工作，是他最煩惱的所在。

當得參病的時候，他妻子不能不出門去工作，只有讓孩子們，在家裏啼哭，和得參呻吟聲相和著。一天或兩餐或一餐，雖不致餓死，一家人多陷入營養不良，尤其是孩子們，猶幸他妻子不再生育……

一直到年末。得參自己，纔能做些輕的工作，看看「尾衙」（方言）1到了，尚找不到相應的工作，若一至新春，萬事停辦了，更沒有做工的機會，所以須積蓄些新春半個月的食糧，得參的心裏，因此就分外煩惱而恐惶了。

末了，聽說鎮上生菜的販路很好。他就想做這項生意，無奈缺少本錢，又因心地坦白，不敢向人家告借，沒有法子，只得教他妻到外家（娘家）走一遭。

一個小農民的妻子，那有闊的外家，得不到多大幫助，本是應該情理中的事，總難得她嫂子，待她還好，把她唯一的裝飾品——一根金花——借給她，教她去當舖裏，押幾塊錢。暫作資本，這法子，在她當得帶了幾分危險，其外又別無法子，只得從權了。

一天早上，得參買一擔生菜回來，想吃過早飯，就到鎮上去，這時候，他妻子纔覺到缺少一桿「稱仔」（秤）。「怎麼好？」得參想。「要買一桿，可是官廳的專利品，不是便宜的東西，那兒來的錢？」她妻子趕快到隔鄰去。借一桿回來，幸鄰家的好意，把一桿尚覺新新的借來。因為巡警們，專在搜索小民的細故，來做他們的成績，犯罪的事件，發見得多，他們的高昇就快。所以無中生有的事故，含冤莫訴的人們，向來是不勝枚舉。什麼通行取締、道路規則、飲食物規則、行旅法規、度量衡規紀，舉凡日常生活中的一舉一動，通在法的干涉、取締範圍中。——她妻子為慮萬一，就把新的「稱仔」借來。

這一天的生意，總算不壞，到市散，亦賺到一塊多錢。他就先糴些米，預備新春的糧食。過了幾天糧食足了，他就想，「今年家運太壞，明年家裏，總要換一換氣象纔好，第一廳上奉祀的觀音畫像，要買新的，同時門聯亦要換，不可缺的金銀紙（冥鏹，燒給神的叫金紙，燒給鬼、死人的叫銀紙），香燭，亦要買。」再過幾天，生意屢好，他又想炊（蒸）一灶年糕，就把糖米買回來。他妻子就忍不住，勸他說：「剩下的錢積積下，待贖取那金花，不是更要緊嗎？」得參回答說：「是，我亦不是把這事忘卻，不過今天纔廿五，那筆錢不怕賺不來，就賺不來本錢亦還在。當舖裏遲早，總要一個月的利息。」

一晚市散，要回家的時候，他又想到孩子們。新年不能有件新衣裳給他們，做父親的義務，有點不克盡的缺憾，雖不能使孩子們享到幸福，亦須給他們一點喜歡。他就剪了幾尺花布回去。把幾日來的利益，一總花掉。

這一天近午，一下級巡警，巡視到他擔前，目光注視到他擔上的生菜，他就殷勤地問：

「大人（日據下臺灣人對日本警察的尊稱），要什這不要？」

「汝的貨色比較新鮮。」巡警說。

得參接著又說：

「是，城市的人，總比鄉下人享用，不是上等東西，是不合脾胃。」

「花菜賣多少錢？」巡警問。

「大人要的，不用問價，肯要我的東西，就算運氣好。」參說。他就擇幾莖好的，用稻草貫著，恭敬地獻給他。

「不，稱稱看！」巡警幾番推辭著說。誠實的參，亦就掛上「稱仔」稱一稱。說：

「大人，真客氣啦！纔一斤十四兩。」本來，經過稱稱過，就算買賣，就是有錢的交關（交易），不是白要，亦不能說是贈與。

「不錯罷？」巡警說。

「不錯，本有兩斤足，因是大人要的……」參說。這句話是平常買賣的口吻，不是贈送的表示。

「稱仔不好罷，兩斤就兩斤，何須打扣？」巡警變色地說。

「不，還新新呢！」參泰然地回答。

「拿過來！」巡警赫怒了。

「稱花（度目）還很明瞭。」參從容地捧過去說。巡警接在手裏，約略考察一下說：

「不堪用了，拿到警署去！」

「什麼緣故修理不可嗎？」參說。

「不去嗎？」巡警怒叱著。「不去？畜生！」撲的一聲，巡警把「稱仔」打斷擲棄，隨抽出胸前的小帳子（小記事本），把參的名姓、住處，記下。氣憤憤地，回警署去。

參突遭這意外的羞辱，空抱著滿腹的憤恨，在擔邊失神地站著。等巡警去遠了，纔有幾個閒人，近他身邊來。一個較有年紀的說：「該死的東西，到市上來，只這規紀（規矩）亦就不懂？要做什麼生意？汝說幾斤幾兩，難道他的錢汝敢拿嗎？」

「難道我們的東西，該白送給他的嗎？」參不平地回答。

「唉！汝不曉得他的利害，汝還未嘗到他，青草膏的滋味（即謂拷打）。」那有年紀的嘲笑地說。

「什麼？做官的就可任意凌辱人民嗎？」參說。

「硬漢！」有人說。眾人議論一回，批評一回，亦就散去。

得參回到家裏，夜飯前吃不下，只悶悶地一句話不說。經他妻子殷勤的探問，才把白天所遭的事告訴給她。

「寬心罷！」妻子說，「這幾天的所得，買一桿新的還給人家，剩下的猶足贖取那金花回來。休息罷，明天亦不用出去，新春要的物件，大概準備下，但是，今年運氣太壞，怕運裏帶有官符，經這一回事，明年快就出運，亦不一定。」

參休息過一天，看看沒有什麼動靜，況明天就是除夕日，只剩得一天的生意，他就安坐不來，絕早挑上菜擔，到鎮上去。此時，天色還未大亮，在曉景朦朧中，市上人聲，早就沸騰，使人愈感到，年華垂盡，人生頃刻的悵惘。

到天亮後，各擔各色貨，多要完了，有的人，已收起擔頭，要回去圍爐，過那團圓的除夕，償一償終年的勞苦，享受著家庭的快樂。當這時參又遇到那巡警。

「畜生，昨天跑那兒去？」巡警說。

「什麼怎得隨便罵人？」參回說。

「畜生，到衙門去！」巡警說。

「去就去呢，什麼畜生？」參說。

巡警瞪他一眼便帶他上衙門去。

「汝秦得參嗎？」法官在座上問。

「是，小人，是。」參跪在地上回答說。

「汝曾犯過罪嗎？」法官。

「小人生來將三十歲了，曾未犯過一次法。」參。

「以前不管他，這回違犯著度量衡規則。」法官。

「唉！冤枉啊！」參。

「什麼?沒有這樣事嗎？」法官。

「這事是冤枉的啊！」參。

「但是，巡警的報告，總沒有錯啊！」法官。

「實在冤枉啊！」參。

「既然違犯了，總不能輕恕，只科罰汝三塊錢，就算是格外恩典。」官。

「可是，沒有錢。」參。

「沒有錢，就坐監三天，有沒有？」官。

「沒有錢！」參說，在他心裏的打算。新春的閒時節，監禁三天，是不關係什麼，還是三塊錢的用處大，所以他就甘心去受監禁。

參的妻子，本想洗完了衣裳，纔到當舖裏去，贖取那根金花，還未曾出門。已聽到這凶消息，她想：在這時候，有誰可央托，有誰能為她奔走？愈想愈沒有法子，愈覺傷心，只有哭的一法，可以少（稍）舒心裏的痛苦，所以，只守在家裏哭。後經鄰右的勸慰，教導纔帶著金花的價錢，到衙門去，想探探消息。

鄉下人，一見巡警的面，就怕到五分，況是進衙門裏去，又是不見世面的婦人，心裏的驚恐，就可想而知了。她剛跨進郡衙的門限，被一巡警的「要做什麼」的一聲呼喝，已嚇得倒退到門外去，幸有一十四來歲的小使（日語，工友），出來查問，她就哀求他，替伊探查，難得那孩子，童心還在，不會倚勢欺人，誠懇地，替伊設法，教她拿出三塊錢，代繳進去。

「纔監禁下，什麼就釋出來？」參心裏，正在懷疑地自問。出來到衙前，看著他妻子。

「為什麼到這兒來？」參對著妻子問。

「聽……說被拉進去……」她微咽著聲回答。

「不犯到什麼事，不致殺頭怕什麼。」參快快地說。

他們來到街上，市已經散了，處處聽到「辭年」的爆竹聲。

「金花取回未？」參問他妻子。

「還未曾出門，就聽到這消息，我趕緊到衙門去，在那兒繳去三塊，現在還不夠。」妻子回答他說。

「唔！」參恍然地發出這一聲就拿出早上賺到的三塊錢，給他妻子說：

「我挑擔子回去，當舖怕要關閉了，快一點去，取出就回來罷。」

「圍過爐」，孩子們，因明早要絕早起來「開正」各已睡下，在作他們幸福的夢。參尚在室內踱來蹀去。經他妻子幾次的催促，他總沒有聽見似的，心裏只在想，總覺有一種，不明瞭的悲哀，只不住漏出幾聲的嘆息，「人不像個人，畜生，誰願意做。這是什麼世間？活著倒不若死了快樂。」他喃喃地獨語著，忽又回憶到他母親死時，快樂的容貌，他已懷抱著最後的覺悟。

元旦，參的家裏，忽譁然發生一陣，叫喊、哀鳴、啼哭。隨後，又聽著說：「什麼都沒有嗎？」「只『銀紙』（冥鏹）備辦在，別的什麼都沒有。」

同時，市上亦盛傳著，一個夜巡的警吏，被殺在道上。

這一幕悲劇，看過好久，每欲描寫出來，但一經回憶，總被悲哀填滿了腦袋，不能著筆。近日看到法朗士的克拉格比，纔覺這樣事，不一定，在未開的國裏，凡強權行使的地上，總會發生，遂不顧文字的陋劣，就寫出和文家批判。

一九二五年十二月四夜記

原載《臺灣民報》九二號—九三號（一九二六年二月十四日、二十一日）

賴和

賴和（一八九四—一九四二），原名賴河，字懶雲，臺灣彰化市人，常用筆名有甫三、安都生、走街先等。幼年習漢文，並接受日文教育，一九〇九年入臺北醫學校，一九一四年畢業，兩年後在彰化開設賴和醫院。一九一九年前往廈門，工作於鼓浪嶼博愛醫院。返臺後，一九二一年加入臺灣文化協會，開始其畢生懸壺濟世及抗日文化活動的生涯。一九二三年因治警事件入獄，一九四一年又因思想問題再度入獄，後因病重出獄，一年後即以心臟病逝世。

賴和早年習舊詩，一九二五年開始以白話文寫作，作品包括新詩、小說、散文、隨筆和評論，在臺灣文學發展史上，他的成就具有特殊的地位和意義。思想上，他的作品始終是站在世界歷史的格局上，思考臺灣的現狀和出路，其中表現的民族意識和現代精神，及其對臺灣社會殘存的封建遺毒的批判，對日本殖民政權的不妥協的反抗，為日據時代臺灣新文學創作立下了典範。在他的啓發下，新文學創作者找到了以鄉土改革為中心，以反封建、反帝國主義為思想指標，而以民族自由為歸宿的大方向。藝術方面，他的樸素的文字風格，誠摯溫暖的寫作態度，導引後繼者走上現實主義的道路。這些成就，使後人尊稱他為臺灣新文學之父。

有關賴和的著作可參考李南衡編，《賴和先生全集》（《日據下臺灣新文學》明集1）（臺北：明潭，一九七九）；張恆豪編，《賴和集》（《臺灣作家全集》）（臺北：前衛，一九九一）；林瑞明編，《賴和全集》（六卷）（臺北：前衛，二〇〇〇）。評論方面，請參考林瑞明著，《臺灣文學與時代精神：賴和研究論集》（臺北：允晨文化，一九九三）；陳建忠著，《書寫臺灣・臺灣書寫：賴和的文學與思想研究》（高雄：春暉，二〇〇四）。

註釋

1 尾衙——尾牙。臘月十六日稱尾牙（每月初二、十六日「做牙」，一年最後一次，所以叫尾牙）。這一天，各戶供牲醴祭土地公。商舖為求保佑新年利市，較一般住家更盛大。牲醴中要用雄雞，象徵生意昌隆。當晚，大宴雇用的人，以犒賞一年來平日之辛苦。對於要解雇的人，不明言，而在餐宴中將雞首向將解雇的人。「潤餅」是食尾牙的一種必備食物。

榮歸

陳虛谷

一

「電報！」「電報！」一個配達夫（送報員）在外面連聲叫著，王秀才在夢中驚醒了。揉著眼睛急忙的跑了出來。他接過電報，笑向配達夫道：

「就請教你吧。」他慌張的用那又長又黑的指甲，剔開封緘，以和藹謙恭的態度遞給配達夫。配達夫接過手便開聲讀：

「コウブンキュウダイ」（高文及第）

他接連讀了幾遍，覺得這些句子，都是平生所未曾讀過的，他欹（偏）著頭想。

「唉！這可就奇了。什麼コウブン，又什麼キュウダイ，這簡直不成話呢。唉！這真是初學剃頭，便碰著鬍鬚的啦！」

「打那裏來的？」秀才眼巴巴望著他問。

「這麼？是由東京寄來的。」說著又自欹頭念下去。

「哦！說不定是我的兒子再福嗎？」

「是呀！正是！正是再福，這裏寫的是サイフク。」配達夫恍然的高聲念了出來。

「死囝仔栽（死孩子）！又是來討錢了。半月前纔寄去五拾元，是怎樣開（花用）呢？有講要多少嗎？」

「不是！不是！不是要錢，看的比數容易知道。這講的是……」只見他雙唇開合，不知在念什麼。末了，他又很聚精會神地想著。歪著頭，閉著目，然而這中祕密終是理會不出。秀才等得不耐煩了。

「怎麼了？懂不懂？」

他經這一問，汗流氣急的連說：

「不懂！不懂！」

「曖喲！你不是也念過日本書的嗎？」

「我……我是卒業（畢業）公學校的。」

秀才微露著輕蔑的冷笑。配達夫搔耳抓腮的自覺得不好意思，開步走了。他在途中，還不斷地連聲念著「コウブン」「キュウダイ」。

秀才長嘆了一聲，索性把電報擲在桌上。他恨自己滿腹詩書，無力解決這個當下急切的問題。他不能無咒詛朝代的變遷，詩書的不值錢了。他並看不起了受新教育的青年。以為這班人只會裝腔作勢，講幾句時髦的話。其實胸中全無半點文墨。他想到自己的兒子留學東京，足有七八年之久，金錢也花費了無數，還未學成一工半藝，倒不如叫他回來經營一個小生意，較容易建家立業呢。黃金的世界，有錢可使鬼（驅使鬼），讀書人除做官發財以外，學問畢竟也是空談無補的。他對於兒子的教育，發生了一種大的疑問了。

他正坐在椅上發脾氣，胡思亂想的中間，猛見他的大兒子跑得呼呼氣喘，眉開眼笑的道：

「我剛才接到小弟的電報，說他已及第了高文（高等文官）了。」

秀才忙從椅上跳起來道：

「及第了嗎？哈哈！賢哉賢哉！」他險些就顛仆到椅上去。

「那麼，這一通電報就是來報喜的了。」

他忙腳忙手的從桌上提給他。他剛接在手便嚷：

「正是啦！和我這一通是一樣的。」

「快叫你母親來！快快！」

不一會，裏面傳出一派的笑聲。那聲浪很尖銳的，從遠而近。只聽說：「謝天謝地呀！神明公媽有聖（靈驗）呀！」

「我昨夜夢見他回來，分明是坐著四垂的轎，前有大鑼哨角，後有許多跟人，最後又有一頂四人抬的紅轎。人家盡喊是阿罩霧（霧峰，當時霧峰林家是臺灣望族）的小姐，好像是奉旨完婚的。我歡喜得真要搥腳頓蹄。」說了，大家又哈哈笑了一陣。秀才娘興高采烈地問：

「到底高文是何官銜？」

「就是高等文官，可以做郡守和知事（縣長）。」大兒子答。
「這比得起清朝的秀才嗎？」
「不止咯！差不多是舉人進士咧！」
「當真嗎？比你阿舍（父親）還要威風的嗎？」她以驚異不相信的表情問。
「哎唷！你還在夢中嗎？你以為這是小可嗎？這要算是本地方第一有名譽的事情，通（整個）臺灣也寥寥無幾呢。」
秀才以驕傲輕蔑的態度道。「原來就是這麼一個高貴的東西嗎？在我們的地方還有誰？」
「除起小弟更沒有別的了。這是日本全國的秀才爭頭角的，非十二分有本領的誰敢去討沒趣。」
大兒子更趾高氣揚的答。
秀才：「這一年有多少錢可賺呢？」
大兒子：「初任官至少有二千以上，後日昇至三千五千也不大難，要是內地人（日本人）有背景可靠，一萬八千也是這等的資格。」
「呀！到底還不及清朝時代好呀！功名一進了，做官發財，三妻四妾。」秀才漏出了不滿的嘆氣。秀才娘只是很慈愛和藹地嘴笑目笑。
秀才：「呵此子初出世的時候，我就差人去觀音亭給他相一個命。命底是正官正財，今日果真應驗了。新式人都笑我們舊頭腦迷信，然而確是鑿鑿有據的，萬事都是天註定，千斤力不值得四兩命。哈哈！」
秀才娘也極力證明秀才的話無半點說謊，她還要補足一句道：

「此子依相命先生說，確是天頂的一粒星（一顆星）咧。」她特別放輕聲調，好像是怕漏天機似的。秀才沉默了一會，猛有一起重大的事情在他的腦裏旋繞著。他恍然大悟似的，一揮手向他大兒子道：

「你快寫信催促他回來，富貴不歸故鄉，如衣錦夜行。說我是千萬致意的，並囑他要先通知期日，這裏好作準備。」

說完，他無精打采地打了一個欠伸。秀才娘見他流著目油（眼水），早曉得是煙癮發了。連忙的催促他去吸煙。秀才伸筋挽頷的，又呵了一次氣覺得手足癱軟，渾身發抖，於是很狼狽的奔跑而入。

二

在一間薄暗的小室裏，橫架著一張仙床，床中鋪著一塊長方形的木盤，上方排著兩個角盒，一個水罐。下方排著一個堆滿了煙灰的碟子，碟子旁又放下一條烏色的巾。盤中安置著一盞的燈，燈上所罩的玻璃蓋，被煙滓沾染得很污黑了，使燈火倍顯得昏暗，在這小室中映成了一片陰森的氣象。床的左傍坐著秀才娘，右傍橫倒著王秀才，只聽得秀才娘道：

「前日媒人來報一條親事，父親是當保正，家伙（家產）有四五萬粧奩按（估計）有四五千，女子也生得很漂亮。單有一件可嫌的就是公學卒業生。再福年紀也大了，趁這番回來，就給他定了這門親事，豈不是喜上加喜嗎？」

秀才只搖著頭表示反對。他一言不發的正在很要命的吞煙，他一隻手扶住煙吹（煙管），一頭

（一端）移向燈火上，一頭栽在口中，兩頰一凸一凹地抽著。只見兩道的煙，斷續地由鼻中透出。他抽完了一下，就把煙吹抽出，將煙吹頭的蓋掀開，裏面堆著一簇煙灰，他另一隻手拿起一條又長又尖細的煙擲仔挑了幾下，煙灰紛紛的落完了。他又把蓋闔好起來，再略一下力拴一拴，隨手向水罐拖出一支濕漉漉的禿的毛筆，向煙吹頭抹一抹，放下筆又拿起煙擲仔向一個三寸來高一寸來闊的角盒子連挑了幾下，終於挑起一團漆黑滑膩的阿片（鴉片）在燈火上燒著。煙縷縷地騰起了，一種不可形容的麻醉人的香氣，洋溢到全室中了。秀才時時展開鼻孔連連吸著這股香氣，又時把那燒著的阿片移向鼻孔去嗅一嗅，把先前酸痛的筋骨，嘈雜欲嘔的胸懷都消失了。他被這股香氣沁透了心脾了。他依舊很活潑地在弄著，阿片熱了，沸騰了，膨脹了，幾幾乎將要墜下的時候，他很敏捷地把煙擲仔擱在一旁，阿片冷了，凝固了，他向煙吹頭打了幾滾，把阿片弄成一個尖峰，照準那小穴裏攢進去，還用兩個指頭按了幾下，拔去煙擲仔，又把煙吹送到口中大吞一場了，這樣的連吞了三四下，秀才精神似乎十分爽快了。他一眼瞟著秀才娘道：「再福的親事，你以後要細心一點，他現在的身分和前不同了。他已有做郡守的資格，在我們的地方是獨一無二的，（他示人以大拇指）我們一家的軒冕（光榮），自不必說，便是這地方，出有這人才，誰不引以為光榮呢？所以這頭親事，我覺得愈不隨便下手了。保正？我們現在看他在眼中嗎？你想郡守的跟前，保正簡直不是奴才嗎？莫說保正，便是街庄長，一見了郡守，那一個不是五體投地呢？那配與我們結親？結親是要門當戶對的，我想這選擇範圍，非擴大到全臺灣不行，非財勢兼備的聲名赫赫的家風不可了。從前是我們去求別人家，現在要人家來求我們。」說罷意氣旺盛地又抽起他的阿片。秀才娘的粉臉也笑成了無數的皺痕，於是這個薄暗的小室中，全被煙煙籠罩著，唯有秀才抽煙的聲音，一陣陣瀟瀟地響著。

三

二等車裏，坐著一位廿五六歲的少年，他身上穿著一件很時式（時髦）的洋服，結著一條色彩艷麗的領帶，他手常拉著領帶，眼常注視著磨得很光亮的黃皮靴，一隻手又常插入褲袋裏，拿出一條白巾，拂著落在褲子上的煙煤，又有好幾次走到洗面室，對著鏡梳理他那很光滑油膩的頭髮，撫摸他稍微斜歪的領帶，最後還要仔細端詳他的全身是否齊整，容貌是否莊重威嚴，由這些舉動，特別引起人們一種的興趣注意著他，似乎了解他是個高等文官的新及第者。他有時斜靠著車窗，眺望著路上的風光，他看見山是多麼蒼翠好玩，水又多麼活潑可愛，好像江山也知道他是衣錦還鄉，特為他表示著歡迎的意思的。「啊？山水人物，如我，才對得起故鄉這麼偉大的大自然。」他玩賞了一番，讚嘆了一番，他有時偷眼看見座中的日本人視線都一齊集在他的身上，他愈覺驕傲得意，他想對他們說，我是高文的合格者，是臺灣人的代表的人物，是日本國的秀才，斷不是依你們想的尋常一樣的土人，劣等民族。

他又幻想這一番回來，父母親是多麼歡躍，親朋是多麼欣羨，青春美麗的少女是多麼渴仰，那一班頑固而又傲慢的父老是多麼禮貌拘拘，他現出得意的微笑。

車已經停止運轉了。汽笛嗚嗚的響聲，驛夫報地頭（站員報站名）的喊聲，旅客爭相上下的叫囂聲，鬧成了一片亂雜的喧嚷，啊！這就是故鄉！是久別了的親愛的故鄉！他見車窗外擁擠著一堆人，歡呼雀躍，對著他表示歡迎。他殷勤地敘禮後，前遮後擁的入了改札口（剪票口），一陣陣大砲砲仔乒乒乓乓的響聲，大鼓吹磷磷唧唧的喧聲，引導他前進。鼓手吹手，也似乎曉得這是本地方數十年來唯一軒冕的事，若吹播得好，少不得還有花紅可賞，所以他們加倍抖擻精神，大吹大播起來。滿城人都被驚動了，爭先恐後的大家都喧呼著高等文官還鄉了！新科進士遊街呀！真體面！真少年！好兒子不要多呀！這幾句話是沿路觀眾的稱讚，再福在人力車上也聽得很清楚的。他一面威風凜凜，一面忸怩不自在，然而他的自負心自尊心，終於制勝他的羞恥心。

四

大庭外架起一棚大綠門，插滿了小紅旗，上面掛著一方匾，寫的是：「衣錦榮歸」四大字。兩旁交叉著兩旒的旭日旗（日本國旗），在微風中招展著。庭的四面，圍繞著紅藍白三樣的帳幙，頂面遮蓋著五彩色的天幕（帳篷），密綴著萬國旗，真正五花十色。進得門去，首先映入眼簾的，便是一座戲臺，戲正在準備開演，離戲臺有三丈多遠的前方，設置一位演壇，壇上排著一隻圓桌，桌上鋪著一條絨巾，又有一個滿插著鮮花的花瓶。

對面一片廣場，排滿著筵席，席上鋪著白巾，倍顯得清潔齊整。

賓客陸續地到了。秀才也親自出來接待，他受過來賓稱讚他好命，他老是笑迷迷的點頭，連說勞駕勞駕。有好一會，賓客齊到了，時鐘正指著三時半，比預定的時刻，已經遲了一時。

賓客都各自坐各人所愛的席去，只有正中上方的一席，有幾個本地的老紳宿儒，互相推讓了一番，加以主人的殷勤，方始坐定。宴是開了，舉杯的、把湯匙的、吃瓜子的，有說有笑，真正喜氣盈門。忽聽得拍掌聲四起，秀才在演臺上，雙手震顫地展開一張紙，低聲的微帶喘氣的讀道：「今天為豚兒及第高文的披露宴。蒙列位不棄，光臨敝廬，無任感佩。我帝國自領臺以來已經三十餘星霜，聖德覃敷，政績頗著，尤於教育一事竭其精誠，此皆歷代為政者，上下一致，善體聖旨，愛民之所致也。臺灣人才之輩出如雨後春筍，良有以也。豚兒再福，者番（這次）得荷寵命，及第高文，不獨我王氏一族之幸，抑亦全島三百萬忠良之民，所當感泣也。

「願我子孫，竭其愚誠，勉為帝國善良之民，以冀報恩於萬一。」秀才聲音愈加輕微，以後就聽不清楚了。只見他一張嘴，上下開闔著，不久就下臺去了。接著就是再福上來，他恭恭敬敬地行了一個大禮，座客掌聲更拍得起勁，似在告訴他們是對這高等文官表示著熱烈的歡迎讚美。再福笑容可掬的又彎下腰去，會場始歸寂靜起來。真是少年高才呀！這一句的讚詞，突然又把靜肅的界限打破，再福以莊重的態度，悠揚的聲調，說了好一會，初起眾人是很傾耳靜聽的，再福也說得很高興有熱，及至後來，一部份的人似乎是討厭了，交頭接耳的，大說大笑的，把全會場頓呈了倦怠的氣氛。

老人：「他日本話說得很流利呀！可惜我們聽不懂，太殺興！」

第二老人：「日本話定然是比臺灣話好講，不然今天的宴客，全是臺灣人，他何苦講日本話？」

保正：「他是到過日本很久的，恐怕是把臺灣話忘掉了。」

老人：「笑話！真正豈有此理？不過是做官人講講官話吧了。」

青年：「方今是日本世界，講日本話就是尊嚴的表示，是一種的示威呢。」

保正：「凡事總要馬馬夫夫（虎虎），太過認真，官就做不成，錢就無處賺，勢力也便不行了（推動不了），是不是？」

大家點首連說不錯不錯，獨這青年依舊是冷笑不服，他還疑心到保正這一段話，似乎是在諷刺著他，又似乎是替自己辯護，他方要再說下去的時候，猛聽得不甚熱烈的、斷續的，起了幾個拍掌聲，再福已敘完了禮，滿座的賓客，盡量的痛飲了一番，直至宴終，方始散了。戲臺上正演著一齣狀元遊街，臺上的假狀元，似乎還要比臺下的真高等文官威風十倍，累得滿座的來賓，都笑得死來活去。

火球般紅的夕陽，將要沉下去，把西方的天邊，烘成了一片紅艷如錦的雲霞，好像是朝著王家表祝意。

原載《臺灣新民報》三二二—三二三號（一九三〇年七月十六日、二十六日）

陳虛谷

陳虛谷（一八九六—一九六五），本名陳滿盈，彰化縣和美塗厝厝人。一九二〇年赴日本留學，就讀明治大學，一九二三年畢業於政治經濟科專門部。留日期間即參加臺灣政治運動，返臺後，為臺灣文化協會重要成員，參與文協舉辦的演講會，並擔任該會的夏季學校講師。一九二三年曾赴大陸旅行，次年出席上海臺灣人大會。一九三二年與賴和等共事於《臺灣新民報》編輯局，負責學藝部。光復後，曾任職於和美鎮農業會及臺灣省通志館，但皆為時不長。一九五一年腦中風後半身不遂，至一九六五年逝世。

陳虛谷於一九二七年開始於《臺灣民報》發表新詩，一九二八年又從事小說寫作，所有新文學作品大都完成於其後的五年間，一九三九年加入彰化舊詩社「應社」，即專力於舊詩詞寫作。他的白話文創作，不論是詩或小說，都受到賴和的鼓勵，是新文學萌芽期的主要作家之一。

綜觀陳虛谷一生的作品，舊詩詞雖占絕大分量，但他在新詩及小說表現形式上的摸索和建樹，他的作品與活動，所表現的對不公不義的日本殖民政權的大膽抨擊，以至於對臺灣新思想的啓蒙和新文化的推進，在臺灣新文學史上都有不可埋沒的地位。有關他的作品及研究，可參見其哲嗣陳逸雄編，《陳虛谷選集》（臺北：鴻蒙文學，一九八五）；張恆豪編，《陳虛谷・張慶堂・林越峰合集》（《臺灣作家全集》）（臺北：前衛，一九九一）。

流氓

孤峰

K市的郊外是令名久著的公園，以廣大和繁雜的草木為其特色。

當這個春風送暖的時候，公園裏的草木，大小都很暢茂地浴著春風的恩惠，各各極其活潑地發展其生機，尤其是耐風霜的喬松，算來既是曾經了許多的春天了，枝枝都際連黃雲，將有突破上天的氣勢。那赫赫的太陽，被截阻得做出了浩大的影兒，一時時吹來的春風，噓噓地吹得在冬天脫不了的枯葉片片如同雪花般，飛舞於空間，枝上的雀兒，不住地唱著迎春的曲，松樹下的椅子，到處都是人們坐得滿滿。這些有閒工夫的人，卻不像是有閒階級，由他們的服裝、態度，可以分別出來，而且也似沒有賞玩這「春光好」的興致，那麼來把這公園占領著，有什麼目的呢？這就有些疑問。

正午的汽笛，長鳴了一下，把K市的僻隅全響透了，很多的學生、工人，個個結隊成群回家去，然而這松樹下的人們，尚是坐著不動，個個的面上各鎖著一重的愁霧，他們的耳朵不是沒有聽著長嘯的汽笛，那些學生和工人們個個都是要回家去吃午餐的。

「那麼他們怎不回家去？」

說起來未免令人替他們長嘆，難道他們回了家，便有得飯喰嗎？再說一句，即使他們回家去，精神上、物質上一切的困苦，就會減少？就會感到快活嗎？

「不，不，千萬不可能的！」

他們的家庭是有餓犬般的父母妻子，開口便是吠，常要和他們較鬧、叫死、咒活，罵他們一日甘願遊遍街市，做個浮浪者、無賴漢，而不情願去找個職業以糊一家的頭嘴。

「他們何嘗是這樣呢？」

富有封建思想的家庭，怎會夠了解他們呢？他們會失掉了職業的原因都是資本主義制度所產生出來的弊害，是資本主義制度存在的範圍下必呈的現象，果再在這資本主義沒落的第三期，資本階級一切所負的虧損必然地是要移嫁於無產階級的肩上的，就是最近工場閉鎖、賃金降減、時間延長、大眾的解雇等的波浪，既是風靡了全世界，全世界和他們同運命的人，達二千萬以上，免講是被趕出工場來的，他們的父母妻子，何嘗理解到這個原因呢？罪責便掛在他們自己身上——不良職工——所以都不願回家。

D印刷工場的職工阿B，他每由工場回來的時候，必跑入公園逛一圈兒，欣賞個大自然的光景，以安慰勞頓的精神，所以每日都目擊著這不自然的現象，他還記得前些時候，在公園的清水池畔，在葡萄架下，在花徑上，時常遇著幾對富戶家的公子小姐們比肩徘徊於其間，日月幾何？江山竟不可復識了，昔日如同樂園、天國的娛樂場，而今既是變做流氓的棲留所了，而那些穿得綢綢軟軟的洋裝的、奇裝的頭髮，以香油抹得光滑滑的、全身撒透著香水的公子、小姐們，自然不願和這些赤著腳、穿得襤襤褸褸、憔悴其容顏、長散著頭髮的流氓做一塊，所以這公園就不能再有印著他們足跡的光榮了。

阿B目擊著這個淒涼的現象，心兒有些不自在起來，他覺得在這個經濟恐慌尖銳化的當兒，他再沒有些久必會和他們做一塊兒嘗個流氓的況味，是決定了的運命，論起來尚是同病相憐，他看見自己的前途也只有黑暗而已。他想到這裏，自然地心酸起來，他的厝裏尚有個妻子，兒子的年紀不過七歲，呀！難道要賣兒子過日嗎？真真豈有此理，我當真必會弄到那個田地嗎？不，不，我死都不，不，啦！當我初生出世的時候，我的父母豈不是很喜歡生個男子嗎？我要愧死了，我有辜負了我的父母了，我沒有做個男子的資格了，歲數將近三十尚不能充分地來養育妻子，我還有臉可以見人嗎？他的眼淚竟偷自眼裏落了下來，他想到失業的時候，因失業所發生的悲慘的幻景，便一幕幕地反映到眼前來，他映到「死」、「自殺」三個字的時候，嘴唇不住地震顫著，頭腦也有些眩。

過了約莫二個月後，阿B的面子，沒有昔日的肥白了，枯瘦得難看，他的運命，已是照他所料不得不跑入流氓隊裏去了。

他被解雇了後，不信他的運命會弄到那個田地，一連找個一月連日（一個多月），未曾碰到棲身的所在，真是倒運，處處的工場，都是整理人員（裁減冗員）的當中。於是他只有跑到流氓所去幹個流氓的生活。

阿B甘願去做流氓嗎？不，他找不到職業的中間，曾去試過種種頭路，他看見賣冰的比較輕可（輕便）而且有來路（收入），就想要去賣冰，但是賣冰卻不能隨隨便便，要受官廳許可，要受許可須先到醫生處去領一張身體檢查書，證明你身體是強健的，醫生又須是官廳所指定。阿B在代書人處領教到這手續，便走去找那醫生，一到醫院被問了姓名，便要五角銀，阿B不打算（預料）到這事，這一項費用沒有計算到，幸喜他代書料（費）還未給代書，身邊有一圓多錢，就拿出來納，換一張單去受醫生診察，醫生說他眼裏有點病，要醫治一禮拜纔肯出檢查書，這給阿B是很大的打擊，他覺自己是強健的身體，眼睛也沒有些兒異樣，怎說有病？他真不解，難道是醫生要多收些治療費嗎？那裏來這一筆費用？阿B真為難了，再去問代書，纔曉得法律的規定如此，沒有照行是不會許可，阿B不得不去儉省出糴米買菜的錢，來醫治他醫生說有病的明亮亮的眼睛。好容易眼睛治好，健康診察書領到，阿B就非常高興了，他打算這診斷書和稟送進官廳去，隨即受到許可，挑著冰擔到街上去，一日最壞運也有八九角銀賺，一家的米菜就有出處了。他鄭鄭重重提著稟（申請書）和診斷書，趕趕快快走向衙門去，戰戰兢兢跨入衙門裏，恭恭敬敬送到大人的机（桌）上，大人口裏啣著煙，斜靠在交椅上看新聞，似正看到高興，面上不斷地露出笑意，任阿B在机前肅正地立著，睬也不睬，過有些時候，大人纔把新聞放下，板起威嚴的面孔，向阿B問：「啥事？」阿B惶恐地又把稟拿起，送到他面前，說：「大人領冰牌。」大人把書類接到手裏掀一掀看，隨即擲在桌邊，說：「過幾日再來。」阿B行了一個最敬禮，纔翻身走出來。出了衙門口，像忘卻了什麼似的又自躊躕著，他翻悔不曾問明要再幾日，想再進去，又怕惹起大人生氣，領不到許可，他很失望很不安起來，這是關係他一家的生活，是何等重大而且切要，大人竟無關輕重似地把稟和診斷書隨便擲在机上，這使阿B感到了非常的悲哀，因為這診斷書和稟，他用去了兩個多月的生活費。

阿B等了又等，冰牌終是不許可出來，他雖上過幾次衙門，去討消息，大人總是教他「再幾日來」，後一次大概是去得常使大人厭煩了，竟受到叱責，說：「馬鹿野郎！講，許可就給你通知，常常來也是無路用。」阿B終不明白是什麼原因，請個許可竟這樣難，他不憚煩地請教人的結果，始被他曉得還有運動（賄賂）一層手續未辦到，但是這運動，代書人卻不敢承辦，又不是本人所做得來，萬一使有權者不稱意，反會去受罪，這另有一種經手人。世間有誰願白做人的奴才，這經手人自然也要報酬，酌量起來這一層的費用，就不是節省出兩三個月的生活費所辦得來，阿B沒法度，只有斷念而已。

阿B又不願閑著坐等飯喰，其實閒著是不會有飯喰的，所以他不能不打算，怎打算多沒有好結果，勿論那一件事，都要經過官廳的「斗界」（關卡），官廳？他已跑過一次了，真是不敢……現在只有零星生理（生意），尚可自由去做，那麼賣仙草去。本錢輕省，自己還辦得來，阿B決定要賣仙草了。便千方百計借到二圓的本錢，開始他的營業，頭一天算好運，貼三頓飯，賺三角銀，照這成績已糊得自己的口腹了，阿B也非常歡喜著，第二天碰著西北雨，只撈回本錢，第三天就壞了，碰著大人的馬頭（巡察、警察），日頭還未中到（中午），被捉進衙門去，到日暗纔放了出來，本錢了盡不打緊，尚負了二圓罰金的義務，這便累到他妻子去向人求好嘴（好話、求情）了。

此後再提起做生理的話，他妻子總是反對，生理做不成已了去了不少錢，使生活的困難倍加慘澹，設沒有這項損失，尚可維持三個月的柴米，且不致負債。這負債使他妻子非常不安，她計算自己編草笠的所得，買米尚且不足，何時纔能把債還清？所以她很怨恨她丈夫，無緣無故損失這一項錢，她雖希望他有一個職業，卻不許他自己做生理，讓他死坐在家裏還有一碗稀粥可給他喰，做生理了本錢而且要受罰。阿B也沒有勇氣可反抗他妻子的主張，就不得不走進流氓隊裏去。

阿B在先只是在街頭徬徨著，有時在路邊蹲一些久，有時靠亭仔腳柱站著，像在等人喚他作工，又像在等人忘卻了東西，可給他拾得，但是終於失望了，一件也不能實現。終日在街上徘徊也怪無意思，雖不願意，也不能不到一見就要傷心的流氓聚會所——公園去坐消這閒時光，嘗嘗有閑階級的樂趣。

阿B在這流氓生活中，識了不少朋友，勿論都是和他同運命的，所以日子雖淺也很親密。本來阿B以為自己是頂不幸的，現在覺得所識朋友中還有比他更不幸的，這使阿B非常難過，他想，自己這樣已是渡日艱難了，他們要怎樣維持生活？但是一面也使阿B的悲觀，減去不少，因為比他更不幸的人猶能維持其生活，自己當不致餓死罷？

□　□　□

一日午後，阿B較晚到公園去，公園裏已經來了一大堆同運命的朋友，大家圍坐在大榕樹下說笑，借以忘卻肚餓，阿B便也走進去，聽見一個說：

「失了業，在先我也打算無什麼要緊，我想若肯勞動，豈會無工可作？那曉得竟真無工可作，我已閑到將近兩年了。」

「啊！在先我也是這樣想著，而且也很樂觀，現在物價都較便宜，蕃薯百斤五六角，白米也只六角外，最不中用，點心擔的清粥，一大碗二點，一日有六點錢，當不致挨餓，無想到一日六點錢也賺不來。」阿B聽見朋友一段話接著也發表他的感想。

「六點錢，啊，實在比乞食還不如，做乞食來去求乞，一日當不只六點錢。」

「是啊，自顧還是好腳好手，不願把這面皮扯破不然做乞食當更快活。」

「這兩年來一日喰三頓的只有二十九工。」

「是找著什麼頭路？」

「做頭路要講啥？坐著享福纔值得講起。」

「是啥緣故？」

「那是去年勞動節那一天，我去聽文化的講演會，看見辯士（講員）被無理中止的時，我喊一聲橫暴，隨時二個警察便來把我捉去，到了衙門一個竟無故打我的嘴巴，我不服氣和他對打起來，但是他們兩個，我只自己，終是吃虧，隔日喚到司法室便被即決（立即裁決）廿九工。」

「你沒有問他什麼理由？」

「他們說我敢反抗。」

「啥！無緣無故也須馴馴服服讓他們打踺嗎？」

「你這時候纔曉得嗎？」

「也是好，我想真不得已，也只有到那邊去喰三頓白米飯。」阿B竟想著最後的喰飯處。

「啊！白米飯！」周圍的人聽著阿B的話，不覺一同喊了出來，同時每人各咽下將要流出嘴唇的涎沫，也真像喰白米飯似地感到了快意、飽滿，便暫時靜默著。

「這幾月來，你們誰曾喰過白米飯？」一個三十來歲的人，忽又衝破了這靜默，發出奇問。

「我，我曾喰過。」眾人驚奇的眼光，不覺齊注到講這話的人的身上去。

「富戶人，資本家！」同時又有了這樣嘲笑。

「什麼時候你有這樣錢？」這有些像官廳在追究竊盜的口吻。

「哈哈！你欣羨嗎？」

「誰稀罕你一頓飯？」

「講起來會使恁饞涎流了出來，這就只在幾日前，前日不是王家有很熱鬧的出葬嗎？就在這前一日的晚上，他家大做功德普施餓鬼。」

「呼！你就是受到普施的嗎？」

「講起來是很可惡的，他們粿粽飯幾百十擔，羅列滿街，我餓久了，嗅到飯的香氣，腹裏愈是難受，不覺走到飯擔邊去，當人不注意的時候，撮一把送進嘴去，不打算背後站著一人，被他罵得使我抬不起頭，你講可惡不可惡？餓人竟不如餓鬼！我真想在那時候能突然死去就好。」

「做人實在真不值得！我們這一群，誰肯普施一頓？你看！對死流氓就那樣恭敬。」

「南門七舍，聽講要省出做生日費用的一部，來施白米。」

「這全是資本家的慣技，要得一個好名，講他也在舉辦社會事業來遮掩他平時刻薄搶人的罪跡。施米？誰會被他騙去？誰肯去領？也只有乞食罷。」

「資本家，乞食，搶人，資本家！」一群人竟然你一聲我一句，喊出了這口號。

「資本家，萬惡的源泉！」

一個四十來歲的人，很興奮地這樣喊了出來，同時又像演說似的，直講下去，好像是被資本家三字所刺戟著。

「大家！你們已經明明白白看見了，他們欠用的時候，就把我們牛馬一樣地驅使著，榨去了我們有限的勞動力，及到不再欠用的時，便把我們趕出來。大家！你們有的不是力也要盡了嗎？有的不是做不來別項事情嗎？教我們怎樣去生活？給我們的工資，尚養不起妻子，怎能有積蓄？一旦失業，不是都要餓死。他們呢？不是都有『合仔加五』（對半、五成）的利頭？他們怎樣奢侈享福？這不都是我們的汗給他換來的嗎？這樣事有公道嗎？這樣的社會我們能得生存嗎？」

「是，著（對）！不能啊！」周圍的人很同感似地一齊喊起來。

「所以非把他們打倒……」

「著著！打倒打倒！」這喊聲就更激昂了。

被流氓們所占領著的午後的公園，溢出了這興奮的不平的喊聲，使樹上的鳥兒，也驚著亂飛，過路人也疑訝著，各駐足觀望，不期然聚了一大堆。

阿B不打算他們無聊的談話，竟會激起這樣形勢，反有些驚恐、茫然地痴坐在不動椅上。

原載《臺灣新民報》三六八—三七〇號（一九三一年六月十三日、二十日、二十七日）

孤峰

孤峰，生平不詳。〈流氓〉為目前所知簽署此名的唯一作品。由文字及表現技巧的成熟性推斷，作者可能是二、三〇年代某位小說名家的筆名之一。

從發表時間來看，一九三一年正是多事之秋。政治運動方面，發生了檢舉臺共，民眾黨被下令禁止結社及活動；社會方面，在世界性經濟恐慌的籠罩下，臺灣民生凋敝，工農失業嚴重。這一年七月，臺北印刷工人、基隆炭坑礦工及碼頭工人，聯合要求調整工資。本篇小說藉一群失業工人的處境，表白了對資本家的鞭笞，對日本殖民措施的嘲諷，對文化協會活動的響應，這些都顯示了與勞工站在同一陣線的作者，在現實橫逆下的人道的、悲苦的思考及其昂揚的抗爭熱情。

新興的悲哀

蔡秋桐

有個夏天的安息日（週日），炎熱的太陽雖已西斜了，大地卻依然如爐，看看四處的樹兒、草兒也都呈現出枯燥的樣子，什麼阿雞阿狗也都倦怠到只管吁吁喘息，至於裸露著身子的人們更不用說是汗如雨下了。大約是下午四點吧，林大老躺在教會堂前的大榕樹下，左手拿一張新聞，右手拿一枝扇子，「那搖那讀」（即一面揮扇一面讀報）看得入神讀得入妙：

「T鄉是將來S會社第四工場建設有力的候補地，拓殖會社獻身的願將自己的所有地，分讓給一般農民，組織自作農組合（合作社）。海口將來築港，T鄉是必由之地，自然而然成個重鎮。」

林大老為讀著這段記事心裏頭有些躍躍起來了。「終是不得不去探究一番T鄉的好消息。」他私自這麼打算著。

T鄉的全耕地大部分是拓殖會社的所有地，T鄉的農民當然也是拓殖會社的佃人了。當地的農民大半都是靠著這拓殖會社的耕地而維持生活，過去這幾年間，逢著時機變換，由改良蔗而爪哇（一六一），而大莖種（二七一四—二七二五），而新種（二八七八）。T鄉是甘蔗的特產地，在爪哇種盛行的時代就得著多大的利益，為著這起家者著實也不少。

占去T鄉的全耕地過半數的拓殖會社，這時候是已經過主（更換主持者）了。由日本人之手而歸本地人之手。拓殖會社新社長本頭，當然是個老手腕家，也是個事業家，他在壯年時代興而敗，倒而復起者不知幾回？其手腕的靈敏，真值得吾人羡慕，老手腕家本頭赴任來，又是全然沒有帶著半點頭家氣，待人以恭，勿論貧富皆以親切叮嚀，逢著佃人便講：

「我今日會承領拓殖會社的土地來者，非是僅僅為我個人打算，完全是為著我們臺灣人將來打算，才有引受這麼大宗的土地啦。你看製糖會社的社有地幾多？勿論那間會社都占了很多土地的所有權了，唉！臺灣人尚不自覺將來土地變賣了之後……不知道當如何呢！必然為人的××！如果達到那個時候，罪要歸於誰呢？……

「所以各人現在所有的土地要刻苦維持，同時在咱這地方的別位人（外地人）所有的土地也著（也得）漸漸買收回來，我是抱著這款主旨，所以我要鼓舞自作農組合也就是在這一點的意思啦。你們那有希望愛買（若是想買）我是很歡迎的，萬一你們若是躊躇，我也只好移民來，將來第四工場也會設置這處，到那時候地價就難算呵！要買也難得買，俗語說得好『一失足成千古恨』，大家要盡力運動要緊，在我看起來只缺水源而已，我想來叫T鄉的住民供給勞力，開一條大溝至虎尾溪，來引虎尾溪水給工場使用。我呢，自己即寄附（捐獻）工場要用的敷地（基地）給他使用，這個方法敢（難道）不是太便宜。會社免錢有地可用，咱而為著會社地價會高起來。」

真是萬全之計，一人傳虛百人傳實，關於這段記事勿論是日刊新聞啦、週刊啦、旬刊啦、半月刊啦、月刊啦，足足刊了一個多月。在這時候勿論遠近的人士都有些注視到T鄉來了。

讀了這段新聞，得著這個好音信的林大老，免不了心頭一動，有這件便宜的是最好沒有，也就放了工而來探視T鄉了。一見地勢又平坦，地價又賤，比較臺南地方真是好得幾倍啊！莫怪T鄉起色，如果S會社第四工場設置之後，地價再起，豈不一時變成富戶嗎？良機不可失！基督信徒的大老，不敢違背著主的旨意，有好要相報，有福大家享的，當然是要報給親近朋友了。

經過幾日之後，臺西的自動車（汽車），每日皆告滿員，今日也有人來看，明日也有人來問，也有要買的，也有要贌（租耕）的，摩肩接踵絡繹不絕，這個T鄉為了那幾段新聞之故，真是有幾分熱鬧起來了。

可是，有些缺憾！這個偏僻的T鄉，連飲食店也沒有，不，就是雜貨店也找不到，像這幾日這麼人馬雜沓沒有店舖將是不得了。

大凡來視察過的人們，皆異口同音感覺著不便者：「土地雖然好得很，不過沒有商店是很缺陷，怎麼，連中午的點心也無地去吃。」這樣地嫌T鄉不便的話，不知道由何時而傳到本頭之耳呢！阿片仙（鴉片鬼）的本頭好像犯著甚麼重大事件似的也像有甚麼緊急要務掛身的樣子，看見時鐘七點，急急忙忙燒了幾口阿片，打息風燈火，手擕一個包裹，就一直向衙門來了。

T鄉這位C大人，是個活潑的青年，又是富有建設精神，自赴任T鄉以來，就抱有了一點市街建設之志，每於晚飯之後，就一心忙於設計，到如今案已成就了。放下了筆拿起圖面，看了復看，C大人暗暗地歡喜，獨自一人在哈哈大笑。本頭看見C大人在痴笑免不了躊躇一足，抽出一條洋煙起來生了火，由這洋火的光一閃，C大人像有些不好意思似的，伸出頭兒向外張望張望。看見是本頭到了，面赭赭地，緊緊招呼本頭入坐。

「這很小可（小意思），平素受大人十二分的愛護很多謝。」

「豈敢豈敢，我未曾做出甚麼事來，就受你的這麼賞賜。」

本頭看見C大人桌上一張圖面，也不客氣地伸手拿過來一看，便吻吻地（瞇瞇地）笑著。

「世間事怎麼有這樣湊巧的暗合呢？」

一為飽他的私腹而設計，一為增他的名聲而設計的。

「我本就想去拜候先生，湊巧先生今夜光臨，好極好極。」

「有甚麼貴事？」

「就是關係這張圖面的設計，我想要來建設一個市街，敢請先生來發起發起。」

「是是，我也想要來拜託你呢，這層大事業若沒有藉警察的氣力是難得成的。地方興衰盡靠大人一枝手，大大拜託，又這一個月來各新聞雜誌也真為我們宣傳得很賣力了。大人既有這樣熱心，必定功成名就，那麼就請你大人出來努力一下，我所能及者，無不盡我的綿力相幫，會得成功我們也曉得大大報答大人的恩情了。」

二人妥協就緒，本頭出去之後，C大人像有點不滿之狀，突然憤憤自語：「人講本頭大出手，其實全是白賊（說謊），我為他那樣大宣傳，為著拓殖會社土地的地價高昇而計劃著，這一個月間若要算宣傳費用不知要多少？僅僅一箱敷島（香菸牌名）做甚呢？」

「幹……」氣憤憤地將那箱敷島煙向總鋪擲下去，因之箱蓋一開，內中的敷島煙一包包跳出來，

「噯喲！也有十票（十元鈔票）落在其中。」C大人在這一瞥之下滿面又是春風了，笑嘻嘻地一包包包的敷島煙再拾起來，一張張的十票收好了後，躺在床上暗暗地想：

「僅僅以嘴宣傳幾句，就有這樣大的禮素，如果照案成功（照計劃實現）我的腰包內必定……哈哈哈。」

C大人那晚為了這件不要本的生意掛心著，老睡不成眠，反來覆去，心裏只是這麼盤算著：

「保正一人一間，八間，啊！少局（小場面）至少也須有四十間即會看得，也即有一個市街的款式，對保正甲長照派吧！」

「是了是了，妥當妥當。」翌日C大人就召集保正甲長開了臨時保甲會議，在這席上，C大人將他的計劃，一五一十講給保正甲長聽。大人的話誰敢公然反對呢？況兼這計劃又是個T鄉的振興策，照理當然是要原住民來提倡，而今C大人提倡在先，地方的先覺者們那能不繼承於後呢？第一保正要起（蓋）三間，第二保正二間，第三保正較有錢些須起五間，甲配一間乙配一間，總共就可起得四十二間，當場推薦本頭為理事長，各保正為理事，C大人自己當建設工事總指揮，這偉業，總算理出了一個端緒了。其工事決定就付諸競爭入札（投標）。

林大老自去視察T鄉受了本頭關於自作農組合的好處的種種說明之後，就有準備要棄掉了親愛的故鄉的決心，大約實行也只是時間問題吧。

是另一個安息日，林大老於禮拜堂裏，看見南報地方紹介版，以特大的活字（鉛印字）印著「祝T街落成」，滿載著新興的標語，中間也有T街的全景，C大人的寫真（照片），本頭的肖像，地方頭兄（地方上的名望者）的尪仔頭（指特寫照片），這就是C大人計劃的T鄉市街落成大廣告啦。「果然不出我所料，將來很有望的T鄉。」捷足先登，林大老決定了。

大老一行數十戶這一來能夠永遠成了T鄉的良民與否—姑且勿論—大約是決心要永久居住的吧？大老這一行同志來到。就下地於T鄉東方K組合監視所附近，贌來拓殖會社一大塊土地，這是採新興之意，東方是日出之鄉，像日初昇的款式，其意雖妙，那麼其所居住的家屋呢？卻極其簡單，用竹為樑柱，用甘蔗葉來蓋屋蓋，比較隔壁K組合監視所是有天淵之差哩！「君子食無求飽居無求安」，雖比不得K組合的監視所，他卻也安然地過日，做了T鄉的良民了。

大約是十二月吧，本頭所計劃的自作農組合成立了。「謀事在人成事由天」，這句話講得切實啊！新興的T鄉方才舉了呱呱之聲，那知會逢著世界大不景氣[1]和濱口大方針[2]的緊縮（節制）！出世遇著呆光景（不景氣）的T鄉市況也就日不如前了。C大人為這不振真是焦心得萬分，為著助成市況關係，要T鄉鬧熱，勿論是衛生取締咯，甚麼取締咯，攏總（全都）放寬了，就是犯法的賭博也無心顧及——不，像故意的。

T鄉是C大人建設的，他當然是個功勞者，不，是個興衰的大關係者。如不極力維持，要是店舖倒閉市況蕭條的時候，於大人的名譽上大有不雅，所以只要是可以使T鄉繁榮的，勿論是有沒有犯法，都一例（一律）予以默認。況對賭博的取締放寬，不但市況會鬧熱起來就是C大人的腰包也會漲破呵！

慣聞賭場的大頭Y探得這個消息，喜出望外馬上就跑到了，表面拿開自轉車店為招牌，內面卻開著賭場，其實倒不如說是開賭場為正業還確當哩。

「嫖賭飲。」這句話講得著實正確無誤，賭徒自然是嫖客，凡嫖客沒有一個不是酒仙，大頭Y開了賭場還感不足，恐賭徒沒有處可嫖可飲，針了一針嗎啡，手拿一個信袋又拜見大人去了。

現在的C大人不比從前了，凡日沒之後，C大人的官舍不時人馬不絕，甲要拜託領執照，乙要拜託領甚麼營業牌，那T鄉保長媽，不知道要來託請甚麼，也和C大人講得津津有味，「死囝仔（指C大人）你這時候若曉得做法，勿論誰都會曉得你啊！這T鄉又是你創設的，當然要你來支持……勿論是有牌的也是沒有牌的小商人，咱不免去管他，就人人都愛來——就會鬧熱，你都曉得人會給你甜頭呵！噯喲！大頭Y未曾來過嗎？這幾日必定油膩咯，我昨日對他店前行過，看見店內人馬無數，只昨日一天至少也當（抽頭）有百圓，恁祖媽得確向他講，若有百圓當然要二分之一五十圓分你……」

大頭Y聽見是保長媽的聲音，不客氣地入去向大人鞠了一躬。保長媽說：

「死囝仔是你啊？偷講你的壞話，你有聽見麼？」

「我未曾聽見。」

二人對答之間C大人進茶來，向大頭Y說：

「啊！前天很多謝。」

「豈敢豈敢，受大人的愛顧。」

「大頭Y你這死囝仔栽（死傢伙），這幾日飽肚咯——要對半分即會用得（才行）……」

保長媽飲了一口茶，對大頭Y講。

「好啦好啦，總之尚缺一間酒樓，賭腳（賭客）第一要著，有藝妲好嫖有酒好飲，才宿得住，我想來經營一間怎樣？」

大頭Y講嘴未合，保長媽又接下去：

「極好極好，這地若有酒樓恁祖媽那個夭壽孫子也免走到別處去嫖。」又是喝下一口茶：「嗄！真是朽木不可雕，今日也要娶細姨（小老婆），明日也要娶細姨，一個娶一個放（棄），到如今足足娶了四五個放了四五個唉！我被氣得……！」

「氣得屎都喰不下去。」

哈哈哈，這是大頭Y的報仇。

這層生意不但大頭Y好，就是地方振興上市況鬧熱上也大有關係，勿論C大人是贊成的，況兼大頭Y好，C大人那有不好呢？三人講得不亦樂乎，忽然由東北方傳來了一聲「喔喔喔呵」的雞叫聲，「噯喲！一點鐘嗎？」這才把他們拆散。

C大人為著T鄉而終夜不眠，一面林大老為著自己也終夜不休地計劃，然而C大人的計劃事事成功，大老的計劃卻是C大人的反比例，他是個基督的信徒，又是個教育熱心的人，記得他當初到T鄉時，看見T鄉的教育那樣不振，於心也曾不安了一陣，常感慨無限地說：

「勿論是工——農都有享受教育的權利，凡人若沒有受過教育，是違背著主的旨意。」對教育很熱心又有理解的大老，無如（沒有料到）新規（新創）事業，進行得不很順手，為著經濟所困苦，自然而然也對教育冷淡起來，不，到現在就連自己的小孩子也不登校（上學），而幫忙著農事了。T鄉本是大老的樂土，現在卻變成大老的怨府了。這時候的林大老，人真有點頹喪了，只是披星戴月，為這新規事業忙的連安息日也無心去禮拜，不，也不聽著甚麼鐘聲了！

是五月初旬，大圳的水，「嘻嘻嘩嘩」地流著，這一來造成了大老準備下種之心了。

甚麼種好呢？臺中特二——嘉義晚二——本島種省肥——……哈哈，臺中六五，六五雖然農會不獎勵，總之有可收成是最好的。

芒種過了便是夏至，中間作的下秧期到了，大老的播田準備大略是完了，田岸直的——橫的——一條一條一區一區，看來足可慰安著林大老過去的忙碌，滿園青翠的田菁被那涼風搖蕩著，宛然像在招呼著：

「水啊！緊來喲，我們的主人候汝好久了，為著汝不知喪盡了多少膏血，要是你不早點兒來，將是無可救藥了。水呵！快來喲！乞了十數年，才得看見這一滴，然這一滴會夠救治那病魔嗎？」

「大老！這條小給水路你不得使用。」大老正於水路上痴立悶思，忽然聽著這一句便啞然失色。

「沒有聽見嗎？你們的維持費未繳納，水要——錢又不願出，畜生，我已有幾次通告你……畜生。」水路巡視員又帶輕視地責罵下去。

「廣崎兄，你也不要生氣，這筆維持費都不是不願納的，這應當是歸業主負擔的……」

「橫直水是斷然不給你的，這條規矩是郡守大人定的，你若不服可去郡役所理會就是。」

受了這一番侮辱的大老真是悲憤交集了。郡役所理會幹嗎？他還把我們放屎百姓（村夫村婦）放上眼麼？呸！無濟於事。

「罷！罷！罷了！五月、六月、七月、甘蔗、插甘蔗罷，我若不播秧，你奈我何？」

大老為著事業失敗，越發一日餒志一日了，屋又是為著無情的雨打得屋蓋腐爛，為著橫暴的風打得牆壁破壞。「第四工場建設……海口築港……自作農組合的好處……地價會高漲起來……一切的一切，唉上當了，無一不是資本家的騙局……。」舊事重憶，大老切齒頓足地憤然失悔了。而隔壁的K組合監視所，不顧著組合員死活，不顧著這殺人的不景氣，這回更改築得堂皇壯觀，庭園也整頓得廣大雅致，花也放得異常芬香，監視所今日舉落成式哩，郡守以下官民多數集合在這美麗雅致的殿堂，大飲落成酒，特吃祝賀宴，紅紅綠綠的，內臺（內地和臺灣，內地指日本）美妓忙個不了在侑酒（陪酒），人人皆飲得不亦樂乎。「快快，樂樂」的猜拳聲碰盃聲不絕地洋溢全村，一面大老捧碗蕃簽湯，舉雙竹箸在破壁通風的屋內吃中午，被這喧嘩之聲所擾，更加悶起來了，喉嚨一梗，再也沒有勇氣吃下去放下了箸碗，便跑到店仔口告示亭邊呆望著：

甘蔗區以外不准人插甘蔗……勉強欲再讀下去，忽由監視所來了一個醉漢，七顛八倒地嘴裏唱著「サケハモトヨリ」（當時日本流行歌——酒不用說）……掠大老身傍過去。

官廳不准我插秧，會社不准我插甘蔗……果然嗎？唉！啊！碰的一聲，大老跌倒下去，不知是傷心氣厥，或是被那酒仙撞倒，只見他久久還爬不起來。

原載《臺灣新民報》第三八七—三八九號（一九三一年十月二十四日、三十一日、十一月七日）

蔡秋桐

蔡秋桐（一九〇〇—一九八四），雲林元長人，筆名有愁洞、秋洞、匡人也、蔡落葉等。幼年入書房習漢文，後進元長公學校受日文教育。二十二歲擔任保正（日據時代里長），前後計二十五年，光復後曾任元長鄉鄉長。

蔡秋桐於一九三一年開始發表小說，並創辦《曉鐘》雜誌，一九三四年加入臺灣文藝聯盟，為三〇年代主要小說作家之一，所有作品皆為中文。一九三七年臺灣總督府禁止使用中文，蔡秋桐停止白話小說創作，轉入舊詩寫作，加入「褒忠吟社」，光復後參加「元長詩學研究社」。

蔡秋桐創作活動時期，正值臺灣話文廣受討論的階段，因生活環境及個人經驗，他在文字上表現了強烈的本土色彩，是運用臺灣話文於創作實踐的重要鄉土作家。此外，因長期擔任地方基層行政工作，對日政府的殖民措施有深刻體驗，作品內容除了描繪臺灣「放屎百姓」的悲慘境況，對殖民政策及依附殖民政權的地方保正、會社主管、御用紳士等，亦多所反映及批判，是臺灣文學史上優秀的諷刺作家。他的作品及評論可參見張恆豪編，《楊雲萍・張我軍・蔡秋桐合集》（《臺灣作家全集》）（臺北：前衛，一九九一）；鍾肇政、葉石濤主編，《光復前臺灣文學全集》卷二《一群失業的人》（臺北：遠景，一九七九）。

註釋

1 世界大不景氣，是指第一次世界大戰後，一九二九年的經濟大恐慌。

2 指一九二九年濱口雄幸就任日本首相，所提倡的產業合理化和緊縮財經政策。

決裂

楊守愚

剛是家宅搜查後的不一刻，屋裏的東西還是凌凌亂亂，直像秋郊的敗葉枯槁，東一堆，西一堆，到處狼藉著。

「哼！你幹的好事體，累得一家雞犬都不寧起來，一月半月就得鬧一次……」朱榮的妻湘雲，臉上滿堆了埋怨的神色，緊緊不休地咕嚕著，遏斯特里地來回暴跳，總不肯幫著丈夫收拾一下。

「你怎麼屢次都想來反對我呢？」在收拾著雜亂無章的東西的朱榮，也一肚子憤氣，向妻反詰。

「什麼？反對你麼？是的，我反對你，請問，這樣年頭兒，你日也運動，夜也運動，到底得些什麼呢？錢一個也不掙進門，要不是我在撐持門面，唉！人道嫁夫仗失勢，那曉得我竟……」大有一失足成千古恨之慨，妻說著又是幾聲嗟嘆。

「你到底叫我到那裏掙錢去呢？這樣年頭兒，況且官廳（政府）方面是萬般在阻撓著……」

「那裏？你從東京回來的當時，不是還很有些人士要僱用你嗎？如果你是甘心修善的話，現在怕不也是市役所（即今之市政府）的一員書記了嗎？還怕什麼沒有錢賺，一個月至少四十塊，但，誰又叫你跑到流氓組合去呢?」妻越發氣得臉色青一陣紅一陣:「唉!人叫不應，鬼拉便跑，明明是冤仇鬼跟著。」

「難道跑到農民組合（組織）就不好了麼?」一聲冷笑，朱榮又是這樣反問著。

「哼哼，好的，你們流氓黨，誰不是幹的好事體?」妻也同樣報以一聲冷誚，猥猥地，又是向凌亂的東西和忙碌的丈夫盯了一眼。

「那當然囉，爲被剝削被壓迫的農工大衆出力，不是很應該的麼?」理完了一些，又是一些，朱榮直弄得有點疲困。

「農工是農工的事，與你有什麼相干呢?」

「同一階級的人底痛癢是相關的。」朱榮的語氣眞有點認眞。

「見鬼!」妻就像抓住了話柄似的痛快地這麼一駁:「我且問你，到底你曾得到什麼好處呢?」

「好處嗎?農工們的好處，也就是我的好處了，還要管到自己幹嗎?」

「哼!好處，那不是搜查麼?拷打與坐牢，也就是你得到的好處了。」點點頭，妻又是嘲訕地說:「你道自身不管，難道連我也不管了麼?」

「你麼?」又像覺得妻太稚氣，朱榮轉過身來，向妻投了一次柔和的眼睛，不由得憐惜地笑了:「只要你是和我一道，當然是休戚相關……」

「啐!誰想同你們流氓一道呢?」妻不等朱榮說完，便截下道，一面還裝做吐痰的樣子，表示不屑。

「那也只有任你去了。」朱榮把幾本書整疊著，一面又偷覷了妻一下。

「任我!」妻卻越吵得有勁啦。兩隻手掩住面臉，在抽抽咽咽起來:「初愛之，終棄之，你的存心……」

「我愛你的心，何嘗有變？也正因爲你的事事無理反對，這卻使我感到多大不滿。」見到妻悲啼的樣子，朱榮的心，免不了幾分愛憐。

「反對你？難道叫你掙錢不應該麼？叫你不要和亂黨去搗亂不應該麼？」一本正經地，妻儼乎以大義相勸勉：「你自問良心看看，結婚當時的那烈熱而專一底愛情，那裏去了呢？」

假如朱榮是有心把和妻的情史檢點一下，應該要抱著悔罪的眞誠，跪在妻面前哀求她的赦免，但是他不，爲著比這更有意義、更偉大的××工作，他沒有這樣寫意的心神與時間。

「那麼，你就叫我做家庭的奴隸，妻子的俘虜嗎？或者，你就想挪這來逼迫我把階級愛放棄嗎？你明白點吧，一個人是不能區區爲了異性愛而生存，像那戀愛至上主義，在從前也許是很通行，不消說，我當時也是曾經被感染過，但是，那是錯誤的，現在，那可不能夠了。因爲除此而外，還有更偉大的××工作，待我們去把它完成。」很興奮的，朱榮向妻演說起來了。

「放屁！枉你生爲一個男子漢，連一個妻子都養活不來。」一切都爲苦惱的對象，妻竟成爲村婦罵街。

「是的，我是只有階級觀念，沒有什麼家庭不家庭，妻子不妻子，要是你想享樂的話，那麼，就請到資本家的面前當古董去吧！」憤憤然，朱榮也這麼說了。

「不！我也不和你說了，我要問你到底打什麼算？」轉起彎來，妻又把話拉入本題。

「打什麼算？」無謂的吵架，朱榮覺得著實討厭：「你想叫我怎樣？」

「你瞧，你們的亂黨，有幾個不在後悔了呢？寶宗、志明，不是都規規矩矩地在做正業了嗎？豎橫是這樣的世界，搗亂是有損無益的，誰也樂得脫離關係，只有你還是一場糊塗，活把我嚇死。」

「正業，現在幹的，你道不是麼？無論如何，我總不能一日離開了它，寶宗、志明，情願低首下心，也儘管他去，但，我朱某卻別有我的人格在。」

「人格！好……」看看無論硬爭軟勸，都不能挽回丈夫的堅決的意志，湘雲更加焦灼到臉色慘白了。

「好……」

朱榮一壁兒向到達農民組合的那條路上走著，一壁兒把剛纔同妻的吵架回想一下，不由得憤怒與傷心交織起來，他覺得同一個沒理解的女人結婚，簡直是比帶上一副枷鎖還苦痛，著實有些叫人厭惡。這，使他後悔起這一件婚事的結合來：

「你的來信，不是說十一日到家麼？怎麼倒延誤了這一個星期？」

「是的，不過，這還是由於警察署長的好意，上了岸，便給叫著吃大餐去了。」

「什麼？無理無由的，他怎麼隨便把人拘了呢？」

「那有什麼希罕……」

「全國×××事件，爲甚麼你也被檢擧了呢？」

「也不過因爲我是社會科學研究會會員罷了。」

「幹嗎？你跟人家加入那個做甚？嘻！現在總算打草驚蛇了。」

「有什麼要緊呢？」

「弄得一頭苦吃，還要壞了名譽，這可不是玩的。」

「名譽！那不過是××階級拿來騙人的話兒，幾時你也學了這見識了呢？哈哈！」

「聽說你這回不再上學去了。」

「眞的，豎橫是一些資本主義的說教，我也不耐煩儘廝混了。」

「爲的我倆的……親愛的，幸福的日子，不就在眼前了麼？」

「不，還是爲了接到一個友人的信……」

「信？」

「是的，那是農民組合的同志寄給我的。」

「要怎樣？」

「他說自各地小作爭議發生，鬥士續續入獄，況新竹事件、臺南事件的續出，連友誼團體的××，也剩不了幾個鬥士，所以要我回來幫著工作。」

「可了得麼？這一種破壞家庭幸福、夫婦愛情的搗亂，你也答應他麼？」

……

那是從東京回來的第二天晚上的事，是兩個人私的會見的敘談。朱榮重新追憶了一下，不由得自怨自己來了，他覺得錯了，當時何以不想徹底同她爭論下去，含糊，怕傷了她的感情麼？少之時，戒之在色，含糊，現在不是依然要破裂了麼？當時何苦和這樣一個意志不合的人結婚呢？愛，是的，就爲了愛，但，狂人式的愛，不成爲一條綑身索（縛身繩）麼？越愛越綑得緊，多麻煩呀！整天就只有：情話、溫存、接吻、擁抱，這簡直就教人家學漢成帝老死於溫柔鄉。但，千千萬萬的被××階級的哀呼呀！還能容你酣睡以至長眠嗎？不，這是××主義式的肉麻的玩意。

「唉！無理解的舊家庭，把我攆了，現在，竟連一個受過教育訓練的新時代的女子的妻，也在反對我。」他確有些黯然了：「到處都充滿著××主義的勢力，這勢力直滲遍各個人的血液裏頭，多可怕呀！但，一個社會運動家是顧不了什麼家庭、妻子的，好，就索性決裂吧！愚蠢的虛榮的女子，結局，也只有給我一個對頭。」

廿多分鐘之後，朱榮已坐在農民組合的事務所（辦公室）裏，同幾個被檢剩的同志，談論起今天所發生的事情。

「一共搜查了幾處呢？」一個身子肥胖，眼小眉粗的同志，一面抽著紙煙，一面轉向坐在左邊那個角落的那個同志問道：「旺！你的家裏，曾沐過搜查的光榮麼？」

「那有能夠倖免的福氣呢？」那個被叫做旺的高個子答道。

「大約總有八九家吧！」咽下一口煙，那肥子又問。

「怕不只此呢？」還是坐在另一拐角的那個同志說的，他那濃眉大眼，像很帶有幾分緊張神色：「諸位有沒有被搜查出什麼？」

「那有什麼呢？」不約而同地，五六個人這樣答道。

「也不過是照例的一套老把戲罷了，果眞有什麼不穩（不妥）文書？」

「我那裏又是被抓去了三五冊社會科學書。」朱榮再補說了這一句：「組合呢？老嚴！」

「幾張宣言而外，也只有一本記錄。」坐在拐角的那個老嚴答道。

談話一時中斷，因爲這時又進來了一位女同志，是一個轟轟烈烈而又不失其女性的柔媚的女子，身材是短小的，眉目卻是十分清秀，蛋形的臉頰，時有一抹紅潤的色澤。

「老陳、老曾們，你們起來怎樣，會不會起訴呢？」揀了一個座位，她便這樣開始發問。

例子。

「我想，總不至於吧！」胖子不待思索，搶前便這樣說，說時，又是一口青煙直向對面噴出。

「不會？胖豬！你想他們會甘心放手嗎？」

「你是一點犯罪的證據也沒有？」

「哼！年頭，老周們，不也沒有犯罪的證據麼？結果怎樣，不是被判了三個月禁錮。」老嚴引的

「現在老曾等，怕也不免吃同樣的虧吧！」朱榮卻是這樣料想著。

「我也這樣擔心著。」表示同感的是那個女同志。

接著，又是一些各人對於這事件的感想，和觀測的談話，和廣泛的關於本事件的善後議論。

「我們預定的講演會，今晚開不開呢？」一會兒之後，旺忽提出了這一個問題來。

「開的。」朱榮、老嚴和那個女同志這樣主張著。

「還是不開的好，我想。」胖子老是這麼沒勇氣。

「這不能夠預定的事，無論如何，都是要毅然進行的。」坐在拐角上的那個老嚴，像有些認眞地說。

「開當然是要開的，不過，辯士（律師）呢？」旺這麼考慮著，又是轉著眼睛看看在座的同志，好像在期待有個人出來解決這樣一個難題。

「不但沒有辯士，其實，在發生了事件的現在，還是謹愼一點的好。」裝得很莊重，胖子瞇著小眼說。

「胖豬，像你這樣的人，一生能夠幹出什麼來呢？難道捉了三四個人，搜查了十幾家，便這麼大驚小怪，呸！卑怯的豬……」還是老嚴說的，說時，就爲了很憤怒之故，那大眼睛，也睜得格外圓而

且大。

「豬?哼!媽的，你們要幹，儘你們去吧!我可不贊成。」老羞成怒，胖子也生氣了。

「世間老是不盡反對的人。」剛被妻反對過的朱榮，餘憤未消地，站起來又是鄙夷地說：「好!他李胖子不贊成，任他去吧!豎橫沒了他也不見得就怎樣，我們可是要幹的。」

「臨陣退縮，還是索性回去躲在房裏好。」老嚴也站起來，向胖子盯了一眼，神色有些激昂。

「躲!躲你媽的?……」頓著腳側著頭，胖子也不讓步。

「別爭吵吧!拌嘴是不中用的，還是談正經事要緊。」見不是勢頭（情形不對），旺便急忙出爲和解：「大家都是同志，別儘鬧意見，胖李!怎樣?」

「不!我不!」沒精打采地胖子說。

「談正經事吧!」其餘的同志，也都這樣勸告著。

經過了三十分鐘的打合（商量），講演會的事情總算大體決定了。除卻李胖子之外，大家都一致贊成，整理會場的整理會場，宣傳的宣傳，都分頭趕辦去了，辯士一層，也就由朱榮承擔著向××聯絡。

大概是由於那一晚的講演會，檢束時，被××了吧，朱榮便好幾天總躺在家裏不出門，這已經使湘雲咕嚕了好些次了，一些同志，又是天天跑來看他，同他商量些什麼事情。不，還是那個女同志礙目，她有時也曾獨個兒跑到朱榮的房裏，同他說了長時間的話，這更加使妻的心，火上添油。

「那是什麼下賤東西。比狐狸精野得還要厲害，人病了，還是天天闖到家裏來胡纏，嚇!野娼也沒有這麼不要臉。」背地裏，妻不知像這樣咒罵了多少次，不過，那女同志來時，湘雲卻老是把她監視著，一步也不肯輕易放鬆，對於他們那樣率眞、坦白的態度，雖然覺得不甚入眼，倒也不曾找出什麼破綻。只有這一點，就是丈夫屢次想把她調開，有時叫她煎茶，有時叫她做這、做那，這卻教她不能無疑，她以爲他們是想互相調戲調戲，或者想談談密情，是的，要不然？何以房裏時有嬉笑的聲浪震動著？

「你的夫人不放你走吧？」

「不，笑話？……」

這是那女同志要出門時，向朱榮取笑地說的。妻雖然不明白他們究竟談的什麼，但僅這兩句笑話，已夠把她蘊蓄著的醋火，熊熊地燃燒起來了，也等不及那女同志去遠，不，或者妻是故意使之聞之，便大大地興起問罪之師來啦。

「好親密呀！病倒在床上了，還是一刻也分不開來，哼！不放你走，誰在把你挽留呢？」極度興奮（激動）地，妻嘴裏喃喃著。

「什麼？」妻這一個突來的責問，使得朱榮摸不著頭緒地一怔。

「什麼！你道我不曉得嗎？哼！你又何必鬼鬼祟祟，裝聾做啞呢？」

「到底又在埋怨我什麼呢？」朱榮自問原沒有什麼對不住妻的理由，然而妻卻任性地在吵鬧著，免不了也有幾分生氣：「你老是想和我做對，幹嗎？」

「你們好去吧，我又不是不知死活，那有多大膽量敢來同你做對呢？」遏斯特里地，妻倒有點傷心起來了：「唉！我也只能自己懊悔。」

「哦！」至是，似有幾分猜透，朱榮不覺好笑起來：「哈哈！我道什麼？原來就是爲了這個，啊！湘雲！你也未免太瞎疑心了。」

「疑心！是的，總是我疑心，不能好好地讓你們要好去。」妻停了一會，盯著朱榮又吵起來：「老實告訴你，你們要怎樣去顛倒猖狂，我可不管，不過，要在我面前幹那不要臉的醜事，我可不能容忍呢！」

「有什麼不要臉呢？難道朋友相找也不能夠嗎？」妻的誤會，眞教朱榮氣不是，笑也不是。

「朋友，哼！四隻眼睛總是飢狼餓虎似的交射著，多淫蕩呀！誰看了也要銷魂。」故學淫態，妻誚訕地說：「噯！總是我一個人不識趣，才招致『你的夫人不放你走吧』的一聲埋怨。」語中還帶有幾分哀傷的顫抖。

「那也只是你自己的多心，人家因爲有重要事情，自不能不有秘密的地方……」其實，朱榮之所以屢次把妻調開，無非爲的她對於社會運動底工作，太過反對了，因此他們的話，才不叫她知道。

「我也不怎麼獃，那裏會不曉得呢？秘密，何必呢？光明正大地幹，又有誰來阻止你呢？唉！我早已不是你的什麼人了，秘密做甚呢？哼！你就即時把我攆掉，我也是願意的。」不待丈夫說明，湘雲便搶前截下，因爲朱榮的辯解，適足以增其疑慮與嫉妒。

「嚇！纏不清的蠢婦人！」妻的詬誶，把朱榮的氣憤激到沸點，忘了病痛，爬起床來，拿下上衣，他便想跑出這討厭的家庭。

「如果不蠢的話，我又何至屢屢被你這樣輕視，這樣侮辱呢？」氣沮地，妻一樣緊緊不休。

不聞不睬地，悻悻然拔起腳來，朱榮便又跑向農民組合去了。

沉寂的空氣瀰漫著，湘雲在嚶嚶啜泣。

「唉，我後悔，我恐怖呀！」

朱榮的話，不唯不能給與半點理解，反而引起了她的幾多悔恨，不知不覺間，她給一種無謂的恐怖征服了。

「當心點，湘雲，你看你那丈夫那樣搗亂，不知將鬧出什麼禍事來呢？到那時，你將怎樣受累喲！正經事一些也不想做，天天全在結交亂黨，想同資本家、政府做死對頭，這不是和土匪一樣麼？自己的臉上沒肉，倒怨別人家的屁股大，哼！不長進的下作（下流）東西，自己做不來官，掙不進錢，倒怨起別人升官發財來，豈有此理？哼，這還中用麼？坐牢、殺頭，你是明白的，資本家、政府，他有錢有勢，有權力有兵警，那怕你什麼，嚇嚇！盡是一班窮小鬼，賤骨頭，要是資本家不發點慈悲心，他們不早就餓死了麼？要是政府不愛惜黎民，他們不早就槍斃了麼？不知足的小鬼，甚至連親戚故舊，也不留一點情面。湘雲！不是我愛發脾氣，更不是怕他們把我怎樣，你想，竟連我也反對透了，那還有什麼道理？田是我的，干他什麼事呢？他也管到我升不升租、換不換佃？他，你那好丈夫，倒也去幫著佃人來和我反抗，難道說我待他不好麼？要不是顧及岳叔姪婿的情面上，哼！不早就把他告到官廳去了麼？湘雲！你如果不勸勸他，不但你一輩子要跟著受苦，怕還會被累到家破人亡呢！」

這是她叔父常常對她提及的，現在想來，覺得句句金言，都是切中時弊，前途，也就好像將要慘淡到不見天日了。

「唉！叔叔的田地，還是被舊佃佔據著，租谷（租穀，佃租）一點也不加升，唉！寃仇鬼，這不是太不把我瞧在眼裏麼？明明的，不然，他怎敢肆侮到我叔叔身上去。好！我總得同他計較個徹底，橫豎就破裂吧，他現在已經又迷上那狐狸精了，看看近來，竟連一句溫存話也不曾向我說過，動不動總是賭氣……」

因爲他們夫婦間的衝突，原是由於她叔父的土地問題而開始激化，所以她現在又想起來了，她覺得丈夫的不顧情面，煽動農民和叔父做對，分明是一種對於自己淡漠的表示，爲爭回隸屬於己的夫底愛情，和保持做妻的尊嚴，是不能不與之抵死力爭的。因此，決裂的種子，也就愈愈萌芽起來了。

自從丈夫那一天出門，已經三天沒有回來了，湘雲的心裏，一上一下地，好像熱灶上的開水一樣沸騰著，當然有些在擔心他鬧出意外的事來，不過，最使她不放心的，還是被那女同志拐誘了去，因爲他們那樣坦白的不客氣的態度，已經使她疑懼滿腹了。

「哼！又是被那野娼婦迷住了！」妻不由得這樣咒罵著，她又彷彿見到他們的擁抱，聽到他們的蜜語。不，還有那正經人所不忍觸目的猥褻，咦！多難堪喲！她對於這愛情的背叛者，眞恨不得生食其肉。

「什麼東西不好要，偏把人家的丈夫嬲（勾引）去，啐！下賤的娼婦！」她彷彿又聽見他們偷偷地在商量對付自己的陰謀，她更加悲憤，更加恐怖。

這幾天，湘雲的全心靈，差不多老被這一個幻景包圍著，弄得眠食俱廢，形容也憔悴了。

「好！回來，總得同他計較個到底，看他要把我叔叔的田地怎樣。」她的心絃，緊張到有些發顫，她覺得這於己是大有關係的，假如不能把這個爭勝，要想再把隸屬於己的夫的專一的愛情收回，那簡直是夢。

孤寂的、煩悶的、憤恨的，湘雲整日裏就爲了這焦灼不安。

「可惡至極……」

突然，湘雲的叔父氣喘喘地，跑上門，便怒沖沖的這麼破口謾罵，這把她幾乎嚇啞了。

「叔叔！什麼事？這麼發怒？」蒙頭蓋面，她不解地問。

「哼！你那好丈夫，他總想和我做對，好，如果眞想惹我，那再好沒有了。到時見個死活就是，哼！我道叫一些勇士要來給我攻家，哈哈！笑死人的，誰知倒同那不男不女的公娼，要做死對頭，那很好，不過，叫他當心些。」恐恐嚇嚇的，叔父就像在跑街宣傳，話一說完，不分不會（沒頭沒腦），轉過身來便走。

「叔叔！叔叔……」

但湘雲的叔父卻頭也不回的，踉踉蹌蹌便走了。

攻家、對頭、公娼。

過了一會，湘雲的心，總算鎭靜了些，細細把剛才叔父說過的話思索一下，幾乎嚇暈了。因爲上面六個字，忽然跳到她的面前，變，變，一直地變到比她的全身還要大過幾倍，簡直就兇狠到要把她呑食下去。多可怕呀！各個字眼，又都好像帶著銳利的刀箭槍劍，在瞄準著她的心窩刺射。

「又是和那不要臉的野娼婦！」

她憂憤到差不多哭起來了。她覺得丈夫之所以想做亂黨，想和叔父做對，而不聽自己的勸告，完全都是被那女同志的蠱惑，一切對於自己的吵架，也是她離間的陰謀與毒辣的教唆。

「說不定那娼婦倒是叔叔的佃人們用來迷住他的！」婦人家畢竟多心事，不知怎樣，倒推想到這事上來，因此，愈加使她慌張、焦急起來。

「唉！這不是明明想逼死我麼？對頭、攻家，那不是土匪是什麼？」湘雲週身都被恐怖支配著了：「叔叔呀！你的話句句都對，他——朱榮，簡直就要把禍事拖到我身上來了。唉！是什麼迷住了我的心，爲甚我當時倒會愛起這樣一個亂黨來呢？不，我怕我定要和他離開，連一個妻子也養活不來，還要把一切罪過都擱在我身上。唔！一輩子總是搗亂，夠了，我也被拖累得夠了。搜家、捉人，我給這些嚇夠了。還有，還有叔叔說的殺頭，那不更可怕嗎？誰願意做那殺頭犯的妻子呢？呀！羞！羞……」

妻圓睜了眼睛，神經興奮得幾同瘋子一樣，來回踱著。有時又像眞個大難臨頭似的，恐怖到滿出淚來。抖戰著，抽搐著，分明如中魔術。

「流氓！好，我們得把問題解決個清楚。」也不等丈夫安息一下，剛進門，湘雲就搶上來這樣嚷著。

「什麼？」看看妻慘白的臉色，兇狠的眼神，朱榮也愣然了。流氓！這從妻嘴裏，還是第一次聽到的，更加使他惘然。

「解決個清楚！」妻更加是嚷得有勁。

「隨你便，要解決什麼都可以。」這叫他怎麼忍耐得住呢？一踏上門，就是沒頭沒腦地吵著鬧著。

「可以！」妻的心，現在已經被悲哀、忿恨充滿著，不，此外還滲雜了不少恐怖的成分。

「動不動就是胡鬧，氣也受夠了，唉！我眞不明白當時何以會和你結起婚來……」

「是的，我也不知道當時何以會如此心迷？——你竟是這樣不顧情面。」說至此，那對頭、攻家、公娼，又在她腦裏一閃，像在向她示威、恐嚇，她的心，越發跳動不寧了；「哼！你爲甚總想同我叔叔做對，串通那不要臉的公娼到我娘家攻家呢？好！竟連親戚也鬧透了。」

「什麼親戚，他想榨取農民，難道叫人家就平白給他榨取嗎？」這才叫朱榮明白了妻今天暴躁的動因。

「榨取?田是他的，他管不得嗎?」雖然是陷於憂忿交織中，她還不忘記這與保持妻之尊嚴有關。

「田是他的，你說嗎?難道他從娘胎裏帶來的麼?哼!那一件不是從窮人那裏掠奪去的?哈!什麼攻家，問他減租，不應該麼?」

「攻家，是的，那簡直是流氓的行為。」

「流氓!你叔叔那樣惡地主，才配說是流氓呢!」朱榮聽見妻開口一個流氓，閉口一個流氓，惱極了。

「嚇……」妻放射出鄙夷的眼光，死盯著他。

「不，吸血鬼!強盜!」朱榮的態度，比前來得莊重:「像你這樣同一鼻孔出氣，還是分開來好，你既然反對我的主義，阻礙我的工作，那我倆當然是勢不兩立了。你的反動行為，在我的眼中，也只是我的一個仇敵……」

「仇敵?誰又願意同你一塊呢?好!我們就這樣地決裂……」

「好，決裂!」

……

跟著這決裂的動因，湘雲的叔父也向官廳提出恐嚇罪的告訴。因此，隔不了幾天，朱榮和那位女同志，也就被警署捕捉去了。

原載《臺灣新民報》第三九六—三九九號(一九三三年一月一日、九日、十六日、二十三日)

楊守愚

楊守愚（一九〇五—一九五九），本名楊松茂，臺灣彰化市人，常用筆名有靜香軒主人、村老、翔、Y等。其父為前清秀才，漢學造詣深厚，因家學關係，楊守愚中文極佳，後入彰化第一公學校接受日文教育。一九二七年與王詩琅、蔡孝乾等人，因無政府主義組織「臺灣黑色青年聯盟」事件，遭到檢舉。一九三四年與張深切、賴明弘等籌組「臺灣文藝聯盟」，並加入成為會員。光復後任教於彰化工業學校，教授國文。

楊守愚畢生以中文寫作，由一九二九至一九三六年，發表小說三十餘篇，是日據時期以中文寫作的小說家中，作品最多的一位。一九三七年，臺灣總督府禁止使用中文後，楊守愚轉向舊詩之寫作，一九三九年加入彰化舊詩社「應社」，與賴和、陳虛谷同為詩友。

楊守愚作品數量多，取材亦多面，舉凡小市民、工農生活、婦女遭遇、民俗傳說，皆有深刻細膩的描繪，另外對臺灣傳統書房教育的沒落，新舊知識分子的思想衝突，對文化協會、農民組合的文化及社會運動與日本殖民政府的矛盾和鬥爭，也多所披露及探討。這些特色，使他的小說在呈現三〇年代臺灣社會發展的實況之外，更生動地記錄了當代思潮的走向，以及知識分子的掙扎和困境。有關他的作品及研究，請參見張恆豪編，《楊守愚集》（《臺灣作家全集》）（臺北：前衛，一九九一）；施懿琳編，《楊守愚作品選集》（彰化：彰化縣立文化中心，一九九五）。

送報伕

楊逵著
胡風譯

「呵！這可好了！……」

我想。我感到了像背著很重很重的東西，快要被壓扁了的時候，終於卸了下來似的那種輕快。

因為，我來到東京以後，一混就快一個月了，在這將近一個月的中間，我每天由絕早到深夜，到東京市底一個一個職業介紹所去，還把市內和郊外劃成幾個區域，走遍各處找尋職業，但直到現在還沒有找到一個讓我做工的地方。而且，帶來的二十圓只剩有六圓二十錢了，留給帶著三個弟妹的母親的十圓，已經過了一個月，也是快要用完了的時候。

在這樣惴惴不安的時候，而且是從報紙上看到了全國失業者三百萬的消息而吃驚的時候，偶然在××派報所底玻璃窗上看到「募集送報伕」的紙條子，我高興得差不多要跳起來了。

「這可找著了立志底機會了。」

我胸口突突地跳，跑到××派報所底門口，推開門，恭恭敬敬地打了個鞠躬。

「請問……」

是下午三點鐘。好像晚報剛剛到，滿房子裏都是「咻！咻！」的聲音，在忙亂地疊著報紙。

在短的勞動服中間，只有一個像是老闆的男子，頭髮整齊地分開，穿著上等的西裝，坐在椅子上對著桌子。他把壓捲從嘴上拿到手裏，大模大樣地和煙一起吐出了一句：

「什麼事？……」

「呃……送報伕……」

我說著就指一指玻璃窗上的紙條子。

「你……想試一試麼？……」

老闆底聲音是嚴厲的。我像要被壓住似地，發不出聲音來。

「是……的是。想請您收留我……」

「那麼……讀一讀這個規定，同意就馬上來。」

他指著貼在裏面壁上的用大紙寫的分條的規定。

第一條第二條第三條地讀下去的時候，我陡然瞠目地驚住了。

第三條寫著要保證金十圓。我再讀不下去了，眼睛發暈……。

過了一會回轉頭來的老闆，看到我那種啞然的樣子，問：

「怎樣？……同意麼？……」

「是……是的。同意是都同意，只是保證金還差四圓不夠……」

聽了我底話，老闆從頭到腳地仔細地望了我一會。

「看到你這付樣子，覺得可憐，不好說不行。那麼，你得要比別人加倍地認真做事！懂麼？」

「是！懂了！真是感謝得很。」

我重新把頭低到他底腳尖那裏，說了謝意。於是把另外鄭重地裝在襯衫口袋裏面，用別針別著的一張五圓票子和錢包裏面的一圓二十錢拿出來，恭恭敬敬地送到老闆底面前，再說一遍：

「真是感謝得很。」

老闆隨便地把錢塞進抽屜裏面說：

「進來等著。叫做田中的照應你，要好好地聽話！」

「是，是。」我低著頭坐下了。從心底裏歡喜著，一面想：

——不曉得叫做田中的是怎樣一個人？……要是那個穿學生裝的人才好呢！……

□　□　□

電燈開了，外面是漆黑的。

老闆把抽屜都上好了鎖，走了。店子裏面空空洞洞的，一個人也沒有。似乎老闆另外有房子。

不久，穿勞動服的回來了一個，回來了兩個，暫時冷清清的房子裏面又騷擾起來了。我要找那個叫做田中的，馬上找住一個人打聽了。

「田中君！」那個男子並不回答我，卻向著樓上替我喊了田中。

「什麼？……那個喊？」

一面回答，從樓上衝下了一個男子，看來似乎不怎樣壞。也穿著學生裝。

「啊……是田中先生麼？……我是剛剛進店的，主人吩咐我要承您照應……拜託拜託。」

我恭敬地鞠一個躬，衷心地說了我底來意，那男子臉紅了，轉向一邊說：

「呵呵，彼此一樣。」

大概是沒有受過這樣恭敬的鞠躬，有點承不住罷。

「那麼……上樓去。」說著就登登地上去了。

我也跟著他上了樓。說是樓，但並不是普通的樓，站起來就要碰著屋頂。

到現在為止，我住在本所（東京區名，工人區域）底××木賃宿（大多為失業工人和流浪者的下等宿舍）裏面。有一天晚上，什麼地方底大學生來參觀，穿過了我們住的地方，一面走過一面都說，「好壞的地方！這樣窄的地方睡著這麼多的人！」

然而這個××派報所底樓上，比那還要壞十倍。

蓆子底面皮都脫光了，只有草。要睡在草上面，而且是髒得漆黑的。

也有兩三個人擠在一堆講著話，但大半都鑽在被頭裏面睡著了。看一看，是三個人蓋一床，被從那邊牆根起，一順地擠著。

我茫然地望著房子裏面的時候，忽然聽到了哭聲，吃驚了。

一看，有一個十四五歲的少年男子在我背後的角落裏哭著，嗚嗚地響著鼻子。他旁邊的一個男子似乎在低聲地用什麼話安慰他，然而聽不見。我是剛剛來的，沒有管這樣的事的勇氣，但不安總是不安的。

——我有了職業正在高興，那個少年為什麼這時候在嗚嗚地哭呢？……

結果我自己確定了，那個少年是因為年紀小，想家想得哭了的罷。這樣我自己就安了心了。

□　□　□

昏昏之間，八點鐘一敲，電鈴就「令！令！令！」地響了。我又吃了一驚。

「要睡了，喂。早上要早呢……兩點到三點之間報紙就到的，那時候大家都得起來……」

田中這樣告訴了我。

一看，先前從那邊牆根排起的人頭，一列一列地多了起來，房子已經擠得滿滿的。田中拿出了被頭，我和他還有一個叫佐藤的男子一起睡了。擠得緊緊的，動都不能動。

和把瓷器裝在箱子裏面一樣，一點空隙也沒有。不，說是像沙丁魚罐頭還要恰當些。

在鄉間，我是在寬地方睡慣了的。鄉間底家雖然壞，但我底癖氣總是要掃得乾乾淨淨的。因為我怕跳蚤。

可是，這個派報所卻是跳蚤窠，從腳上、腰上、大腿上、肚子上、胸口上一齊攻擊來了，癢得忍耐不住。本所底木賃宿也同樣是跳蚤窠，但那裏不像這樣擠得緊緊的，我還能夠常常起來捉一捉。至於這個屋頂裏面，是這樣一動都不能動的沙丁魚罐頭，我除了咬緊牙根忍耐以外，沒有別的法子。

但一想到好容易才找到了職業，這一點點……就滿不在乎了。

「比別人加倍地勞動，加倍地用功罷。」想著我就興奮起來了。因為這興奮和跳蚤底襲擊，九點敲了，十點敲了，都不能夠睡著。

到再沒有什麼可想的時候，我就數人底腦袋。連我在內二十九個。第二天白天數一數看，這間房子一共舖十二張蓆子。平均每張蓆子要睡兩個半人。

這樣混呀混的，小便漲起來了。碰巧我是夾在田中和佐藤之間睡著的，要起來實在難極了。想，大家都睡得爛熟的，不好掀起被頭把人家弄醒了。想輕輕地從頭那一面抽出來，但離開頭一寸遠的地方就排著對面那一排的頭。

我斜起身子，用手撐住，很謹慎地（大概花了五分鐘罷）想把身子抽出來，但依然碰到了佐藤君一下，他翻了一個身，幸而沒有把他弄醒……

這樣地，起來算是起來了，但要走到樓梯口去又是一件苦事。頭那方面，頭與頭之間相隔不過一寸，沒有插足的地方。腳比身體佔面積小，算是有一些空隙。可是，腳都在被頭裏面，那是腳那是空隙，卻不容易弄清楚。我仔仔細細地找，找到可以插足的地方，就走一步，好容易才這樣地走到了樓梯口。中間還踩著了一個人底腳，吃驚地跳了起來。

小便回來的時候，我又經驗了一個大的困難。要走到自己的舖位，那困難和出來的時候固然沒有兩樣，但走到自己底舖位一看，被我剛才起來的時候碰了一下翻了一個身的佐藤君，把我底地方完全佔去了。

今天才碰在一起，不知道他底性子，不好叫醒他；只好暫時坐在那裏，一點辦法也沒有。過一會，在不弄醒他的程度之內我略略地推開他底身子，花了半點鐘好容易才擠開了一個可以放下腰的空處。我趕快在他們放頭的地方斜躺下來。把兩隻腳塞進被頭裏面，在冷的十二月夜裏累出了汗才弄回了睡覺的地方。

敲十二點鐘的時候我還睜著眼睛睡不著。

□　□　□

被人狠狠地搖著肩頭，張開眼睛一看，房子裏面騷亂得好像戰場一樣。

昨晚八點鐘報告睡覺的電鈴又在喧鬧地響著。響聲一止，下面的鐘就敲了兩下。我似乎沒有睡到兩個鐘頭。腦袋昏昏的，沉重。

大家都收拾好被頭登登地跑下樓去了。擦著重的眼皮，我也跟著下去了。

樓下有的人已經在開始疊報紙，有的人用溼手巾擦著臉，有的人用手指洗牙齒。沒有洗臉盆，也沒有牙粉。不用說，不會有這樣文明的東西。我並且連手巾都沒有。我用水管子的冷水沖一沖臉，再用袖子擦乾了。接著急忙地跑到疊著報紙的田中君底旁邊，從他分得了一些報紙，開始學習怎樣疊了。起初的十份有些不順手，那以後就不比別人遲好多，能夠合著大家的調子疊了。

「咻！咻！咻！咻！咻！」自己的心情也和著這個調子，非常地明朗，睡眠不夠的重的腦袋也輕快起來了。

早疊完了的人，一個走了，兩個走了，出去分送去了。我和田中是第三。

外面，因為兩三天以來積到齊膝蓋那麼深的雪還沒有完全消完，所以雖然是早上三點以前，但並不怎樣暗。

冷風颯颯地刺著臉。雖然穿了一件夾衣，三件單衣，一件衛生衣（這是我全部的衣服）出來，但我卻冷得牙齒閣閣地作響。尤其苦的是，雪正在融化，雪下面都是冰水，因為一個月以來不停地繼續走路，我底足袋（相當於襪子，但勞動者多穿上有橡皮底的足袋，就可以走路或工作了）底子差不多滿是窟窿，這比赤腳走在冰上還要苦。還沒有走幾步我底腳就凍僵了。

然而，想到一個月中間為了找職業，走了多少冤枉路，想到帶著三個弟妹走投無路的母親，想到全國的失業者有三百萬人……這就滿不在乎了。我自己鞭策我自己，打起精神來走，腳特別用力地踏。

田中在我底前面，也特別用力地踏，用一種奇怪的步伐走著。每次從雨板塞進報紙的時候，就告訴了我那家底名字。

這樣地，我們從這一條路轉到那一條路，穿過小路和橫巷，把二百五十份左右的報紙完全分送了的時候，天空已經明亮了。

我們急急地往回家的路上走。肚子空空地隱隱作痛。昨晚上，六圓二十錢完全被老闆拿去作了保證金，晚飯都沒有吃；昨天底早上，中午——不……這幾天以來，望著漸漸少下去的錢，覺得惴惴不安，終於沒有吃過一次飽肚子。

現在一回去都有香的豆汁湯（日本人早飯時喝的一種湯）和飯在等著，馬上可以吃一個飽——想著，就好像那已經擺在眼前一樣，不禁流起口涎來了。

「這次一定能夠安心地吃個飽。——這樣一想，腳上底冷，身上底顫抖，肚子底痛，似乎都忘記了一樣，爽快極了。」

可是，田中並不把我帶回店子去，卻走進稍稍前面一點的橫巷子，站在那個角角上的飯店前面。昏昏地，我一切都莫名其妙了。我是自己確定了店子方面會供給伙食的。但現在田中君卻把我帶到了飯店前面。而且，我一文都沒有。……

「田中君……」我喊住了正要拿手開門的田中君，說，「田中君……我沒有錢……昨天所有的六圓二十錢，都交給主人作保證金了。……」

田中停住了手，呆呆地望了我一會兒，於是像下了決心一樣。

「那麼……進去罷。我墊給你……」拿手把門推開，催我進去。

我底勇氣不曉得消失到什麼地方去了。……

好容易以為能夠安心地吃飽肚子，卻又是這樣的結果。我悲哀了。

——但是，這樣地勞動著，請他墊了一定能夠還他的。——這樣一想才勉強打起了精神，吃了一個半飽。

「喂……夠麼？……不要緊的，吃飽呵……」

田中是比我想像的還要溫和的懂事的男子，看見我這樣大的身體，還沒有吃他底一半多就放下了筷子，這樣地鼓勵我。

但我覺得對不起他，再也吃不下去了，雖然肚子還是餓的。

「已經夠了。謝謝你。」說著我把眼睛望著旁邊。

因為，望著他就覺得抱歉，害羞得很。

似乎同事們都到這裏來吃飯。現在有幾個人在吃，也有吃完了走出去的，也有接著進來的。——許多的面孔似乎見過。

田中君付了賬以後，我跟他走出來了。他吃了十二錢，我吃了八錢。

出來以後，我想再謝謝他，走近他底身邊，但他底那種態度（一點都不傲慢，但不喜歡被別人道謝，所以顯得很不安）我就不作聲了。他也不作聲地走著。

回到店子裏走上樓一看，早的人已經回來了七八個。有的到學校去，有的在看書，有的在談話，還有兩三個人攤出被頭來鑽進去睡了。

看到別人上學校去，我恨不得很快地也能夠那樣。但一想到發工錢為止的飯錢，我就悶氣起來了。不能總是請田中君代墊的。聽說田中君也在上學，一定沒有多餘的錢，能為我墊出多少是疑問。

我這樣地煩悶地想著，靠在壁上坐著，從窗子望著大路，預備好了到學校去的田中君，把一隻五十錢的角子夾在兩個指頭中間，對我說：

「這借給你，拿著吃午飯罷，明後日再想法子。」

我不能推辭，但也沒有馬上拿出手來的勇氣。我凝視著那角子說：

「不……要緊？」

「不要緊。拿著罷。」他把那銀角子擺在我膝頭上，登登地跑下樓去了。

我趕快把那拿起來，捏得緊緊地，又把眼睛朝向了窗外。

對於田中底親切，我幾乎感激得流出淚來了。——生活有了辦法，得好好地謝一謝他。——我這樣地想了。忽然又聽到了「嗚嗚！」的哭聲，吃驚地回過了頭來，還是昨晚上哭的那個十四五歲的少年。

他戀戀不捨似地打著包袱，依然「嗚嗚！」地縮著鼻子，走下樓梯去了。

——大概是想家罷。——我和昨晚上一樣地這樣決定了，再把臉朝向了窗外。過不一會，我看見了向大路底那一頭走去，漸漸地小了，時時回轉頭來的他底後影。

不知怎地，我悲哀起來了。

□　□　□

那天送晚報的時候，我又跟著田中君走。從第二天早上起，我抱著報紙分送，田中跟在我後面，錯了的時候就提醒我。

這一天非常冷。路上的水都凍了，滑得很，穿著沒有底的足袋的我，更加吃不消。手不能和昨天一樣總是放在懷裏面，凍僵了。從雨板送進報紙去都很困難。

雖然如此，我半點鐘都沒有遲地把報送完了。

「你底腦筋真好！僅僅跟著走兩趟，二百五十個地方差不多沒有錯。……」

在回家的路上，田中君這樣地誇獎了我，我自己也覺得做的很得手。被提醒的只有兩三次在交叉路口上稍稍弄不清的時候。

那一天恰好是星期日，田中沒有課。吃了早飯，他約我去推銷定戶，我們一起出去了。我們兩個成了好朋友，一面走一面說著種種的事情。我高興得到了田中君這樣的朋友。

我向他打聽了種種學校底情形以後，說：

「我也趕快進個什麼學校。……」

他說：

「好的！我們兩個互相幫助，拚命地幹下去罷。」

這樣地，每天田中君甚至節省他底飯錢，借給我開飯賬，買足袋。

「送報的地方完全記好了麼？」

第三天的早報送來了的時候，老闆這樣地問我。

「呃，完全記好了。」

這樣地回答的我，心裏非常爽快，起了一種似乎有點自傲的飄飄然心情。

「那麼，從今天起，你去推銷定戶罷。報可以暫時由田中送。但有什麼事故的時候，你還得去送的，不要忘記了！」老闆這樣地發了命令。不能和田中一起走，並不是不有些覺得寂寞，但曉得不會能夠隨自己底意思，就用了什麼都幹的決心，爽爽快快地答應了「是！」反正田中君早上晚上還能夠在一起的。就是送報罷，也不能夠總是兩個人一起走，所以無論叫我做什麼都好。有飯吃，能夠多少寄一點錢給媽媽，就行了。而且我想，推銷定戶，晚上是空的，並不是不能夠上學（日本有為白天做事的人辦的夜學）。

於是從那一天起，我不去送報，專門出街去推銷定戶了。早上八點鐘出門，中午在路上的飯店吃飯，晚上六點左右才回店，僅僅只推銷了六份。

第二天八份，第三天十份，那以後總是十份到七份之間。

每次推銷回來的時候，老闆總是怒目地望著我，說成績壞。進店的第十天，他比往日更猛烈地對我說：

「成績總是壞！要推銷十五份，不能推銷十五份不行的！」

十五份！想一想，比現在要多一倍。就是現在，我是沒有休息地拚命地幹。到底從什麼地方能夠多推銷一倍呢？

我著急起來了。

第二天，天還沒有亮，我就出了門，但推銷和送報不同，非會到人不可，起得這樣早卻沒有用處。和強賣一樣地，到夜深為止，順手推進一家一家的門，哀求，但依然沒有什麼好效果。而且，這樣冷的晚上，到九點左右，大概都把門上了閂，一點辦法都沒有。

這一天好容易推銷了十一份。離十五份還差四份。雖然想再多推銷一些，但無論如何做不到。累得不堪地回到店子的時候，十點只差十分了。八點鐘睡覺的同事們，已經睡了一覺，老闆也睡了。第二天早上向老闆報告了以後，他兇兇地說：

「十一份？……不夠不夠……還要大大地努力。這不行！」

事實上，我以為這一次一定會被誇獎的，然而卻是這付兇兇的樣子，我膽怯起來了。雖然如此，我沒有說一個「不」字。到底有什麼地方比奴隸好些呢？

「是……是……」我除了屈服沒有別的法子。不用說，我又出去推銷去了。這一天慘得很。我傷心得要哭了。依然是晚上十點左右才回來，但僅僅只推銷了六份。十一份都連說「不行不行，」六份怎樣報告呢？……（後來聽到講，在這種場合同事們常常揑造出烏有讀者來暫時渡過難關。可是，揑造的烏有讀者底報錢，非自己剮荷包不可。甚至有的人把收入底一半替這種烏有讀者付了報錢。當然，老闆是沒有理由反對這種烏有讀者的。）

第二天，我惶惶恐恐地走到主人底前面，他一聽說六份就馬上臉色一變，勃然大怒了。臉漲得通紅，用右手拍著桌子。

「六份？……你到底到什麼地方玩了來的？不是連保證金都不夠很同情地把你收留下來的麼？忘記了那時候你答應比別人加倍地出力麼？走你底！你這種東西是沒有用的！馬上滾出去！」他以保證金不足為口實，咆哮起來了。

和從前一樣，想到帶著三個弟妹的母親，想到三百萬的失業者，想到走了一個月的冤枉路都沒有找到職業的情形，咬著牙根地忍住了。

「可是……從這條街到那條街，一家都沒有漏地問了五百家，不要的地方不要，定了的地方定了，在指定的區域內，差不多和捉虱一樣地找遍了。……」

我想這樣回答，這樣回答也是當然的，但我卻沒有這樣說的勇氣。而且，事實上這樣回答了就要馬上失業。所以我只好說：

「從明天起要更加出力，這次請原諒……」除了這樣哀求沒有別的法子。但是，老實說，這以外，我不曉得應該怎樣出力。第二天底成績馬上證明了。

那以後，每天推銷的數目是，三份或四份，頂多不能超過六份。這並不是我故意偷懶，實在是因為在指定的區域內，似乎可以定的都定了，每天找到的三四個人大抵是新搬家的。

「因為同情你，把你底工錢算好了，馬上拿著到別的地方去罷。本店辦事嚴格，規定是，無論什麼時候，不到一個月的不給工錢。這是特別的，對無論什麼人不要講，拿去罷，到你高興的地方去。可憐固然可憐，但像你這樣沒有用的男子，沒有辦法！」

是第二十天，老闆把我叫到他面前去，這樣教訓了以後，就把下面算好了的賬和四圓二十五錢推給我，馬上和忘記了我底存在一樣，對著桌子做起事來了。

我失神地看了一看賬：

每推銷報紙一份　五錢
推銷報紙總數　八十五份
合計　四圓二十五錢

我吃驚了，現在被趕出去，怎麼辦……。尤其是，看到四圓二十五錢的時候，我暫時啞然地不能開口。接連二十天，從早上六點鐘轉到晚上九點左右，僅僅只有四圓二十五錢！

——既是錢都拿出來了，無論怎樣說都是白費。沒法。但是，只有四圓二十五錢，錯了罷。——這樣想就問他：

「錢數沒有錯麼？……」

老闆突然現出兇猛的面孔，逼到我鼻子跟前：

「錯了？什麼地方錯了？」

「一連二十天……」

「二十天怎樣？一年，十年，都是一樣的！不勞動的東西，會從那裏掉下錢來！」

「我沒有休息一下。……」

「什麼？沒有休息？相反罷？應該說沒有勞動！」

「……」我不曉得應該怎樣說了。灰了心，想：

——加上保證金六圓二十錢，就有十圓四十五錢，把這二十天從田中君借的八圓還了以後，還有二圓四十五錢。吵也沒有用處。不要說什麼了，把保證金拿了走罷。——

「沒有法子！請把保證金還給我。」我這樣一說，老闆好像把我看成了一個大糊塗蛋，嘲笑地說：

「保證金？記不記得，你讀了規定以後，說一切都同意，只是保證金不夠？忘記了麼？還是把規定忘記了？如果忘記了，再把規定讀一遍看！」

我又吃驚了：那時候只是耽心保證金不夠，後面沒有讀下去，不曉得到底是怎樣寫的……我胸口「東！東！」地跳著，讀起規定來。跳過前面三條，把第四條讀了：

那裏明明白白地寫著：

第四條、只有繼續服務四個月以上者才交還保證金。

我覺得心臟破裂了，血液和怒濤一樣地漲滿了全身。

睨視著我的老闆底臉依然帶著滑稽的微笑。

「怎麼樣？還想交回保證金麼？乖乖地走！還在這裏纏，一錢都不給！剛才看過了大概曉得，第七條還寫著服務未滿一月者不給工錢呢！」

我因為被第四條嚇住了，沒有讀下去，轉臉一看，果然，和他所說的一樣，一字不錯地寫在那裏。

的確是特別的優待。

我眼裏含著淚，歪歪倒倒地離開了那裏。玻璃窗上面，惹起我底痛恨的「募集送報伕」的紙條子，鮮明得可惡地又貼在那裏。

我離開了那裏就乘電車跑到田中底學校前面，把經過告訴他，要求他：

「借的錢先還你三圓，其餘的再想法子。請把這一圓二十五錢留給我暫時的用費。」

田中向我聲明他連想我還他一錢的意思都沒有。

「沒有想到你都這樣地出去。你進店的那一天不曉得看到一個十四五歲的小孩子沒有，他也是和你一樣地上了鉤的。他推銷定戶完全失敗了，六天之間被騙去十圓保證金，一錢也沒有得到走了的。」

算是混蛋的東西。

「以後，我們非想個什麼對抗的法子不可！」他下了大決心似地說。

原來，我們餓苦了的失業者被那個比釣魚餌底牽引力還強的紙條子釣上了。

我對於田中底人格非常地感激，和他分手了。給毫無遮蓋地看到了這兩個極端的人，現在更加吃驚了。

一面是田中，甚至節儉自己底伙食，借給我付飯錢，買足袋，聽到我被趕出來了，連連說「不要緊！不要緊！」把要還他的錢，推還給我；一面是人面獸心的派報所老闆，從原來就因為失業困苦得沒有辦法的我這裏把錢搶去了以後，就把我趕了出來，為了肥他自己，把別人殺掉都可以。

我想到這個惡鬼一樣的派報所老闆就膽怯了起來，甚至想逃回鄉間去。然而，要花三十五圓的輪船火車費，這一大筆款子就是把腦殼賣掉了也籌不出來的，我避開人多的大街走，當在上野公園底椅子上坐下的時候，暫時癱軟了下來，心裏面是怎樣哭了的呀！

過了一會，因為想到了田中，才覺得精神硬朗了一些。想著就起了捨不得和他離開的心境。昏昏地這樣想來想去，終於想起了留在故鄉的，帶著三個弟妹的，大概已經正在被饑餓圍攻的母親，又感到了心臟和被絞一樣地難過。

同時，我好像第一次發見了故鄉也沒有什麼不同，顫抖了。那同樣的是和派報所老闆似地逼到面前，吸我們底血，剮我們底肉，想擠乾我們底骨髓，把我們打進了這樣的地獄裏面。

否則，我現在不會在這裏這樣狼狽不堪，應該是和母親弟妹一起在享受著平靜的農民生活。到父親一代為止的我們家裏，是自耕農，有五平方「反」（日本田地計數，為一平方町的十分之一）的田和五平方「反」的地。所以生活沒有感到過困難。

然而，數年前，我們村裏的××製糖公司說是要開辦農場，為了收買土地大大地活動起來了。不用說，開始誰也不肯，因為是看得和自己底性命一樣貴重的耕地。

但他們決定了要幹的事情，公司方面不會無結果地收場的。過了兩三天，警察方面發下了舉行家長會議的通知，由保甲經手，村子裏一家不漏地都送到了。後面還寫著「隨身攜帶圖章」。

我那時候十五歲，是公學校底五年生，雖然是五六年以前的事，但因為印象太深了，當時的樣子還能夠明瞭地記得。全村子捲入了大恐慌裏面。

那時候父親當著保正，保內的老頭子老婆子在這個通知發下來之前就緊張起來了的空氣裏面，戰戰兢兢地帶著哭臉接續不斷地跑到我家裏來，用了打顫的聲音問：

「怎麼辦？……」

「怎麼得了?……」

「什麼一回事?……」

同是這個時候，我有三次發見了父親躲著流淚。

在這樣的空氣裏面，會議在發下通知的第二天下午一點開了。會場是村子中央的媽祖廟。因為有不到者從嚴處罰的預告，各家底家長都來了，有四五百人罷。相當大的廟擠得滿滿的。學校下午沒有課，我躲在角落裏看情形。因為我幾次發見了父親底哭臉甚為耽心。

鈴一響，一個大肚子光頭殼的人站在桌子上面，裝腔作勢地這樣地說：

「為了這個村子底利益，本公司現在決定了在這個村子北方一帶開設農場。說好了要收買你們底土地，前幾天連地圖都貼出來了，叫在那區域內有土地的人攜帶圖章到公司來會面，但直到現在，沒有一個人照辦。特別煩請原料委員一家一家地去訪問所有者，可是，好像都有陰謀一樣，沒有一個人肯答應。這個事實應該看作是共謀，但公司方面不願這樣解釋，所以今天把大家叫到這裏來。回頭大人（日據時期臺胞對警察的稱呼）和村長先生要講話，使大家都能夠了解，講過了以後請都在這紙上蓋一個印。公司預備出比普通更高的價錢……呃哼!」這一番話是由當時我們五年生底主任教員陳訓導翻譯的，他把「陰謀」、「共謀」說得特別重，大家都吃了一驚，你望望我我望望你。

其次是警部補老爺，本村底（警察）分所主任。他一站到桌子上，就用了凜然的眼光望了一圈。於是大聲地吼：

「剛才山村先生也說過，公司這次的計劃，徹頭徹尾是為了本村利益。對於公司底計劃，我們要誠懇地感謝才是道理!想一想看!現在你們把土地賣給公司……而且賣得到高的價錢，於是公司在這村子裏建設模範的農場。這樣，村子就一天一天地發展下去。公司選了這個村子，我們應該當作光榮的事情……然而，聽說一部份人有『陰謀』，對於這種『非國民』，我是決不寬恕的。……」

他底翻譯是林巡查，和陳訓導一樣，把「陰謀」、「非國民」、「決不寬恕」說得特別重，大家又面面相覷了。

因為，對於懷過陰謀的余清風、林少貓等的征伐，那血腥的情形還鮮明地留在大家底記憶裏面。

最後站起來的村長，用了老年底溫和，只是柔聲地說：

「總之，我以為大家最好是依照大人底希望，高興地接受公司底好意。」說了他就喊大家底名字。群眾都動搖起來了。

最初被喊的人們，以為自己是被看作陰謀底首領，臉上現著狼狽的樣子，打著抖走向前去。當上面叫「你可以回去！」的時候，也還是呆著不動，等再吼一聲「走！」才醒了過來，逃到外面去！在跑回家去的路上，還是不安地想：沒有聽錯麼？會不會再被喊回去？無頭無腦地著急。像王振玉，聽說走到家為止，回頭看了一百五十次。

這樣地，有八十名左右被喊過名字，回家去了。

以後，輪到剩下的人要吃驚了。我底父親也是剩下的一個。因為不安，人中間騰起了嗡嗡的聲音。伸著頸，側著耳朵，會再喊麼？會喊我底名字麼？……這樣地期待著，大多數的人都惴惴不安了。

這時候，村長說明了「請大家拿出圖章來，這次被喊的人，拿圖章來蓋了就可以回去」以後，喊出來的名字是我底父親。

「楊明……」一聽到父親底名字，我就著急得不知所措，屏著氣息，不自覺地揑緊拳頭站了起來。——會發生什麼事呢？……

父親鎮靜地走上前去。一走到村長面前就用了破鑼一樣的聲音，斬釘截鐵地說：

「我不願意賣，所以沒有帶圖章來！」

「什麼？你不是保正麼！應該做大家底模範的保正，卻成了陰謀底首領，這才怪！」

站在旁邊的（警部）補，咆哮地發怒了，逼住了父親。

父親默默地站著。

「拖去！這個支那豬！」

（警部）補狠狠地打了父親一掌，就這樣發了命令，不曉得是什麼時候來的，從後面跳出了五六個（巡查）。最先兩個把父親捉著拖走了以後，其餘的就依然躲到後面去了。

看著這的村民，更加膽怯起來，大多數是，照著村長底命令把圖章一蓋就望都不向後面望一望地跑回去了。

到大家走完為止，用了和父親同樣的決心拒絕了的一共有五個，一個一個都和父親一樣被拖到（警察）分所去了。後來聽到說，我一看到父親被拖去了，就馬上跑回家去把情形告訴了母親。

母親聽了我底話，即刻急得人事不知了。

幸而隔壁的叔父趕來幫忙，性命算是救住了，但是，到父親回來為止的六天中間，差不多沒有止過眼淚，昏倒了三次，瘦得連人都不認得了。

第六天父親回來了，他又是另一付情形，均衡整齊的父親底臉歪起來了，一邊臉頰腫得高高的，眼睛突了出來，額上滿是㖼子。衣服弄得一團糟，換衣服的時候，我看到父親底身體，大吃一驚，大聲叫了出來：

「哦哦！爸爸身上和鹿一樣了！……」

事實是父親底身上全是鹿一樣的斑點。

那以後，父親完全變了，一句都不開口。

從前吃三碗飯，現在卻一碗都吃不下，倒床了以後的第五十天，終於永逝了。

同時，母親也病倒了，我帶著一個一歲、一個三歲、一個四歲的三個弟妹，是怎樣地窘迫呀！

叔父叔母一有空就跑來照應，否則，恐怕我們一家都完全沒有了罷。

這樣地，父親從（警察）分所回來的時候被丟到桌子上的六百圓（據說時價是二千圓左右，但公司卻說六百圓是高價錢，）因為父親底病、母親底病以及父親底葬式等，差不多用光了，到母親稍稍好了的時候，就只好出賣耕牛和農具糊口。

我立志到東京來的時候，耕牛、農具、家裏的庭園都賣掉了，剩下的只有七十多圓。

「好好地用功……」母親站在門口送我，哭聲地說了鼓勵的話。那情形好像就在眼前。

這慘狀不只是我一家。

和父親同樣地被拖到（警察）分所去了的五個人，都遇到了同樣的命運。就是不做聲地蓋了圖章的人們，失去了耕田，每月三五天到製糖公司農場去賣力，一天做十二個鐘頭，頂多不過得到四十錢，大家都非靠賣田的錢過活不可。錢完了的時候，村子裏的當局者們所說的「村子底發展」相反，現在成了「村子底離散」了。

□　□　□

沉在這樣回憶裏的時候，不知不覺地太陽落山了，上野底森林隱到了黑闇裏，山下面電車燦爛地亮起來了，我身上感到了寒冷，忍耐不住。我沒有吃午飯，覺得肚子空了。

我打了一個大的呵欠，伸一伸腰，就走下坡子，走進一個小巷底小飯店，吃了飯。想在乏透了的身體裏面恢復一點元氣，就決心吃了一個飽，還喝了兩杯燒酒。

以後就走向到現在為止常常住在那裏的本所底××木賃宿。

我剛剛踏進一隻腳，老闆即刻看到了我，問：

「哎呀！……不是臺灣先生麼！好久不見。這些時到那裏去了。……」

我不好說是做了送報伕，被騙去了保證金，辛苦了一場以後被趕出來了。

「在朋友那裏過……過了些時……」

「朋友那……唔，老了一些呢！」他似乎不相信，接著笑了：

「莫非幹了無線電1討擾了上面一些時麼？……哈哈哈……」

「無線電？……無線電是什麼一回事？」我不懂，反問了。

「無線電不曉得麼？……到底是鄉下人，鈍感……」

雖然老頭子這樣地開著玩笑，但看見我似乎很難為情，就改了口：

「請進罷。似乎疲乏得很，進來好好地休息休息。」

我一上去，老闆說：

「那麼，楊君幹了這一手麼？」

說著做一個把手輕輕伸進懷裏的樣子。很明顯地，似乎以為我是到警察署底拘留所裏討擾了來的。當時不懂得無線電是什麼一回事，但看這次的手勢，明明白白地以為我做了扒手。我沒有發怒的精神，但依然紅了臉，不尷不尬地否認了：

「那裏話！那個幹這種事！」老頭子似乎還不相信，疑疑惑惑地，但好像不願意勉強地打聽，馬上嘻嘻地轉成了笑臉。

事實上，看來我這付樣子恰像剛剛從警察署底豬籠裏跑出來的罷。

我脫下足袋，剛要上去。

「哦，忘記了。你有一封掛號信！因為弄不清你到那裏去了，收下放在這裏……等一等……」說著就跑進裏間去了。

我覺得奇怪，什麼地方寄掛號信給我呢？

過一會，老頭子拿著一封掛號信出來了。望到那我就吃了一驚。

母親寄來的。

——到底為了什麼事寄掛號信來呢？……

我覺得奇怪得很。

我手抖抖地開了封。什麼，裏面現出來的不是一百二十圓的匯票麼！我更加吃驚了。我疑心我底腦筋錯亂了。我胸口突突地跳，一個字一個字地讀著很難看清的母親底筆跡。我受了大的衝動，好像要發狂一樣。不知不覺地在老頭子面前落了淚。

「發生了什麼事麼?……」

老頭子現著莫名其妙的臉色望著我,這樣地問了,但我卻什麼也不能回答。收到錢哭了起來,老頭子沒有看到過罷。

我走到睡覺的地方就鑽進被頭裏面,狠狠地哭了一場。……

信底大意如下:

——說東京不景氣,不能馬上找到事情的信收到了。想著你帶去的錢也許已經完了,耽心得很。沒有一個熟人,在那麼遠的地方,一個單人,又找不到事情,想著這樣窘的你,我胸口就和絞著一樣。但故鄉也是同樣的。有了農場以後,弄到了這步田地,沒有一點法子。所以,絕對不可軟弱下來,想到回家。房子賣掉了,得到一百五十圓,寄一百二十圓給你。設法趕快找到事情,好好地用功,成功了以後才回來罷。我底身體不能長久,在這樣的場合不好討擾人家,留下了三十圓。阿蘭和阿鐵終於死掉了。本不想告訴你的,但想到總會曉得,才決心說了。媽媽僅僅只有祈禱你底成功,在成功之前,無論有什麼事情也不要回來。……

這是媽媽底唯一的願望,好好地記著罷。如果成功以後回來了,把寄在叔父那裏的你唯一的弟弟引去照看照看罷。要好好地保重身體。再會。……

好像是遺囑一樣的寫著。我著急得很。

——也許,已經死掉了罷……——這想頭鑽在我底腦袋裏面,去不掉。

——胡說！那來這種事情。——我翻一翻身，搖著頭出聲地這樣說，想把這不吉的想頭打消，但毫無效果。

這樣地，我通晚沒有睡覺一會，跳蚤底襲擊也全然沒有感到。

我腦筋裏滿是母親底事情。

母親自己寫了這樣的信來，不用說是病得很厲害。看發信的日子，這信是我去做送報伕以前發的，已經過了二十天以上。想到這中間沒有收到一封信……，我更加不安起來了。

我決心要回去。回去以後，能不能再出來我沒有自信，但是，看了母親底信，我安靜不下來了。

——回去之前，把從田中君那裏借來的錢都還清罷。順便謝謝他底照顧，向他辭一辭行……——這樣想著，我眼巴巴地等著第二天早上的頭趟電車，終於通夜沒有合眼。

從電車底窗口伸出頭去，讓早晨底冷風吹著，被睡眠不足和興奮弄得昏昏沉沉的腦授，陡然輕鬆起來了。

「這或許是最後一次看見東京。」這樣一想，連××派報所底老闆都忘記了，覺得捨不得離開。昨晚上想著故鄉，安不下心來，但現在是，想會見的母親和弟弟底面影，被窮乏和離散的村子底慘狀遮掩了，陡然覺得不敢回去。

這樣的感情底變化，從現在要去找的不忍別離的田中君底魅力裏面受到了某一程度的影響，是確實的。

那種非常親切的、理智的、討厭客氣的素樸……這是我當作理想的人物底模型。

我下了××電車站，穿過兩個巷子，走到那個常常去的飯店子的時候，他正送完了報回來。

我在那裏會到了他。

原來他是一個沒有喜色的人，今天早上現得尤其陰鬱。

但是，他底陰鬱絲毫不會使人感到不快，反而是易於親近的東西。

他低著頭，似乎在深深地想著什麼，不做聲地靜靜地走來了。

「田中君！」

「哦！早呀！昨天住在什麼地方？……」

「住在從前住過的木賃宿裏。……」

「是麼！昨天終於忘記了打聽你去的地方……早呀！」

這個「早呀！」我覺得好像是問我，「有什麼急事麼？……」

所以我馬上開始說了。但是，說到分別就覺得寂寞，孤獨感壓迫得我難堪：

「實在是，昨天回到木賃宿去，不意家裏寄了錢來了。……」

我這樣一說出口，他就說：

「錢。……那急什麼！你什麼時候找得到職業，不是毫無把握麼？拿著好啦！」

「不……寄來了不少。回頭一路到郵局去。而且，順便來道謝。……」

覺得說不下去，臉紅了起來。

「道謝？如果又是那一套客氣，我可不聽呢……」他迷惑似地苦笑了。

「不！和錢一起，母親還寄了信來，似乎她病得很厲害，想回去一次。……」

他馬上望著我底臉，寂寞似地問：

「叫你回去麼？」

「不……叫不要回去！……好好地用功，成功了以後再回去。……」

「那麼，也許不怎樣厲害——」

「不……似乎很厲害。而且，那以後沒有一點消息，不安得很……」

「呀！有信。昨天你走了以後，來了一封。似乎是從故鄉來的。我去拿來，你在飯店子裏等一等！」說著就向派報所那邊走去了。

我馬上走進飯館裏等著，聽說是由家裏來的信，似乎有點安心了。

但是，信裏說些什麼呢？這樣一想，巴不得田中君馬上來。

飯館底老闆娘子討厭地問：

□　□　□

「要吃什麼？……」

不久，田中氣喘喘地跑來了。

我底全神經都集中在他拿來的信上面。他打開門的時候我就馬上看到了那不是母親底筆跡，感到了不安。心亂了。

不等他進來，我站起來趕快伸手把信接了過來。

署名也不是母親，是叔父底。

我底臉色陰暗了。胸口跳，手打顫。明顯地是和我想像的一樣，母親死了。半個月以前……而且是用自己底手送終的。

我所期望的唯一的兒子……

我再活下去非常痛苦，而且對你不好。因為我底身體死了一半……

我唯一的願望是希望你成功，能夠替像我們一樣苦的村子底人們出力。

村子裏的人們底悲慘，說不盡。你去東京以後，跳到村子旁邊的池子裏淹死的有八個。像阿添叔，是帶了阿添嬸和三個小兒一道跳下去淹死的。

所以，覺得能夠拯救村子底人們的時候才回來罷。沒有自信以前，絕不要回來！要做什麼才好我不知道，努力做到能夠替村子底人們出力罷。

我怕你因為我底死馬上回來，用掉冤枉錢，所以寫信給叔父，叫暫時不要告訴你……諸事保重。

媽媽

這是母親底遺書。母親是決斷力很強的女子。她並不是遇事嘩啦嘩啦的人，但對於自己相信的，下了決心的，卻總是斷然要做到。

哥哥當了（巡查），糟蹋村子底人們，被大家厭恨的時候，母親就斷然主張脫離親屬關係，把哥哥趕了出去，那就是一個例子。我來東京以後，她底勞苦很容易想像得到，但她卻不肯受做了（巡查）的她底長男我底哥哥底照顧，終於失掉了一男一女，把剩下的一個託付給叔叔自殺了。是這樣的女子。

從這一點看，可以說母親並沒有一般所說的女人底心，但我卻很懂得母親底心境。同時，我還喜歡母親底志氣，而且尊敬。

現在想起來，如果有給母親讀……的機會，也許能夠做柴特金女史那樣的工作罷，當父親因為拒絕賣田而被捉起來了的時候，她不會昏倒而採取了什麼行動的罷。

然而，剛剛看了母親底遺囑的時候，我非常地悲哀了。暫時間甚至勃勃地起了想回家的念頭。

你的母親在×月×日黎明的時候吊死了。想馬上打電報告訴你，但在母親手裏發現了遺囑，懂得了母親底心境，就依照母親底希望，等到現在才通知你。母親在留給我的遺囑裏面說她只有期望你，你是唯一的有用的兒子。你底哥哥成了這個樣子，弟弟還小，不曉得怎樣……她說，所以，如果馬上把她底死訊告訴你，你跑回家來，使你底前途無著，那她底死就沒有意思。

弟弟我在鄭重地養育，用不著耽心。不要違反母親底希望，好好地用功罷。絕對不要起回家的念頭。因為母親已經不是這個世界底人了……

叔父

「看不到母親了。她已經不是這個世界底人了。」這樣一想，我決定了應該斷然依照母親底希望去努力。下了決心：不能夠設法為悲慘的村子出力就不回去。

當我讀著信，非常地興奮（激動），心很亂的時候，田中在目不轉睛地望著我，看見我收起信放進口袋去，就耽心地問：

「怎樣講？」

「母親死了！」

「死了麼？」似乎感慨無量的樣子。

「你什麼時候回去？」

「打算不回去。」

「……？」

「母親死了已經半個月了……而且母親叫不要回去。」

「半個月……臺灣來的信要這麼久麼？」

「不是，母親託付叔父，叫不要馬上告訴我。」

「唔，了不起的母親！」田中感嘆了。

我們這樣地一面講話一面吃飯，但是，太興奮了，飯不能下咽。我等田中吃完以後，付了賬，一路到郵局去把匯票兌來了，鑾鑾地把借的錢還了田中。把我底住所寫給他就一個人回到了本所底木賃宿。

一走進木賃宿就睡了。我實在疲乏得支持不住。在昏昏沉沉之中也想到要怎樣才能夠為村子底悲慘的人們出力，但想不出什麼妙計。

……存起錢來，分給村子底人們罷……，也這樣想了一想然而做過送報伕的現在，走了一個月的冤枉路依然是失業的現在，不用說存錢，能不能賺到自己底衣食住，我都沒有自信。

我陡然地感到了倦怠，好像兩個月以來的疲勞一齊來了，不曉得在什麼時候，我沉沉地睡著了。

因為周圍底吵鬧，好像從深海被推到淺的海邊的時候一樣，意識朦朧地醒來的時候也常常有，但張不開眼睛，馬上又沉進深睡裏面去。

「楊君！楊君！」

聽見了這樣的喊聲，我依然是在像被推到淺的海邊的時候一樣的意識狀態裏面；雖然稍稍地感到了，但馬上又要沉進深睡裏面去。

「楊君！」

這時候又喊了一聲，而且搖了我底腳，我吃了一驚，好容易才張開了眼睛。但還沒有醒。從朦朧的意識狀態回到普通的意識狀態，那情形好像是站在濃霧裏面望著它漸漸淡下去一樣。一回到意識狀態，我看到了田中坐在我底旁邊。我馬上踢開了被頭，坐起來。我茫茫然把房子望了一圈。站在門邊的笑嘻嘻的老闆，望著我底狼狽樣，說：

「你恰像中了催眠術一樣呀……你想睡了幾個鐘頭？……」

我不好意思地問：

「傍晚了麼？……」

「那裏……剛剛過正午呢……哈哈哈……但是換了一個日子呀！」說著就笑起來了。

原來，我昨天十二點過睡下以後，現在已到下午一點左右了……。整整睡了二十五個鐘頭。我自己也吃驚了。

老頭子走了以後，我向著田中。

他似乎很緊張。

「真對不起。等了很久罷……」

對於我底抱歉，他答了「那裏」以後，興奮地繼續說：

有一件要緊的事情來的……昨天又有一個人和你一樣被那張紙條子釣上了。你被趕走了以後，我時時在煩惱地想，未必沒有對抗的手段麼？一點辦法沒有的時候又進來了一個，我放心不下，昨天夜裏偷偷地把他叫出來，提醒了他。但是，他聽了以後僅僅說：

「唔，那樣麼！混蛋的東西……。」

隨和著我底話，一點也不吃驚。

我焦躁起來了，對他說：

「所以……我以為你最好去找別的事情……不然，也要吃一次大苦頭。……保證金被沒收，一個錢沒有地被趕出去……。」

但他依然毫不驚慌，伸手握住了我底手以後，問：

「謝謝！但是，看見同事吃這樣的苦頭，你們能默不作聲麼？」

我稍稍有點不快地回答：

「不是因為不能夠默不作聲，所以現在才告訴了你麼？這以外，要怎樣幹才好，我不懂。近來我每天煩惱地想著這件事，怎樣才好我一點也不曉得。」

於是他非常高興地說：

「怎樣才好……我曉得呢。只不曉得你們肯不肯幫忙？」

於是我發誓和他協力，對他說：

「我們二十八個同事的，關於這件事大概都是贊成的。大家都把老闆恨得和蛇蠍一樣。……」

接著他告訴了我種種新鮮的話。歸結起來是這樣的：

「為了對抗那樣惡的老闆，我們最好的法子是團結。大家成為一個，同盟罷×……（忘記了是怎樣講的）」同盟罷×……說是總有辦法呢。「勞動者一個一個散開，就要受人糟蹋，如果結成一氣，大家成為一條心來對付老闆，不答應的時候就採取一致行動……這樣幹，無論是怎樣壞的傢伙，也要被弄得不敢說一個不字……」這樣說呢。而且那個人想會一會你。我把你底事告訴了他以後，他說：

「唔……臺灣人也有吃了這個苦頭的麼？……無論如何想會一會。請馬上介紹！」田中把那個人底希望也告訴了我。

說要收拾那個咬住我們，吸盡了我們底血以後就把我們趕出來的惡鬼，對於他們底這個計劃，我是多麼高興呀！而且，聽說那個男子想會我，由於特別的好奇心，我希望馬上能夠會到。

向被人糟蹋的送報伕失業者們教給了法子去對抗那個惡鬼一樣的老闆，我想，這樣的人對於因為製糖公司、兇惡的警部補、村長等陷進了悲慘境遇的故鄉底人們，也會貢獻一些意見罷。

聽田中說那個人（說是叫做佐藤）特別想會我，我非常高興了。

在故鄉的時候，我以為一切日本人都是壞人，恨著他們。但到這裏以後，覺得好像並不是一切的日本人都是壞人。木賃宿底老闆很親切，至於田中，比親兄弟還……不，想到我現在的哥哥（巡查），什麼親兄弟，不成問題。拿他來比較都覺得對田中不起。

而且，和臺灣人裏面有好人也有壞人似地，日本人也一樣。

我馬上和田中一起走出了木賃宿去會佐藤。

我們走進淺草公園，筆直地向後面走。坐在那裏底樹蔭下面的一個男子，毫不畏縮地向我們走來。

「楊君！你好……」緊緊地握住了我底手。

「你好……」我也照樣說了一句，好像被狐狸迷住了一樣。是沒有見過面的人。但回轉頭過來看一看田中底表情，我即刻曉得這就是所說的佐藤君。我馬上就和他親密無間了。

「我也在臺灣住過一些時。你喜歡日本人麼？」他單刀直入地問我。

「……」我不曉得怎樣回答才好。在臺灣會到的日本人，覺得可以喜歡的少得很。但現在，木賃宿底老闆，田中等，我都喜歡。這樣問我的佐藤君本人，由第一次印象就覺得我會喜歡他的。

我想了一想，說：

「在臺灣的時候，總以為日本人都是壞人，但田中君是非常親切的！」

「不錯，日本底勞動者大都是和田中君一樣的好人呢。日本底勞動者反對壓迫臺灣人，糟蹋臺灣人。使臺灣人吃苦的是那些像把你底保證金搶去了以後再把你趕出來的那個老闆一樣的畜生。到臺灣去的大多是這種根性的人和這種畜生們底走狗！但是，這種畜生們，不僅是對於臺灣人，對於我們本國底窮人們也是一樣的，日本底勞動者們也一樣地吃他們底苦頭呢。……總之，在現在的世界上，有錢的人要掠奪窮人們底勞力，為了要掠奪得順手，所以壓住他們……。」

他底話一個字一個字在我腦子裏面響，我真正懂了。故鄉底村長雖然是臺灣人，但顯然地和他們勾在一起，使村子底大眾吃苦……

我把村子底種種情形告訴了他。他用了非常深刻的注意聽了以後，漲紅了臉頰，興奮地說：

「好！我們攜手罷！使你們吃苦也使我們吃苦的是同一種類的人！……」

這個會見的三天後，我因為佐藤君底介紹能夠到淺草家一家玩具工廠去做工。我很規則地利用閒空的時間……（原文刪去）

幾個月以後，把我趕出來了的那個派報所裏勃發了罷工。看到面孔紅潤的擺架子的××派報所老闆在送報伕底團結前面低下了蒼白的臉，那時候我底心跳起來了。

對那胖臉一拳，使他流出鼻涕眼淚來……這種慾望推著我，但我忍住了。使他承認了送報伕底那些要求，要比我發洩積憤更有意義。

想一想看！

勾引失業者的「募集送報伕」的紙條子拉掉了！

寢室每個人要佔兩張蓆子，決定了每個人一床被頭，租下了隔壁的房子做大家底宿舍，蓆子底表皮也換了！

任意制定的規則取消了！

消除跳蚤的方法實行了！

推銷一份報紙工錢加到十錢了！

怎樣？還說勞動者……！

——這幾個月的用功才是對於母親底遺囑的最忠實的辦法。——

我滿懷著確信，從巨船蓬萊丸底甲板上凝視著臺灣底春天，那兒表面上雖然美麗肥滿，但只要插進一針，就會看到惡臭逼人的血膿底迸出。

本篇譯自日本納烏卡（ナウカ）社出版《文學評論》一九三四年十月號，
中譯文見《山靈：朝鮮臺灣短篇集》（上海：文化生活，一九三六）

楊逵

楊逵（一九〇五—一九八五），臺南新化人，本名楊貴，另有筆名楊建人。幼年體弱多病，十一歲始入公學校就讀，一九二五年赴日本，入東京日本大學文學藝能科夜間部。留日期間即組織文化研究會，參加勞工運動、政治運動，研讀社會主義著作。一九二七年因參加朝鮮人演講會，被日警逮捕。同年，應臺灣農民組合之召，束裝返臺，自此而後即展開他一生光輝悲壯的社會、政治、文藝鬥士生涯。到日本投降為止，楊逵總共被捕十次。光復後，曾任《和平日報》、《力行報》編輯，一九四九年因起草〈和平宣言〉，登載於上海《大公報》，被判刑監禁綠島十二年。一九六一年刑滿出獄，在臺中東海大學附近經營「東海花園」。隨著臺灣政治生態的改變，七〇年代以後，楊逵其人及其作品才逐漸為文化知識界所知，而他也以歷史見證者的身分，再度展開文化老園丁、老鬥士的工作，直到逝世為止。

楊逵幼年因目睹噍吧哖事件的殘酷景象，又經歷日警的橫暴行徑，民族意識萌芽極早。中學時期廣泛閱讀十九、二十世紀日本、歐洲及舊俄現實主義小說，開啓了他的世界性文學視野，加上留學日本後，研讀馬克思主義及無政府主義著作，這些因素，使他成為一個人道的、進步的國際主義思想作家。從處女作〈送報伕〉到晚年的作品，他的創作和論述，始終如一地站在被壓迫者的一邊，以超越國家民族界線的開闊胸襟，向苦難及罪惡挑戰，因此他的作品恆常洋溢著分擔和試圖解決人類共同厄運的熱情，散發著創造人類歷史的樂觀的、啓示的性質。

有關楊逵作品及評論，彭小妍主編，《楊逵全集》（十四卷）（臺南：國立文化資產保存研究中心，二〇〇一），搜羅最為完備。

註釋

1 無線（Musen）和無錢（Musen）同音，所以因爲無錢飲食（吃了東西不給錢）的罪名被警察捉進去的，叫作無線電。

牛車

呂赫若著
胡風譯

一

「小鬼，還要哭嗎？」

惱了火，歪著自己也要哭的臉，木春敲了弟弟底頭，弟弟就更「呀——呀」地張起了和破了喉嚨一樣的聲音，睡到地上，胡亂地打著手腳，把油瓶弄翻了。

「這鬼兒……」木春捏緊了拳頭，彎下身子。「又要打呢！」但抬起了的手臂陡然失去了氣力。木春溫和地說：

「發昏呀，哭，哭，怎麼辦呢?媽媽就要回來啦。衣服弄髒的呀！」

因為記起了回頭在這個家裏又要演出的場面是可怕的場面。木春早已被這種事情嚇夠了。每天如此，黃昏的時候從工作回來的父親母親，馬上開始爭吵，結局就打了起來。九歲的木春躲在床裏邊望，弟弟大聲地哭著。「木春，你是木頭嗎？」媽媽咬著牙齒喊了。「呵呵，同哥哥玩去。」木春從床裏面悄悄溜了出來，好像把弟弟抓住一樣地牽著跑到了外面。在田岸上坐下以後，總是問弟弟：「阿城，你怕不怕？剛才哭著——」

爬上了看得見裂縫的食桌上面，木春把手伸進飯桶去，把桶底的飯粒子集攏，捏成團子，塞進弟弟的手裏。

「好了好了，不要哭，吃這。哭著，媽媽回來了就要吃大苦頭呢，阿城。」

弟弟馬上不哭了，用小嘴有味地嚼著。鼻涕和眼淚混和著飯一起流進了嘴裏。

「好吃罷？」

兄弟們吃慣了冷飯。母親早上上工的時候留下來的飯，到中午就冷了，黏著水氣。大人們走了以後，自由地守著房子，記起來了的時候就從飯桶裏抓出來吃。兄弟倆是這樣成長的。肚子漸漸脹大了，像懷了孕的女人。但病卻沒有生過。

玩了一天玩疲乏了，正在昏昏茫茫地，外面的竹門響起了嘎聲。木春吃驚地張大了眼睛。「媽媽回來了呀！」搖起身邊的弟弟，跑到門口一看，回來的卻是父親楊添丁。

木春用了像是訴說一天底等候又像是向父親討好的口氣開口了：

「爸——今天早呀。」

「啊——」楊添丁轉向小孩子這方面，回聲了。

「你媽已經回來了麼？」

一面拿草給關進了牛欄裏的黃牛吃，他把扣子解開了站著，用竹子做的小斗笠向胸口搧風。

「還沒有哩。」

「嗯！」父親輕輕地點了頭。「肚子餓麼？」過一會又問。

木春底頭點了一點。

天色漸漸黑下來了。在流著血一樣的夕空上面，白鷺成列地飛，嘎嘎地叫著。沒有風，苦重的悶熱壓著身子，蚊子在面前成群地唱。汗不停地從額上滲了出來。

楊添丁把一束甘蔗枯葉點著了火，抛進灶裏。站起身子，舀水到鍋裏沙沙地洗起來了。

「木春，煮飯啦。你媽還不回來……」

為了使他們不哭，楊添丁向望著灶火的孩子們溫和地說了。

這時候，母親阿梅繞過後面的田回來了。

她也不向丈夫開口，靜悄悄地把斗笠和飯盒子一放下就走到廚房，把小的孩子拉了攏來，上上下下地看了以後，似罵非罵地說：「你又睡到地上了呀。衣服髒到這樣子，洗都不能洗了呢——」木春被空氣威嚇著了，縮著身子躲在灶後面。

「怎麼了?這樣晚——」楊添丁正面地望著老婆說。「糊塗的女人，不早點回，孩子不可憐麼?——」

「哼，可憐……」阿梅和搶一樣地從丈夫手裏抓過鍋來，跑到米桶邊趕快掀開蓋子看了一看。

「你既曉得這樣，小孩子頂好是不吃冷飯，我也犯不著這樣地跑到街上的工廠裏去呀!沒有用的男人說什麼?」

「什麼!你又——」離開了灶邊兩三步，然而，好像被衝著了一樣，楊添丁站住了。

「是的。無論什麼時候，無論多少遍，要說的。從早跑到晚，三十錢都賺不到的男人，不是沒有用是什麼？啊呀，米桶空了。明天的米從天上掉下來麼——」

阿梅故意把米桶底咚咚地敲著響。

「那麼，你以為我偷了懶麼？」楊添丁一看到橫蠻地頂上來的女人，馬上氣得按捺不住了。

「就是這樣，我也是在拚命呀。連一閃眼工夫的懶都沒有偷過。夜裏也沒有好好地睡，一絕早就爬起來出去，你不是也看到的麼！」

「啊啊，不要聽——出去了以後，我曉得麼？想一想誰都懂的。從前米那樣貴，過得很好，現在米便宜了，倒要著急米，沒有這樣的怪事。」

「正，正是這樣。從前，隨隨便便地一天賺得到一圓，現在是，各處跑到了也弄不到三十錢。那道理你懂麼？」

楊添丁又正向了她，很厲害的咳嗽。

「懂什麼？想瞞也瞞不了我呵。賭了錢，偷了懶，再不就貼了女人……」

把視線向著別處，阿梅在灶前灶後忙忙地做著事。

「不對。吃的都弄不到，我能做那樣的事麼？是因為雇主少了呀。」

楊添丁確定地回答了。

「哼，把自己說得乾乾淨淨的。有人雇沒有人雇，全在乎你。認真地去找，一切都做得好好的，有不雇的麼？沒有用的人……」

「混蛋！」惱火了的楊添丁這樣叫著，跑攏去把女人的頭髮抓住，用力地一拖。阿梅慘叫了一聲，仰倒在地上，抓起手邊的碗向男人拋去。小的孩子大聲地哭了。

「貧窮也是命。這個混賬的女人……」

雖然是那樣無知的楊添丁，但也感到近年來自己一天一天地被推下了貧窮底坑裏。慢吞吞地打著黃牛底屁股，拖著由父親留下來的牛車在危險的狹小的保甲道上走著的時代，那時候口袋裏總是不斷錢的。就是悠悠地坐在家裏，四五天以前都爭著來預定他去運米運山芋。當保甲道變成了六間（一間等於六尺）寬的道路，交通便利了的時候，就弄這樣子，自己出去找都找不著，完全不行了。後來弄到了連老婆都不能不把小孩子丟在家裏，到甘蔗田或波蘿罐頭工廠去，否則明天的飯就沒有著落。自己不夠認真麼？——楊添丁自己問自己。不，比以前要認真一百倍，一天都沒有偷懶過。老婆每天罵自己是懶人，沒有用，性子躁的他越想越氣，甚至想把老婆打死。但過後靜靜地想到那也是因為擔心生活，憎惡的心境就常常消失了。在生活上面，不得不頑強地和某種同自己們離開了的眼睛看不見的壓迫搏戰下去，這使他們心焦。

天一亮，昏昏地聽著空牛車前進的聲音在耳朵裏響，楊添丁跟在黃牛底旁邊走去。

夏天鄉間的早晨是清涼的。雜草上的露水還重，每走一步就染濕了腳趾，受到一陣冷感。農夫和牛底影子零星地散佈在田裏，像游泳一樣，從大路上可以望到。腳踏車和腳踏貨車從後面趕過遲緩的牛車，每一個都望一望楊添丁底臉就跑了過去。

街市也是睡早覺的。自鄉間湧來的農民們才把它搖醒了。但雖是這麼說，街中央底樓上還是陷在深深的夢底陶醉裏，只有街邊的污髒的浮鐵屋頂下的市場和破舊的板壁是擠磨著，充滿了騷鬧。人們用了剛剛起來的臉色不斷地叫著什麼，在早晨的空氣裏面跑來跑去。看來好像耽心、競爭、怒號、歡喜在那兒捲成了一個漩渦。

「噓，嘶，嘶，嘶……」

在小街的萬發精米所前面，楊添丁輕輕地摸一摸牛底鼻梁，停止了車子。把斗笠放在車上以後，無精打采地踅進了精米所底大門。房子裏電動機呻吟著。

四五個農民在坐著談話。

「哦，早呀。」

向從清早就啃住事務桌子打著算盤的精米所主人，楊添丁開口了：

「陳老闆，今天沒有什麼……麼？」

「啊，」這個米店老闆頭也不抬，像回答又不像回答地「啊」了一聲。但就只那麼一聲，並不繼續下去，默默不響地熱心在算盤上面。楊添丁站在土間（大門進口處沒有架地板鋪蓆子的地方）上面，不動地望著。

先前就拿著煙管來敲著的、臉皮打皺的老頭子在講什麼，楊添丁現在才聽清楚了。

「米這樣便宜，我出生以來才第一次看到。好像是種田的一個本不花種出來的一樣。再加上在這的研費，無論賣多少也賺不到一個小錢！出奇的事情。」

一個聽著話的牙齒黃污的人說：

「那，老頭子，因為你是自耕農，有米賣，才那麼說。看我罷，吃的米都不夠，倒是便宜的好。」

「哼。你一個人說的罷。米價高景氣才好，無論誰都唯願價錢高的。——便宜了，夥計，那就算完了呢。」

把煙管重重地敲了一下，老頭子用力地說了。

「不錯！」把唾液吞下肚裏，農民們側起了耳朵。

「那樣麼？在我，都是一樣。左右是……」

把黃污的牙齒壓住，老頭子口角上噴著口水，大聲喊了：

「胡說八道！」

「啊，算好了。八圓五十一錢，一起在內——」

把算盤掛到壁上，米店老闆向老頭子說了。

「那，那……」老頭子睜圓了眼睛，用下巴向剛才那個農民示意：你看，怎樣。……

「陳老闆今天——怎麼樣？」

楊添丁一直萎萎縮縮地，但抓著了機會就急忙地問了。

「啊，你麼！」好像才注意到了似地，米店老闆望了一望楊添丁底臉。

「要裝出去的糙米多得很——」

「那麼，讓我……」

「但是訂了運貨汽車，不湊巧。」

陰沉地，楊添丁站著不動，呆呆地望著米店老闆底臉。

「但是陳老闆，汽車走不到的地方，請用一用我底牛車——」

迫於生活底必要，他不能夠說是的是的就輕易地走出去的。

「那固然是的。可是，添丁，你也想一想看。為了那，我有三四部腳踏貨車。又不是非雇車子不可的那種大生意。而且，用你底牛車也是不上算的。——是一向幫我運貨的你，這，我並不是沒有想過，但現在牛車不能用了。到別處去看看罷。」

米店老闆從椅子上用親切的口氣拒絕了。

臉皮打皺的老頭子同意地點點頭，輪流地望望米店老闆和楊添丁，插嘴說：

「在現在，牛車是，誰都不做這行生意了。就是山裏的人，也都有腳踏貨車，因為那比遲緩的牛車要上算呢。我小的時候牛車很多，現在不是不大看得到麼？那到底趕不上走得快的運貨汽車和腳踏貨車呀。」

「嗯，說來說去是這樣的不景氣。我也不能只是耽心別人底事啦。做生意總想賺錢，像從前那樣，用慢吞吞的牛車，就划算不來。」米店老闆苦笑地說了。

「唉唉，牛車這行買賣我也夠了——」

陡然無力的楊添丁，慌亂地把茶喝乾了。

臉皮打皺的老頭子，像突然想起了什麼似地，把煙管靠到肩上說：

「不但是牛車，從清朝時代有的東西，在這樣的日本天朝，都沒有用。看那個放尿溪的水車，從前我家底穀都是拿到那裏去做米的。但有了這樣的精米機以後，那就沒有用，既然要同樣地出這麼多的工錢，就拿到這邊來了。不只是我一家，大家都這麼辦，現在那兒不是連水車底影子都沒有了麼？日本東西實在是可怕的。」

「實在的。」

農民聽進了，呆呆地張開嘴，望住老頭子底臉。農民們以為文明的利器都是日本特有的東西。覺得說到了自己底身上，楊添丁有些不快。但第一次聽到了在這裏也有和自己相像的人，他湧起了好奇心，站住不動。

街路已完全亮了，陽光照著。公共汽車時時跑過，喧鬧地響著喇叭，載上乘客。

從店子裏面望著的那三十上下的矮男子回轉頭來，望著大家底臉說：

「這麼一說，我也記起來了，因為那混蛋汽車，不曉得吃了幾大的苦頭。農事閒的時候，和鄰居合夥抬轎子，多少賺得到一點。自從那混蛋在各處的路上不客氣地跑起來了以後，生意就倒楣了，賺來的錢不過剛好夠轎子底租錢罷了。——」

「哈，哈，哈……白費了狗氣力呀！」老頭子大聲地笑了。

「真的呀。實在是昏天黑地的事情。所以趕快歇手不做，把力氣放到田裏去。混呀混的，已經過了三年。」三十上下的男子屈著手指，感慨無量地低聲說了。

「在日本天朝裏，清朝時代的東西都不中用了。爽爽快快的把那樣的傢伙丟掉，就是種田也要有出息些。」

做那樣討厭的牛車買賣，不是失敗了麼？——米店老闆說著望了一望楊添丁底臉。

「我也是，比較做這行牛車買賣，種田不曉得要好多少。但是，那……」

說些不花本的乖巧話罷了——楊添丁想著就憤憤地走出了萬發精米所。

然而，鞭著牛背把牛車一拖動，就又不得不決定目的地了。在街上，無論到那裏去都沒有人雇——楊添丁早已知道得清清楚楚的。街上的商人是寡情的，雖然他心裏這樣懷恨，但為了生活底必要，沒有把那在臉上表現出來。到不肯雇的地方去勉強地求情，十回頂多不過有一回成功。雖然心裏這樣算得到，但到誰也不肯雇的時候，他依然只得到街上的老地方去打轉。

吞吞響地穿過小街底石頭路走到田野，那裏底河岸上有波蘿罐頭工廠。楊添丁在塗著藍色的事務室前面停住。

運貨汽車普普地響著喇叭，從工廠旁邊開走了。

「喂，不要！走開，走開！」

戴著眼鏡的大模大樣的男子從事務室裏一望到他就一句話也不說的搖起手來，劈頭就這樣大聲地吼了。

因為對手是穿著西裝的男子，楊添丁呆呆地站住了。忽然被這麼一吼，他張開了嘴合不攏來。

「不要，不要呵——喂！」

沒有法子，他又走到別的製材工廠、米店等底前面去。但雇的人一個也沒有，都是客客氣氣地回絕了……。

「在街上賺錢漸漸不行呀。——只能夠在種田人裏面找生意了。」

在牛車上面被搖播著，楊添丁閉著眼睛想。

二

「哦，楊添丁，碰得巧。」

了兩三步。

「哦，阿生哥麼，到那裏去？」

楊添丁在車上抬起頭來，在前面十步的地方，鄉裏的王生向這邊看著。他方臉上沒有表情的走近

「近來忙麼？」

一走近，王生這樣說著就跳上了牛車，和楊添丁並排地坐著了。

「那裏！完全相反。」

「剷，這——在我看來，以為你非常好呢。第一，把這牛趕著走就可以賺錢，真是好買賣。」

「哼，有那樣好事！種田不曉得要好多少。」

鉤著頭，楊添丁沉思了。

「種田也苦呀！——可是，明天車子空麼？」王生敲著車板子問。

突然被一種可喜的預感所襲，楊添丁坐正了。

「啊，當然空的。有什麼生意照顧我麼？」——

第二天早上，楊添丁聽到第一次的雞聲就爬了起來，把燈籠點著了。漆黑的房子馬上和罩著煙一樣，有了蒙蒙的光亮，拿出手巾來把頭包了以後，向床上望了一眼，阿梅和小孩們都攤開手睡著。楊添丁趕忙地說了：

「我走了啦！」

外面像塗了煤焦油似地那麼黑，他到牛欄去給了一把乾草給黃牛以後，把車子拖了出來。雖然是夏天，冷風吹得人縮頸，赤腳漸漸地濕了。車子閣嗒閣嗒地搖搖地向前走，每走一步，蠟燭底黃色火

焰痙攣似地打顫，好像要熄一樣。縱橫的道路上鋪的小石頭被車輪軋著，發出了悲鳴，在黑暗裏那響得更大更悲哀。

到約定的地方一看，王生還沒有來。約定是今天早上裝上竹籮送到名谷芭蕉市。楊添丁停下車子，依然坐著不動地望著天空。

月亮也沒有，漆黑的，只有像沒有來得及逃掉的數得清楚的幾顆星，還有勁地映著眼。從道路附近的農家，雞叫的聲音用了衝得破紙的勁兒彼此呼應地鑽進耳朵來。楊添丁想，這麼早就出來做事，恐怕只有像我這樣的人罷。別人正舒舒服服地睡得有味的時候，我卻在這裏等生意。楊添丁突然心境陰暗起來了。——就是這樣，老婆還罵我偷懶，沒有用。唉，——楊添丁嘆息了。我那老婆到底是一個什麼女人。……那且不管，我這樣苦做也賺不到錢，這是什麼世界呢？菩薩瞎了眼睛麼？他忽然怨恨起不肯保佑這樣苦做的自己的菩薩來了；被悲哀的心境所襲擊。

「喂，來了麼？」

粗大的聲音突然從黑暗裏面神祕地響了。剛才的心境馬上逃散了，楊添丁大聲地回答說等了好久，站起來，高高地舉起籠燈來給看了。——

「幾點鐘了？」

是王生。把挑來的竹籮在牛車旁邊一放下就急忙地動手解繩子。還有像是家族的一個姑娘和兩個青年也挑來了。姑娘戴著斗笠，在朦朧的燈籠照不到的陰處忙忙地動著手。青年們也是鉤著頭的。

「兩點左右罷。第一次雞叫還不久——」

一面急忙地堆著竹籠，楊添丁回答，眼前得到了生意的歡喜湧到了喉頭，他勇氣百倍地拿出了力量。好容易碰到了！——在這樣快朗的心裏面，連連叫著多謝多謝，感謝對手。

「幫助窮人的依然只有窮人呀！」

想到街上的人們不但不肯雇用，反而和趕狗一樣地吼起來，楊添丁在親密的感情裏面聲音打抖，時時望一望四十上下的王生。

「說那裏話！這點事情……」王生雖然是否定了的口氣，但好像感到了楊添丁話裏的意思，接著說：「起初我是想帶著家裏人挑去的，但路那麼遠，怎樣行。有腳踏車貨車最好，但又沒有人肯借。所以煩勞你。」

把竹籠裝上簡單的牛車，沒有花十分鐘。

對家裏人吩咐了話，打發走了以後，王生跟在牛車旁邊走起來了。

「到芭蕉市要走好久？」

出發了以後，王生擔心時間，時時問。

「大約三個多鐘頭罷。五點過可以到的。靠得住——」

楊添丁時時回轉過看一看對手底臉。

在黑暗的路上，聽到了從岔路來的閣托閣托的響聲，兩三個燈籠搖搖地走近來了。楊添丁即刻曉得那也是牛車夥計。他們大抵是在這樣的早上結隊出來的。

認清楚了彼此底樣子，對面首先開口了：「啊，你也早呀，名谷麼——」

「啊，到芭蕉市。好久沒有去呢。」

車輪聲熱鬧地響著，牛車三四臺列成了一個長串。一種愉快的過節似的感覺搖動王生底心。走在前面的一個，用了老年人底聲音低低地議論著什麼。

在黃牛身上打了一鞭，楊添丁問：

「怎麼樣？生意好麼？」

「生意好！哈哈哈……」緊接在前面的四十左右的男子笑著搖頭了。

「此刻這麼樣地在這裏趕路，想一想也懂的呀。生意好這時候不在睡覺麼！」

不錯，我也是。——楊添丁心裏感到了淒涼。

「那樣的話不要談啦。大家都是明白的。……」

四十上下的男子忙忙地走著，用大的嗄聲唱起來了。

陳三一時有主意

五娘小姐……

……

他底歌聲衝破了黑暗，流著。有誰用鼻音跟著唱了。

楊添丁不能夠那樣做。因為生活，不能夠唱歌不能夠快樂的自己底心，現在才吃驚地發現了。覺得快朗地唱著歌的人可以羨慕。

牛車在道路中心走著。

突然四十上下的男子停止不唱，從車臺旁邊抽出棍子，向路邊走去。

被燈籠底光濛然地照著，路碑站在那裏。

「你媽的！」一聲喊，他動手打倒路碑。但只是發出拍拍的聲音，無論怎樣打路碑卻一動也不動。他狠狠地低聲喊了。

「呔，這混蛋——」

「好的——來啦！」

喊著跳了出來的男子馬上找來了一個大石頭。兩個人舉了起來，用力地撞上去。撞了兩三次，路碑就不費力地倒了。

「看你狠！」

拋到了田裏以後，兩個人大聲地笑著轉來了。

他們白天常常從路碑底旁邊經過，每次經過，反抗心就按捺不住地湧了起來。常常想找機會把那弄掉。路碑上寫著：道路中央四周不准牛車通過。因為用小石頭鋪得坦平的道路中心是汽車走的。

「我也完著稅的呀。道路是大家底東西。汽車可以走的地方我們不能走，有這樣的道理麼？」

但是，雖是這麼想，但白天覺得大人可怕，沒有由那通過的勇氣。他們曉得，如果不小心地被發現了是在道路中心走，罰錢以外，腦殼還要被打得咚咚響的。——這樣地，道路中心漸漸地變好，路旁的牛車道都通行困難起來了。黃色的地面被車輪研成了溝，現出了很大的凸凹。因此車輪挾在溝裏面，不容易前進，非常吃力。雖然這樣，卻一向沒有修理，更加成了險阻的山和谷。

「這樣的路能走麼！」

在沒有人的早上，他們不在那上面走。主人們似地不客氣地在道路中心沿著溝走去。

「想看看混蛋汽車要哭的樣子。在這種時候不能把牛車老爺怎麼樣罷。哈哈……」

先前的四十上下的男子走到楊添丁底旁邊，一個人快朗地笑了。

「真是，混蛋汽車可惡透啦。」

楊添丁同意地說了。

近年來愈發被推進了不景氣底深坑，那是因為被混蛋汽車所壓迫，無論是怎樣沒有知識的他們也是知道的。他媽的，混蛋機器，是我們底強敵。——敵意由心裏湧了上來。

雜著車輪聲，歌聲又衝破了黑暗。都是想到什麼唱什麼。這裏那裏雞在啼，還時時有狗叫，感到曉光迫近了。

從路旁的甘蔗田裏跳出了一個人影子。恰好在王生底身邊。王生稍稍吃了一驚，睜大了眼。但即刻明白了那是前面的牛車伕。他脅下抱著一把甘蔗梢子。他急急地跑上前去，剝下嫩葉給牛吃的樣子在朦朧的燈籠光裏可以看到。

王生悄悄地向旁邊的楊添丁說：

「喂，那樣地把甘蔗梢子折來也不要緊麼？捉住了就不得了罷？」

「那有什麼，並不丟地上，是給黃牛吃的。而且，這時候是我們底世界。全部折完了也不會有人曉得的呀。」楊添丁拋出來一樣地說了。

這麼早出來找生活的僅僅只有我們——這想頭同時也掠過了楊添丁底腦子。

事情完了，走出名谷芭蕉市，快八點了。

晴得很好，太陽燒著街道。

「啊，好運氣，有四十錢。買得到四五天的米！」

楊添丁在心裏打算了一下。奇怪的是，睡眠不足底疲乏也沒有，只是不斷地想著賺到了錢的歡喜和錢底用途。

「老婆那傢伙，這回可不會抱怨了罷！」

對於老婆，意外地心境舒暢起來了。這一次有把握使她了解；想著就多少次地微微笑了。

街尾的污穢的平房被埋在塵沙裏面。板子和洋鐵屋頂吊了下來。雞、吐綬雞、鵝在路上跑來跑去地鬧，屙著屎。這裏汽車很少來，被叫做所謂臺灣人街，政府認這是不衛生的本島人底窠，完全不管。

在路邊栴檀樹下面趕著黃牛車走著的楊添丁陡然停住了，「啊──」地叫了出來。一瞬間，他眼裏耀著很大的驚愕。「你，現在……」

「啊……好久不見啦。好的好的。」

搖著手笑，站在他面前的漢子──也是牛車同行的老林。是因為好賭常常被關進豬窠（指警察署的拘留所）去的腳色，楊添丁聽說他因為做賊犯了案，被送進監獄去了。現在忽然在面前出現了，所以他底驚愕是不小的。

「你，不是被關進火磚城裏去了麼？」楊添丁又一次高聲地喊出來了。

「噓……」老林銳利地盯住他。用指頭按著自己底嘴，制住了對手以後，看了一看周圍就小聲地說：

「不錯，你也知道麼?進去了一些時。」

「一些時？」

「嗯，六個月呀。也不是殺人犯……」

他們兩個離開了街市，向田野方面走去。

從和鐵路並行的火磚製造工廠噴出的黑煤煙把空氣弄髒了，逼得過路的人把臉轉向旁邊。

「只有六個月？做了賊……」楊添丁偏著頭，吃驚了似地低聲說：「只有六個月！我以為要坐兩三年。」

「哈哈……好的好的，可是，你還是那麼老實呀。」

「老實？這呵……」

楊添丁做了一個吃飯的樣子給看了。接著記了起來：

「今天，你也是出來找生意麼？」

「那裏！已經歇手了呀。賣掉了。沒有幹頭。現在這時世，做工是牛傻子，玩玩反而上算哩。」

老林望著楊添丁底臉爽直地說了。

「什麼？」楊添丁眼睛睜大了。

「是呀。做工是傻子。能夠大大賺錢的事情現在都被搶去了。我們做工是傻子呀。」

拋出來一樣地說了，老林跳上了車臺。

「但是，肚子不塞飽行麼？」

「嗯，做工也塞不飽呀，不是麼！」老林低聲地說了。「用盡了心思，流著汗賺四十錢五十錢，還不如隨隨便便地玩玩，這麼弄一手贏得十圓二十圓的上算呢。」

「弄一手？」楊添丁不知不覺地吞了一口唾液，望住了對手底嘴。

「是呀。如果輸了，就花個夜把工夫，到有錢人底府上叨光叨光，靠得住又是錢。捉到了就在那裏住個年把，那時候有飯吃，正好——」

「有飯吃？」楊添丁皺起了眉頭。

「嗯，在火磚城裏面給飯吃的咯。我是到無論怎樣也沒有辦法的時候，還故意跑去吃呢。沒有什麼可怕的，看守已經成了朋友。」

「真的？我還以為是非常可怕的地方……」

楊添丁感動了似地 眏著眼。

三

頭髮亂蓬蓬地，阿梅急急地走著，哭腫了的眼睛周圍現出了紅圈子，臉頰是濕的。小的孩子驚慌地在母親底手腕裏縮小了。

「無論那個都懂的呀。」

楊添丁眼睛充血地跟在後面走。望望父親又望望母親，木春偷偷地跟著跑。

夫婦晚上回來又為錢打了起來。因為那是很久以前繼續下來的，楊添丁終於忍耐不住爆發了。

「這樣還——你到底為什麼這樣不懂道理！」

在力氣大的男人前面，女的弱得像豆腐一樣。狠狠地被打一頓以後，阿梅也是阿梅，滿臉殺氣，抓著男人底弱點叫了起來：

「滾！家是我底。沒有用的忘八，滾！」

楊添丁是招來的丈夫。家主是阿梅。

「啊——」

農民們從田裏望著他們兩個，驚奇地喊了。

「怎麼？又來了？」

楊添丁裝作沒有聽見，低著頭，不向發出聲音的那方面看。阿梅也靜了下來。他們夫婦底吵架在村子裏是有名的，弄得什麼人都知道。對於這，楊添丁覺得難堪，想避開碰到的人。

夫婦繼續地吵著。一米突寬的保甲道在田地中間彎彎曲曲地伸著，那終點是保正底家。夫婦兩個走進了那裏面。

保正底家非常漂亮。紅的屋頂映著夕陽，從院子裏的樹葉中間望得見漆得雪白的壁。門口照著兩盞電燈。是村裏第一個大地主，做了將近十年的保正，說是官許的也不為過。

養得很好的肥狗叫著跳了出來。阿城叫了一聲，緊緊抱住母親。

保正從夫婦底嘴裏從頭到尾聽了以後，在將近六十歲的打皺的臉上浮起了微笑。

「嗯，嗯，是的是的。但是，夫婦吵架這回事，氣一平又會好的，不要耽心。回到家裏就什麼都忘記了，想一想看。」

「不。」楊添丁馬上用力地接著說下去。「這傢伙呀，不把我當作丈夫呵。無論怎樣說是因為景氣不好，她不聽，說是賭了啦，養了小老婆啦。這樣的老婆那裏有！剛才叫我滾——」

「畜生！說得好神氣——實在是那樣，還怪人？我這樣吃苦都不知道……走你底罷！」

阿梅馬上回罵，抽噎地哭著。

「這已經懂了。添丁說的是實情。現在的時世不景氣，而且，牛車是……」

保正用了什麼都懂的聲音說著，看不起地望了一望他們夫婦。

「生活很艱難罷。所以夫婦兩個……」

在這裏，保正用勁地勸慰他們夫婦有和合協力的必要。

「說是不景氣不景氣，有做工賺不到錢的麼！米都沒有吃的，怪那個？不顧家的忘八，畜生！」

阿梅搖著手叫了起來。

「這混蛋，又——」男的旁若無人地跳起來了。

「啊，好了好了，不錯，你說的也有理。雖說不景氣，只要認真，總不會吃苦的。這就是關鍵，或者變成富翁，或者變成叫化子。怎麼樣，添丁？」

保正用了偵探的眼色向著楊添丁。

「認真認真，我是認真過了度的。這還不算認真，我就不懂認真是什麼一回事了。啊，不懂不懂！」楊添丁呻吟起來了。

「而且，到現在叫我滾……這算是夫婦麼！」

「你才是，沒有夫婦恩情的忘八！」

保正想，怎樣才能把他們夫婦趕出去呢，這非馬上解決不可。

「那麼，這樣好了。既然賺不到錢，牛車這行買賣歇手不做，夫婦兩個都種田去好了。丈夫也不能夠賭博養小老婆，女的也看得見丈夫認真不認真。而且，種田很好過活。」

楊添丁突然眼睛亮起來了。「哦，我早就希望這樣。照我看，種田不曉得要好多少。」但一瞬間他又無力地說了：「可是，現在我是窮得連田都種不起。做佃農要押租錢罷？」

「當然要。沒有押租錢就不能夠租田種！」保正笑了。

楊添丁嘆了一口氣。接著，像想起來了一樣，向保正磕了幾個頭。

「保正伯伯，請租些田給我種好不好？押租錢請您同情……」

一聽到這保正就哼了起來，做出一個碰見了鬼似的臉色。

「不要胡說，那那裏做得到？同情同情，世界上什麼都要錢呀。」

保正不要他們夫婦說下去。從椅子站了起來，陡然改變了口氣：

「已經可以回去了。回到家裏就沒有事！」

「我不，這樣的男人，滾罷！家是我底。」

阿梅像小孩子似地反抗了。

鬧得夠了——保正含著怒意盯住阿梅。

「那麼，等一等！保正伯伯不是你們兩個底保正伯伯。就請大人來，那時候向大人說好了。冷飯總有吃的！（意指坐拘留所）」

夫婦兩個驚慌地回到了漆黑的草房子，擦著洋火點起燈，把角落的椅子拖出來一坐下，楊添丁用了平靜的聲音對倒到床上睡下了的老婆說：

「喂，燒飯罷！」

望著父親母親底氣色，孩子們溫順地縮小了，肚子餓得厲害，但不聲不響地望著。阿梅不答腔。

丈夫馬上緊張起來了，不，再不要吵罷。——對於老婆底這種態度，楊添丁氣得按捺不住，但是，生活呵，生活呵——他壓下了自己，重新妥協地向著老婆：

「我想了一想呢。在日本天朝，這種牛車買賣無論如何沒有辦法。和你也吵得不少，都是為的這。像保正伯所說的，我打算種田，那好得多……」

阿梅身子動都不動。但楊添丁還是平靜地望著，說下去：

「存點錢罷！存起來做押租錢。那時候把牛車賣掉種田。呃，從現在起多多地存點錢罷——」

他底胸口塞滿了奇妙的興奮和決心。他感到了到現在為止沒有過的清朗的希望照耀了出來。

「嗯。」

阿梅開始翻了一個身，轉向了這面。楊添丁卻又陡然著慌了。

「存錢？存你底骨頭罷！」

對於嘴不好的老婆，楊添丁溫和地問：「為什麼？」

「吃飯的錢都沒有，存錢從那裏存起？」

「那——」雖然楊添丁覺得那說的不錯，但暗示著什麼意思地說了：

「就是啦。你地想一想看。暫時地忍耐一下，用能夠賺錢的方法幹一幹。我做我底，你做你底……」

「方法？你總是說胡話。有方法賺錢，早就用不著吃苦了。說什麼騙鬼的話呵！」

阿梅轉向了裏面。

對那望了一會兒，接著楊添丁無力地站起來走到床邊去，膽怯怯地對老婆說：

「暫時的，是的，暫時的就行了。那……也可以。只要能賺錢，我是不要緊的。」

四

像是燒紅了的鐵板罩在頭上一樣的酷熱的夏天。

「那個女人，阿梅呀。」

從什麼時候起，村子底人們對於牛車伕一家起了謠言。

「那傢伙做起好買賣來了啦。幹那哩！」

「呃？那——」

你望我我望著你，格格地笑了。

「不錯，賺錢呀。添丁曉得麼？」

「那——近來沒有看到。聽說到別的地方去了。聽總聽到了罷。」

呆呆的臉上現著憎惡的顏色。四五個人順著耳朵集在一起。

「喂，歲數幾大了？」年輕人性急地插進來問。

「不要臉！混蛋！」有人叫了。

「哦，你去麼？三十上下呀。將就一點！」

好像覺得可笑得很，大家一齊鬨笑了。

但阿梅裝作不知道的樣子由村裏走過，和別人不答腔，從來沒有現出過像那回事的臉色。在她，較之謠言，度命的「錢」更為重要。

「畜生！造謠的是那些混蛋——」

有時候，阿梅一個一個地想起在街上的鬼洞裏碰到過的村子裏的認得臉的人，氣憤了。但是，錢呀，生活呀，這念頭一抬頭，她就覺得滿不在乎，想：只要裝作沒有聽到的樣子就行了。

「媽……」

夜深阿梅一走進門，小孩就叫著抱住她，接著一直像討好似地望住她底臉。近來母親總是夜深地從街上回來，小孩們也感到了。那使小孩們寂寞、不平。

「肚子餓麼？要睡罷。」

一看到小孩們底臉，陡然眼睛發熱了。熄掉燈，母子們在漆黑的床上睡下以後，阿梅還是開著眼睛。在黑街裏的情景，歷歷地湧上了胸頭。

雖說三十上下的女人了，這是第一次，受不住，不自然地覺得難堪。

被不認識的男子野蠻地用力把身子抱住，那時候真想哭了。但抓住錢的時候又有一種得救了的輕快。到給了一些錢把在門口的主人老婆子走上回家的路，就又被後悔的念頭所襲擊了。覺得做了很壞的事情，她憤憤地起了想即刻譏罵丈夫的慾望。

近來覺得一切都陰暗了。

阿梅用了悲哀的聲音向兩三天回來一次的丈夫說：

「想想法子罷。——真是討厭的事情。你男子漢那樣沒有用麼！」

臉轉向旁邊，終於落下了淚。

「錢呀，只要有錢。……媽的，錢呀。」

楊添丁搖著被太陽曬黑的臉，叫了。

「我運了山芋，依然不行。山路險，牛走不動，不過三十錢。除掉我吃的飯錢，沒有什麼多的了。」

夫婦兩個垂著頭。

「難怪，小孩們可憐。」

「到夜深，孩子兩個孤零零的呢。想想法子罷——」

「唉——」嘆息一聲，像向老婆抱歉似地，楊添丁伏下了視線。

「怎麼樣，你底錢……」

老婆出賣肉體的錢是一家底命脈。

「不要瞎想，還米店底債都不夠。波蘿工廠最近要關了，怎麼辦？」

「沒有法子——」

無論怎樣依然是苦得不能抬頭，楊添丁茫然地不曉得以後應該怎樣才好。

這樣的一家受到了再也爬不起來的致命傷，是四五天以後。

青空上像吐散了的唾沫一樣的白雲飄著，熱氣不客氣地四面圍住。像張開兩手向前擁抱似地迫近了的山，肚皮上有些地方現出了紅肉，因了陽光那使人覺得刺眼。竹林、相思樹林、甘蔗田，一切沉默著，被通紅的太陽照著，生氣盎然。

樹林從山腳一直低低地傾斜下來，隔著一條碎石河的這邊，有在上面飛翔著烏秋、蝴蝶、蜻蜓等的田畝。在錯踏一腳就會跌下去的那樣斜坡上的田裏，農民剛剛種下的嫩苗，取了不動的姿勢。被田畝挾著，鋪著小石的白路伸過。

在那上面，汽車和腳踏貨車軋軋地走。皺著眉頭的農民們，一個兩個三個，前前後後地一面走一面講。有的戴著竹斗笠，有的撐著舊式的傘，也有空著光頭，把手反圍著，不在乎地讓汗水流下。

「今天，什麼價錢？」後面的人問。

「豆餅又漲了呵。漲了十幾錢——」前面的人回答。

於是大家都不作聲，耽心地順著耳朵聽。

「肥料貴，米便宜，我們真不得了。」有人側著頭說了。

在梅檀樹下，從走著的路上望著田畝的一個人，像提起同伴們底注意似地指著田畝說：

「這裏的水田碎石多呀，水也似乎不夠！」

聽的人點頭同意，睜著眼睛想更仔細地看一看。談話從自己底經驗發展到水田，源源不絕了。

水色的公共汽車響著機器底聲音，追過他們，吐出像濃白的霧一樣的塵煙跑過了。

農民們把臉轉向旁邊，避著那走。

楊添丁坐在車臺上面，略略睜開眼看了一看。黃牛什麼也不知道似地緩緩地向前走。硬的車輪時時陷進了凸凹的路裏，坐在板子上的他底頭被震得發痛，但他還是抱著膝頭坐著不動，浴著熱的陽光，悠悠地打瞌睡。

楊添丁已經想倦了。為了錢，為了生活，追逐著他的壓迫，始終是釘在他底腦子裏，使他煩惱。

為了尋求生路，雖然把老婆都推到獸道裏去了，但依然不行，心想也許是前世的報應。在街上失望了以後，他就把目標轉向了靠山的鄉村，到各處招攬搬運山芋的生意，但靠山的鄉村裏也是很不容易找得錢的。並不是能夠滿足他底希望的現實。到今天走上歸途為止，有十天了，剩下的純利是現在裝在口袋裏的八十五錢。

十天八十五錢——靠這怎樣能夠活命呢？楊添丁想到老婆和孩子的時候，就被暗淡的心境所襲擊，覺得一切都不懂了，都不懂了。生活，錢，老婆，混蛋，牛車，在腦子裏反來覆去的時候，他感到了虛無，自暴自棄地坐在車臺上面打瞌睡。——

覺得的確有人走攏來了。楊添丁打開了眼睛，同時就大吃一驚。「完了！」叫著從車上跳下來的時候，已經遲了。

在他底前面，大人用了可怕的臉色望住這邊，站著。

「哼，你好舒服！」

望見大人底粗手腕一動，馬上臉上就挨到了一下。

感到似乎熱潮湧到了臉上，楊添丁抖抖地打顫了。

「不准坐在車上，不曉得麼？」大人臉上通紅地喊了。

「呃，我——」

不曉得怎樣說才好，吃吃地動著嘴，楊添丁底臉上又清脆地響了一聲。

「這牛車，是你底麼？」

大人從口袋取出小本子和鉛筆，彎下身子看一下車臺上的牌照，敏捷地寫起來了。

「大、大人，一次，饒過，求您——」

楊添丁要哭似地做出對大人作揖的樣子，牌照被寫去了以後，會受到怎樣的處罰，楊添丁是早已知道的。

「有你底，支那豬！」

收起了小本子和鉛筆，大人鄙視地望了一望做著作揖的樣子的楊添丁，狠狠地罵了一頓就騎上腳踏車走了。

「唉，運氣壞，怎麼辦呀！」

望著那，處罰的事情湧上了胸頭，楊添丁沒頭沒腦地著急了。

罰款二圓！甲長拿著奴庫派出所底通知單來，是第二天底黃昏時候。

「明天上午九點交。記著！」回去的時候甲長鄭重地吩咐了。

「明天？」楊添丁用了非常狼狽的表情回望了甲長。在生活窮困的現在，明天當然拿不出二圓來。他哼哼地呻吟起來了。著慌得不知所措。

那晚上，他向踏著夜露回來的老婆首先提出了這件事。

「喂，道理說過了。忍痛一下，湊足二圓罷！」

小心地辯解了以後，楊添丁哀求一樣地望著女人。最近對於老婆所抱的對不起的感情，使他無論什麼事都對她取了這樣的態度。

阿梅在換衣服，呆呆的臉上一瞬間飛滿了怒色。

「唉，不成！」望著那樣子的楊添丁，反射地感到了失望。

「我，不曉得，沒有錢呀！——」

阿梅過於激怒，反而用冷淡的聲音說了。她底臉色看來反而像嘲諷一樣。楊添丁從來沒有覺得像現在那麼恨她了。

「唉，不要那麼說，因為對手是大人，拖延一下又得大大地吃苦頭。喂，幫幫忙。」努力地壓制住自己，楊添丁用了買老婆的歡心的口氣說了。

「幫幫忙幫幫忙，你未必曾經給了錢我麼？沒有錢，還說幫幫忙幫幫忙，怎麼幫法……」阿梅認真地望著丈夫，憤激地喊了。

「沒有那回事。到現在為止，在街上做什麼的？——明天要交呀。喂，懂麼？」楊添丁焦躁地說。

「明天就要交，不要吵，拿出來罷。你未必願意我吃大人底苦頭麼？」

「不曉得。你這樣的男人管得著麼？……家裏這樣苦，還能夠在牛車上悠悠地打瞌睡呢。說是著急家，說說罷了。」

像是被推進了絕望裏面，她流著淚大聲地嘆息了。丈夫說是要認真，原來是騙自己的，想到這她非常後悔了。

「為了家，忍痛地那樣出賣自己底身子，我傻呀！」

後悔的念頭高了起來，阿梅終於哭了。

懂得了老婆所說的意思，楊添丁陡然改變了態度。

「媽的！」他憤憤地叫了。「懂了。街上的男人比我更有味啦！」用了可怕的樣子向著老婆，兇兇地站了起來。「到明天止弄兩圓錢算什麼！容易的事情。再不要你幫忙了。既是這樣——」

楊添丁跑出外面，在漆黑的夜裏消失了。

太陽雖還沒有起來，天已經快亮了。

走了一整晚的兩隻腳，像棍子一樣地那麼硬。粗糙的紅皮膚，被露水打濕了。腦袋整晚響，重重的。

「媽的，看罷！」一面走，楊添丁心裏面衝動地低聲說了。這麼辦最能夠使她感到滿足。在稱杆兩頭吊著的麻袋子，脹得和香腸一樣。裏面滿滿地裝著鵝。

時時地，從窒息似的苦痛中間發出了「嘎嘎」的嘎聲叫著，鵝在狠狠地掙扎。在森森的冷靜的空氣裏面，那叫聲突然地響得很大。每一次，楊添丁被心臟給捏了一下似的恐懼和混亂所襲擊。感到自己底臉蒼白了，縮小了，非常地著慌。

「這不行，得更鎮靜些。完了以後——」

他裝成英雄底樣子，叱責自己，打起勇氣來繼續地走去。

「呃喲！」

勉強裝作滿不在乎，他換一換肩，在甘蔗田中間穿過。

黑黑地浮著的山漸漸清楚了。竹、相思樹、芭蕉、甘蔗，在山腹上開始現了出來，像張著的煙幕似的雲漸漸從空中散了。

山浴上了日光，山腳下西藝街底屋頂現得白了。一瞬間，清楚地看到這裏升起了煙。不一會，像被踢散了的火柴匣子一樣的平房展開在眼前。

壓制著打顫的自己，楊添丁超然地走進了街裏。照著定好了目標，他向市場走去。聽到了從市場來的騷擾的聲音。山裏的人，鄉裏的農民們，在叫著罵著。李子、筍、蔬菜、柴，湧到了市場底入口，成了一長串。

楊添丁左右地望著，走進市場去了。

還沒有走幾步的時候，從後面來了「喂」的叫聲。他驚慌地回頭望了。

「唉呀！」

馬上，他拋掉了擔子，跑了起來，一面跑，感到皮鞋聲和嗒嗒的聲音漸漸追近了的時候，忽然，他底衣服被抓著了。

「大、大人——」

他像臨死的時候似地叫了一聲，以後就什麼也不知道。

本篇譯自日本納烏卡（ナウカ）社出版《文學評論》一九三五年一月號，中譯文見《山靈：朝鮮臺灣短篇集》（上海：文化生活，一九三六）

呂赫若

呂赫若（一九一四—一九五一？），本名呂石堆，臺中縣豐原潭子人，據説因崇拜朝鮮作家張赫宙及中國作家郭沫若，故以「赫若」為筆名。一九三四年臺中師範學校畢業，一九三九年入東京武藏野音樂學校聲樂科，曾參加東寶劇團，是一名出色的聲樂家。一九四二年返臺，加入張文環主編的

《臺灣文學》，為該雜誌同仁，同時擔任《興南新聞》記者。次年，與王井泉、林博秋等組織「厚生演劇研究會」，致力於臺灣劇運。光復後擔任《人民導報》記者，臺北第一女中音樂教師。一九五〇年至五一年，參加「鹿窟武裝基地事件」，死難於臺北石碇鄉附近，年僅三十八歲。

呂赫若的文學生涯開始於師範學校畢業後，一九三五年處女作〈牛車〉刊載於東京《文學評論》雜誌，即受文壇矚目，是個才華橫溢的作家。他在日據時期的作品，有長篇《臺灣女性》，中篇《季節圖鑑》，短篇共十八篇，另有新詩、評論、隨筆等，以前後不過十年的創作生命而論，他的成果是豐碩的。光復後，曾以中文發表四篇小說，可惜未及發展成熟，即猝然殞落。

在光復前的臺灣作家中，呂赫若與楊逵一樣，具有濃厚的社會主義思想傾向，他的創作和評論，幾乎都展露著社會批判意識，晚期的部分小說更帶有烏托邦社會主義思想的色彩。藝術表現上，他的小說以客觀冷靜著稱，文字精確自然，人物心理和事件的處理深刻細膩。有關他的作品和評論可參見張恆豪編，《呂赫若集》（《臺灣作家全集》）（臺北：前衛，一九九一）；林至潔譯，《呂赫若小說全集》（兩卷）（臺北縣中和市：INK印刻，二〇〇六）；鍾瑞芳譯，《呂赫若日記．手稿本》（臺南：國家臺灣文學館籌備處，二〇〇四）、《呂赫若日記．中譯本》（臺南：國家臺灣文學館籌備處，二〇〇四）；朱家慧著，《兩個太陽下的臺灣作家》（臺南：臺南市立藝術中心，二〇〇〇）。

沒落

王詩琅

耀源半寤半寢，輾轉反側在銅床上，諒也已有一點鐘以上了。

昨夜掀天揭地胡鬧過的反動，今天倦怠較常尤甚。惰氣不斷地纏在腦裏，筋骨覺得有些酸，朦朧裏要起來有些怯，要睡下又睡覺不去，只在床上翻來覆去。女婢玉仔剛才來叫過幾遍，他卻還躊躇不起來。

「耀源！快緊起來啦，欠二十分就要十二點了。」

不知道是什麼時候上樓的福星伯，在房外的廳裏喊叫。他每早上聽見他老人家叫他，心裏實在有點難過，覺得對他不住，對他慚愧。他這麼大的年紀，破曉的清早，就要爬起來督店員們灑掃、整理、買賣。自己日夜流連酒賭之間，睡到日出三竿還不起來，而且毫不幫忙，有的是奉行故事，欺瞞人眼，甚至要勞到他老人家來叫。雖是他不能洞察自己的心緒，理解自己的苦悶。但是不論如何，這樣不勞而食的頹廢，不能說是好的。先前這種感情很鮮烈地苦虐他，他也想克服這感情與頹唐，努力早起幫忙。但這樣殆無寧日在麻雀和咖啡店妓樓裏鬧到人靜夜深，那裏能夠繼續得久。於無形中就自然地拋棄這努力，漸漸習以為常，現在已是聽很慣了。任他老人家叫，也不覺得什麼苦痛。

對一切失了感激，失了追求目標的氣力的現在，老實除酒館賭場稍會興奮麻痺他的神經而外，別的都不甚會惹起他的注意。他也想這傾向是壞的，是要克服的，但緊張的內心的爭鬥，不知幾時也就自然地放鬆，終而無可奈何它了。

「我這副老枯骨磨礫倒不什麼要緊，少年家也該替人想想看咧。家景這欵的慘淡是你所知影（知道）的，天天飲賭到三更半暝，應該自己也會曉得是使得，或是使不得。」

他老人家今天似乎特別發燒，嘮嘮叨叨地說教起來，不容易訴貧道苦的父親竟然埋怨說起來。

他默默地聽；幾年前身投社會運動，連日奔忙在講演、集會、發行刊物裏。父親苦於警察方面的干涉，諫他的時候，自己是怎樣懇切地說明社會是怎樣演進，現社會是個什麼的社會，結局這社會須向那條路走，自己們的行動是怎樣的正當。父親雖是似乎明白而不明白的樣子，但終還是經不起胡鬧，極力阻擋要他不關係那些運動，耀源就憤然和他口論，主張自己的行動的正當。星推月移；現在呢？唉！自己已是像蒼茫的大海當中，任狂瀾怒濤玩弄的，失了舵的漂舟了。貫徹主張的情熱也已失掉了。雖知道是在污濁中也已沒有氣力去泅泳吧。就是鬱結滿胸的憤悶也懶說了。

他不是不曉得家裏現在的經濟狀態。第二次的出獄，和自己的嘔血般的努力，成個反比例。這站在斷崖上的家景，更如日落西山歷歷可見。自己的力量已是無可奈何它了。自己就是恐怕這可怕的現實，纔放手跑開背面不顧。但自己的放蕩也不是全是這緣故所致的。極度的不安與動搖，充滿重壓的空氣的這時代，陰沉灰黯的四圍所交流錯雜驅使的。自己不過無意識裏要逃避這灰黯這苦悶，暗地摸索著消極的解脫？麻痺神經的頹廢罷了。

油滑精悍的福星伯的面龐近來很沒精彩；大腹便便，肥胖的體軀也像表徵他的事業之衰頹、消瘦得很。十幾年前的軒昂的意氣，已不知道跑到那裏去，很為悄然。就是有底力的音聲，說話的時候，炯炯的眼光注視對手的臉，左手挾在右腋下，右指拈著口髭：「就是這樣罵？哦！哈哈哈……。」的那響亮豪快的笑聲也不能聽見了。

人若沉溺在逆境，很易追慕過去的得意處，尤其是老人家尤甚。福星伯近來遇著略有熟面的人，動不動就講起少年時代怎樣辛苦努力，得意時代怎樣華奢的故事。

實在，他六十五年的生涯，是波瀾重重造成起來的奮鬥的歷史。十六歲時，別了骯髒破爛的生家，赤手空拳出了鄉關晉江。到這臺北來做雜貨行商的小生意。因資性伶俐，到日本領臺當兒，在混亂裏賺了一注（一筆）財，就自營起雜貨小賣，生意卻很好漸漸隆盛起來，後就改變為大賣了。到歐洲大戰當中，各產業滋然勃興，株券一天高漲一天，他那裏願意眼巴巴看人家的財產，好像吹起樹膠的風船一樣膨脹起來。他的野心已是疼癢十分了。他也就伸手拈濡起來，起初也僥倖百發百中，一時風傳有三四十萬的家財。歐戰告歇，佔漁人之利的日本資本主義海嘯般的反動景氣襲擊來了。像深秋的落葉，物價一齊紛紛跌落。他為伸過手，賺的償不夠，倒虧了許多本。整理起來剩不上五萬。以後更是事事挫折，伸東缺損，伸西也是虧本。兼之幾年來殺人般的不景氣，泉裕商行的生意更壞，現在已是風前之燭很難支撐了。老實，他的不動產抵當得幾乎平殆空了。

這也不是自己一家獨特的現象：這條近淡水河的第二水門的K街，十幾年前是臺北市內有數的商行街。現在已是十分蕭條了。倒閉的倒閉，遷徙的遷徙，剩餘的大半是負了債務，拖延過日，苟延殘喘而已。

「呱呱，呱呱呱……。」

銅床邊的搖籃睡著的永春忽然哭起來。

他收住打到半途的呵欠，轉挺超高長的瘦身，緊忙抱起來，啼哭卻還不住。

「不要哭，不要哭。」

人謂放蕩子若產生孩子，會起心理的變化，就是會發生父的意識，放蕩的行為就會自然地改變。但這孩子雖已生了八個月餘，自己的放蕩不但沒有改換絲毫，連心理的變化一點都沒有。他抱起這對孩子只覺得和別的一樣的可愛罷，時也怨恨也詫異自己的無感覺。

「噢噫！秀娟，快緊來呀。」

任他哄騙還不住哭，他纔叫起妻子。

「嗳！我的乖乖，不要哭。吁，阿母抱，阿母抱。」

不一會兒，碰碰地響緊步跑上樓來的秀娟，露著微笑接過永春。

他將嬰兒遞給她，瞧她一眼，一語不發步近梳粧臺，攏起蓬蓬的頭髮。映照在鏡面的面容，正是表現他的頹廢和不規則的生活。很蒼白而瘦削的臉龐更顯得顴骨高隆，深陷的眼窩裏的圓眼，更顯得圓大。

「我叫玉仔泡碗牛乳好不好？」

「不要。」

他雖然明白自己這麼放蕩，她不但沒有干涉反一味溫柔地服侍自己。只是對她的感情漸漸地離開卻無可奈何的。

以前風清人靜，皎潔的月夜，形影相隨在植物園圓山的人跡稀處，親熱地談心的愛情已是一場模糊畫了。

為要打破父母反對自己的結婚，攜手跑到臺南的戀愛逃避行的情熱也已無處可找了。

和自己的情熱退潮一樣，她昔日的諤諤地談主義、論社會、講戀愛的，像初夏的日光下，在溪上潑溂地跳躍的新鮮地鱗魚般之新女性的面俤，也已消散得無形無蹤了。現在眼前的秀娟已是個「善良」的凡庸的家庭婦人。

「外面今天很忙，來了幾位新竹宜蘭的交關客，阿娘與我又為多備辦幾碗菜忙。你也該快點出去幫些忙呢。」

他擦一擦眼皮向窗外看，碧藍的天空散佈團團的灰雲蕩漾著，屋上的煙筒吐出道道的黑煙向天空無形地消散去。今年異乎例年，雖是將近舊端午節，卻不覺得怎樣熱。只是將交正午的熾烈的光線，映照在店後的貧民街，煤黑的奇巖怪石般的厝頂，反射起熱烘烘的灰光，在他充血的眼球覺得眩刺吧。

靠在沙發背的耀源，啜一啜玉仔送上來的熱茶。呆呆地凝視著由口裏噴出的惹斯敏的漩渦，精神也漸漸地清晰起來了。

五月二十六日！他忽然住眼在壁上的日曆。呀！是哦，是啦，今天是過去的朋友站在法庭受法的裁判的日子。

秀娟抱永春下樓了一會，父親想也是做完了什麼下樓去了，參雜廚房裏的煎炒聲，樓下的倉庫也異了平常，開箱、點貨、出貨的音響，很為活氣地騷然。

懶氣、倦怠、空虛的敗殘者的虛無感，雖不是今天的特有。對他很罕發燒的父親剛才說的，還強烈地衝刺他的心腸。

聽說士林的那塊二百石租的田，近日中由債權者要競賣了。近年來財產的佚散實在駭人，大昨年賣去田一塊，家宅二座，昨年失去家宅二座。就是店裏的金融更是困難窘迫，父親為它弄得沒有寧日，弄得頭暈目花。每日為繳納手形，奔走二十三十圓的小額不是什麼稀奇的。現在簡直若將家財抵起債務清算起來，怕只有剩個「空」字罷。換句話說，自己們已是完全顛落到普羅列搭利亞群了！

他似碰著什麼不敢看的東西，不覺慄然，慌忙把煙殼擲到圓桌上的灰皿裏，跳起身打開洋服櫥，拿出「愛克斯・班駱」雙手拔起來。

他的師範學校在校時代，正是一切異了思想的系統共同合作。含蕾的文化協會剛展著瓣燦爛地開花之啟蒙的黎明期，第三學年的時候，內臺人差別問題為發端，惹起的罷學風潮，他是舉烽火的先鋒隊的一人，因之他就被開除革學了。

他也毫沒有顧戀地，跑到廈門去騙入中學，畢業後就進入上海大學去了。他在廈門的時候已由漠然的民族意識把握馬克思主義。到上海後，他的充滿滿腔的鬥志，時常掩瞞父母的眼睛往還上海臺灣間活躍，臺灣也漸由啟蒙的文化運動進入本格的社會運動之分化期的當兒，他們無產青年一派計劃的文化協會佔領也成功了。

回臺灣中，時常出入的R家，有一年少的女學生來找R的妻子。這女學生秀娟和他，於是由相識進入戀愛，終而推開父母的反對而結婚了。

他連坐在上海結成的臺灣共產黨的別劇隊——臺灣學生社會科學研究會被領事館送還回來的時候，這小島上的社會運動正是百花繚亂地怒放著。一年餘的預審後他被處了二年的懲役了。

小鮑爾喬治家庭嬌養長大的他，嘗盡獄中的乾燥死灰般的苦楚，雖不說出口已是害怕十分了，決心也已磨鈍了。出獄後情勢也已一變，運動的全面已深刻地下降去，以前熱熱的鬥志漸漸地冷卻，也意識的和那些關係疏遠隔離，學起生疏的沒有關心的生意來。

滿洲事變前後，這小島上的社會運動像在颱風前的燈火一齊吹滅。改組後潛入地下的臺灣共產黨也被颱風剔起，把它望深海中掃去，他也被捲入檢舉的渦中，但他是上海結成當兒的老黨員，又兼學生社科事件處罰過，出獄後又是完全停止活動。

在釋放前一天，他站在檢察官面前，誓約以後須和一切的運動斷絕關係，就是研究也要拋棄。那檢察官纔威嚴地藹然可親徐徐地說：

「這遭特別給你起訴猶豫，李君！你家不是個有財產的名望家嗎？那麼老的雙親又只有你一個兒子，你又別沒有衣食之憂，何若關係那些運動呢？以後和那些關係斷絕固不消說，寧必力勉地做個忠良的臣吧。」

他心裏也決意回家後，更要儘量盡力挽回家運。他一面自思自慰；改組後的黨，自己一點也不知道。老實像自己這樣孱弱的人，只好坐在家裏讀些書做生意。那些階級的前衛，跑艱難之道，自己是沒有勇氣，也不適合的。

他趕到法院時候，手錶剛指九點半，各被告大概既入了法庭了。他穿過擠滿法庭附近的人叢，在第一訴訟庭前的樹蔭下停了步，拭拭額上汗珠打了扇，停歇一會，纔望一望周圍，忽見控室右側的簷下，被告R的母親和妻子女兒默默地望著法庭發瞪。他忙走近身傍向她們行了禮：

「阿明嬸，你也來。」

「哦！是耀源仔，你好久沒有看見了。」

「是，我很忙。」

他彎了身牽起穿桃紅洋裝的女孩子的手。

「咧！麗華你這麼長大了嗎，你認得我嗎？」抬起頭來。

「說家族可以特別傍聽，你們怎樣？」

「我們今天慢一點纔來，玉田入去著聽。」

談了一會，他就和她們別了。他纔慢踱重要所在，站著巡查警戒著的環繞法庭周圍的草繩外。

雖時常碰著被告的家族，而昔日在同一戰線的朋友卻找不出一個，他覺得時勢變得太厲害了。一昔前，波濤踴躍的當兒，偶有一些法庭事件，大家是如何興奮地大舉在法庭外聲援鼓勵呢。

太陽漸漸騰起中空，熱氣亦刻刻加緊。雖是早上，灼熱的陽光，已猶如鼎裏的滾油一樣，顯得今天的溫度非是尋常可比了，他覺得疲憊且熱，忙躲到昏暗的一般人的控室。

過去，現在經歷的混成一片不可名狀的思念，像電波般在他的腦裏閃來閃去，同時心裏頭又有一種輕蔑憐憫自己的感傷喘息著。這幾年間自己變了異同兩人了。

他又回憶起舊來的樣子，懷慕地右顧左盼幾年間沒有來的法院。這些古色蒼然的訟庭、辯護士控室、通譯控室、檢察庭、留置場、迴廊、塀、樹木……還是依然如舊絲毫不改。

最初往還於檢察庭受取調時，正是自己的批判力反撥力最為旺盛強烈，勇往的精神，軒昂的意氣和這浮沉在泥沼裏的無氣力，真有雲壤之差呀！

閒步的、細語的觀眾忽而譁然，旋即緊張地靜肅，視線一齊灌注左側的腰門去。戴了像酒矸草套的笠、夯手枷、用粗繩縛著的被告的後面，跟著帶刀的白制服的看守，一對一對出來。

過去一塊兒攜手在同一陣營的被告們，悲壯地像向屠場的羊兒，慢步地一一向留置場的黑板牆消逝去了。

那由末算起第二的矮小的身材白臺灣衣黑洋服褲不是M嗎？

他忽覺得幾年前的那熱沸的血潮向腦裏奔騰來。

他是和自己一樣師範學校的罷學被開除後就到廈門去，廈門畢業後到上海大學去的。五卅慘案風潮勃發，自己和他是怎樣熱熱地雜在怒號的示威遊行的民眾中喊呢。同是上大閥的理論家的他還不斷前進著。但是自己呢？

英英烈烈從容就義，大聲疾呼痛論淋漓那有什麼稀罕。但耐久地慘澹辛苦，走充滿荊棘的苦難之道，卻不是容易的。路是明而且白。只是能夠不怕嶮岨崎嶇，始終不易，勇往直進的現在有幾個人？自己已是宣告自己的無能了。拋棄父母朋友妻子，還要貫徹主張，做擔負未來的階級前衛，和密網滿佈的資本主義的拚命，不是像自己的意志薄弱的做得到。所以由戰線篩落也是當然的。但要醉生夢死地過去又是不可能了。

「唔！李君，你幾時來？」

他剛出正門，忽碰著×署高等特務酒井。

「真熱呀！你為什麼到這時候纔來？」

「不是，我有點事情剛才出去，你有特別傍聽券沒有？」

「沒有，說午後不是要再開不是。」

「是，我還有點事，今天失陪了。」

他無所事事，信步行到尨大的血般赤紅的總督府的時候，這四圍盡是廣大的官衙洋樓的建築物中央，高聳雲霄地瞰視下界屹立的尖塔上空，爆爆底響由東方飛來，腹裏有鮮紅的圓白之銀色飛機三架，編了隊穿來鑽去翺翔一會，就不知向那裏消沒去。

半年來早上沒有來過的城內。殷賑繁華的這街市的景氣，尤有別的氣氛。他穿過臺灣銀行前到了臺北銀座——榮町二丁目十字街頭時，不覺詫異。亞士華爾卓上穿梭般來往的銀色燦爛的市營巴士、自動車、自轉車……都格外較前輻輳的多。各店頭和車的前部又都堅插著國旗。就是亭仔腳來往人也較常擁擠。很多人的胸前似乎掛著什麼，他注意挨過身邊一個文官服的時候，纔知道是一小布上印著朝日。

哦！是啦，我真是昏了，連海軍紀念日都忘了。

他纔恍然明白。身體有些疲乏且口內很渴了。

明治製果喫茶店的樓上，近大道的窗前佔了座位的他，剛注文了後，突然遠遠地雜在都都地叫的嘈雜裏，嚠喨的軍艦行進曲接近來。假裝軍艦的自動車，約莫有幾十隻由公園方面驀進來。

他好像沒有什麼關心的樣子，拿起送來的曹達水（蘇打水）吸。剛才法庭的情景，又像影片般隱現在腦裏，自己的世界已和那些差得太遠了。突然先前那嘲笑侮蔑他的感情又向胸衝來。他搖搖頭，將麥稈把盃內攪一攪，纔再吸起來。他又量量囊裏的錢，想今天要那裏去賭。

是，A處前天輸得太多，今天那裏復讎吧。

萬世一系皇國の
光を世界に輝かし
明治三十八年の
五月の二十七日は
海軍戰史に試しなき

……

……

大概是公學生罷，合唱的歌聲響得廣闊的街路兩旁的店舖震動。各手執國旗的兒童們，排列編隊絡繹不絕地由教員引導大著步颯爽地過去。

咖啡店的九點至十點是最劇忙的時間；耀源和錦東，瀛洲上這摩羅珂，正當留聲機、猜拳、醉客女招待的歌唱，呼麼喝六，店夥的叫聲混鬧成一團，奏著狂亂的交響樂。

「李的，要用什麼？」

在特別室佔了坐的他們，用過當番的艷子送上來的面巾，各覺得還熱，就脫起外衣。

「先啤酒和清果來。」

各似是要休神，默默一會，頭上的搧風機不絕地夫夫叫。

「唔！今天又再來。」

「哼！思念你，捨不得你；所以今天再來找你。」

耀源嘻嘻地凝視湊近身邊來的正子打起訕來。

「你若連續來一個月，我們的頭家有摩羅珂賞。」

「摩羅珂賞？那我不要，我要別的。」

「是嘮，他是要你賞你的愛情。」

坐在靠背肱椅的瀛洲也哈哈地笑，插起嘴。

臺灣人經營的咖啡店中稱為第一高雅的摩羅珂，近代的華奢的室內。米黃色的柔軟的光線，給他們在賭場興奮的神經漸漸鎮定了。

「錦東，昨天我的條件壞，給你便宜，來！今天要使你死無葬身之地。」

他們一氣喝完了艷子端上來的啤酒的頭一杯。耀源就伸出手說：

「放屁，烏卒仔，有多大的本領敢再來太歲爺頭上動土。要來嗎？好！四發財。」

「八仙，全開，又再全開。」

正子看耀源輸勢，她就接起他的手，他們鬧得興高彩熱。麥酒也喝過一矸又一矸，大家多已有些酒意了。

「李的，那邊有一位姓吳的要請你過去。」

他退了手正在看瀛洲和正子打得難解難分的時候，對面席的女招待來請他。

「哦！李君！好久不見，好久不見。」

「哦！我以為是誰，原來是你。」

「請坐請坐，我給你介紹，這位是李耀源君，這位是曹春榮君。」

他坐下，互相寒暄了後，各乾了杯。

「你幾時來北？」

「昨天來的。」

「一向怎樣？可還是同令尊幫忙嗎？」

「老父是三年前亡故了。生意是我同小弟繼承做，你呢？」

「我？舊態依然。」

他偷眼將這位久別的老同志石錫仁打量一下；先前對服飾極不講究，穿的是骯髒不堪的他，現在眼前的，卻是摩登瀟灑的雪白絹紬服，黑蝶形的領帶，白鞋的青年紳士。

「我今天也去法院看，你有去看過沒有。」

「沒有那些閒工夫。」

他似胸裏蟠結著什麼，糊塗地答應。

「金娥在鳳凰做女給。你會過沒有？」

「前遭來北會過了。實在這樣，大家幾年前夢裏也想不到。下獄的下獄，轉向的轉向，我們這些蒼白的沒氣力的又是……」

各是那時左翼的正統的上海大學派之代表鬥士，不期而合在這紅燈下再會。他似感慨無量地說：

「但是老石，我們落伍雖是必然的，這身也比較有些自由，但這陰沉暗淡我想是不輸在獄中的他們。」

「喂！老李，那些不是這個所在說的話。我好久的重逢，爽爽快快地痛飲吧。乾杯！」

錫仁也像怕觸著舊傷痕般皺著眉，舉起杯向耀源的磕個響。

「哼！今天痛快地飲，乾杯！」

他也忙住了口，高高舉起斟滿的杯。他招呼錫仁們和自己們合流，重新鬧了一會；

「今天為紀念錫仁、春榮兩氏，再到耀源君的愛人處打攪一遭，大家意見如何？」

「贊成！贊成！」

他們下了東瀛樓鄰，藝妲阿鸞處，已是二點鐘了。

「密斯脫李！多謝！明天我去找你。」

「好，我等候你就是了。」

他們互握了手別了。耀源們三人都已醉了。顛東撲西蹣跚地出了小巷在太平町大馬路上，叫住廂型的自動車：

「艋舺。」

車門撲一聲關住，隨即放了速力疾走。

日間那麼喧囂的這大通，這時候已靜謐得死的一樣寂無蟲聲。獨茉莉花般排著的兩旁的路燈，輝煌地照得亞士華爾卓發黑油油的光亮。咖啡店的紅綠藍的「良・薩茵」(霓虹燈)在涼冰的夜氣中露出寂寥的微笑顫抖著。

路燈，「良・薩茵」像流星般呼呼地響，向車後跑去。

他們二人都似乎睡下了。雖已酩酊醉去還清晰的耀源，覺得像浸在甜蜜的悲哀裏，涵泳著一股咆哮踴躍的血潮。

使不得！我須踺開這塊酒杯！劏解這頹廢！

彎到黑暗的末廣町的時候，不知道是那裏的雄雞，朗朗亮亮底抑揚的啼叫聲、鮮明地透進車窗來。

本篇作於一九三五年六月三十日

王詩琅

王詩琅(一九〇八—一九八四)，筆名王錦江，臺北市萬華人。幼年入臺灣傳統書房習漢文，十歲改入臺北市老松公學校就讀。畢業後自學，因中文基礎甚佳，喜歡閱讀中國稗官野史及當時上海出版的新書，對文學、政治、社會、思想皆廣為涉獵。

一九二七年因參加無政府主義組織「臺灣黑色青年聯盟」，被捕入獄。一九三一年與張維賢、別所孝二等中日文藝工作者合組「臺灣文藝作家協會」，發行《臺灣文學》，創刊號即被查禁。同年，又因涉及「臺灣勞動互助社」事件，再度入獄。一九三四年加入臺灣文藝協會，並曾代編楊逵創辦之

《臺灣新文學》。七七事變後，赴上海、廣州等地，一九四六年返臺，先後擔任《民報》、《和平日報》、《臺北文物》等主筆及編務，一九六一年轉任臺灣省文獻委員會，一九七三年退休，期間對臺灣歷史及風物，頗多纂述。

王詩琅早年從事新詩創作，後改寫小說，作品對三〇年代臺灣社運、工運、婦女問題、知識分子的思想發展，都有深刻反映。他的主要著作有：張良澤編，《王詩琅全集》十一卷（高雄：德馨室，一九七九）；張炎憲、翁佳音編，《陋巷清士：王詩琅選集》（臺北：弘文館，一九八六）；張恆豪編，《王詩琅・朱點人合集》（《臺灣作家全集》）（臺北：前衛，一九九一）。

秋信

朱點人

斗文先生凝神靜氣，臨摹著文天祥的〈正氣歌〉，那筆鋒剛柔相濟地，很靈活的在紙上一起一落著，每當他臨摹得和拓本逼真了時，便拍著桌叫絕，於是將筆放下，總要費點時間，把自己寫的和拓本比較地看。

過了一會，移入讀書的工作，放開喉嚨，咿咿嗚嗚的朗讀〈桃花源記〉。他的年紀雖過六十，但聲音卻不減當年，明朗而有餘韻的書聲，悠揚地顫動早晨的靜寂。

這是斗文先生的日課，並且是數十年來也未嘗間斷過的。他一完了工作，嘴裏咬著竹煙吹（竹煙管），手裏提著他的孫兒自上海寄來的《國事週聞》，且行且看的走出稻埕（曬穀場）來。

東方剛才發白，朝日還未露出它的臉，只把一片淡紅，渲染在對面山頭的天空。

籬笆邊蹲著一群鴨子，看見有人，便一齊爬起來，呷呷地叫著。一隻紅面鴨子，擺著尾巴，行著不器用（不管用）的掌，頸項伸縮地，走近他的腳邊亂啗著。

「小畜生！要出去嗎？」

他把籬笆門打開，那群鴨子，又是呷呷地叫，爭先走出去了，他也出了籬笆門，坐在門外的一株蒼古的茄冬樹下吸煙。

東山上的天空，由淡紅而鮮紅，罩在地面的露也漸次稀薄著，不知不覺間已消散殆盡了。才被割了穗的稻槁頭，已半就枯黃，田畔裏的草露像銀珠般的閃著光。

他慢慢地在吸煙，從他的嘴裏溜出的煙，一陣陣掠著腦後過去，他把左眼的眼角一閉，看著前頭竹圍裏的炊煙。

從那裏的竹圍裏走出三個人，各人都帶著小行李，他們彎過一區田（一塊田地），來到附近的竹圍時，恰好裏面也走出三個人來，兩下停了足，交過幾句話，就併在一起再拐了一個彎，沿著田畔，走向這裏來了。

「是陳秀才嗎？」為頭的出聲在問著：「七早八早就出來收空氣嗎？」

他距來人還遠，認不得是誰，及至聽著招呼，才曉得他是前竹圍的吳想。

「你們也起得早啊！」他在回話間，他們已來到切近（接近身邊）了，他看見他們穿的是，非新正（農曆初一至初五，謂「新正」）不穿的衣褲，就直覺得他們是要上那裏去了，「唔，阿想！你們要到臺北去是不是？」

「是啦，看博覽會1去的！陳秀才！你也來去看啦，和我們一同去！」

「不要去。」

「不去是真可惜的！別庄我不知，單就我們的庄裏，沒有一家無人去看的！聽說今天的團體很多，說不定臨時火車又要滿員（客滿）了。陳秀才！做人無幾時，你的年紀又這樣老了，今日不看，要待何時！來去看好啦，多看一番光景，豈不好嗎？」

「不要去。」

「不去嗎?!不去待我們看了回來，再講給你聽啦，嗳喲！時間不早了！我們著趕緊去搭車。」

當博覽會未開幕以前，當局者都竭力宣傳，而島內的新聞亦附和著鼓吹，就是農村各地，也都派遣鐵道部員前去勸誘，本來不怎麼有益的博覽會，一經宣傳的魔力，竟然奏了效果，引起熱狂似的人氣（好名聲）。

「去！到大臺北看博覽會去！」

凡是生長在臺北以外的人們，誰都抱著這個念頭，簡直像一生中非看他一次不可的一件痛快的事情。

「阿公仔！警察來啦！」

是初秋的傍晚，斗文先生正在書齋閱報，忽聽見他的第三孫兒走得慌慌忙忙的來報。

「怎樣不給他說我沒有工夫見客去！」

「我也有對伊講，那知伊都不聽，講他有什麼公務要見阿公仔的！阿公仔！公務是什麼？」

「好東西呀！動不動就要來打擾，今天又是什麼鳥務了！」

他很不樂的走出來，看見老巡查（日本警察）佐佐木笑嘻嘻的坐在廳裏等著。

「你又來了嗎！」

「陳秀才！對不住了，我也知影你忙碌，你且坐啦，我有話要對你講。」

他做了多年的巡查，老於經驗，說著臺灣話簡直和臺灣人差不多。

「有話請你快說啦！」

「今天是戶口調查，順便帶點公務來的。」

「……」

「你去留學中國的孫仔，何時要返來？」

「沒有事情，回來做什麼？」

「臺灣要開博覽會，伊敢（難道）不返來看？」

「那我不知道。」

「唔，你不知影（不知道嗎）？」

佐佐木說到這裏，做了個停頓，把話頭轉換過來了：

「博覽會的協贊會要募集會員，普通會員一口要……五圓……」

「請慢說啦，協贊會和我不相干，怎麼說到這裏來?!」

「哈哈……陳秀才！五圓並不是叫你白了的！若做了會員，協贊會就會給你一張會員券，一個紀念章，在博覽會的期間內，任你隨意出入，還要招待你……」

「那麼你的意思是要我加入嗎？」

「著啦（對啦），要加入一口啦。老秀才！你去臺北看看好啦，看看日本的文化和你們的，不，和清朝的文化怎樣咧？」

「清朝！」他聽見清朝二字，身體好像觸著電般的，起了個寒戰，呆呆地看著天窗出神。

博覽會開幕了十多天了。本來只弄鋤頭過日，連小可（細微）的雞母相踏都要引為話柄的田庄人，一經歷遊島都和博覽會場，好比遊月宮回來還要歡喜，大讚而特讚著，引得不得去的人，羨慕萬分。斗文先生雖然無動於衷，但每次聽著他們的稱讚，免不得總要傾耳細聽。然而可怪而又使他失望的，是從他們口裏所出的臺北市街大都不是昔日的地名了。

「這就奇了！難道臺北就變得那麼快！」

他有時會這麼疑問著，想要逕到臺北去。但是臺北已非他憧憬之鄉了！於是欲行又止，然而過了幾天，突然接著他孫兒的同窗的一封來信，那信的內容是這樣的——

斗文先生：

夏天去後，我跟著秋一同回到南國來了。回來的目的，一是歸省，一是要看博覽會的。令孫兒R君勤於學課，無心回來，但只囑侄再三邀請先生，來北看看博覽會呢！……

侄　王北芳

十月二十五日

寥寥幾行字，早把他的北行之心決定了。但他一點也不聲張，也不告知家人，又恐怕碰見相識，一個人悄悄地繞路從A驛搭上午九點鐘發的列車。

這天恰值星期日，車裏早就混雜著。斗文先生剛踏入車裏，不知怎的，一齊的視線都不約而同的集中到他的身上來了。在車裏的時裝——和服、臺灣衫、洋服的氛圍裏，突然闖進斗文先生的古裝——黑的碗帽仔、黑長衫、黑的包仔鞋（形似包子的棉布鞋），嘴裏咬著竹煙吹，尤其是倒垂在腦後的辮子……儼然鶴入雞群，覺得特別刺目。

他接著眾人的眼光，像受了侮辱，一時很難受，但旋而不以為意的斜著眼角，把眾人睨了一眼，泰然自若的坐下去。

出發的時間到了，當車長的笛聲剛在鳴動的瞬間，他急急的把兩耳掩住，塞避火車的汽笛，引得車裏一陣鬨笑。

車體徐徐地動搖著，久住慣了的鄉村，慢慢地向後退去。他頓時覺得一陣空虛，很無聊的把隨身所帶的《海外十洲記》掀開，機械地置在膝上，他的兩眼雖然落在書本上，但他的視覺卻不注到字裏去，車裏的會話，自然而然的響到他的耳朵來了。他慢慢兒抬起頭來，火車趕著速力，在甘蔗廈（甘蔗田）邊走著。

「阿柳兄！你要到那裏去？」

「到臺北去的。」

「唔，你平素是那樣勤儉，怎樣也甘（捨得）到臺北去！」

「這，一半是不得已的。」

「是你自己願意去！怎說不得已！」

「我庄的警察，強強押人著（得）去啦！」

「唔，是這樣嗎？總是阿柳兄！你也免怨悔，聽說博覽會是自有臺灣，也未曾有過的鬧熱啦，看一次，就是死也甘願！」

「看一次，就是死也甘願！」斗文先生鸚鵡般的隨他念了一句。他想，臺北如果像人們所憧憬的臺北，就不枉他北上一行了。他似乎忘記了臺北已經如何的變遷，什麼府前街、府中街、府後街……一些昔日的市街，都一一浮上他眼裏來，火車走得愈快，他愈耽於幻想。

「艋舺艋舺！」

他聽著這叫聲，才由沉思回復了自己。

「艋舺……啊！一府二鹿三艋舺的艋舺！」

他像逢著久別故人般的，胸裏在躍動著。火車經過萬華驛（車站），再通過了二個路門（平交道）時，第一會場的糖業館的雄姿，早映到車窗來了。車裏的人們聽見會場，便爭著走近窗前看，他也提著腳跟一看，啊！昔日的臺北城址，已築了博覽會場，他的胸坎像著了一下鐵鎚，無力地落到椅上去。

火車三點鐘到了臺北驛，久在車裏坐倦了的人們，蜂擁般的爭著下車去。他亦隨著人波出了改札門（剪票口）。在混雜的人叢裏，每一移步，腳尖都要觸著人們的足跟，他一跛一跌，好容易被人波推到左邊的一角。他抬起頭來，望一望街上，許多自動車在街心交織著，十字路上高築一座城門，他猛然看見城門上寫著「始政四十週年紀念」，驚心駭魂的他即時清醒過來。巍然立在前面的雄壯的建築物，像在對他獰笑，他搖搖頭想起「王侯茅宅皆新立，文武衣冠異昔時」的字句，胸裏有無限滄桑的感慨。

斗文先生，自少就很聰明，十九歲中秀才，一向在撫臺衙辦事。二十七歲那年，正要上省應試，不料臺灣在那一年換了主，同時他的青雲之路，也就斷絕了。他再也不想進取，卜居在K庄，買了幾畝良田，想做農夫，過著他的一生。他的家裏藏著一本臺灣的詳圖，當臺灣要開始新政治的時候，因為不諳於臺灣事情，好幾次要請他幫忙，但他不但執意不肯，而且還要謝絕一切的政客。

斗文先生在表面看來，純然是隱居生活，但他的內心卻不如是，他的熱血，常為同胞奔騰著。當社會運動方爛的時候，他雖然沒有挺身去參加實際行動，但對社會運動一分望（一支流）的文化運動的貢獻，卻是不少。臺灣人會說日本話的愈多，理解漢文的愈少，他想臺灣人在謀生上，果然需要日本話，但在另一方面，卻不可不使他懂得漢文。臺灣人與漢文有存亡的關係的！他想要振興漢文，於是糾合些同志，創設詩社，提倡擊鉢吟。他們的提倡，很能刺激社會，於是到處詩社林立，擊鉢吟便風靡了全島，當時所產生的詩人，差不多有盛唐那麼眾多。他正想藉此可以挽救衰頹的漢文，不想那班無恥的詩人，反把它當做應酬的東西，巴結權勢，甚至，連和他們不關痛癢的日本的政客死去，也要作詩去哭他。

斗文先生看見這怪現象，後悔當時不該創設了詩社。

「擊鉢吟不是詩，從凡夫俗子的口中唱出來的山歌才是詩。」

他常嘆息著說。以為自己創立了詩社，真是臺灣文學界的罪人。一九××年的春，臺北唱開全島詩社聯吟的時候，他想要藉著那個機會，改革擊鉢吟的毛病。起初乘著火車，但不知是他的身體衰弱，還是沒有提防，當火車的汽笛在鳴著的剎那，嚇得昏迷過去了。

以後直到十五年後的今日，始到臺北來。

臺北驛前的路上，人波浩浩蕩蕩地向著博物館推著，斗文先生像失了舵的孤舟，正不知道划到那裏去好。臺北的地理，早奪去了他昔日的記憶，他正在茫然自失間，不知在什麼時候，被推到第二會場的入口來了。他到這時候已不暇思索了，隨著人們走入第一文化施設館去。他看看芝山巖的模型，往左邊穿過去，那門上寫的是：「第一室，關於教育的陳列」。他究竟是讀書人，對於教育特別有興趣，很細心的看著學校分佈圖，但頂使他失望的是他不解日本語，所以不能充分地理解它。他恨恨地搖著頭，立在一個圖畫前，那畫上畫的是三個學生一排地立在校庭，右二個手裏執著鶴嘴鋤，左一個手裏提著算盤，作著威勢。斗文先生有些莫名其妙，但看看上面寫的字，又不懂得它的意義。他不得已挽住一個人問：

「拜託咧，上面寫的是什麼意思？」

「『產業臺灣的躍進，是始自我們』啦。」那個人解釋給他，還把他看了一下，哈哈的笑著。

「哈哈……」

「哈哈……」

和著笑聲，忽地在他背後又爆出二個笑聲，他急的回頭一看，二個日本人學生，兩腕叉在胸口，嘴裏還不知在說著什麼，對他投著卑視的眼光。他受了這麼侮辱，真正有說不出的悲哀，他想，假使自己若懂得日本話，便要和他辯論個到底。

「倭寇！東洋鬼子！」他終於不管得他們聽得懂與不懂，不禁的衝口而出了：「國運的興衰雖說有定數，清朝雖然滅亡了，但中國的民族未必……說什麼博覽會，這不過是誇示你們的……罷了……

什麼『產業臺灣的躍進……』，這也不過是你們東洋鬼才能躍進，若是臺灣人的子弟，恐怕連寸進都不能呢，還說什麼教育來！」

他已無心再看了，氣憤憤的走出來，心裏還在懊悔著，他想今天簡直是白走的了！與其看看博覽會，無寧拜謁撫臺衙的好！他一想起撫臺衙，好像回復了四十年前的自己，剛才的一肚子悶氣，不知消到那裏了。

「老先生！要到那裏去，要坐車不坐？」

會場邊蹲著一個人力車夫，看見斗文先生的在躊躇的樣子，便立起來招呼生意。

「不要坐啦，我是要看撫臺衙去的。」

「撫臺衙？呀！老先生！你知道它在那裏？」

「在府中街啦。」

「啊！不對不對？」

「不對？不對，那麼……？」

「老先生！看來你不是本地人，也無怪你不知，若說撫臺衙的故址，現在已經起（蓋）了臺北公會堂（即今之中山堂）了。」

「什麼?!公會堂……那麼它……」

「老先生！不用著急啦，我招你坐車也就有目的了。我今天終是坐在這裏也沒有一錢賺，請你給我二十錢賺，我就拖你到撫臺衙去。」

十五分之後，斗文先生在植物園裏的撫臺衙前下了人力車，車夫去後，他面著撫臺衙，坐在椰子樹下冥想著……往日那麼繁盛的它，如今怎麼會這樣冷落！啊！屋貌依然，而往事已非了！他的胸裏充滿著興廢之感，他徐徐地立起來，倚著椰子樹，從懷裏摸出前日那封信來，抽出信箋，兩眼落到信箋上去，但他的眼睛偏在箋末搜出四字印刷……蓬萊面影……來。

氣候已是晚秋，時間又將向晚了，園裏連一個行人也沒有，微風吹著敗葉，沙沙地作響，他的手裏一鬆，那張信箋就乘著風飄到地面的一葉梧桐的落葉上去。

本篇作於一九三六年一月三十一日，原載《臺灣新文學》一九三六年三月號（一九三六年三月三日）

朱點人

朱點人（一九〇三—一九四九），原名朱石頭，後改名朱石峰，點人為其常用筆名，臺北市萬華人。一九一八年自老松公學校畢業，進入臺北醫學專門學校當傭員，為細菌學研究助手。一九三三年與王詩琅、郭秋生等組織「臺灣文藝協會」，發行刊物《先發部隊》，為審稿者之一。光復後，加入臺共地下組織，一九四九年被捕，槍斃於臺北車站。

朱點人與王詩琅一樣，都是自學成功的作家，他的才華，張深切曾讚許為「臺灣新文學創作界的麒麟兒」。一九三〇年開始發表作品，創作活動時間為一九三〇至一九三六年，主要以中文寫作，是日據時代臺灣重要的中文作家之一，作品包括詩、小說、評論及民間故事。目前所知，他的小說約十餘篇，早期作品傾向於由男女戀愛，表現當時新知識青年的精神和心理要求。一九三四年以後，作品逐漸集中於傳統臺灣人社會的描繪，以及被殖民的情況下，臺灣小市民思想和行為的變化，如〈安息之日〉、〈秋信〉、〈脫穎〉等。其中，〈脫穎〉一作裏，為了擺脫歧視政策的公學校畢業生陳三貴，不惜入贅日本人家庭，改名換姓為「犬養三貴」，這個人物類型的後續發展，在龍瑛宗〈植有木瓜樹的小鎮〉、吳濁流〈陳大人〉、王昶雄〈奔流〉等作品中，歷歷可見。

有關朱點人的小說及評論，可參見張恆豪編，《王詩琅．朱點人合集》（《臺灣作家全集》）（臺北：前衛，一九九一）。

註釋

1　一九三五年十月十日，臺灣總督為慶祝其據臺四十週年，在臺北舉辦博覽會，歷時五十日。

天亮前的戀愛故事

翁鬧 著
魏廷朝 譯

一

想談戀愛。想得都昏頭昏腦了。為了戀愛，決心不惜拋棄身上最後一滴血，最後一片肉。那是因為相信只有戀愛才是能夠完成自己的肉體與精神的唯一軌跡。我不敢說是奇蹟。它正是軌跡。為的是只有它，也就是只有戀愛，才能夠在這個宇宙間畫出我所尋求的某一個點，畫出能在一切條件上使我滿足的唯一的一條線。如果從這個意義出發，說它是奇蹟也未嘗不可。那麼，在這麼跟你談話時，必需鄭重提醒你：就算夾雜在千萬人中間，我也不過是一個絕對不會引人注意的凡夫俗子。所以，我想把我自己所經驗的事，所想起的事等等，毫不誇張，也毫不歪曲地告訴你。你和別人的情形，我固然沒法知道，但至少就我自己來說，戀愛的開端總是慘痛的。

有一天——對，我想大概是在十歲的時候——在鄉下自宅的院子看見一隻把火紅的雞冠頂在頭上的公雞，突然撐開一邊的羽翼，以利爪踢起院子的泥土，隨即保持著那樣的姿勢，漸漸逼近一隻正在啄土的雪白溫順的母雞。我並不是存心要看而從開頭就看的。委實是那情景偶然刺激到我的網膜。不過，這且不必管它。公雞簡直是在炫耀「老子的風采如何」似的，慢慢挨近母雞。把雞冠的紅色染得更深，撐得筆直，裝出全身忽然充血的模樣。你啊，在那時候，豈只是雞而已，就是人也會充血哩。請別笑！請別挖苦！因為我是在一本正經地對你說話。母雞呢，母雞像柔順的化身一般，瑟縮著身體，露出到處逃跑的樣子。其實，當公雞以電光石火的氣勢緊抱她的頸部，準備跳到她的背上時，母雞是逃跑了。為什麼逃跑？當然啦，不會說不要不要，因此只好用行動來表示罷了。不用說，公雞越發兇了起來。像箭一般地追逐母雞。然後，這回以遠比當初更加兇猛的氣勢撲過去，像子彈一般地騎到她的背上。結果如何呢？剛才還想逃跑的母雞，不是突然放棄抵抗，彎下身體了嗎？嗣後的行為，不用說了又何必說呢。就是這個！就是這一瞬間！我忽然想到，人一天到晚要忙碌，更詳盡一點地說，要裝出正人君子一般的面孔，又是股票啦，又是生意啦，又是公司啦什麼的，到處吵吵鬧鬧，歸根結底，如果他們料想中沒有享受這一瞬間的話，我想他們絕不會那樣到處擾擾攘攘的。荒唐的念頭？當然是的。我是不成材的人。不過，一開始就跟你約好了，我只是把一切的一切坦白的，毫不粉飾地告訴你而已。你從現在起，由於聽我的故事，會越來越認為我是荒唐；我縱然愚笨，也可以充分料想到這一點。無論你怎樣看待我，那是你的自由。完全是你的自由。可不是嗎？因為你絕對不會把我高估到能夠阻止或自由自在地左右你的意志吧。我的意志？不，我並不具備多大的意志，更何況我又有首先尊重別人的意志的習慣。自說自話，很沒有面子，但請你相信，由於尊重別人的意志，結果我心裏面終於弄得跟失去意志一樣了。我到喪失意志為止的經過，本想告訴你，可是說起它來簡直就沒完沒盡，所以還是先往下面講。話雖然這麼說，從我這樣跟你說話便可知道，我並不是完全喪失意志的。這不是笑話。即使是我，也不想活到完全喪失意志為止。因此，總而言之，請你只要記住一點：就是我還剩著一小塊意志。

好，回到雞的故事來。牠把著實殘酷的觀念移植到我身體中，然後滿不在乎地又啄起院子的泥土來。說實話，一直到那時為止，我總以為嬰兒這個東西，就像父母所講的一樣，是從石頭縫裏或頭頂上生出來的。但是，我變得認為沒有那個道理了。從此之後，就持續了一段長期的暗中摸索。暗中摸索的結果，想必你也可以推測，是違反自然，意外地提早帶給我一線光明。你可能知道香蕉的情形，放置不管，它當然也會熟，不過如果要它早一點熟，就得每天把它從甕裏取出來曬曬太陽，不然就把香蕉插在甕裏，從事所謂逼熟。這樣一來，原來要三個星期才會熟的東西，只要一個星期左右就熟，情形大致如此。三個星期跟一個星期，是相當驚人的差別呢。同樣的，我的少年時代也經過反覆的逼熟。於是，無論願意不願意，我終於早熟了。我幾乎不能相信，在這個世界裏還存在像我這樣早熟的少年。

在那次噁心的雞事件以後，我目睹過無數次跟它類似的事件。對，我不會忘記，是我十歲那年春天，由於順利通過中學入學考試，要向事前許過願的非常靈驗的神報告，而隨著母親到山上的廟那時的遭遇。拜過了神之後，我獨自走到廟前的庭院。是南風發香，春色無邊的風景。的確的。因為那是除了說是春天以外，簡直無法形容的季節呀。我的故鄉嗎？說得太晚了，我的故鄉是南國啊。你是北方的雪國吧。如果有那麼一天，厭倦了這都市的生活，想找個美麗的地方去走走，那麼我想，你不妨到有那座廟的地方去。我站在廟的前院裏。忽然看見兩隻鵝東倒西歪地走過我的眼前。我立刻想通，這兩隻鵝一定是一公一母。如果不是一公一母，就不可能那樣親熱地走；的確的。如果不是一公一母，即使一塊兒走，也絕不會那樣走法，我想過。這下子，該到證明我的研判果然毫無差錯的時候了。兩人，不，兩隻走進屋簷底下來了。兩隻中的一隻用嘴啣住另一隻的頸部。被啣的一方乖乖蹲下來。啣住的一方爬到背上。可是這傢伙體積相當龐大，動作又笨得不得了，因此眼看牠一遍又一遍，竟從母鵝的背上溜了腳跌下來。你想跌下來幾次呢？當我發覺應該從一開始就計算次數的時候，已經數不清牠跌下來多少次了，不過光以我數過的來說，就跌下來十九次左右。真使人吃驚啊，最後連看的人都幾乎著急起來哩。可是，看它並不是一件不愉快的事。因為牠們流著口水，說真的呀，流下口水呢，還有……

還有，我還可以告訴你那更看得出陶醉模樣的蝴蝶的情形。還是我中學二年級末期，也就是十五歲那年的初春，有一天在音樂室彈鋼琴的時候，從大開的窗戶飛進翅膀美麗的鳳蝶，不知道怎麼搞的，就掉在我手指前面的鍵盤上。想到這下可好，正要碰過去的那一瞬間，我看出牠不是一隻，因此把手縮回來。不用說，兩隻蝴蝶正像被釘子釘牢一般，緊緊地貼在一起。兩隻宛如人在酩酊大醉的時候一樣，搖搖欲倒。剎那間，殘酷取代了憐憫，佔據了我的心。我這個人，請聽清楚，在少年時代到青年時代的過渡期，那真是心狠手辣。簡直可以說狂暴就是我，我就是狂暴。可以破壞的，不管是什麼，只想統統破壞。那是由於反叛的意志，在我心裏產生力量的緣故。直到現在，仍然被我看成宇宙的原理而加以相信的矛盾律，不可能把我除外。我生來比較心軟；豈不是正因為如此，我的行為才會統統顯得殘忍而刻薄？我做了缺德的事。我把忘掉飛翔，正在拋棄生命的兩隻蝴蝶抓起來。然後，你猜我怎麼弄嗎？縱然閃落到頭上，恐怕也絕對不會分開的兩隻蝴蝶，我開始企圖把牠拉開。不料原以為沒什麼問題的，卻不知道怎麼搞的，始終分不開。我用力拉。兩隻蝴蝶竟分開了。我把牠放在鍵盤上。還一直以為大概會飛走。那知道出乎意料的，不但不飛走，反而兩隻都像越發酩酊大醉似的，不是一面抖動著小軀體和大翅膀，一面互相親近嗎？你認為看見那種情景的我，會採取什麼對付手段嗎？打死掉？才不呢！我又不是不知道真正的折磨法，虐待不是處死，而是執拗的刑求。我用兩手抓住兩隻蝴蝶，一隻在東，一隻在西，瞄好最長距離，高高地向空中扭上去。啊，我的殘忍性在這裏達到最高峰。縱然是你，也一定不會認為我應該以牠們只不過是蝴蝶為理由，而做這樣殘暴的事吧。我，我，想必或多或少知道，簡直亂七八糟。只要是沒有道理的事，我是樣樣都幹得出來的人。你如果對我有所考慮的話，請特別注意這一點。問我兩隻蝴蝶後來怎麼樣了是不是？當然，醉得一塌糊塗，以被拋上去的空間為中心，畫出好多個同心圓飛來飛去。好像只能勉強畫出方向不定的曲線。有時候快要掉到地上，各自尋找被拆散的對方，拚命飛來飛去。然而，命運指引牠們走上越離越遠的結果。老是各自朝著相反的方位去尋找對方。然後，突然間，兩隻都好像幾乎同時從爛醉中遽然清醒過來似的，停止來回繞圈子，而毅然向相反的方位遠遠飛去。嗣後，我不相信在這無邊無際的空間裏，牠們還有再度聚首的可能。

好像把蝴蝶的故事說得太多了。我原想稍微談談那更熱烈的豬，更兇猛的牛，更微妙的蛇的情形，現在還是不談好了。如果你願意聽，我相信可以就每一種生物來談談。比方說那蠶，不，還是不要提這些，繼續談下去算了。我的確有太多該談的話題。我只要把某一天的某一分鐘內所見所聞，鉅細無遺地說出來，恐怕要費三個月的時候。我不一定有這麼多的空。深知你當然也沒有那種閒暇。所以我為了考慮如何把剛才告訴你的這個故事簡單濃縮，而弄得幾乎神魂顛倒。

我把毫不出奇的事，談個沒完沒了。其實，我想告訴你的正事還在後頭。在開始談正事以前，我無論如何，必須先談這個毫不出奇的話題。

二

剛才已經說過，我只想談戀愛。一心一意只夢到戀愛。只有戀愛才是唯一的熱望渴慕。像我這樣的廢料，自然沒有理想、希望這類好東西。從而，一般人所嚮往的名譽、成功、富貴等等事體，我更是從來沒有想過。不過，我倒是想過要把自己喜歡的唯一的女孩，緊緊地摟抱在懷裏。是的，我只想要這樣。現在也仍舊這樣想。啊，心愛的女子！把那女人用這隻胳膊盡力摟抱，貼緊那甜蜜的櫻唇，然後使這付肉體跟她的肉體合而為一的時候，「我」這個東西才會體現出完整的狀態。你啊，這個想法一旦在我心裏發芽，立刻就以驚人的速度茁長，不久便在我的五體紮了根。你相信嗎？在這個世界再也沒有像我這樣的偏執狂，我是瘋瘋癲癲的。不過，能變成從小渴望的瘋癲，即使談不上驕傲，也稍微感到滿足。我為什麼會變成這樣一種人，相信聰明的你不必等我作不厭其煩的說明，單憑剛才告訴你的我少年時代的環境就可以充分推想出來。你說無聊是不是？可是，在我看來，人類思想感情的發生和進展，似乎統統開端於無聊的、帶幼稚氣味、瑣碎的事象。而重要到幾乎可以支配這個人類的一生的瑣碎事象，卻因各個人而非千差萬別不可。果真如此，那麼我縱然從那種邪道的圈內，抽出足以稱為我的血肉的一套價值千鈞的思想，照理也毫不足怪。可不是嗎？何況，被稱為邪道的東西，隨著時間的經過，會漸漸有點不像邪道呢！

我希求一個愛人，以苦悶的情緒，以瘋狂一般的心境。我在夜晚上床的時候，可真是說著「愛人喲，睡吧！」才就寢的。當然由於沒有名字，不能喊出口，的確感到遺憾。不要說是名字，連住在那兒也不知道呢。因為，你啊，我一次都沒有遇見過她。還有，偶爾半夜醒來，在我心海中浮現的，一定是愛人的姿容。儘管我不認識她，她卻分明站在我的眼前。在含笑中毫不慌張的聖女似的姿容，清清楚楚地映入我的瞳孔裏。我立刻以虔誠膜拜的心情閉上眼睛，為的是愛人的姿容太莊嚴了。我老看見她周圍照射著光環。我會伸出雙手。接著緊緊地抱住。啊，我的大美人！我在這個世界裏最喜歡的你！我充滿著熱情去吻我的愛人。因為我的唇在熱烈地尋求她。我把愛人的整個身體摟抱。我的胸懷熱得簡直要燃燒起來。由於愛人太可愛，連淚都會流出來。

抱歉，因為不知不覺興奮起來……。我的胸膛眼見就要裂開。你大概也知道，所有的肌肉就像抽筋發作一樣地顫抖。因為是你，我才敢厚著臉皮說這些話。如果是別人，我絕對不會有說這些話的心情。請聽一聽，在你面前，我不在乎自己變成什麼樣子。請留心，直到現在為止，我無論怎樣受到逼迫，也從來沒有這樣把自己的真面目暴露出來過。可是你，看起來單純而善良的你，請看穿我內心的深底吧。我是野獸。如果聖賢的路就是人的路，那麼我是分明走岔了路的，活該被看不起的存在。請看不起我好了。可是只希望你不要嘲笑我。因為野獸即使應該看不起，卻不應該加以嘲笑的。何況又不是什麼值得嘲笑的東西。關於這一點，我想啊，如果這地上再一次到處充滿野獸，那該有多好！請不要生氣，因為我並不希望人類絕滅。我的意思是要現在的人類忘掉他們的生活方式與一切文化，再一次回到野獸的狀態。說實話，我看見，比方說，與其說是為了禦寒，倒不如說是為了誇耀而把那花幾百塊錢買來的圍巾掛在肩膀前面，就會感到莫可名狀的厭惡。它一點都沒有發揮重要的禦寒的功能，這只要看它不是圍住脖子而是懸在背上，就可明瞭。看到那種情景，難道你還能無動於衷嗎？我簡直想吐。還有，例如那收音機，這個東西實在受不了。不管在街上行走，或在室內靜坐，那不斷地向鼓膜衝過來的噪音如何呢！實在無法忍受。那樣子，人類竟也能不發瘋，我覺得簡直不可思議。我如果在這個城市內再住兩年，那我必定會發瘋。我自己清楚得很。因此，我想再過一年左右，換句話說，在還沒有瘋掉以前隱居鄉間。如果在那鄉間也從早到晚聽得見廣播的聲音怎麼辦？當然，要搬走。如果新搬去的地方也同樣的話呢？你還不如直截了當地說，如果頭上到處充滿廣播的聲音怎麼辦？果真那樣的話，不用說，我只有發瘋。大致想得到的結果好像除此之外無他。再說，想起市區電車、汽車、飛機這些，我就禁不住毛骨悚然。市區電車這傢伙雖然像鼻涕蟲一樣慢慢爬行，不是老相撞啊，追撞啊什麼的發生車禍嗎？真是糟透的傢伙！再想想它肚子裏的東西看，該裝進棺材比較適合的酸梅一般的老太婆，一大早就滿臉蒼白並且拚命坐著打盹的中學生……此外，這傢伙的毛病還多得數不清。說起汽車這傢伙它的劣跡更是臭不堪聞。在並不寬敞的馬路上，難道非那樣猛跑就會來不及送死嗎？像疾風一般——不，疾風，對這傢伙來說，是過分排場的形容，因此改為像鼠疫一般，的確像鼠疫一般，掠過衣袖和下襬，倏地跑過去。後面只留下厭惡和沙塵。要縮短生命，這是最好不過的方法哪。還有，這種情形如何？想除掉它，特地靠到路邊立定的時候，飛快跑過來戛然煞住，從窗子探出臉來喊一聲「老爺！」等等。不管是脾氣再好的人，碰到那種作法，相信大概也會跺腳捶胸吧。最後要說到飛機，這個東西，早上才聽到什麼太平洋橫斷飛行，大西洋橫斷飛行的新聞，到了晚間就一定會有墜機的消息傳來。那裏談得上壯舉呢！多方聯想起來，我覺得自己似是一個完全不適於生存的人。這是真的。我老早以前就一點一點地感覺到我是一個不適於生存的人。這種感覺要到什麼時候才會達到可怕的毀滅的頂端呢，那連我自己也不清楚。大概不會在那麼遙遠的將來吧？不過，我的毀滅，是跟你毫無關係的事。連對我自己，也是無所謂的事……

對不起，說話離題了。好像變得好冷哪。門外說不定已經在下雪呢。對了，今年真難得，還沒有下過一次雪哩，儘管眼看後天就是聖誕節，對，對，提起聖誕節，據說我正好生在聖誕節這個節日前後的半夜裏。所以，明天就是我的生日呀。問我幾歲是嗎？啊，你問到了傷心事。到了明天的半夜，我就滿三十歲了。後天早上醒過來的時候，我已經不能不把自己的年齡算作三十一了。今天是我三十歲的最後一天，我完全忘掉了。現在意外地得知這個值得驚嘆的事實，我又是高興，又是傷心！啊，我的青春已經過去了，消失了，今天就此宣告結束了。你十八歲是嗎？咦，你為什麼要告訴我？你大概不知道你剛才這一句話多麼刺傷、挖痛我的心吧？可是我要告訴你：你剛才這一句話正完全對我的生命刺上最後致死的一劍！我的青春從此拉下最後的一幕。對我來說，青春熄滅的生涯不能算是生命。正好在你這年紀的時候，我就抱著這種思想。我還沒有把我十七、八歲時的情形告訴你吧？其實，我想告訴你那時候的情形。我打算一步步告訴你，請你仔細聽聽吧。那時候，我嚮往著戀愛，渴望愛人。即使在夢寐中，也不會忘記：「我心愛的女子啊，出現吧！」這就是我靈魂的呼喚。就是在現在這一瞬間罷，只要這位女子出現，我一定隨時準備用盡全身心靈的力氣，把她抱住。只要一分鐘，不，只要一秒鐘就行了。在那一秒鐘之內，我的肉體可以完全跟愛人的肉體融合，我的靈魂也可以完全與愛人的靈魂緊緊地貼在一起。此外我無所期待，無所需求，而且希望「我身何妨直消逝！」就是到現在，我仍舊在焦急地等待那一秒鐘。我以為在三十歲以前，那一秒鐘必定會來探訪我的青春，並且深信不疑。可是如你所已經覺察到的一直到現在這一瞬間，它還沒有探訪我的意思。我已經對自己發誓過，如果到我三十歲的最後一剎那為止，那一秒鐘還不來探訪我的話，我絕對要中斷生命；作了堅定的決意，絕對不要再活下去。請不要笑！因為我自己也知道這是愚蠢透頂。不過，我只想說出這一點，請你讓我說出來，那就是：凡是世上的人，統統毫無例外的，都是被比我更愚蠢透頂的想法所糾纏，尤其在當他將要拋棄生命那一瞬間，非到達毫無道理的愚蠢的極點，絕對不可能斷然實行。請不要誤解，我並不是在指責。我寧願正由於這一點，而幾乎要稱讚他們。他們要是不能夠以這種方式各自解開人生的困境，我想我無論如何也不會對他們有一絲一毫的情誼。不過，我的人生計劃，剛才也已經說過了，現在就要到達大團圓的境界了。現在，我多年來的種種演技，統統已經成為無聊的、空虛的了。無論如何也沒有人會相信，它能在此後僅餘的三十小時左右之內，忽然轉變成有意義的，充實的。它遵循那令人戰慄的概然律，那應當唾棄的慣性律，連最小限度的可能性都沒有。

你啊，還處在青春頂峰的你啊，正像那芳香的酒變成了教人皺眉的醋酸一樣，我精神內部對人世所抱的至高的愛，如今就要完成發酵作用，正在逐漸變成激烈的恨。縱然我的人生和青春在悠久的歲月中幾乎等於零，我確信這無窮小的恨，也必能跟無窮大的恨一起對宇宙發生破壞作用。

三

話是這麼說，我也曾經感受到滿像一回事的戀愛，也曾經遇見滿像一回事的愛人。回想起來，那是我中學四年級那年深秋的事。放學後，我跟朋友照常到公園附近的一家館子吃甜不辣去。我們天天到那兒去吃甜不辣，一天也沒有缺席過，的確一天也沒有！當放學的鈴聲響遍校舍，我們同時就會感覺到甜不辣的香味一股腦兒猛撲鼻孔。那時候如果還有繼續講課的老師，我就會跟朋友互相眨眼示意，同時在肚子裏相罵，不久，起立敬禮一過，立刻一溜煙跑出去。每次總是我最先開始行動。好幾次由於老師還沒有答完禮，換句話說，老師的脖子還在彎的時候，就開始行動，結果被迫重新敬禮。還有那種卑鄙的事嗎？跑進宿舍，丟下書包，腳自然就邁向甜不辣店。我和朋友的步伐，總是不期而一致的。從學校到甜不辣店，走得快一點，來回要三十分鐘。關門時間是五點。我們在校門碰頭。

「喂，幾點啦？」我問朋友。

「四點半了。」朋友回答。

「好，走吧！」

就是這個樣子。要是只有二十分鐘的時候，就跑步去。短於二十分鐘時候，就不得不放棄。那時候，採取另外一種方式。到了九點，熄燈，大家睡得靜悄悄之後，兩人就爬越四周的圍牆出去。你啊，夜晚的市街，才真美麗呢！有一次，深夜裏從甜不辣店回來的路上，被腦筋死板板的漢文教師發現了，那傢伙向校長密告，弄得被勒令停學一週的時候，好高興喲！因為我家就在同一條街上哪。每天從早到晚就跟朋友一道在甜不辣店度過啊。世上到處都是莫名其妙的事。打算不讓我們吃甜不辣而作的處罰，反倒給了我吃甜不辣的自由哩。好笑不？不好笑嗎？如果覺得好笑，就請隨便高聲笑一笑吧。你為什麼不笑呢？談吃沒意思是嗎？那真抱歉。我還以為只要談吃，可以有數不清的話告訴你哩。

那麼，我來告訴你，我們，也就是我跟我的朋友，由於怎麼樣的原委而發現彷彿像是愛人的女性吧。情形是這樣的。是在星期天。我們一早就在逛街。朋友是個哲學家，他仰慕叔本華。並且認為這個世界是值得悲觀的，值得慨嘆的。我？我什麼東西也不讀，換句話說，是個廢料。那時候，朋友自己說他正面臨著精神上的蛻變期。他對我說：

「我是何等愚蠢呢！我從今天起不搞哲學了。」然後，引用某一位哲人的話來說明他的心境。那就是「哲學家好比在沃野吃枯草」。他還加上了一句話：「我從今天起拋棄哲學，開始談戀愛。」這樣，朋友就聲明從哲學家轉變為戀愛者。我反正從來沒有對學問這個東西下過工夫，所以馬上就回答「這樣比較好。」表示贊同的意思。朋友陰鬱的臉頰開朗了。他老是過充滿陰影的生活，所以這個變化重重地刺激了我的心。我們很快活。我們跳華爾滋，跳那自街上的舞廳偷看，而靠迷迷糊糊的記憶學會的華爾滋。我們穿過開始有落葉的噴泉公園，選擇最熱鬧的馬路走過去。那條馬路上有百貨公司模樣的大店舖一間間排列著。我們就穿著寒酸的制服邁大步。結果當來到一家布莊前面的時候，忽然看見兩三個女子，那個女子在裏邊買東西。發現的人當然是嬉皮笑臉的我。因為朋友儘管口裏說不要做哲學家，但由於長期的習慣，老在凝視地面。退一步說，就算不是老在凝視地面，漂亮女子的姿容等等，也不可能正確地映入他戴眼鏡的眼中。我輕碰朋友的肘。沒有說話。沒法子說話。擔心這樣會被女子們發覺。朋友立刻發覺了。他微微一笑，並且突然低聲喊道：

「機會來了！」

我了解他的意思。我們在一棵樹下站定。接著在經過大約五分鐘的協議後，斷然決定打衝鋒。首先由我站在前頭，趾高氣揚地闖入了布莊。掌櫃的疑神疑鬼地向我們瞟了一眼。啊，穿制服的中學生！為什麼被那樣輕視，到現在我還無法了解個中理由。他們並沒有向我們說「請進」或打其他的招呼。不過，那倒也無所謂。我們不過是由於踏入只有婦女進門的店舖而感到難為情罷了。女子們回過頭來。哦，其中的一位！穿淺紅色的衣服，年紀大約在十八歲左右的女性！那正是我們在夢中描寫的故事裏面的女主角。當從正對面看她臉蛋一眼的瞬間，我就清清楚楚地感到這一點。她有著著實柔軟的腰和優美的腳，我的熱情立刻達到沸點。啊，十七歲的穿制服的中學生，好慘喲！

她們不久就走出布莊。我們也走出去。隔著十步左右，我們跟蹤她們。走到那兒，跟到那兒，像兩條忠實的狗一般。寒風吹過馬路，排樹颯颯地顫動，靜靜地把葉子搖落。葉子暫且隨風飄舞，不久便留下輕微的聲音，躺在地上。我悄悄地傾聽自己心臟的聲音和大自然所製造的若有若無的聲音。那是完全出乎意料的。你不覺得奇異嗎？人在最激動的一瞬間，平時完全感覺不到的這些微小的音響，竟突然成為唯一存在於天地間的音響，來支配我們的這個事實？

她們走進婦女用品店。那是一間窄小的店舖，因此我們就在隱約可見她們身影的樹下等候。三個女子經過了頗長的時間之後，才各自在雙手提著幾乎要掉下來那麼多的貨，從婦女用品店走出來。她們把美麗的女子夾在中間走過去。只有美麗的那位，約莫回過兩次頭看我們。我們已經平靜下來了。她們逐漸從繁華的馬路拐彎到僻靜的馬路。這樣跟蹤差不多有半個小時吧，當幾乎沒有行人，路旁成列的房屋快到盡頭的時候，女子們忽然失去了蹤影了。在轉眼間不見了。朋友氣得直跺腳把眼鏡拿起來擦。可是我的確看見了，看見淺紅色的衣裳飄一下，接著美麗女子的臉在偷看我們這邊，雖然只是一剎那。我告訴了朋友。朋友差一點正要掉下眼淚。他取下眼鏡，因此在我看來是如此。他慌慌張張地戴上眼鏡，結果沒戴好，掉下來。我在空中把它接住。我們弄齊步伐向前走。女子的家鴉雀無聲。我們一時茫然呆立在門檻。

「有人在家嗎？」這樣招呼的是朋友。沒有回答。從縱深很長的房屋中傳來了回聲。

「有人在家嗎？」我用跟朋友相同的話招呼。然後我們就像完成了責任的人一樣，默默地站著。聽到有人走出來的聲音。

「有什麼事？」是個二十五歲左右，瘦長型，朝氣蓬勃的青年。

「不，沒有。」我回答道。青年悠閒地走過來，站在我們旁邊。那從容不迫的態度，立刻使我們輕鬆起來。

「不，有事。」朋友否定了我的話。

「什麼事啊？」青年一面笑，一面用彷彿向老熟人說話的口氣問過來。

「哦，剛才走進貴府的小姐……我想確實是走進貴府……」朋友露出一本正經的臉色說道。

「啊，確實是走進來了，有什麼……」

「不，沒有。」我插了不必要的嘴。朋友撇開我而說道：

「請問，小姐是不是已經出嫁了？」

青年大聲笑了起來：

「不，還沒有，可是明天就要出嫁。因此，如你們所看到的，今天出去買嫁粧。她是我妹妹。」

我們戛然碰壁了。一會兒，朋友用尖銳的聲音說：

「原來如此。」接著以極低的聲音對我說：「喂，回去吧。」

我向他輕輕點頭，表示贊同，左思右想，我不知不覺地說：

「令妹真是一位漂亮的小姐！」

青年愉快似地笑了起來。我一定是滿臉通紅了。趕快跨過門檻，走出門外。朋友留在那兒說道：

「請別見笑。」

這一來，青年好像更愉快地笑著說：

「不，這不算什麼。你不必在意。年輕的時候，誰都會這麼做。」

我們向青年鞠個躬，分手了。

啊，那位青年多麼值得懷念！兩個穿制服的中學生又多麼寒酸！

你啊，這就是我的初戀。你不認為慘痛嗎？我們在可悲的戀愛的出發時遇到挫折，過後有一個月左右，吃都幾乎吃不下去，而陷入深淵一般的憂愁裏。哲學家朋友露出簡直令人不忍卒睹的憂鬱表情。不過，我們一聲不響地熬過了這番考驗，關於我們共同的失戀，一句也不交談。

四

我五年級的時候，也就是我十八歲的時候因為暑假而回家。假期快要結束了，季節已經進入八月下旬了，陽光漸漸柔和，樹木剛開始颯颯作響，馬路開始颳風，天空在樹木上面慢慢增加高度了。想必從前到現在也一直被敲響的寺院鐘聲，第一次把它的音響傳到我的耳鼓裏。大自然所製造的微妙的音響，在我心中復活著，我就要作上學的準備了。

在這段期間中的一天，我青梅竹馬的鄰居女孩班上的朋友，到她家來玩。她向同學介紹我。晚飯後，她們到我家來。大家在我的書房談許許多多的話打發時間。我的魂都被那位同學勾去了，完完全全迷住了，非常愛上那位女孩。於是，我們倆兒的交談漸漸變得不對勁了。當我的女友覺察到我的不安時，她狼狽地對那位女孩說要回家。接著，她們就走出我的房間。臨走時，我的女友當著她朋友眼前輕輕擁抱我。這對我們來說，絲毫不算是不自然的舉動，可是我生氣了，憤怒了。

由於憤怒，到了第二天，我喜歡的女孩要回去的時候，我也鬧彆扭，不要送她。多傻啊！那樣勾住魂魄的女孩自己要離開，我竟躺在床上。還有那種糊塗蟲？

我懊悔了，被強烈的悔恨之情所罩住了。不過，幸運得很，我知道她的住址。那總算是最低限度的安慰。

返校後，兩個月過去了。在這期間，我繼續不斷地想念那位女孩，追求她的花容月貌，一刻也不能忘掉。於是，入了十一月，在某一個吹著淒風的星期天，我決定獨自暗訪她家。我搭上火車，坐了一個鐘頭光景然後下了車，是個冷清清的鄉村車站。我為了抑制跳動的心房，暫且站在車站的出口，欣賞那兒的田園情調。啊，這就是她所眺望的風景呢！這裏就是她上下車的車站呢！那實在是個可愛的聯想。你明白這項事實吧？人類的慾望，其實只是一點點而已。我不抱任何野心。只要能得到她，我衷心打算選定那冷清清而引人哀傷的田園為永居之地。我開步走。她家很快就找到了。我遲疑不決，可是想想與其來到那樣渴慕的女孩的家而回頭，倒寧願死掉了的好。於是鼓起勇氣，敲了她家的門。四十歲上下的風采端莊的女人替我開門。

「請問，是那一位？」

我報出名字，那位女人毫不驚訝地說：「那請進來吧。」我進去，跟那位女人相對而坐。

「老實說，我是因為令嫒的事，想請求您才來的。」我開口道。

「我家的女兒對我提起過你。請不必客氣地說好了。」

我愛人的母親用出乎意料的懇切的言詞對待我。那一定是由於我手足無措，要設法安撫我心的緣故。我吞吞吐吐。事先準備好的種種言詞，一下子就衝到嗓門來。我不知道該選擇其中的那一種才好，傷透了腦筋。許許多多的話在我的聲帶下面擠來擠去，堵塞住了。而且那時候我才知道，這些話統統不能用。我陷入了困惑。這時候，突然浮出一句全新的話，它以驚人的氣勢，推開正在擠來擠去的許多話，從裏面的聲帶飛出來：

「伯母，請把令媛嫁給我吧！」

喊那句話的，並不是我，是話本身憑自己的氣勢迸發出來的。不管怎麼樣，它的確是了不起。是很高明的話。雖然不幸並沒有產生應該有的功效，但是直到現在，我仍舊認為它是我一生中所能發出的唯一的漂亮話。

伯母用低沉的聲音回答道：

「說起來真對不起，她有未婚夫在家鄉。承蒙你看上小女，實在感激，不過由於這種情形，沒辦法滿足你的願望，真抱歉。再加上她父親在大約一個星期以前去世，我們必須在近幾天內回到家鄉去。」

伯母的聲音，也許是由於我的主觀吧，變得有點黯然。聽到她父親的凶耗，我吃了一驚。我把眼光移到隔壁的房間。線香的煙，在覆著簇新的白布的遺骨壺前靜靜地上升著。突然，我傷心起來了，於是說道：

「她父親去世了？我一點也不曉得。我想致弔，請讓我上香吧。」

這時候，從餐廳紙門中間出現了穿女子中學制服的年輕女孩。啊，那正是我連夢裏一直描繪的幻影，想念不已的愛人的姿容。她用帶著微笑的眼睛，注視我一會兒，但又馬上失去蹤影了。那是因為怕母親發覺的緣故。我的心臟撲撲狂跳。可是她母親站了起來，我不得不跟在後面，走到隔壁的房間。她母親替我點燃香火，我恭恭敬敬地在故人的靈前行拜，低下頭很久。忽然感覺到熱熱的東西沿著腮子流下來，不禁用手把它抹去。手背上有一道，從手腕濕到食指的指甲。啊，我是在哭嗎？不，不，我絕對沒有哭的道理。只覺得有什麼東西在緊迫胸膛。只覺得忍受不住沉重的東西壓在我的心上。我站起來，回到隔壁的房間抓起帽子，用舊了的、破了洞的帽子，擠扁了的、掛有薄薄的金屬徽章的帽子。

「打擾了。伯母，再見！」我往門口跑出去。伯母吃驚地從我後面追來。我一往直前地跑到大門外面，然後回頭看。她的臉從走下踏腳石的伯母背後出現。

「伯母再見！」我再喊一次，可是對方恐怕沒聽見。因為喊了，只是自己的認定，它並沒有變成話。

你啊，善良的你，這就是我的戀愛，就到此為止。從那時起，再也沒有遇見過她。因為嗣後大約四個月光景，我就從中學畢業了，她也從女子中學畢業了，她的同班同學，也就是我鄰家女友也畢業了。大約到了四月底，我聽鄰家女友說，她跟母親一起回到遙遠的家鄉了，那樣就結束了。時間一點點地把她的影像從我心中抹去。我把她忘得一乾二淨了。再過兩年左右，得知她結婚的消息，可是我並沒有感受到衝擊。知道那個消息，是從鄰家女友跟母親不動聲色的交談中覺察出來的。

你想，她後來怎樣啦？連我也不知道。然而奇怪得很，自從我不再見她數起，第四年的某一天，我收到一封她的來信。上面只寫她的名字，卻沒寫地址。直到現在，我仍然記得那封信的文字：

分手後，在夢中度過了四年，暗懷你逐日深印我心版的英姿，偷偷打發時光。啊，儘管如此，你我遠隔山海，無法測知是否能夠抱著緊迫我身的焦思，同難忘的你一見。如今，留在身旁的唯一回憶，就是思念往日你離開寒舍時憂傷的神態而感到心碎的情景。侵蝕胸懷的苦悶只是恨自己那一天為什麼沒有跑過去，向你和盤托出這顆寸斷的心？這段悔恨的回憶，只怕畢生也不會褪去。既然如此，現在並沒有什麼怨言要對你說，只是想奉告你，我青春的時代已經過去了，從往日在你房間第一次見到你的時候起，我就偷偷地仰慕你；始終沒有向你傾訴，完全是由於自己軟弱的緣故。歸根結底，我只是弱女子，我已經無力掙扎。我又清清楚楚地憶起你的風采。

再見，再見，你年紀還輕，但願你千萬把我忘掉吧。我寫給你這最後的書信，完全是為了奉告你這一點。再見！

你啊，這就是她的來信，我已經燒成灰燼的心，有一部份差一點就重新燃起。可是，一切都保持沉睡的姿態走過去了。

你啊，還非常年輕的你啊，剛才告訴你的，就是我到今天為止的戀愛的一切。我當然只不過是廢料而已。但是對於這麼深切地尋求戀愛，這麼熱烈地盼望愛人的我，上帝竟一秒鐘都不曾賜與過，我無論如何不認為是有理的。啊，青春在消逝著！它正在飛快地消逝著！

你啊，很耐煩地熱心傾聽我又長又臭的故事，好心的你啊，天又好像開始亮了。請把那件上衣遞過來。我必須在天亮前回家，因為公司的上班時間是七點。何況，我現在還不能不搭那慢吞吞的電車，搖晃一個鐘頭左右，先回家整飭一番，對，對，有緣或許會碰頭也不一定。第一次到你這兒來，馬上就要說這些話的我，在你看來，反正是不像樣的男人吧。不過，如果我對你說，我沒有一個可以談這些話的朋友，相信你也能多少原諒我的無禮才對。你一定從幾十個，不，從幾百個男人口裏聽到同樣的話題吧？不過，遇見像我這樣意志與行為極端分裂的男人，今夜怕是第一次。啊，我整個晚上躺在你身旁。我多麼希望摟住你啊！可是我不能那麼做。我不但不以此為榮，反而覺得很羞恥。歸根結底，可以說，像我這種窩囊廢畢竟只有被瞧不起，才算獲得應有的評價吧。

啊，我想擁抱你！用我兩隻胳膊全力抱緊！不，我沒有這份福氣。啊，不行，不行！請把那頂帽子遞給我。下次來的時候再說好了。到那時候我一定會提起勇氣給你看的。現在可不行！因為我還有一肚子該說的話，難過得很。下次如果有機會來一定特地再談那些話。現在，我心裏還很難過……。咦，你哭了嗎？為什麼呢？到底是為了什麼呢？請不要哭。就算為了讓我輕鬆一點好了，請不要哭。被你一哭，下次我再來找你，會使我的心變得沉重，腳變得遲鈍。真正善良的你！請不要哭。再說，如果你答應在我下次再來以前，願意一直就你自己和我的命運認真地想一想，那麼我就答應下次一定再來找你。

天要亮了。我非趕時間不可。請送我到那邊門口吧。對不起，善良的你！請露出你的笑容，讓我看一眼。謝謝，這樣我就可以放心回去了。再見！再見！

原載《臺灣新文學》二卷二號（一九三七年一月三十一日）

翁鬧

翁鬧，彰化縣社頭人，他的生年一說一九〇八，一說一九〇九。一九二九年畢業於臺中師範，做了五年小學教員後，東渡日本，遊學東京。因生性浪漫，恃才傲物，在東京郊外浪人街高圓寺度過幾年窮困潦倒的歲月，大約於一九三九或一九四〇年逝世。就像他的生卒年一樣，他的生平事蹟仍待查考，而對於這個謎樣的作家，我們可能獲得的真相，也許會如評論家劉捷先生所說的：「他像夢中見過的幻影之人。」

因為早逝，翁鬧的作品數量不多。小說方面，目前所知的僅有短篇六篇，中篇一篇。在題材上，他的短篇可劃分為描寫鄉土人物及刻劃現代男女心理的兩類，前者有〈戇伯仔〉、〈羅漢腳〉、〈可憐的阿蕊婆〉，後者有〈音樂鐘〉、〈殘雪〉、〈天亮前的戀愛故事〉。在這截然不同的兩類題材中，翁鬧的關注點都集中在人物心理的細緻剖析，而在藝術上，他的手法無疑是前衛的，這些特色在〈天亮前的戀愛故事〉有著極致的表現。這篇帶有惡魔主義（Diabolism）味道的小說，它約世紀末色調，它之力圖表現思想上無法明說的事物，及至於敘述上的不穩定的、幾近消失了輪廓的語言及文體，為臺灣文學開展了一個新的面向，使它成為三〇年代臺灣小說的「惡之華」。

有關翁鬧的作品及評論，請參見張恆豪編，《翁鬧．巫永福．王昶雄合集》（《臺灣作家全集》）（臺北：前衛，一九九一）；陳藻香、許俊雅編譯，《翁鬧作品選集》（彰化：彰化縣立文化中心，一九九七）。

植有木瓜樹的小鎮

龍瑛宗著
張良澤譯

午后，陳有三來到這小鎮。

雖說是九月底，但還是很熱。被製糖會社經營的五分仔車搖晃了將近兩個小時，步出小車站，便被赫赫的陽光刺得眼睛都要發痛似地暈眩。街道靜悄悄地，不見人影。

走在乾裂的馬路上，汗水熱熱地爬在臉上。

街道污穢而陰暗，亭仔腳（騎廊）的柱子熏得黑黑，被白蟻蛀蝕得即將傾倒。為了遮蔽強烈的日曬，每間房子都張著上面書寫粗大店號——老合成、金泰和——的布篷。

走進巷裏，並排的房子更顯得髒兮兮地，因風雨而剝落的土角牆壁，狹窄地壓迫胸口；小路似乎因為曬不到太陽，濕濕地，孩子們隨處大小便的臭氣，與蒸發的熱氣，混合而昇起。

通過街道，馬上就看到M製糖會社。一片青青而高高的甘蔗園，動也不動；高聳著煙囪的工廠的巨體，閃閃映著白色。

來到事務所前的砂礫場時，洪天送露著白齒笑迎出來。戴著大帽盔的黝黑的臉，油光滿面。

「來了啊，打算住——」

「還沒有決定。想要拜託你，所以先來拜訪你。」

「哦？這兒要找個適當的地方，可不容易呀。暫時住我那兒怎樣？」

「那真是求之不得的呢。恐怕太打擾你了。」

「我現在獨個兒住著。無論如何就這麼辦。」

本來陳有三就是為這事而來的，沒想到一談即成，頓時鬆了一口氣，小聲道：

「那在我找到房子之前就麻煩你了。」說著，才開始吹氣拭汗。

從會社順著甘蔗田的小道走約半里路，有一條泥溝；馬口鐵皮葺的矮長屋擠在一起。推開貼有紅紙——上面寫著「福壽」二字的門，裏面隔成二間，前面是泥土間，放置著炭爐和水甕等廚房用具，屋頂被煤煙燻得黑漆漆，蜘蛛絲像樹鬚一般垂下來。

後面是寢室，高腳床上鋪著草蓆，角落裏除了柳條行李箱與棉被之外，散著兩三本《講談》雜誌。板壁上用圖釘釘著出浴的裸女畫像。

「×點下班，這段時間你請慢慢準備。」

洪天送說著，便倉皇走出去。

陳有三把籃子放在床上，脫下濕淋淋的襯衣，絞乾之後，晾在籃子上。房間裏只有一個極小的格子窗，從窗口可望見綠油油的蔗園那邊工廠像白色的城堡。但馬口鐵皮屋頂所吸收的熱量，壓縮全身似地暑熱。被曬成褐色的臉上，油汗黏黏；裎裸的身體，不斷地冒出大粒的汗珠。

他把上身投到床上仰臥。閉上眼睛，無數的星星像火花地出現、散落。

翌日，陳有三來到潔淨的紅磚砌成的街役場（即今之鎮公所），從滿腮鬍碴兒、目光威嚴的小谷街長接過派令，上寫著：命雇，月給二十四圓也。

陪著高個兒而膚色皙白的黃助役巡迴向全體吏員拜會。回到助役座位的黃助役以矯作而透明的聲音說：

「你是從多數的志願者選拔出來的優秀青年，本次能入本街役場，頗值慶賀。希望你不辜負同仁的期望，以誠意、努力奮勵於事務。工作是先當會計助理，關於此，金崎會計將指導你一切。」以演講的口調說完之後，從容地起立，帶領到櫃檯的會計課，屈弓著背，笑容可掬地說：「金崎先生，陳君拜託您照顧了。」

金崎會計好像在臺灣住了很久，顴骨曬得赭黑而突出，蓄著小鬍子。像木偶似地無表情，僵硬的聲音說：

「嗯，是陳有三君吧。那就開始吧，你先做做點鈔的練習。」

說著就遞給陳有三一束百張的紙幣大小的牛皮紙，並教他數法。但金崎會計好像不甚熟練於會計事務，點鈔的手法不太高明。陳有三一心不亂地用堅硬的手，一張一張翻數著。這種機械的動作，持續到近中午的時候，身心已感到相當疲憊。牛皮紙被海綿的水沾得濕濕地，腕部像要折斷似地痠痺。

「陳先生，吃午飯去吧。」

真幸運，一個長得高高的男人走過來邀約。他有挺銳的鼻樑和窪陷的眼睛，但說話聲帶著妞妞地女性溫柔。

「但大家還沒離開，可以嗎？」

「午砲已響了吧，可以自由出去了。」

陳有三向金崎弓腰：「對不起，先告退。」看看裏邊，只有黃助役支著肘，壓著桌子的樣子，吭吭地發著鼻響，一邊看報。陳有三老遠地行了一禮走過。

出到外邊，正午的太陽像要燒焦腦門那般強烈照射著。街上滿溢白光。路上只看到一個從山上來的年輕女子，扁擔壓得彎彎地挑著一擔木柴走過去。穿著短黑褲仔和藍色上衣，她的茶褐色的臉上，汗水淋漓，神色像燃燒的玫瑰色，微微的困憊停留在美麗的雙頰上。

市場大約在小鎮中央，對於這貧窮的小鎮而言，市場倒是相當大而漂亮的紅磚建築物。踏進市場內，意外地發覺人潮殷盛。掛著豚肉的屋臺排成長列，腑臟及滴著血的頭骸骨陳列著，嬸媒（婦人）們來往於其前，討價還價著。也有以粗垢的手，從腰包裏取出白硬幣，用心地數著。

過了豚肉店，便是掛著燻烤燒雞、紫紅香腸的飲食店。那是令人目眩的食慾風景。濛濛混濁的吵雜聲中，有的蹲下來買半角錢的蕎麥，拚命扒進嘴裏；有的端一杯白酒，像煮熟而朦朧的眼睛陶然自得；有的蹲在長椅上，一邊吸著鼻涕，一邊鼓腮咬著豚肉片。——由於煤煙與油脂而發出黑光的食堂，人們一齊把脖子伸進濃味油膩的食慾中。

傴僂而豬脖子的怪模樣的男人一邊擦著滿是油脂的手，一邊咧嘴而笑地走出來。因為是嚼檳榔的關係，牙齒染得赤黑。

「請坐。戴先生，要吃些什麼？」

「雜菜湯、燒雞，再來上等飯，啊，拿一瓶啤酒來。」戴好像想起來：「今天早上，黃助役雖已介紹過，我就是這個名字……。」

他遞出名片，上面印著「戴秋湖」。

走過杉板粗糙的柵圍，坐下漆朱的桌邊。這是特別室。一個穿著古風的長中國服，看來像是儒學家的老先生，透過銅框的小眼鏡，瞅了一眼過來。他的衣服到處縫補又污垢。滿佈深皺紋的嘴邊，一邊嚼動著，一邊用乾瘦而有斑點的長指甲，笨拙地剝著烤鹹鯽魚。

不一會兒，冒著熱氣的飯菜端來了。戴秋湖老練地拔掉啤酒瓶蓋，滿滿地斟了一杯遞給陳有三。他自己的一杯也一飲而乾，邊擦掉嘴邊的泡沫，一邊暢談起來：

「那個會計的金崎先生，你看他那可怕的臉孔，其實是個很好的人。那個人長年在鄉下當過警察，為保持威嚴，自然就變成那種苦喪臉。有時講話好像很重，但內心倒很善良，你不必太掛意他。對啦，那個小谷街長也是幹過K郡警察課長的人。還有那個黃助役，他只是公學校（小學）畢業而已，為了幹上助役，好像奔波獵官不少。那傢伙對我們下級人員就驟變了，作威作福，對上級或對內地人（日本人），就畢恭畢敬，真是卑屈的家畜。總之，他對上級的逢迎，就是我們效法的範本。連日本話也講不好的公學校畢業生，擁有中等學校出身的部下，這似乎太滿足了他的自尊心。那傢伙，明明是虛榮家，卻又單純，唯唯諾諾追隨他，奉承他就可以了。」

戴秋湖凹陷的眼睛閃閃發亮，顴骨附近微微泛著血色。

「對啦，現在賃租在那兒呢？」

「哈，還沒決定，暫時麻煩洪天送君。」

「哦，那我也得努力找找看。」

對於講話爽快的戴秋湖，陳有三不自禁地覺得他是親切而值得交遊的朋友。

「有空務必請你來我家玩一趟。我的地方洪天送很熟悉。」

戴秋湖為了付賬，拍拍手，傴僂的男人飛奔過來，像春貓的叫聲：「要回去了嗎？」呸！吐出一口赤黑的檳榔汁。

那天黃昏，從馬口鐵皮屋頂昇起的薄煙，裊裊地溶進暗濁的天空；蚊蟲成群，慌亂地交飛著。陳有三與洪天送沿著泥溝，走過滿是灰土的凸凹路，回到了住處。晚飯後，陳有三穿一件汗衫，洪天送則日人式地穿著寬敞的浴衣，搖著扇子。但洪天送的油光黑臉，穿上浴衣的姿態，顯出一種異樣風采。

走到街的入口處，右邊連翹的圍牆內，日人住宅舒暢地並排著，周圍長著很多木瓜樹，穩重的綠色大葉下，結著纍纍橢圓形的果實，被夕陽的微弱茜草包塗上異彩。

「這裏是社員的住宅。我要是再忍耐五年，便可從那豚欄小屋搬到這裏來住。但是其他的人就可憐了，對他們而言，這裏不過是『望樓興嘆』而已，因為他們沒讀中等學校。」

洪天送昂然挺胸，搖擺著身體說著。

圍牆邊兩個穿著衣連裙的日本女人，無顧忌地聳肩而笑談著。被風吹動窗簾的側廊，一個胖墩墩的中年男子穿著內褲，兩手叉腰，凝視著遠方。

「現在住在社員住宅的本島人只有兩人，一個高農，一個工業學校畢業。」洪天送補充說明。他在這世間唯一的希望是忍耐幾年之後，升任一定的位置，住日本式房子，過日本式生活。他似乎陶醉於那種快樂與得意，瞇眼含笑著。

街道愈來愈窄，小房子雜亂並處。打赤膊的男人們好像都吃過晚飲，聚集圍坐在一起。露著栗色肋骨的年輕男子，以靈巧的手法拉著胡琴。尖銳的旋律，像錐子似地鑽進黃昏。

垂著乾癟乳房的五十來歲的老女，拍著棕櫚扇子，誇大地嘟喃著：

「今年真特別熱呀。」

這時候，洪天送突然撞了一下陳有三的肘部，壓低聲音，囁嚅道：

「喂，看前面的女人！」

眉毛的濃描與艷粧而豐滿的女人，坐在椅子上而促起一隻膝蓋。從捲起的褲仔腳，可窺見白嫩的大腿股。無客氣的視線追趕過來。

「可能是賣淫的女人。」

洪天送邊回顧邊說道。

來到壁與壁之間只能通一個人的窄路，通過窄道，便有三間壁板腐朽的古老日本式房子。前後左右都被家屋包圍著，角落的小塊空地可能是垃圾場，令人反胃的惡臭陣陣撲鼻。

「喂，在家嗎？」洪天送發出宏亮的聲音。

「誰？」同時打開紙扉，伸出一個怪鳥似的頭，透過暗道，探究這邊。隔了一會兒，才認出來：

「原來是洪君，還有客人呢。來，請上來！」

洪天送介紹之後，才知道這個人是他的前輩，叫蘇德芳，現服務於某役場。

蘇德芳的高突的頰骨，和收縮的小嘴邊，顯得乾燥而無血色，身體虛弱而多骨，顯示營養不良的情狀。陷落的瞳孔，奇妙地注滿悲悽的底光。那是青春的遺痕吧。

在隔壁的房間，剛給嬰兒吸過奶吧?!一個憔悴而蒼白的女人，一邊扣著上衣的鈕扣，一邊打開紙扉。

「歡迎來坐。」兩手伏地，深深垂了頭。

「是內人。」蘇德芳在旁邊說。

女人也是很瘦，下顎像削過似地尖細。即刻站起來，退回去，一會兒廚房傳來格格的聲音。大概是在泡茶。黃暈的裸電燈底下，三人盤腿圍坐著。搖著扇子。

一點也沒有風的沉澱的空氣，好像要蒸熟身體。

趕快問這附近有沒有房子要出租。

「這附近好像沒有的樣子，但我可打聽一下。」

蘇德芳扭著頭回答，接著說：

「我也是到處找尋，最後才到這地方。六疊他他米兩間，玄關二疊寬，房租每月六圓，還算便宜，但你看四周被包圍，空氣流通不好，陰氣沉沉，害得小孩子常年生病，很想搬家。這種生活真受不了。本島人沒有房租津貼，薪水又低，每月家計可真艱苦。雖可租本島人房子，但衛生設備奇差，房租也得四、五圓，為了顧全體統，結果也就在這裏落根了。但餓鬼的病，可真吃不消。……」

話語突然中斷，俯身凝視陳有三道：

「陳先生，因為你剛從學校畢業，所以告訴你，結婚不能太早呀。殷鑑不遠，我就是最好的影子。雙親無理的強迫也有關係，也是因為我沒有堅定的信念所造成的結果。只是沒有想到那破綻會來得那麼快。家母虛榮心甚強，我剛剛中學畢業就了職，便以為這個兒子功成名就了，非趕快叫他結婚不可。於是唆使好好先生的家父，令我早日完婚。我畢竟是剛從學校出來，雖然先予拒絕了，但家母那傢伙便哭哭啼啼說什麼不孝子啦，說對方讀女校門當戶對啦，終於那年春天便決定了T市的女學校畢業現在的內人了。你也知道女學校畢業的聘金（如同內地人的結納金，本島人是買賣婚姻），比起公學校畢業的貴得不像話；還好，內人雖是女學校畢業，比起來還算便宜一千三百圓。家裏沒有那麼多資金，借了八百左右，裝飾了華麗的外觀。但婚後第二年，家父突然去世，家裏共欠了二千圓的債。大部分投注在結婚費與我的學費，而原有的一點田地全部賣光，也還留下相當龐大的債務，這些債務就落到我的肩上來。現在可慘了。結婚那年我二十，內人十九，現在才熬到三十歲就有五個餓鬼，最小的孩子現在患肺炎，這個月又要紅字了。薪水遲遲不升，現在還是低薪得不像話。家用節節昇高，幾乎無法應付。債務不但不能還，還愈來愈多。被家庭拖垮的我，誰知道學生時代是出盡鋒頭的網球選手，且創了母校的黃金時代。帶病而瘦得像猴子的內人，你可知道從前她曾有過楚楚可憐的年輕女學生時代。想到時代在暗中轉變之速，真令人感慨無限！」

蘇德芳好像要笑似的，歪著嘴唇，痙攣著嘴角。

「寶寶的病情好轉了嗎？」等長話講完，洪天送急迫問道。

「啊，總算渡過難關了。」

紙扉用舊報紙糊，格子扉被孩子們玩得滿是洞洞；褪色的壁上，滿是塗塗寫寫的痕跡；屋裏一片雜亂。

這時隔壁的房間傳出爆裂的哭聲。

陳有三最後再拜託一次租屋的事情，便告辭了。來到街上，洪天送露出同情的臉色說：

「蘇先生的薪水還在四十圓邊緣呢。而孩子那麼多，好像老傢伙也很頭痛。我們要是也到那個地步就完了。」

這句話在陳有三的心上，烙下沉重的陰影。

「到公園去繞一圈才回去吧。」

說著，洪天送步向沒有人走的暗寂街路去。

公園裏熱帶林亭亭高聳。坐在長凳上，恰似森林的寂靜逼迫上來。長凳後面，橡膠樹茂密地造成強韌的暗闃。腳下的小路微白地彎曲，爾後被吞食於黑夜中。前面草地的邊上，有一群木瓜樹，靜靜地吸著剛上升的上弦月光。地上投射淡淡的樹影。

「啊，好涼爽。我們那個馬口鐵皮的矮屋真叫人受不了。過十二點，還是那麼悶熱。」

「說實在的，我一個晚上就累垮了。」

「到能住進社員住宅為止，還要五年的忍耐。但鄰居們的沒有教養，令人吃驚。嬸媒們整天大聲饒舌，餓鬼們髒得比泥鼠還髒，男人們喝了白酒就高談猥褻；跟那些人住在一起，我們都變得卑俗無味。連隔兩三間談話的聲音，也像傳聲筒似地聽得一清二楚。深夜裏鄰居睡覺翻身的聲音，也無遺漏地聽得到呢。」

洪天送的聲音漸漸沉澱下去，直到餘音消失於黑夜時，突然陰森森的寂寞掩蓋過來。溶於月光的青霞夜氣，漸漸深沉。

四周靜寂得有些恐懼感。

「走，回去吧。」說著，伸了一個腰，站起來。

他們白色的衣服被樹影浸染著，如同潛水游於樹下。

沿著公園的垣牆，慢慢走著，不意仰望夜空，月亮清爽地搖晃於高高的椰子樹葉尖。

由於洪天送的奔走，好不容易才找到住處。房子在街的東郊，屋後田園連綿，種植香蕉及落花生等作物。家屋是本島人傳統的凹型構造，賃租了側翼的一間。

當然是土角造的，可能建造未久，那穀殼與泥土混合的牆壁呈現穩重的深茶色。房間也是泥土間，濕氣很重，但本島人的家屋來說較有大窗子。房租幾經折衝的結果議定每月三圓。

伙食決定自炊。因為農家煮的飯都摻了很多地瓜，煮得稀稀爛爛，在來米少得意思意思而已；菜餚則早晚都有豆腐乳與蘿蔔乾。儘管貧寒出身如陳有三，也不得不想規避一下。自炊的話，既經濟，又可吃些想吃的東西，剛畢業的生活力充沛著。

自炊工具都準備好了，也請洪天送代買了一張臺灣竹床。這是花四圓買來的便宜貨，稍一搖動，就發出吱吱聲音。壁上貼了白紙，屋裏一下變得明亮起來。在牆壁右上角貼了幾個大字：「精神一到，何事不成」。

還掛著一幅背著手作沉思狀的拿破崙畫像。

一切都就緒了。從現在開始就要拚命用功了，陳有三內心強有力地說著。他立志在明年之內要考上普通文官考試，十年之內考上律師考試。這看來像是血氣方剛的青少年常有的夢想，但對陳有三而言，由於下列幾點原因，當看成帶有相當可能實現的要求。

的。

第一、從經濟觀點而來的對現狀之不滿。他可被計算的生涯，在這多夢的時代裏，是無法忍受最確實的是一年昇給一圓，十年後月薪也不過三十四圓。這期間假如結婚的話，就像前輩蘇德芳那樣地成為一個被生活追趕的殘骸。

第二、陳有三以優秀的成績畢業於T市的中學校，這事使他有充分的信心；憑自己的腦筋與努力，可以開拓自己的境遇。

陳有三既已畢業，（他之所以進中學，是因為鄉下無學的父親聽說兒子的同學都志願考中學，便讓兒子也跟人家去考試，原先並無定見；中學畢業之後，就沒有更高級的學校可進。）遊蕩了四、五年，得悉這個街役場有缺員，便趕緊報名應徵，擊敗了二十幾名報考者，通過任用考試，這還不是憑努力就可解決一切嗎？陳有三滿懷美夢。

他在中學時代讀過的書，除了教科書之外，便是修養書，偉人傳，成功立志傳之類。這些書裏所描寫的人物，都是出身貧困、卑賤，經過任何的荊棘之道，才積成巨萬之富，或成為社會的木鐸，貢獻於人類福祉。這些成功的背後，只有滲血般的努力。啊，或許窮困才是值得讚美也說不定。因為貧苦是成功的契機。

然則，陳有三並沒有成為一代風雲人物或萬人之上的荒唐想法。

在他看著美夢的眼中，罩翳著幾許時代的陰影。

第三、他對本島人的一種輕蔑。

吝嗇、無教養、低俗而骯髒的集團，不正是他的同胞嗎？僅為一分錢而破口大罵，怒目相對的纏足老媼們，平生一毛不拔而婚喪喜慶時借錢來大吃大鬧、多詐欺、好訴訟及狡猾的商人，這些人在中等學校畢業的所謂新知識階級的陳有三眼中，像不知長進而蔓延於陰暗生活面的卑屈的醜草。陳有三厭惡於被看成與他們同列的人。看下情則知其所以然：

有時候，陳有三被日本人叫「狸仔」（即「汝也」的臺語，含有對本島人侮蔑之意）時，便蹙緊眉頭，現出不愉快的臉色，表示不願意回答的樣子。

因此他也常穿和服，使用日語，力爭上游，認定自己是不同於同族的存在，感到一種自慰。

但是如同倉庫的月租三圓正的泥土間，憑靠著竹製的臺灣床，看著陳有三的和服姿態，真是滑稽透頂的場面。再說那也許是無法實現的想望，運氣好的話，跟日本人的姑娘戀愛進而結婚吧。不是為此而公佈了「內臺共婚法」嗎？

但要結婚的話，還是成為對方的養子較好，因為改為內地人戶籍，薪水可加六成，還有其他種種利益。不，不，把這些功利的想頭一概摒除，只要能跟那絕對順從、高度教養、如花艷麗的日本姑娘結婚，即使縮短十年、二十年壽命都無話可說。然而這份低薪的話，無論如何都成不了事。對啦，用功吧！努力吧！必能解決一切境遇。

每當陳有三快樂的空想到達極致的時候，便對自己加以現實的鞭策。於是，他仔細地計算起來：

收入	二十四圓
支出	
伙食費	八圓

房租	三圓
電費及炭費	一圓五角
寄回家	五圓
書籍費	三圓
雜費	三圓五角
結餘	零

但，衣服費、臨時費等則向家裏請求。另外，作了一張讀書時間表，寫上「嚴守時間」四字。陳有三寄了一封信回家，表明了他的抱負。

父親大人鈞鑒：

不肖離開膝下，匆匆已過旬餘。家中諒必安泰無恙。不肖亦頑健至極，請勿掛念。目前任職會計助理，工作非常單調。由於洪天送兄之奔走，住宿已解決。閒雅住家，房租三圓。月薪二十四圓。經綿密開支計算結果，爾後每月匯寄五圓回家。無法再撙節多匯，敬祈察諒。

然則雖已畢業，並非閒居無為，必拮据勉勵，以期他日之大成。不肖謹慎品行，精勵公務，利用餘暇，不屈不撓，勤學向上，欲以揚家聲，而報父母鴻恩之萬一也。

敬祈垂察不肖微衷，刮目以待。

殘暑嚴熱，攝生自愛為禱。

不肖敬稟

陳有三想起滿臉塵灰與皺紋的老父。三十年來可謂縮緊肚子而儲蓄下來的血汗一千五百圓，完全投注於學費，等著兒子以優異成績完成五年間的學業，爾後可以過得較安適的生活；而今，竟領如此低薪，每月寄回五圓，無助於家計，如此情況，父親非再如牛馬般勞動不可，直到手腳不能動彈為止。想到此，不禁替父親可憐萬分。

雖如此，附近鄰居大加讚美道：

「您真是找到好工作。真會賺錢。我的小犬也去都市奉仕，但薪水每月只有三圓。」

陳有三按照計劃用功讀書。常在深夜十二點或一點，還可看到他專心一意讀書的背影。

有一天晚上，同事戴秋湖來訪，邀他出來散步順便去他的家。戴秋湖對陳有三經常表現很親切的態度。陳有三完全當他是可信賴的友人。

去戴秋湖家的路上，不但漆黑且崎嶇不平，陳有三幾次差點跌倒。

他的家是屋頂翹曲的老家，牆壁滲著灰色。

陳有三被引到正廳。正面掛著觀音佛祖的畫像，兩側壁上貼著各種姿態的上海美人的彩色圖片。中間放置一張圓桌子，上鋪滾花邊的白桌巾。正當陳有三坐下籐椅子時，從入口處走進一個老人。

「是我父親。」戴秋湖向陳有三說，爾後介紹道：「爸爸，這位是新來役場的陳有三君。」

陳有三深深垂下頭時，老人像要制止似地伸出僵硬的手，作了請坐的手勢。

「簡陋的地方，歡迎你來。」

露出多皺紋的和藹笑容。一坐下來，就在長竹根的煙管裏，塞進味道強烈的赤鱗煙絲，爾後噗嗤噗嗤地吸起來。

老人像南洋酋長似地，皮膚呈赤褐色而鬆弛。十二、三歲的少女端來一盤木瓜。美麗而黃暈的瓜肉上，圓圓小小的黑色種子發著濕濡的光。

「陳先生很年輕，幾歲啊？」

「二十歲。」

「哦，正是年輕力壯的有為青年呢。」

「……」

「府上在那兒？」

然後詳細地問眷屬、老家、職業等家庭的情況。

「生了像你這樣乖順的兒子，雙親一定很滿足。薪水又高，一定有存錢吧？」

「不，每月要寄錢回家。」

這下子，老人伸出下顎，顯出訝異的臉色道：

「但是家裏也不需要你的錢吧？」

「不，家裏很窮，多少要補貼一點家用。」

「真了不起。你這樣的青年太難得了。」

老人銜著煙斗，沉思了片刻，爾後忍不住地驚嘆。

這時，戴秋湖從旁插嘴說：

「是呀！爸，陳先生還很用功呢，隨時手不離書呀。」

「哦？那……。怎麼樣？不要光是讀書，請常常來玩。對，這次放假，跟我兒子一齊去我們的橘園，怎樣？正是蜜柑成熟的時候，景致又好。」

「啊，非常謝謝。」

戴秋湖以凹陷的眼光緊盯著陳有三，一邊把膝蓋挨近，說：

「陳先生，你一個人很寂寞吧。還要燒飯、洗衣，很不方便吧？怎樣，我的遠親有位小姐，溫柔美麗，你把她討來不錯呀。」

「謝謝關懷。但因種種關係，近期內沒有那種意思。」陳有三覺得是不該有的事，內心苦笑說。

「銀珠嗎？那女孩子我也很清楚，確是好姑娘。」老人拿煙斗邊在地上敲敲，邊像自言自語。

「不，陳先生，你的生活既安定，薪水又高，結婚絕不成問題。再說，本島人十八、九歲結婚的，多的是。」

「問題就在這裏。本島人早婚的陋習，非從我本身改革不行。」

「那是很了不起的理想。但不能把所有人硬塞進那框框裏吧？姑且不管那個啦，什麼時候去看一次。非常漂亮的姑娘喲。你一定會喜歡的。」

「那還……」陳有三窘困地說不出話。

場面變得有點不對勁，老人混濁的聲音打破沉寂：

「真是新頭腦的有為青年。我們舊式的人，總以為早些娶妻生子便是盡孝道的一種哩，哈哈……」破銅鑼似地低聲笑著。

數日後，洪天送來訪，一見面就捉住他說：

「老兄，上回去戴秋湖家的時候，真的受不了。」

於是，苦笑地把那天晚上的事情一五一十地述說了，洪天送頻頻符合節拍似地聽著，好像等了很久，陳有三話剛講完，他便道出了稍令人意外的事情：

「戴秋湖君之所以對你那麼佯裝親切，是因為他別有用心。看他那帶刺的眼光就知道是精於打算的陰險人物。對你表示種種的親切，是想從你那兒得到什麼而嗅著你。但一旦知道從你那兒得不到什麼的時候，便易如反掌地對你冷淡了。你去戴家被問了很多事情，就像是對你及你家的信用調查。而勸你結婚，想推介遠親的姑娘，就表示你已失去戴家女婿的資格。因為戴君自己有兩個妹妹。大的妹妹就因為戴君的暗算陰謀，離婚回家，成了悽慘的犧牲品。大約二年前，街上富家的放蕩子死了太太時，他把妹妹的美貌當商品，也不理會她的厭惡，硬是把她嫁給豺狼色魔的放蕩子。她長得像海棠那麼美。那個浪蕩子具有瘋狂的興趣，每當街上新來一個賣春婦，必定要通情一次。而且每當醉酒回家，必然踢打太太，做盡狂暴的行為。他的太太是C市高等女學校畢業的有教養的女性，被如此狂暴的丈夫虐待，甚至被染了惡劣性病，原來嬌貴之身，無法忍受這些壓力與嘆息，終於得到了肺病。而且那個婆婆又是出名的潑婦，雖然擁有龐大財產，但對媳婦的病，幾乎無法令世人相信地一點也不施予治療。她終於兩年前去世了。想必悔恨地咬著牙齒而斷氣吧。戴家迷惑於對方地位與三千圓，便把妹妹推到豺狼身上。結果當然又遭噩運，染上性病，忍受不了婆婆的虐待，咒詛著自己的命運，企圖縊死，幸虧沒死成；兩家大為緊張，放蕩子一時也抑制玩樂，可是最近又恢復原狀，終日耽溺花柳樓。終究戴家由於女兒的切切懇求，把她接回家來。她現在靜靜地養著受傷的身體，等著再婚的日子。但因為這，她的結婚條件就變得很壞了，所以戴君似乎打算把她儘可能地嫁給他鄉的人。也就是找個不太知道這件事的他鄉人，閃電式地決定。我講漏了一點，在戴家那個老爺形同隱居，家務全由戴秋湖君處理。戴君或許原想把這個孤寂的妹妹送給你也說不定，但現在已在銓選之外，恐怕是因為你坦陳了你家的貧困，微薄的薪俸還要寄錢回家。只要使出他那一流的策術，不難得售於他鄉相當的家庭吧。大妹妹不能送給你，小妹妹當然免談了。那個小的妹妹瞳孔浮腫，有點白痴，我先給你注意，你雖然落選，但一點也不足為恥。他把你的人格與潛力完全置之度外，單看你的富裕與否。假若你有相當的資產，那麼即使你是無能者或背德者，他也樂得把妹妹獻給你。還有，他頻頻向你推薦遠親的小姐，那是企圖從遠親得來的利益呢？還是只想從你那裏擠些媒人錢，真偽不明。總之，要是單純地相信了戴秋湖君的言行，一定要上當的。他做著許多來歷不明的事情，介紹結婚也是他的重要副業之一。就憑他三寸不爛之舌，媒人錢一次至少也有十二圓以上的收入。那個老爺好賭博，上次也被抓去關了幾天哩。」

西邊一帶是橘園丘陵地，在斜坡的盡頭，這個小鎮寒傖地蹲踞著。東邊是森嚴的山岳連亙著，深處便是中央山脈，有如巨獸露出灰藍色的脊樑，頂著蔚藍的天空。

試著翻閱當地的《地理指引》，以麗句概說此地沿革如下該地原為蕃族所佔，依據口碑所傳，雍正三年（距今二百餘年前）漢人始入犁萬丹之野，田疇逐日拓墾，移住者自四方蝟集，結茅舍，經久歲月，形成部落。其後住家驟增，以至今日之市街。

其次，產業欄裏介紹如次：

該街為郡下物質集散地，市街極為殷盛。附近土地肥沃，水利便利，多出產米、地瓜、甘蔗、蔬菜、芭蕉、鳳梨、柑橘、落花生；林產有柴薪、木炭、筍、竹林；工業生產有砂糖、酒精、鳳梨罐頭等；家畜亦盛焉。

但這是從前的面貌，現在蕭條到叫它為生病的小鎮較為恰當。為什麼呢？那是被地勢所制扼的緣故。

這街在往年，是對蕃界實施理蕃政策的要地，且為舊行政區域的廳政所在地，所以充分被利用而繁榮；但其後，理蕃事業猛快推進，要地遷至H街，適值新州制公佈，此街僅為郡的所在地，因此，蹲伏於丘陵之裾的本街，必然走向凋落之途。

著名的濁水溪支流挾著這街附近而呈泥炭色的水流。豪雨來襲，立即氾濫，流失橋樑，交通陷於中斷。直到水勢減退，竹筏可渡為止，報紙、郵件不用說，連味噌、醃蘿蔔等食品都告斷絕。

三面環山，形成南北狹長的盆地，這個高地平野的中心是鄰庄的S庄，因此本街的沒落正好促成

S庄的繁榮。

S庄不僅是這個平野物質集散的中心地，也是交通的要衝。從S庄到州所在地的T市，或到縱貫沿線的小都市，交通都很方便，而且也是理蕃政策要地H街的中間站。

S庄是盛產米的輸出地，因而多富裕的地主，且社會運動家等人才輩出。要之，整個S庄富於進取的氣象；相反地，本街的人們是保守退伍的，幾個有錢老爺，也不想做事，終日沉浸於鴉片煙中。

登上山丘，越過相思樹梢，俯瞰這小鎮，可以看到木瓜、香蕉、檳榔、榕樹等濃濃綠蔭覆罩著黑色的矮屋頂。稍稍離開T小鎮的右方角上，製糖工廠像白色的城廓似地，被一片的甘蔗園包圍著。愈遠愈深的碧藍天空裏，積雲靜靜地屯駐著，在可望的視界裏，盡是豐饒的綠色南國風景。

進入小鎮，驛前路是街中最好的路，只有單側建紅磚的二層樓房，這便成為花柳街。可能來自北部的年輕賣春婦們，穿著花哩花俏的豔色上海裝，或向行人送露骨的秋波，或露出黃牙齒而笑。對面有一間叫鶯亭的朝鮮樓，另有一間日本人的妓院。不知何處漂來？那兔唇且出了小疙瘩的女人，或用墨筆深描眉毛的圓髻瘦小的女人站著講話的姿態，依稀可見。

市場前的馬路叫「大街」，但兩側燒焦似的黑柱子、腐朽的廂房，狹窄的亭仔腳下，豆粕與雜貨類雜亂並陳，傾斜的屋頂上處處長著雜草。封滿塵埃的雜貨店裏，商人像長了青苔的無表情的臉，終日沉坐著。滿臉縱橫皺紋的老人，在亭仔腳的地上，伸出枯枝似的腳，銜著長長的竹煙管，懶懶地打盹著。

強烈日光下的十字路口，張著蝙蝠傘，賣著落花生的榕樹般蒼黑男人，好像在那兒無聊地抱著膝蓋曲捲著。

賣著一片一分錢的鳳梨等水果攤，金蠅嗡嗡地聚著。

陳有三經常穿著浴衣，笨拙地繫著寬條布帶，毫無目的地漫步街頭，看著如同石罅中的雜草那般生命力的人們，想著自己與他們之間有某種距離，一種優越感悄悄而生。

搖搖晃晃的漫步中，看到咻地用手擤鼻涕的纏足老婦女，或者毫無條理、高亢的金屬性聲音叫喚的媠媒們，便蹙起輕蔑的眉頭。

但，在這泥沼中的人物之中，有一天晚上，有人深深地震撼了陳有三的心。十三夜的月亮高高照著黝黑的街上。陳有三讀書之後，漫步到街上來透透氣。

來到街郊，那兒有並排的棕櫚，陳有三坐在樹下的石頭上，得到片刻的休憩。忽然透過靜寂傳來纖細澄清的音色，絲絲地滲進心裏，擴大漣漪。青白月光和薄靄籠罩，屋頂如覆霜似地發白。正好對面的屋子裏，有一個年輕的少女在彈著臺灣琴，穿著草色衣服的豔麗少女，在燈下低著頭，露出美麗的側臉，發亮的瞳孔，端正的鼻樑，如同紅色花蕾的嘴唇，還有密厚的黑髮，這一切似乎可聞得淡淡的香味。

少女的旁邊有一個穿黑衣服的微胖女人，大概是她的母親吧，叉著兩腿，蠕蠕咀嚼著檳榔。

陳有三感到熱熱的醉意，莫可名狀的感情癢癢地搔動身體。

她奏的曲子是中國古代的悲歌吧。那幽婉的旋律微微振盪心弦。陳有三的腳跟被遙遠而分辨不出喜悅或哀愁的感情與空想之波浪沖擊著。

「坦白跟你說，我被母親逼得非訂婚不可。大後天是正式的相親，一定要請你跟我一起去。」洪天送的黑臉泛著微紅，難以啟齒地說著。

「哦？那真第一次聽到——」

「最近才決定的事情。對方是商人的第三夫人的獨生女，因為有陪嫁錢，家母便大為興奮。為了想嫁給中等學校畢業的人，便把白羽之箭射向我來。」

「好呀。」

「反正我們是沒辦法戀愛結婚的吧。那就不如結個賺錢的婚。畢竟有陪嫁錢的人不常有。」

「這就是有企圖的結婚觀。」

「不管是不是有企圖的結婚觀，我只是聰明地抉擇現實的路。現今，我們的風俗是買賣婚姻吧。女人依其美醜、教育程度、家世等條件而有價格之差異，但不管差到那裏，男方總要拿出錢來買女人。但偶爾也有例外。即如中等家庭只有獨生女的情形下，便多少附送些陪嫁金，找個相當學歷與生活安定的男人。假如追根究底，對方也是有企圖地以陪嫁金釣個條件好的男人，所以不管怎麼說，我們沒有真正的選擇之自由。誠然相貌的美醜，偷看個兩三回也許就可知道，但性格等問題，非得相當期間的交往是看不出來的。要之，我們的結婚，就像抽籤，幸與不幸全由籤來決定。這麼一想，與其花錢買，還不如以送聘金為名目，其實從對方撈一筆過來較為聰明哩。」

「嗯，你的說法確有一理呢。這一來，結果能享受得到利益的只限於有一定地位的人吧。」

「嗯，可以這麼說吧。那個商人擁有三個妻子，女人們爭著存私房錢，而那個第三號夫人只有一個女兒，便把私房錢通通給她。」

當天，包括陳有三，總共六人浩浩蕩蕩地來到女方的家。女家開商店，店裏擺著各色各樣的棉布類及人絹類，一個五十出頭的肥胖而痘痕面的男人，細瞇著眼，滿面笑容，招呼大家入座。

「恭喜頭家，今天真大好吉日，沒有比今天更高興的了。」瘦得像枯柴的媒人，高聲地恭維著。

通過店面，裏面有漂亮的正廳，明窗淨几；正面有觀音佛像，神龕上供奉著祖先的牌位，線香的煙縷縷裊裊；燭臺上鍍金字的紅蠟燭吐著小小火焰。側面的牆壁上，掛著穿清朝禮服、留長指甲、戴碗帽、蓄八字鬍、瘦得像木乃伊的鴉片鬼似的男人的肖像。畫像上滿是塵灰。

紫紅的絹加了刺繡的花燈一對，垂吊於左右。

「像洪先生這麼敦厚而且前途無量的青年，可不容易找到的呢；加上美珠小姐的美貌，真是相稱的一對鴛鴦呀。這也是前世兩家的姻緣。真是可喜的日子……」

「笨拙的女兒，不知能不能合乎各位的家風，令人掛心。哈哈哈……」

「不，今天真是可喜的日子呀。」媒人不知第幾次的恭維之後，向同座的人說：「那麼，就開始吧。」

同座的人重新端正坐姿。

一會兒，正聽得鞋聲，衣服的悉索聲時，一個穿著閃爍光澤的淡桃色緞子的上衣和深藍色裙子的少女，捧著茶盤，俯首移著碎步走出來。穿著黑色衣服的老婆好像要抱住她似地領著她。少女在大家的面前恭敬地行了一禮，把茶盤端向洪天送的母親，然後依順序迴繞過去，最後來到洪天送跟前。洪天送拘謹的表情，顫著手取了一杯，少女羞澀地低頭像一朵含笑花。繞過一圈之後，少女靜靜地引退下去。

大家啜飲著茶。那是放了冰砂糖的澀澀甘味的茶。

再一次聽到鞋音、衣服的悉索聲，像前次的那樣被黑衣老婆抱住似的少女又出現了。洪天送把摺疊的六張新紙幣放進喝乾了的茶杯裏，爾後放在少女端出的茶盤上。大家也各隨己意地把紙幣放進茶杯裏。陳有三也放進一圓紙幣，當少女轉來的時候，一邊把杯子放上去，一邊下定決心地偷看了少女一眼，濃施脂粉的臉上，無何表情，彷彿羸弱的深閨的小姐的蒼白。

「幾歲？」陳有三低聲地在洪天送耳邊問道。

「十六。」洪天送也像怕別人聽到似地小聲回答。

緊接著同座都騷擾起來。交易開始了。聘金一千二百六十圓之中，五百圓做為男方籌備傢俱的費用，其餘七百六十圓必須付給女方。而第一次支付金額二百圓正，決定現在支付，洪天送的母親從懷裏取出嶄新的鈔票，小心翼翼地排在鋪著紅紙的桌子上。

這樣聘金的收授對洪天送而言，僅止於舊習形式上的蹈襲。按照預先的約束，聘金暫且收下，扣除實際的結婚費用，其餘額便與陪嫁一齊送還男方。

「這很抱歉。」少女的父親接過去，一張一張地算著說：「沒有錯。如數收下。哈哈哈……」

一入十一月，炎炎燃燒的太陽也逐日減弱照射而成黃金色，蒼穹澄清無涯。如水清澈的冷風颯颯吹來，路樹呈暗橙色搖曳著。

高原的新秋街上，幾分變黃的樹梢或增黑的屋頂，看來像靜靜地在喘一口氣似地。

一到夜裏，街上的犬吠聲或其他，都像掉進深淵似地靜寂下來。

被大熱天蒸得像鉛的頭，完全冷澈下來，陳有三的功課也大有進步，常不知不覺讀到深夜。

當全身沒入讀書之中，莫可名狀的感激與歡喜的波浪一陣陣拍擊過來。

深夜，翻閱古書，感到古人、偉人與我近在咫尺之間，就像在貪睡的街上，一個人昂然而走，體內漲著熱情與驕傲。

到了十二月，天氣果然變得寒冷了。風捲起沙塵，粗暴地驅迴著街道。陰沉沉的天色，小鎮也變成灰黑色的基調，冷顫顫地。

雖年底已近。但小鎮這一點也沒有異樣。只因這兒使用陰曆。

元旦降臨了。

街上只有日本人家立著松竹，而本島人幾乎沒有人立它，且照常開店營業。

陳有三出席了街役場主辦的拜年會之後，本想回家一趟，突然中學時代的同學廖清炎來訪。廖清炎穿著淺灰色的西裝，外套一件風衣，腰帶束得緊緊的，何等瀟灑的都市青年風采。

「喂，真難找呀。」一跨進門檻，就發出爽朗的聲音。

「哦，是你嗎？真難得。請進請進。」

「最近好嗎？看你好像沒有什麼變的樣子。」

「老樣子啦。你變得都認不出來呀，好一個派頭的紳士哩。」

「這樣嗎？多謝誇獎。但儘管堂堂衣裝，其實只是月薪三十圓的窮小子呢。月薪三十圓只向你祕密告白，對一般人都吹噓五十圓。以三十圓分期付款，穿上這唯一的好衣服，只要裝出高級社員似的面孔，就會受到一般傢伙們的尊敬與較好的服務。」廖清炎一邊昂奮地滔滔而言，一邊從口袋裏掏出紅茉莉牌香煙（臺灣專賣局製造的香煙），皺著眉頭，點了火。

「不抽煙嗎？」

「不抽。來得正好，差一點我就回家去了。歸省暫且擱下，慢慢聊吧。」

「不打擾你嗎？我也要乘下一班列車到K街去，這還有三個鐘頭，就請你陪我吧。」

「只聽說你畢業後在臺北，但不知你在那裏服務。你說月薪三十圓，到底在那兒服務呀？」

「就在S商事會社呀。因為我的一個親戚在那兒當過經理，憑那個關係進去的。待遇還比其他社員稍好些，工作也比較輕鬆。那你的待遇怎樣？」

「我嘛，我是二十四圓。」

「這麼說，是相當拮据啦？但其他的朋友也都差不多呢？總之，一切都幻滅了。我們不知為什麼而讀書呢。」

「要之，在學生時代，我們把社會看得太樂觀了。」

「當然是沒有認真去思考社會，但多少知道社會是複雜而多風浪的，只是沒想到那麼嚴重就是。社會就像巨岩似地滾壓過來，而我們是被壓碎得連木偶都不如的可憐者。」

「是呀。學生時代搞什麼數學啦，古文啦，拚命往艱深的地方鑽研，一旦出了社會，才驚訝於它的單調。我每天從早到晚，就是算鈔票而記進簡單的賬簿裏。」

「所以我五年間所得到的知識，乾乾淨淨地還給了學校。每天，我只記些借貸的數字，不要多餘的知識。頂多，會打算盤就好了。」

「也就是說生活裏面沒有創造性。但我們非努力賦與生活的創造性不可，我想。」

「你仍是個理想主義者。做學問——亦即苦學勉勵而創造自己的生活，然而突破了充滿苦鬥的難關之後，勝利的光明在等待著你嗎？不，仍然不過是拮据生活的另一種變形而已。這聽來好像是唱反調，其實我們所生存的時代，正是反調的現象。從前的人單憑獨學力行便可立身處世，現在還有人抱著那種古色蒼然的理論理想，這不能不說是難能可貴的人。我認識的一位朋友，於內地的H大學在學中，就通過了律師考試，畢業後，服務於法律事務所多年，以後在臺北獨立開業，但業務清淡毫無收入。因為同業者很多，經歷老練的律師不知有多少，所以競爭不過大家。要賺個房租與生活費就已焦頭爛額了，生活一點也不輕鬆。」

「你刺痛了我的要害。坦白說，我準備參加普通文官考試和律師考試。」

「你真是個可憐的光頭唐吉訶德。難怪排著這些參考書、偉人傳、出身成功談等書籍。這種鄉下的古老空氣，對你實在不好。」

「但假如我的第一目標是改善自己的境遇，即使由於時代的潮流無法實現，那麼由於勤學而獲得的知識與人格陶冶的第二目標也不能抹煞的吧。」

「哦哦，把那知識丟給狗吃吧。知識把你的生活搞得不幸。你無論如何提高知識，一旦碰到現實，那知識反成為你的幸福的桎梏吧。再說，在這鄉下準備律師考試什麼的，沒用的啦。」

「知識會陷吾人於不幸嗎？知識難道不是我們生活的開拓者？」

「知識要抱著華麗的幻影時，也許可以幾分緩和生活的痛苦。但幻影終究會破滅。當喪失了幻影的知識一旦與生活結合的時候，則只有更加深痛苦而已。舉個具體的例子，有一個愛好欣賞音樂的人，他具有相當高的音樂知識。他現在沒有職業，但擁有快樂的幻想：假如有了職業，一定要先買電唱機、貝多芬和舒伯特的作品。爾後，他果然找到職業了。但找到的職業僅僅能保障生活的收入，畢竟沒有餘裕來買電唱機或音樂家的高價作品。藝術作品的唱片每張至少也要三圓左右，至於交響樂作品集的唱片，更是買不起。因此，把他所有具有的音樂知識連結於現實生活的時候，他非時時感到痛苦不可。要之，你忘記了你自己所據有的地位。

「當然也有人隨著知識的提高，而使生活更豐富、喜悅、向上。但那僅限於被選擇的少數人而已。你是和巨大風車格鬥的唐吉訶德。我勸你與其做有知識而混迷的唐吉訶德，不如做無知而混迷的桑科。當唐吉訶德朝著風車飛奔過去的時候，桑科不是在旁邊聰明地觀望嗎？」

「但我認為唐吉訶德那種勸善懲惡的觀念或知識本身，絕非不好。」

「問題就在這裏。也許你所信念的勸善懲惡思想是沒有錯的。但是他把對象亦即客觀的存在看錯了。於是他的悲劇發生了，那可以說是正確的知識嗎？」

「我們還年輕。我希望把我的能量消耗於好的方面。我也知道我所站的現實地位是在泥沼中，是可以計算的悲慘生活。但我非從這裏往上爬不可。假如我的目標是黑暗而絕望的話，到底怎麼辦才好呢？」

「這，怎麼辦才好呢？我也不知道。我無法給你任何指針。我只是說我們的未來，除非有奇蹟出現，否則必然一片漆黑。」

「斷念了立身處世，放棄了知識的探求，拿掉我們青年的向陽性之後，我們到底剩下些什麼，豈不是成了行屍走肉的殘骸？」

「喂，不是我要強求你那樣。只因希望你不要持有徒勞無功的幻滅，才說了這些話。」

「那麼你怎麼過日子？」

「也不特別怎樣，只是令人欽佩的讀書一道，很遺憾，我現在沒有那種心意。連報紙也懶得去讀。因為讀了，徒增憂鬱而已。不過，你對女人這東西，知道多少？女人便是無知的美麗動物喲。玩弄女人便是我的興趣。只是非得要領不可。在薪水的許可範圍內，和女人調調情，看看電影，喝廉價的酒，多少便可醞釀醉生夢死的氣氛。」

沉沉深夜，寒氣逼人。手腳都凍僵了。二月的風，咬響牙齒，跫音粗暴地跑過黑夜。

陳有三為了防止腳的痲痺，一邊搖著腳、一邊凝注著視線，但並非看著打開來的書，而是馳騁遐思於無止境的不定方向。在南國，一到這季節，腦袋變得冷靜，是讀書的好時期，但陳有三反而讀不進去，讀了一個鐘頭左右就會厭惡，茫然陷入空想。陳有三對讀書會感到倦怠，並不是完全是同學廖清炎講了那些話所帶來的影響。而是這個小鎮的怠惰性格漸漸地滲入陳有三的肉體。正如南國威猛的太陽與豐富的大自然侵蝕了土人的文明一樣，這寂寞而懶惰的小鎮的空氣，開始對陳有三的意志發生風化作用。在如同煮熟的盛夏裏，陳有三以一種沉浸於「法悅境」的情緒裏猛然用功；但一到氣候冷澈的時候，便稍看一點書就覺得疲倦不堪，說不出一種無精打采的感覺。

從同事、朋友口中聽到的，不是人家的謠言，便是關於金錢或女人的話。他們甘於現狀，張著血眼尋求掉落於現實中的些許享樂而滿足。陳有三雖然反對他們，但與他們接觸多了，那種反彈的力量愈來愈遲鈍，這使他有點焦慮但又不得不採取觀望的態度。當然，廖清炎所留下的話，成為黑暗的真理而纏捲著他。在這鄉下地方準備參加律師考試什麼的，的確是荒唐。那不正像踏出校門的年輕人所抱的海市蜃樓般的美夢嗎？何況在還沒有幾分成果之前，不是已在意志之中發生了縫隙嗎？

然而這是不行的。即使律師考試是青年一時衝動的計劃，但至少有可能性的普通文官考試或中學教員檢定，非取得不可。

在這鄉間一旦放棄勤學之後的生活，豈不像囚人似地過著無奈的生活?還是去找同事、朋友，口沫橫飛地談些無聊的愚痴的身邊瑣事與金錢的事以度日嗎?與其過那樣無聊而傻瓜呆的時間，不如一個人在家裏睡懶覺。還是去賣淫窟，抱那些又瘦又黃的女人嗎?只要想起那如同野狐狸的臉，心裏就要作嘔。不要逼得太緊，只為了把公務以外的閒散時間，以較好的方法來排遣的話，則除了讀書之外，並沒有較有意義的生活。這是現在唯一留下來的路。

即令積聚的知識將來帶給生活不幸的陰翳，但比起抱賣春婦的生活，不會更不幸的呢。所以，陳有三重新鞭策即將滑落鬆弛的心。

因此，陳有三唯有擁有新的知識才感覺一種矜持，才能夠俯瞰群聚於他周圍的同族們。要他放棄新知識，簡直就是令他還原於被某些人所卑視的同族。要把他撞落於沒有教養而生活水準低得如同泥沼的生活，對他而言，是無法忍受的。

然而，有一個人意外地拿了黑暗的言語投擲給他。那就是他的同事，服務二十年的林杏南，一個過了四十而皮膚變黃且浮腫的男人。三月暖和的午后，兩個人留到最後在辦公室，難得林杏南勸他說：

「馬馬虎虎把它結束，回去吧。」

陳有三乘此機會便把帳簿收拾進去，和他並肩走到街上來。大約五點左右吧。被污染的薔薇色的雲彩掛在天空，灰白色的光線飄在街上。林杏南以低沉而黏黏叨叨的聲音向陳有三說：

「你真是這個街上難得的青年，我很少看過像你這樣的青年呀。也不和同事講淫穢的話，也不喝酒抽煙，而且聽說很用功。——大家謠傳你是個不滿足於現狀，抱青雲之志的用功青年。但我從黃助役那兒聽到很奇妙的事。黃助役在幾天前向我說：聽說陳君拚命用功準備參加什麼考試，但僅以現在的場所為立足點，自然會疏忽了公務，對現在的工作不努力的話，對方也很麻煩的；總不如辭掉職務，專心準備，豈不更容易達成目的？我雖然一片苦口婆心對你講，在世間反正都無法照自己的想法去做的。假定你通過了普通文官考試，你也看到這是失業者眾多的時代，而且有資格的人還有很多找不到職業。這情況之下，你到底能否獲得更好的地位還大成問題呢。目前，同事雷德君也耗盡家產，好不容易畢業於內地的某大學，拿著中學教員的合格證，到處活動也找不到職業，賦閒了兩年，終於來到這兒拿三十圓的月薪。你也在這不景氣的時候，敲掉現在的地位而讀書的話，這未免太那個了。」

陳有三看到自己開始搖晃崩潰的感情，咒罵且悲傷自己不得不背負沒有支柱的生活之黑暗。陳有三憎惡地凝視著桌上並列的教人如何立身成功的書籍，心想那些不外是空空洞洞的傳說而已。具有焦點、多彩而振作的生活被切斷，暴露於灰色沙漠中的生活之路，竟如此延續到彼方的墓場，這使陳有三吐出焦躁的悲嘆而恨恨地咬牙。

有一天，陳有三想起黃助役對著金崎會計故意說得很大聲的話：

「我認為社會的不幸，在於因為知識過剩。知識經常隨伴著不滿。因為它使對社會客觀性的認識不足的血性方剛的青少年，或反抗社會，或陷於自暴自棄。所以在公所服務的人，與其要找有知識的人，還不如找個全神貫注於職務、工作正確而字體漂亮的實用性人物。」

這句話現在還清清楚楚地迴響於他的耳邊，非變成無知的機械不可。

抽出青春與知識之後的無依無靠的生活，就像漂泊於絕望而虛無之中，感到目標與意志飛散而去，經常像脫殼似地坐在竹床上。經濟上可算得出來的生活，二十四圓的薪水，除非有奇蹟出現，否則幾年後便由雙親的意志，跟不認識的鄉村的姑娘結婚吧。爾後繼續生出相應於熱帶地方的餓鬼們。如牛馬般勞動，被家庭拖垮，變成卑屈的俗物。餓鬼們因為營養不良而枯萎，變成青色的小猴子似地。

嗚呼！我才不幹哩。

陳有三湧起一股莫名的憤怒，但並沒有持續多久，便漸漸淡薄，終於敗滅的暗淡心緒浸蝕腳跟，漸漸漲高，開始浸溺腦漿。如同蜘蛛網上掙扎的可憐蟲，一種莫名的巨大力量的宿命俘虜了他，隨著日子的增加，強烈地啃食他的肉體。

這段日子，陳有三像隻野狗，漫步到郊外很遠的地方。三月末的斜陽投射橘色的輕盈光華在原野上、森林上。森林多屬蒼鬱的長青樹，其中也混雜著落葉的裸木與紅葉樹。森林的上方，青瓷色的天空連接遠方。走在路邊植有相思樹的路上，看到散落於田野間的富裕的白壁農家或低矮傾斜的貧農的土角厝，只有木瓜樹是一樣的，直立高聳，張著大八手狀的葉子，淡黃而滋潤的果實，纍纍地聚掛於幹上。這美麗色彩而豐盛的南國風景，溫暖了他的心；在空洞的生活裏，微弱的陽光透射進來。

林杏南來勸說：「一個人燒飯很麻煩，不如來跟我一起住，正好房間空了一間。」當陳有三接受了這建議之後，才徹底看出林杏南的劣根性。對於同事們批評林杏南的為了賺幾個錢的心情，陳有三感到莫可名狀的憐憫與侮辱。這個肥胖鬆弛肉體的四十歲男人，經常表露無動於衷的寂寞表情。他被同事輕蔑與疏遠。因為老朽而無能，謠傳他隨時會被殺頭（解聘），所以他除了拍上司的馬屁之外，就像啃住桌子似地，慢吞吞地工作。比他年輕甚多的黃助役，以指責學生的口氣稍一說他，便唯唯諾諾地現出恭順諂媚的樣子，如同家畜那樣可悲的畫面。陳有三經常想起自己也像他那樣慘不忍睹的姿態，便增加了心中的暗淡。

林杏南的吝嗇是無人不知的有名，一雙破鞋，加上十年如一日的褪色而手肘磨損的藍嗶嘰服，一身古色蒼然的姿態，即使污垢的一分銅錢，他也愛得像生命那樣無限執著。

陳有三對自炊工作已感到厭倦，而林杏南說房租、餐費、洗衣費合計每月十二圓。那跟現在的費用相差無幾，且對他的好意無法拒絕，終於答應了。

陳有三搬家過去的那天晚上，他殺了雞、買了老紅酒款待。他浮腫的臉即刻變紅，呼呼地吐著艱苦的氣息。

「你好像不抽煙吧。我也是活到這把年紀從未抽過。而且酒我也不行，這樣喝得滿面通紅，實在很失禮。今後和你同在一個屋頂下，就像一家人同住，沒有比這更高興的事。」林杏南從未有過這樣熱情的言語。

陳有三也感到全身血管熱脹，悸動高鳴。

「陳君，你還年輕，不知金錢的可貴。金錢是這世間最重要的東西。有的人重視金錢勝過父母，有的人為了一點錢而陷害朋友。最近住在這條街底的一個人，為了想要朋友的五圓，竟把朋友撞落崖下，搶了五圓逃走，直到屍體腐爛才被發覺。——金錢是這般程度的可怕。決定人的幸與不幸，絕不在於知識與道德，而是金錢。在金錢之前，沒有道德，也沒有人情、憐憫與道理。一個飢餓的哲學家，為了獲得食物，恐怕也難辭當個街頭化粧廣告人；否則死嗎？留下來的妻與子怎麼辦？曾看到街上的老儒學先生，經常諤諤而論孔子之言行，但為了貧窮而詐欺他人，結果雙手被縛於後，悄然被帶走。陳君，背後有人說我老朽啦無能啦，我雖很遺憾，但也不得不承認。我的殺頭恐怕也不會太久。想起這，我幾乎要發瘋。養了七個子女，而況勞動的手只靠我一人，我想你也會同情我吧。到今日為止，只為了餵食這群狼犬，就已使盡渾身解數了。一旦失業的話，怎麼辦呢？你看吧，我這樣的身體，還能受得了肉體勞動嗎？再說要第二次進會社或役場，像我這般年齡是絕對不可能的。到時候，家人就非迷失於街頭不可了。所以，我非緊緊咬住現在的位置不可，即使延長一天也好。為此，受到嘲笑與屈辱也不介意。而且不幸的是，我所寄望的長子竟長久臥病不起，醫治也不見起色，恐怕活的日子也不多。次子於今年春天好不容易才畢業公學校，現在當了S會社的工友，多少幫助了一點家計。再想到底下的幼小狼群，要養到稍微長大為止的長久歲月，心裏就像在暗淡的地獄裏煎熬似地。尤其是長子，十四歲以優異成績畢業於公學校，馬上就到T市的某商店當學徒，晚上讀夜校，二十歲那年通過了檢定考試，但也因此而完全搞壞了身體。因為他自小身體就不很好，但腦筋很好；而且很孝順，每月從未間斷地寄錢回家。想起來，真是個可憐的孩子。」

受到黃色燈光照射的林杏南的雙頰，難得像這樣的帶著光澤，口角痙攣著，目光閃爍。

那一夜，陳有三因喝酒而無法入眠，無止境的思潮在胸中翻滾。黃色土角壁上，一隻守宮(壁虎)一動也不動地停止著。隨著夜闌人靜，漸漸聽到一陣接一陣的咳嗽聲。那是臥病的長子的咳嗽吧。

翌晨，陳有三異於平時地早起。這時候，林杏南正在照顧孩子們，看到陳有三，便笑容可掬地說：

「起得好早呀。」

「是呀，還不習慣於新環境，一早就醒過來了。」

說著，想要去刷牙，便走向廚房那邊去。正當跨進門檻的時候，他突然楞住了。灶邊站著一個薄水色上衣、黑褲仔的少女。她也好像嚇了一跳似地，身體無所措置地垂下頭，故意不加理睬。陳有三甚感意外。她一定是林杏南的女兒。陳有三自然地覺得自己變熱起來，提起勇氣偷看了一眼少女端正白皙而豐滿的側臉。也有十七八吧。陳有三心想：真是淑慧美麗的牡丹似的少女。

朝陽從小矩形的窗口溶化進來。看樣子很能吃的孩子們已坐在桌邊，陳有三呆然地盯視他們。當S會社工友的第二個兒子，向他親切地點了頭。

豆腐、花生、醬菜與味噌湯——這是在餐桌上並排的菜餚。

第二個兒子在飯裏澆些醬油，不配菜就扒光。孩子們忙著動筷子，不停地吸著鼻涕。

細雨濛濛的晚上，好久沒來的戴秋湖陪著同事雷德一齊來訪。

「好久不見。還在用功嗎？」戴秋湖陷落的眼睛掠過陰影。

「屁用功已經停止了。但打發餘暇也很費勁。」自暴自棄地回答。

「對的啦。鄉下地方是不適合接受新知識的單身漢呢。既無刺激，也沒有適當的娛樂。」雷德同感地說。

「因為陳先生一點也不和人交際，所以才寂寞啦。歡迎你隨時來玩呀。」戴秋湖親切地說：「走吧，今夜到那裏去玩吧，是嗎？雷君。」

「是的。這麼寂寞的夜晚，令人渾身不自在。到那裏去解解悶吧。」

「陳先生，快準備。這麼沉悶的晚上，關在家裏也不是辦法，出去玩吧。」

「到底去那裏呢？」

「不要管它。走吧，走吧！」

失去光明與希望的倦怠的心，終於無法抗拒這邀約。

年輕的身體無法虛度，總要企求某種刺激。

穿著高腳木屐，打轉著傘，三個人一齊出門去了。路黑暗，踩過積水處，就濺起泥水。

街路與商店全部濕淋淋地，一片黑漆漆，所有的雜音都消失了，沉寂寂的。

小雨已止。十字路口淡淡的路燈，滲透到視界裏來。

通過小巷，沿著曲折小路走，忽然來到一家好像人家的後門。戴秋湖推一下快要朽爛的門，吱咿一聲被推開了。裏面連著暗暗的走廊，右邊是廁所，沾滿斑點的燈泡下，金蠅飛繞著。可能因為雨後的關係，從廁所發出的臭氣特別強烈，令腑臟翻滾欲嘔。小庭院裏，橘樹的鏽葉只有受到燈光部分，發出油光。

正好廁所的門開了，一個穿著深藍色長衫的女人，急急忙忙地飛奔出來。

長衫開衩的裾角，露了一下白色肌膚的大腿。

「喲，明珠——」戴秋湖尖銳地叫了一聲。

「啊啦，請坐。雷先生也來了，還帶了一位新客呢。」

「對，對，這位是陳先生，生平還沒有接觸過女人的童貞呢，給他好好招待一下呀——」

戴秋湖說著，就跟那女人肩靠肩，酣醉也似地走在前頭。雷德也不住嗤嗤笑著跟在後頭。

兩側隔間的房屋長長並排著。明珠的房間在第三間。房間狹窄，從粗劣的木板的縫隙裏，可以窺見隔壁的房間。鋪著草薦的地板的角落裏，疊著淡花紋的棉被。架上有一個籃子，所有女人的用物都放在籃裏。明珠遞香煙給大家，並點了火。兩三個女人一擁而進來。她們向第一次來的陳有三好奇地看著，且頻頻送深情的秋波。她們穿著鮮艷色彩的單色長衫，也有穿著洋裝的。都像河童似地剪了短髮，一樣地塗著令人目眩的白粉，濃濃的口紅，還有用力地描著弓形的眉毛，露出黃色的牙床。這些敗類女人把吱吱的嬌聲充滿房間。有人光把臉伸進房間，掃一下貪慾的視線，爾後走開。雷德垂著眼角，和女人們無所不談地饒舌著。戴秋湖從剛才便一直和明珠扯個不停，完全脫離了現場。只有陳有三閒得無聊，身心拘謹得一刻地想早點從這不適且厭惡的空氣中逃遁。

「對啦，我忘了介紹黃助役的愛人。這個名叫愛珠的美人，便是黃助役的第×夫人。」被雷德所指的女人是一個身材小巧，穿著緊身綠色長衫，呈露出婀娜肢體的女人。

「啊啦，討厭。」

那個叫愛珠的女人，含羞帶笑地睨著雷德。接著將昂熱的目光投向陳有三。看來像是初出茅廬的十六七歲姑娘。

「黃助役這個人，一看就知道是這方面的猛將呢。」雷德揚著輕剽的聲音。

「如何？陳君，這小姐可愛吧。黃助役寵愛的女人，今夜就讓她服侍你吧。」雷德獨個兒樂陶陶地瞇著眼睛。「愛珠，大膽地給他服務好啦。那個骯髒的黃助役把他拂袖而去。」

「但，這位先生看來好正經呢。」

「嗯，生平一次也沒有觸到女人的童貞先生嘛。」

「今夜痛快地鬧一陣吧！」

戴秋湖突然舉起一手，好像宣誓地叫著，並拍手高呼。不知從那裏「嗨！」地傳來暗肉聲，一個眼光溜溜的男人猛地進來。

「燒雞一盤，八寶菜一盤，再來福祿酒兩瓶。」

「嗨！」男人鞠了一躬。

留下明珠與愛珠兩人，其餘女人依依地離去。

料理熱騰騰地端來了。

「來！首先為陳君乾一杯！」

「好呀！」

雷德應和著，三個杯子碰了一下，發出清脆的聲音。

「一杯黃酒解千愁。」雷德吟詩似地說：「陳君，要沒有女人陪酒的話，我便失去活在這世上的一切希望。至少，她們拯救了我的絕望。」

陳有三在這場合，看不到調和的自己；感覺一方面嫌惡這醜俗，一方面推向本能的蠱惑而自我分裂的自己。一刻也想早些逃遁這場所的感情，與不知什麼力量強烈吸引著的感情，這兩種感情的交錯裏，嚴重地傷害了他的矜持。

「我是口琴演奏的名手，這街上的音樂家。可惜沒帶口琴來，那就獨唱一曲吧，諸君請洗耳恭聽！」戴秋湖巡視了在座的人，說完之後，取了一個靜氣的姿態，徐徐唱出〈十九歲的青春〉。唱完之後，自己說再唱一支，就唱了〈急馳的篷馬車〉。

「棒！棒！」雷德拍拍掌聲，揮著酒杯叫道：「為不知巴哈和舒伯特的音樂家乾杯！」

同座漸漸沉酣，忽然雷德砰地敲響桌子說：

「諸位，今夜為不幸的音樂家戴秋湖君講幾句話。吾友遭遇極為不幸的婚姻生活，他以唱歌、喝酒與女人補償婚姻的不幸。話說數年前，他母親出殯的幾天前，不知那裏弄來一個陌生女子，悄悄坐著紅轎被迎進來，便宣告是他的妻子，強迫結了婚。因為本島人的習慣，父母死後三年內忌諱結婚。吾友戴君是本島人，且達到適婚年齡，而父親愛子心切，也為了節約經費，便由他的父親及親長們決定，一氣呵成地處理了。接受新知識的吾友大為反對，遂到友人家裏躲藏了一個禮拜。但終非成為舊習的敗北者不可。爾後迄今從未看過吾友與他太太交談過，然而去年他的太太竟生了如玉的男兒，吾友人們大為吃驚。戴君有了希望，希望存錢幾年後買個小妾。買小妾在本島人社會並不須強迫作任何道德上的反省。蓄妾的年輕人多得很。戴君是精明的守財奴。雖然他視錢如命，但用錢如割身仍非喝酒不可，可見他對婚姻不滿的程度。」

戴秋湖把手搭在女人的肩上，不住微笑地聽著。最後他說：「說對了，說對了。」並叫著「為雷的莫須有饒舌乾杯！」

酒把理性扛起並玩弄它，把感情的外皮一層一層地脫下並露出真面目來。陳有三感覺愛珠熾熱的瞳孔像年輕的蛇，不懷好意地捲襲著他。愛珠扭著胴體，靠近他囁嚅道：

「你，以前都不來呢。為什麼不來呢？」

「啊，那……」他一時講不出話來。但突然他又想起來似地：「黃助役常來嗎？」

「常來哇，但我討厭他。」

「嘿？為什麼？」

「那個人吝嗇又好色，人家不喜歡他嘛。」

陳有三想起黃助役平時那張妄自尊大的嚴肅臉孔。一下子，某種嫌惡的感情便充滿了胸間。菜都吃光了，兩瓶酒也空了，戴秋湖與明珠橫躺著，腳與腳交疊著，時時作耳邊細語。雷德仰臥成大字，張著嘴巴像狐狸精佯睡著。

陳有三突然發覺自己坐得無聊，而且感到愛珠的視線不斷地流入自己的體內，似乎受到喘不過氣來的壓迫。

陳有三搖著雷德的膝蓋。雷德張開無神的眼，驀地起來。「走，結賬回去吧。」

戴秋湖慌慌張張地抬頭道：

「要回去了？還早嘛。」

明珠也接著說：

「啊啦，還早得很呢。哪，慢慢再坐會兒喲。」

笑笑，停了一下，又揚起銀鈴般的高聲：

「結賬啦！」

「陳君，我馬上就來，你們先走。」

背後戴秋湖說著，陳有三與雷德便出去了。雷德為那句意味深長的話而頷首微笑。只有愛珠送到門口，含情地向陳有三細聲說：

「請你再來呀。」

雨已經完全停了。雷德走出馬路，即刻面向牆壁，沙沙地拉了一泡尿。

從狹窄的屋頂與屋頂之間，不意仰望夜空，兩三顆星星濕濕地閃爍著。一到六月，天氣愈來愈熱，如同白銀的陽光，閃閃膨脹；蟬聲不住高鳴，滲入被綠蔭籠罩的整個閒散的小鎮。

陳有三的心為一件事情而燃燒著。那是對林杏南的女兒翠娥脈脈的思慕之情。那含著嬌羞的虔敬眼光，又像苦悶的寂寞的眼光，深情而濕濡的眼光，畏懼別人的眼光而注視著自己的翠娥，給陳有三感到無限的純淨。

陳有三描繪她為崇高的美，獨自沉溺於快樂的空想中。

這一來，生活突然變得生氣盎然，希望也復甦了，無止境的美麗聯想擴大著。

天氣好的早晨，林杏南的長子常常搬出椅子到庭前的龍眼樹下，瘦得像白蠟的身體坐在那兒休息。

銳利的眼窪與額頭，映著理智的雪白影子。

一個星期日的早上，陳有三問了他：「今天情況怎樣？」兩人便不覺地聊了起來。

「最近您好像較少看書的樣子。」

「啊，一點也沒有心情讀書。」陳有三直率地回答。

「這小鎮的空氣很可怕。好像腐爛的水果。青年們徬徨於絕望的泥沼中。」他蹙起眉頭，自言自語：

「我的生命也許已迫於旦夕之間。但在我的肉體與精神將消失於永遠的虛無之瞬間為止，我要追求真實。不放棄我的追求。塞在我們眼前的黑暗的絕望時代，將如此永久下去嗎？還是如同烏托邦的和樂社會必然出現？只有不摻雜感傷與空想的嚴正的科學思索，才能帶來鮮明的答案。正當真實的知識解釋現象的時候，會把我們拉進痛苦的深淵也說不定，但任何現象都是歷史法則所顯示出來的姿態，吾人不該詛咒。幸福要沒有痛苦與努力將無法達成。我們處在這陰鬱的社會，唯有以正確的知識探究歷史的動向，切勿輕易陷入絕望與墮落，非正確的活下去不可。然而想到連買書錢都沒有的我，便感到無限寂寞與鬱悶。光是醫藥費就叫家裏吃不消。雖然我也託臺北的友人寄些舊雜誌和舊書，但僅能買一點而已，雜誌是買隔月的《××》，因為《××》雜誌不但分析日本的現象，而且也大為介紹海外的思潮。也介紹朝鮮與中國的作家，文學作品也不錯呢。我雖只作文學欣賞，但看得出中國作家們的作品在藝術水準方面稍差幾分，然而這也是因為國際戰亂影響了創作。可是佐藤春夫讀魯某的《故鄉》，卻深受感動。另外單行本方面，深受感動的是思伽斯的《家族、私有財產、國家的起源》。我完全被折服了，原來的觀念零零落落地崩潰了。忍受再大的困苦，也只希望能讀讀書。真想讀《阿Q正傳》，高爾基的作品以及莫爾根的《古代社會之研究》等書，但臺北的友人說均買不到舊書，買新書又沒有錢，這真是沒辦法。再說我的病，我的病也只要有錢就可治好呢。」

幾乎令人不覺得是病人的年輕熱情，漲於清秀的額際，以激烈的語調說著。

但這些話在陳有三聽來，不過是空空洞洞的話而已。他只沉醉於翠娥的美姿。對啦，早點去求婚。慢吞吞的話，說不定誰就捷足先登。求婚！一想到這，他就羞澀地全體燃燒起來。失去她的話，就如同再一次把他撞入絕望的黑暗深淵，僅存的一點希望也被剝奪殆盡。她就是他的求生之道與生命之光。把事情說開，去拜託較為親近的洪天送吧。

六月末的某一天，陳有三終於去拜託洪天送。拜託之後，他才為羞赧與不安而胸中滾滾，甚至覺得一刻也不敢停在林杏南和他的家人面前。

回答完全是不幸的。林杏南的傳話是：「你是一個溫和、有為的青年，一向很敬服您。但關於成家之事，很遺憾不能順從尊意。改天我將把我的苦衷直接向你陳述。」

陳有三雖然笑著，但咽喉梗塞，嘴角抽搐，不禁眼淚奪眶而出。

幾天後，林杏南叫著陳有三：「陳先生，請……」便帶他到龍眼樹下，難以啟齒似地說：

「洪先生來說的事情我知道了。像你這樣的人，能把我的女兒託付給你，是最感高興的事。你的性情我很了解，女兒當然也最高興。但很遺憾的，你也知道我的家計很不如意，還要養一個病人。再加上我的職業也保不了多久，一旦我失了業，一家人便非即刻迷失街頭不可。想到這，女兒最可憐，成為一家人的牲犧，希望能把她賣高一點價錢。所幸女兒的美貌不錯，已經有鄰村的富豪家來提親，目前已經談得差不多了。你正是年富力壯的有為青年，不難娶個更好的女人，請把這件事當一場惡夢忘掉吧。再重複說一遍，我的本意是比誰都願意把女兒託付給你，但無可奈何的環境逼得無法達成你的希望，至為遺憾。這件事，有一天你一定可以了解的。」

陳有三覺得一刻也無法呆在這家裏，希望早點搬到別處去。他為了逃遁窒息的空氣，常常跑去找戴秋湖與雷德聊天。絕望、空虛與黑暗層層包圍得轉不過身來的樣子，咬緊牙關想要排除也除不掉。酒——為了喝酒，他主動去邀朋友。戴秋湖與雷德都為了陳有三的變貌而嚇得目瞪口呆。當體內的酒如火燄般擴張的時候，莫可名狀的哀怨與反抗，像蠍子似地亂翻亂滾。

「黑暗，實在黑暗。」陳有三閃著眼睛，詠嘆著。

「對本島人而言，失戀是奢侈的災難呢。」雷德總是囁嚅細語。

他決定搬家的那天下午，林杏南的長子悲傷著眼神，走進他的房間來。

「就要離別了吧。我們就這樣恐怕永遠不再見面也說不定。對於你的苦衷，我什麼也不能說；只覺得淑惠而心地善良的妹妹也很可憐，但也不能過於責備父親。一切都是無可奈何的。和你離別我會感到很寂寞喲。我沒有什麼東西贈別，只是最近我隨手寫了一點感想，算是對你的餞別吧。最後還要向你說的是，個人的力量雖然微弱，但在可能的範圍內，非改善生活、正確地活下去不可。」

遞給陳有三的是一張古舊的稿紙。

臨別的最後晚上，陳有三喝得醉醺醺地，蹣跚在深夜的歸路上。醉潰的感情深處，一脈寂寞冷澈。當他來到庭前的時候，他的心砰然被擊了一下。承受十六夜月光的龍眼樹下，翠娥一個人站在那兒。酒醉一下子清醒過來，胃變硬，感到有點痛。於是突然變得大膽，無忌憚地走向前去。

「怎麼了呢？」

「……」

翠娥默默無語，低著頭。

這場合陳有三不知怎麼辦才好，只感覺呼吸異常困難。

陳有三凝然注視著她的嫩白頸部，連搭手在她肩上的勇氣都沒有。

他無法忍受某種焦躁，不禁果斷地說：

「翠娥小姐，再見。恐怕後會無期了。」

他走開了。

翠娥驚訝的抬起頭來。同時在她圓圓的瞳孔裏，眼淚如真珠似的閃耀，沾濡了端莊美麗的臉頰。

寂寞的白花，深夜嘆息的花，在滾落感傷與起伏的激動中，陳有三像隻受傷的野獸，迷失於黑暗的山野中。

陳有三靠在床邊，注視著從小窗口瀉進來的月光，全身投在無限膨脹的感情中。熱情的火炬活生生地焚燒著他的胸口——為什麼不跟她多講幾句話呢？為什麼沒觸到她就匆匆告別呢？這一想，就更敲擊著他內心痛苦的絕壁。但是，多跟她講幾句話，又能怎樣呢？太過於行動化的話，豈不加深她的痛苦？

在這理不清的感情之中，陳有三無意伸手進褲袋裏，才想起林杏南的長子給他的原稿。取出它，張開皺紋，讀著如下文章：

一切都接近死亡。

在路上被踐踏的小蟲，咬在樹上的空蟬與落葉，走過黃昏街上的葬列，……

啊，逝者再也不回來。我的肉體，我的思想，我的一切的一切，一旦逝去再也不歸。

死——

死已經在那裏了。

青春是什麼，戀愛是什麼，那種奇怪的感覺到底何價？

而我非靜靜地橫臥在冰冷、黝黑的土地下不可。蛆蟲等著在我的橫腹、胸腔穿洞。不久，墓邊雜草叢生，群樹執拗地紮根，緊緊絡住我的臉、胸、手腳，一邊吸著養分，一邊開花。在明朗的春之天空下，可愛的花朵顫顫搖動，歡怡著行人的眼目。

那就好了。

二十三年的歲月也許很短。
我的肉體已毀滅，但我的精神卻活了五十歲、六十歲。
我以深刻的思維與真知，獲得了事物的詮解。
現在雖是無限黑暗與悲哀，但不久美麗的社會將會來臨。
我願一邊描畫著人間充滿幸福的美姿，一邊走向冰冷的地下而長眠。」

又是仲夏時節。

燃燒的太陽曝曬在這個小鎮。被濃綠遮蔽的小鎮似乎懾服於猛烈的大自然，畏縮地蹲著。

陳有三已不再寄錢回家，一味地把理性與感情沉溺於酒中。在那種生活中，湧上未曾有過的陰暗的喜樂，拋棄所有的矜持、知識、向上與內省，抓住露骨的本能，徐徐下沉的頹廢之身，恍見一片黃昏的荒野。

一個猛烈仲夏日的午后——厚厚土角造的屋子裏，陰暗而潮濕，只有一扇的小窗口；高照的日光像少女雪白的肉體，堵塞了窗口。

陳有三買兩分錢的花生米，五分錢的白酒，獨自啜飲著。那時候，女主人告知他林杏南的長子之死。

「長年患了肺病，今晨終於死了。是個乖順的兒子呢。又是林杏南先生辭掉役場之後不久……。」

長長的夏天也過去了，太陽一天比一天衰弱。

南國的初秋——十一月末的一個黃昏，陳有三坐在公園的長凳上，從略帶微黃的美麗綠色的木瓜葉間，眺望著無窮深邃的青碧天空而發呆。

這豐裕的大自然不同平常地投射溫和的影子於人心中。

不久，陳有三站起來，抖抖肩膀，低頭漫步著。

剛好來到公園的入口處，一群孩子不知圍著什麼東西騷嚷著。走過時無意窺探了一下，竟是變得慘不忍睹的林杏南。

衣服破裂，頭髮蓬亂，失神的眼睛，合著污泥的手掌，跪向天空祈禱膜拜。嘴中唸唸有詞，不知在招喚什麼。

這個戰戰兢兢的男人，終於發瘋了。

街道與群樹，在淡血色的夕暉中，投射著長長的影子。

陳有三於醉眼的白色幻象中，浮起死者的遺言：有如黑暗洞窟的心中，吹來一陣寒風，突然渾身戰慄起來。

本篇原載日本《改造》雜誌一九三七年四月號，入選該誌第九回小說徵文的佳作推薦，本譯文經作者龍瑛宗先生最後校訂

龍瑛宗

龍瑛宗（一九一一—一九九九），本名劉榮宗，新竹北埔人。一九三〇年畢業於臺灣商工學校，入臺灣銀行服務。一九四〇年參加臺灣文藝家協會，擔任該會雜誌《文藝臺灣》編輯。一九四二年辭

掉銀行工作，專任《臺灣日日新報》編輯。光復後，曾任《中華日報》日文版主任，一九四九年重返金融界，服務於合作金庫。一九七五年退休後，在家潛心著作，是日據時代作家中，跨越語文障礙，仍創作不輟的文壇耆宿。

龍瑛宗在求學時期即廣泛閱讀十九世紀以後日本、歐洲及舊俄作品，對創作產生濃厚興趣。一九三七年以處女作〈植有木瓜樹的小鎮〉，入選日本《改造》雜誌徵文獎，與楊逵（〈送報伕〉）、呂赫若（〈牛車〉）、張文環（〈父親的顏面〉），同為獲得日本本土文學獎，或在著名雜誌發表作品的「進軍中央文壇」的少數臺籍作家。他的卓越才華，使他不僅有大量小說創作，同時也是個優異的文藝評論和隨筆作家，一九四三年曾出版文學論集《孤獨的蠹魚》。光復後，他持續以日文寫作，一九八〇年更以七十高齡，克服語文障礙，寫了首篇中文小說〈杜甫在長安〉，是後不斷有中文作品問世。他對創作的毅力和堅持，足為臺灣文學精神的表徵。

因為受到日本和西方現代文學的影響，加上日據時代末期，臺灣市鎮生活由農業到工商經濟過渡期的陰鬱狀態，以及戰爭威脅下普遍存在的徬徨氣息，龍瑛宗在創作取向上一開始即表現屬於市民的、低調的生活圖景。這傾向加上當時的文藝高壓政策，使他的小說創作經常在自然主義滯重陰鬱的底調上，透露出現代主義文學的無力感及東洋風的纖細厭悒色調。這藝術上的特色，使他在日據末期的小說界展現著異樣的光華。

龍瑛宗的作品及其研究，可參見張恆豪編，《龍瑛宗集》（《臺灣作家全集》）（臺北：前衛，一九九一）；鍾肇政、葉石濤主編，《光復前臺灣文學全集》卷七（臺北：遠景，一九七九）；陳萬益主編，陳千武、林至潔、葉笛譯，《龍瑛宗全集．中文卷》（八卷）（臺南：國家臺灣文學館籌備處，二〇〇六）；朱家慧著，《兩個太陽下的臺灣作家》（臺南：臺南市立藝術中心，二〇〇〇）。

慾

巫永福著
鄭清文譯

好熱呀，已經滿頭大汗了，布店老闆周文平大模大樣地猛搖著扇子，臉上堆滿著笑，也沒有忘記向長滿青春痘的小店員打個招呼，穿過擺滿五顏十色的洋雜貨的店面，走到裏面，和百貨店老闆林貴東拉西扯，談著那一家店賺了多少，賠了多少，那家的兒子什麼時候結婚，聽說令郎功課很好，應該已考上高中了等等，半帶著奉承的語氣，談了半個鐘頭，站起來要告辭的時候，這才好像突然想了起來，像煞有介事地壓低聲音說：

「我聽到很不妙的消息，你還不知道嗎？」

「不妙的消息？我倒不知道。」林貴皺皺眉，偏著頭說。

「大家都知道了，你不可能不知道。」周文平往對方瘦而鬆弛的額頭瞟了一眼，揣度著對方的心理，好像在表示我不是特地來告訴你這個消息的。「其實，這消息是和你本人有關係的呀。」

「什麼？和我有關係？」林貴吃了一驚，詫異地盯住汗漬淋淋的周文平的紅臉，看他那種煞有其事的表情，親切地拉著他的手，挽留他，打算非要問個清楚不可。「你說和我有關係，到底什麼事？」

「你真的一無所知？」周文平一看對方已入彀，不禁放聲笑起來。「家裏失火，像林貴兄這種人居然還不知道，實在太難於相信了。」

「我真的不知道呀！」林貴一聽到家裏失火，不禁一怔，很認真地說。

「因為你人太好了。」周文平冷冷地盯著林貴的臉，爾後綻出了笑容。「我們是好朋友，我才說，但你不能對別人說是我說的。」

「這個你儘管放心好了。」

「其實，我也是聽來的，所知道的也很有限。你們不是在弄一家公司嗎？聽說那公司裏面有文章。」

林貴聽說是公司，而不是他們人的事，倒也放了心，同時睜大眼睛期待著。周文平心中暗喜，臉上卻是一本正經的想著。

「裏面有什麼文章？」林貴已按捺不住了。

「我也不很清楚。你們公司不是有個姓賴的祕書嗎？幾天前突然傳說那祕書非常可疑，一定有問題。內容我也不很清楚，說不定只是傳聞而已。」

「幸虧你給我這個消息，要是能更詳細一點就好了。」

「可惜我也只知道這一些。」周文平看到林貴喜形於色，知道他將利用這做為攻擊王隆生的材料，也綻出了笑容。「今天，真是打擾你了。」

「真謝謝你了。反正，我去調查一下。如有什麼新的消息，也請你告訴我。」

「無風不起浪，你還是調查一下好。如有什麼結果，也請讓我知道一下，那我就告辭了。」

周文平在背部清清楚楚地感受著林貴說要調查的話，愉快地、笑嘻嘻地再穿過令人眼花撩亂的店面，向每一個人點頭哈腰，走到街上，不久太陽也漸漸的被雲遮住了。乾燥的柏油路面的熱氣和暖和的風迎面一吹，周文平不禁倒吸了一口氣。

周文平用扇子遮住炫目的陽光，態度也變得出奇的威嚴，嘿嘿地笑了起來。太順利了。這樣一來，不但沒有人會懷疑到他，也要比預計的更快就完成自己的工作。林貴一定不會放過，非把事情弄個水落石出不可，而唆使林貴的他，卻能躲在幕後，避開責任。他感到很滿意。他故意含混其詞，所以，即使日後問題表面化，王隆生指責他唆使林貴，也可以辯稱他說的是賴祕書，而不是王隆生，他可以說因為那是賴祕書的事，所以認為說出來也沒有什麼關係，誰想到王隆生會做出那種壞事呢。如果事先知道這樣，那就不會說出來了。

周文平覺得已攻破了第一關，心情便飄飄然起來。但現在最重要的是要盡速確實提出王隆生是否有虧空的情事。吳得成的消息，一定是從公司內傳出來的，和公司有關係的林貴，一定會盡力查明真相，用來攻擊王隆生。自己所說的公司的祕密，如不是賴祕書，而是王隆生的虧空，林貴可能會弄出刑事問題，用以打擊王隆生的吧。那時，自己就必須盡速牽制林貴，並以林貴正在行動為理由，巧妙地逼迫王隆生，把股份轉讓給吳得成，悄悄地填補虧空，辭去現職，做好賬目，想打擊王隆生的林貴不再追究，吳得成可以達到目的，王隆生也不致身敗名裂，周文平自己的夢想更可以實現。周文平一想到此，就滿心喜悅，好像自己所覬覦的店舖已到手一半。

三天前，周文平和往日一般，一邊猛搖著扇子，抱怨著難於忍受的熱氣，使人發狂的酷暑，一邊堆著笑容，往訪富紳吳得成。在這狹小的城市，吳得成是一位相當知名的、有野心的企業家，但由於經濟活動方面出路有限，以前他就已看到王隆生、林貴他們的公司很有前途，想找機會插足，順利的話，還希望能搶到常務董事。

吳得成就在周文平的明淨的布店隔壁的拐角持有一家出租店舖。為了店務的擴張和發展的需要，很久以來，周文平就在覬覦著隔壁這家角間的店舖。這店舖現在雖然租給人做文具店，但周文平卻痛切地感到，只要花一點錢，改良光線和通風，加上現代化的裝飾，這種角間的店舖，要比一般的店舖出色而有利得多。他想只要有這一家角間的店舖，便可以和現在的店舖打通，店面也顯得寬敞美觀，生意必更加興隆，成為全市最大的布店，是不會有什麼問題的。

周文平認為，要做現代化的生意，就必須擁有現代化的明淨大方而有廣告價值的店舖，對現在的店舖深感不滿，絞盡腦汁，想擁有條件最好的角間，以實現富於野心的夢。所以他想，只要吳得成願意出讓，他很想買下來，就是不賣，租過來也可以。

但，前此，周文平曾請掮客去向吳得成說了好幾次，問他或賣或租，都一直沒有什麼結果。對方說，要租的話，因為目前有文具店在租，不便趕走，要買的話，又因開價太高，很不合算。周文平覺得，對方已看透了他的心，而且人家有錢，不急於賣房子，故意提高價錢，實在可惡，但卻毫無辦法，只好放棄買房子的念頭，暫時等待其他的機會。

但，真想不到，前幾天，文具店的年輕老闆曾立本和周文平談論目前的世界局勢，談到德俄開戰，和東亞的新局勢時，突然說，以前遠渡大陸的哥哥要他去大陸，替新東亞盡一點力量，而且已在申請護照，等護照一下來，便要在一兩個月內結束店務。周文平凝神傾聽，真是喜出望外，立即要求曾立本暫時不要把結束店務的事宜揚出去，一再拜託對方，說他決心暫租，或提高一點價碼，把它買下，便在心中打著如意算盤，說好事不宜遲疑，會心地一笑，決心由自己直接去訪問吳得成，做最後的談判。

周文平笑嘻嘻地被請入客廳，等了片刻，看到吳得成手裏拿著一封信，好像預期到他會來一般，笑容可掬地，命家人端茶遞煙，並囑其投寄信件，落座在周文平前面的大椅子上。兩人一對面，周文平也不知如何開口，一時感到拘謹，兩人都默不作聲。爾後，不知是誰，只好開口說好熱，好熱呀地，先交換幾句不著邊際的寒暄，兩人互視對方，發出微笑，想從對方臉色，看出對方心意。

吳得成已察覺到周文平的來意，暗喜來得正是時候，卻假裝不知，直看著周文平的臉，等待對方開口。周文平也嘩啦嘩啦地搖著扇子，打量著吳得成的臉色，但一覺到吳得成的帶著嘲諷、壓人和狡黠的心意時，不禁愣了一下，心裏叫著，哼，這傢伙比我還厲害，已看透了我的心底，既然如此，我也打算從這方面著手，先讓心平靜下來，把對方的壓力擋開，當然不提起曾立本要結束店務的事，低聲下氣地，問他要賣，還是要租。

「呃，你說那房子，我知道你很想要。」吳得成傲然說，點了香煙。

「方便的話，就請你讓給我，不方便，也就算了。」周文平也不願意露出弱點，改用冷漠的態度。

「你也有你的打算，我也不是得不到就會死掉。」

「我很了解你的心情。」吳得成緊接著說，對周文平的態度的策略性改變，只是報以微笑，把煙一噴說：「老兄，對我而言，要賣要租都不是問題。我既然有了房子，就不得不租出去，有必要時，甚至於不得不賣，但這當然要看我的情況，由我決定該租該賣。但這之前，我有一件事想勞煩你。」

他身子往前移了一下。

「有事情勞煩我？」周文平還是笑嘻嘻的，但卻吞了一口口水。

「太突然了，你可能會吃驚……」吳得成很愉快地哈哈笑了起來。「老實說，以前我就等著機會想加入王隆生和林貴他們的公司。現在可有一個好機會，正想請你幫忙一下。」

「你說要加入公司，到底要我怎麼幫忙？」周文平吃驚地，沉思了一下。

「其實，為了這件事，我正想明天登門拜託你呢。」看周文平在沉思，吳得成略感不安，繼續說，想吸住周文平的注意。

「你如果肯幫忙，我當然也願意幫你的忙。」

情況轉變得太突然，連周文平都感到意外。他沉思片刻，認為一定有重大的交換條件。他既然有所要求，房子的問題說不定會早一點解決。周文平壓住激盪的心，直看著吳得成的狡黠的眼睛，一點也不敢大意。

「是真的，只要你肯跟我商量，有時，我也很好商量的。」

「既然如此，就先說你的事吧。」吳得成一聽到周文平一箭射兩鵰的戰術，就呵呵地笑起來，好像已準備好了一般，截然說了出來。

周文平並非沒有警戒，但不管吳得成採取什麼策略，他必須達到自己所熱望的目的，絕不能後退。吳得成說要商量的事，如用輕鬆的心情考慮，可能也不是什麼重大的事吧。何況是互相有利的好條件，說不定自己的提議會有個結果，所以周文平就樂得擺好攻守的架勢，重複了以前提出的買價。

於是，兩個人就開始一場激烈的討價還價。周文平說吳得成開價太高，吳得成說周文平還價太低，太不合理，結果兩個人都互相退讓了一點。兩人堅持了一個鐘頭，吳得成總算大大地讓了一步，以比周文平心中的買價低廉的價錢成交。

周文平鬆了一口氣，內心也感到高興。渴望已久的房子，得來太順利，反而全身鬆弛下來，好像是假的一般。但，同時也感到自己長年夢想終於實現了一般。他眼前浮現了有寬敞大方的外觀，又有現代式明淨的店面，及能擴張、發展、繁榮的布店，心內也漲滿著欣喜。但，在欣喜之間，吳得成要提出條件，卻變成一種不安，像芒刺一般刺痛著他的心。周文平一邊鎮靜地抽著香煙，一邊悄悄地打量著吳得成的臉色，準備聽聽吳得成開口。

吳得成望著盛夏的陽光閃閃刺痛人眼的窗外，心裏想著周文平這傢伙很不簡單。雖然這樁買賣也不算吃虧，他心裏依然有所不滿。

兩人抽抽煙，呷呷茶，舒了一口氣，吳得成把視線移動到周文平的臉上，露出苦笑，下結論般地說：

「雖然賣得太便宜，但我還需要你的幫忙，所以就算連謝禮也算在一起了，我還可以忍受。平常的情況，我是不會賣的。可是，這也要等到你把答應我的事辦妥了之後，我才可以放手。」

雖然這種反應是可以預料到的，但周文平一聽，總覺得好像受了騙。總必須把事情辦妥了之後才放手，那自己不是要言聽計從嗎？為了這房子兩人已談了一個鐘頭，已成定局，難道還要不顧面子，鼓起勇氣加以拒絕嗎？吳得成的要求，自己可以做得到嗎？吳得成是不是對公司有什麼大陰謀呢？這一疑慮，使他感到，說不定曾立本的話也是吳得成所策劃的。一想到這裏，周文平就越感到不安。

「那你所要求的是什麼事？」暫時的沉默過後，周文平雖然仍有不安，還是下了決心，抬頭看了吳得成。

「我要拜託你的事，只有你才做得到。」吳得成熱心地說，灑脫地笑了起來。「有關那公司，我最近聽了一件重大的消息。當然還只是傳聞，卻是機會難再。我聽說你的好友，那位王隆生常務董事，有一點問題。你也知道他賭馬，雖然有漂亮的太太，卻金屋藏嬌，養了李麗子做小老婆。這好像已超過他的能力了。」

「你的意思是什麼？」周文平又驚又急，也不敢相信。「難道有虧空不成？」

「好像是。雖然只是傳聞，還不敢確定，但這也是有可能的。不過他也有些財產我還不敢斷言。」吳得成已看到周文平的困窘、陰沉和苦澀的表情，但不加理會，笑著下了論斷。「但是，我感覺到王隆生確實有虧空的事。所以……」

「所以要我直接問王隆生是否有虧空的事，如果有，就叫他把股份賣給你？」

「可能的話，這樣子最好。」吳得成不知何故，突然揮著手站起來，爾後又坐下。「這樣做是要有勇氣的。而且，你就是能夠，立場也不好。我把房子賣給你，你卻把他的股份介紹給我。只這兩點，他一定會料到你我之間必有連絡，就是說必定有串通。因為人是不大願意承認偶然的一致。何況我們正想連絡。不管他有沒有虧空，以後必定有問題，這當然很不妙。所以我希望今天的事能保密。我不希望有人懷疑到你我身上來。」吳得成思忖一下，爾後點了香煙又說：「我想這件事應該掩飾一下，也就是說要用一點心機。我們要利用別人，試探他有沒有虧空，如有虧空，你就立即插手，不要讓它演變成刑事問題，以第三者正在追究為由，要王隆生引咎，勸他出售股份來填補。我想只要利用別人，就可以保持我們的祕密。」

「然後，」吳得成認為有進一步說明的必要，就繼續說：「我是這樣想。你和林貴比較親近，你也知道他因不能做公司的董事，懷恨王隆生，一有機會就想攻擊王隆生。如能利用他，事情一定順利。只要你悄悄地警告他，說王隆生可能有虧空，他一定會去調查，如有虧空，他一定不能緘默。那時，你就從中勸告王隆生把股份讓給我。同時，我也相信你有能力不使林貴把事情鬧大。只要祕密進行，也可以救王隆生本人。」

周文平碰到這種大難題，連心都翻騰起來。他感到憂悶，已到手的房子，好像又要溜掉了。他已明白吳得成想隱藏自己的野心，巧妙地使王隆生敗退，以便自己接替他的位子。最諷刺的是，自己還必須在這齣鬧劇裏扮演中間人。如拒絕不幹，當然就要放棄那房子和自己的美夢。經過一個鐘頭熱烈商討的成果，就要犧牲在友情之下了。周文平已失去了祈願王隆生不虧空之心了。更奇怪的是，他幾乎已相信王隆生的確有虧空情事了。

「我還是直接去問王隆生比較好。」過了片刻，周文平好像在自言自語地說。

「說不定這也是一種辦法。」吳得成插嘴說：「可是，我們剛才已說過，這只會引起人家起疑。如你不向我買房子，當然沒有問題。所以，這對你不利。而且，你如何直接問他呢？你如不說起消息的來源，不是對他說謊了？如他真的有虧空，那還好，如沒有，怎麼下臺呢？既然你想向我買房子，就不能用這個辦法。」

「真頭痛，因為他是我的好朋友。」周文平苦澀地咬住嘴唇，不知所措。

「可是，你仔細地想一下，這問題，總歸要有人知道，你不去管它，到了該表面化的時候，總歸要表面化的。你所擔心的，該是刑事問題吧。」吳得成好像已看透了周文平的心，笑著說。「我想，技術上還是有辦法的。如有虧空，很快悄悄地填補起來，就可以解決。這樣，就可以救他。所幸，王隆生真的沒有虧空，我也依約把房子賣給你。」

吳得成緊抓住周文平的弱點，把話說完，就笑嘻嘻地、寬舒地靠在椅上。他的表情好像在說，這辦法不錯吧，只要對方不知道我們放火，你也不會吃虧，不就好了？周文平好像被壓得不能動彈了。

「是這樣嗎？」

「當然你不願意把王隆生從常務董事的寶座拉下來。」吳得成歪著嘴說：「但，他如果真的有虧空，也是咎由自取，你說反而是救了他。這不是一石二鳥嗎？現在只有一條路了，悄悄地填補好，爾後辭職。當然，要盡最大的力，不讓它演變成刑事問題。」

周文平縮著脖子，呵呵地笑了起來，吳得成所說的一石二鳥，使他感到興趣。這是一條退路。吳得成這傢伙，真是又精明、又狡猾，但他所說，也頗能成理，所以周文平的心情也漸漸明朗起來。他那差一點就要溜掉的美夢中的現代式的店面，自然又浮起在腦際，好像又再度到了手中，即使用陰謀使王隆生垮臺，卻也可以避免刑事問題，一想到此，周文平便感到自慰的喜悅。

「我知道了，看來很複雜，我可以想想看。」周文平心情已開朗，又露出無畏無懼的笑臉。「我仔細一下，再打電話給你。」

周文平一想到要毫無顧忌地施用陰謀，就對自己感到忿懣。但過了兩天，他又急著打電話給吳得成了。

周文平吃過晚飯，就有一種奇怪的心情，非去看王隆生不可。他自己也不知道想見王隆生做什麼。在他已把公司裏的弊端告訴了林貴之後的現在，就更希望像以前那樣，和王隆生輕鬆地、愉快地談論。他一點也不想和王隆生談到虧空或吳得成、林貴他們的事。周文平的心底裏，當然不希望王隆生懷疑自己。這種自我保衛的狡猾心理，和想測探王隆生動靜的心情，可能就像一層面紗罩住了他。雖然如此，他還是由衷地愛著王隆生。

周文平像是做了壞事，明知會挨母親責罵的孩子，想去給母親抱著的心情。他也有一種做過壞事之後的不安的感覺。並非負情，而是策劃陰謀的自己，使他感到羞慚。但，這種感覺也不是很明確。更明確的，反而是可以救王隆生的想法。周文平還想著在見了王隆生之後，要把和林貴見面的情形告訴吳得成，愉快地走過熱鬧的大街，拐進路燈稀少的昏暗的巷道，匆匆走向王隆生的家。白天的熱氣已消，全身可以感到夜的涼爽。周文平一到王隆生的家，就和平常一樣推門而入，像一般好朋友之間常見的，老實不客氣地一直走進裏面。

「喂，隆生在家嗎？」

「哦，是周先生，吃過飯了嗎？」剛吃過晚飯的王隆生太太明珠匆匆出來，笑著和他打招呼。她穿著淡藍色的、涼爽的薄旗袍，看來很嬌柔，有一點艷麗的風味。「隆生還沒有回來。剛才他打電話回來說，有遠方的客人來，吃了飯再回來。大概快了吧。」

「噢，還沒回來。」周文平笑著看了看明珠的臉，心情寬和過來。「隆生都這麼晚嗎？」

「不，不是每天都這麼晚。有時有了應酬難免這樣。」

明明知道的事，還要問，周文平立即感到自己好蠢。他自己拉了椅子坐下來，心裏想著，不管什麼時候看，明珠總是美人一個。稚氣未泯的女傭人奉茶出來。周文平接過茶，深怕緘默下去，必須找些話題來說。

「周先生，請坐一下，我去替小孩子洗洗腳。」明珠明朗地，央求也似地說。

「請便。」

明珠的旗袍衣裾一翻，靜靜地走進裏面的房間，周文平也鬆了一口氣，頓覺得無拘無束，但又好像美麗的花突然消失，有一種被拋棄的感覺，靜待著王隆生回來。

周文平想著，王隆生的遠客是誰呢？他覺得好笑，遠客可能是藉口，他一定是在麗子的地方吃飯。艷福真不淺呀！他甚至於感到嫉妒。但明珠怎麼想呢？她到底知道不知道？看明珠的樣子，倒是純真地深信著王隆生，毫無懷疑的跡象。也許她甚至於連他金屋藏嬌的事都不知道。可能隆生做得很高明。一想到這裏，周文平想起自己也未曾把王隆生的行跡告訴過明珠，不禁把脖子縮了一下。

他開始耽憂，不知王隆生從什麼時候起，虧空了多少公款。他為什麼一直被蒙在鼓裏呢，王隆生到底怎麼想的呢？他知道隆生賭馬，也知道被酒家女李麗子這個美人迷住了，卻不知道為那一方面而虧空。可能是因為他有財產，所以自己才沒有想到的吧。王隆生既然有困難，為什麼不向自己求助呢？可是，即使是王隆生，也無法把這件事宣揚出來的吧。或者，他已把財產處分掉了。或者，根本就沒有虧空的事。周文平突然感悟到，有些事，竟連最好的朋友都不知道，他好像已碰到微妙地潛伏在人生中的祕密，而被撞了回來一般，有一種寂寥的感受。他認為一個人只能保護自己的生活，但同時，又想起和王隆生見面後，應該說些什麼，心裏不禁感到困惑。

「對不起，讓你久等了。」不久，明珠捧著盛有花生糖的盤子出來，房間裏立即明麗起來。

「那裏，那裏。」周文平忽然感到一種不可言說的羞澀，臉也漲紅了。為什麼臉紅呢？周文平張皇地想著，女人真是不可思議。他好像要重新看明珠的臉一般，直望著她，想找些話題，就開口稱讚她：

「隆生嫂穿著旗袍，很配的呀。像觀音菩薩那麼清純美麗。」

「周先生原來是旗袍讚美者。」明珠的臉已紅到脖子，嬌嗔地說：「真的很合身？」欣喜地打量著自己的身體。

「很合身。」周文平很高興找到了話題。「雖然不應該在妳面前講，我總覺得女人穿旗袍，看來輕盈、清爽、美麗而優雅。妳不這樣想？」

「我也不知道呀。」

「是不是旗袍讚美者，這倒不是問題。穿旗袍不但清爽、美麗，而且經濟、簡便。」周文平拿一顆花生糖放進口裏。

「的確又經濟，又簡便。」

「從這一點來說，我是旗袍讚美者。感情上，這也更貼切。」

這時，好像是王隆生回來了，從騎樓那邊傳來腳步聲。「他回來了。」明珠迎了出去，繼而傳來「周先生來了呀」的聲音。周文平依然寬舒地坐在椅上，讓心情平靜下來，向快步走進的王隆生說：

「很忙嗎？回來得這麼晚。」

「不，不忙。有客人來，晚了一點。」他向周文平瞟了一眼，也坐了下來說：

「最近好憂鬱。」

「他總是這樣，開口閉口說憂鬱。我也不知道他有什麼可憂鬱的。」靜坐在角落的明珠插嘴說。

「妳不懂人的心理。」王隆生不悅地、唐突地說，爾後轉向周文平：「有什麼消息嗎？」

「並沒有什麼消息。」周文平怔了一下，立即若無其事地回答。他感到王隆生說憂鬱，一定有重大的意味，可能是李麗子的事，也可能是虧空的事，就想直接問他是否有虧空情事，從裏面的房間傳來小孩哭聲，明珠就迅速地進去。周文平目送著她，認為這是開口的好機會。但立即想起不能問，就慌忙地打消了問意。也許王隆生已聽說最近林貴正在到處搭線，大力追查吧，他的臉色有點發青。

「那女人，還好吧？」周文平突然露出笑容，低聲問。

「呵呵呵。」王隆生臉上忽然明亮起來。「還好。」

「嗯。」周文平覺得，看人家這種欣喜的臉，並沒有多大意思。這就是戀愛嗎？戀愛又是人生的全部嗎？這種想法閃過了他的腦際。

「在此地，最好不要講這種話，被明珠聽到了不好。」王隆生也感覺到了，小聲提醒周文平說。

「背地裏的樂趣，也真費神。想不到你也會害怕。」

「說害怕，倒不如說怕麻煩。」

「麗子，也真有一手……」

「得了，不要太缺德了。」王隆生嘴巴生氣，眼睛卻笑著。

「唐璜也不耐煩了。這我是沒有興趣的。」

王隆生露出苦笑，沉思了一下。周文平也很高興能意外簡單地談開了。但，華美而有前途的店舖、林貴、吳得成、虧空等卻在他的心裏翻騰不已。王隆生到底在想著什麼呢？他覺得，能在王隆生的面前，坦然想著和王隆生相悖的各種事的自己，也真有點不可思議了。這種心態，就叫壞心腸，或叫蛇蠍之心吧。就像一條滑溜溜的蛇，敏速地轉身，逃向自我本位的安全地帶。有時，它也為自己的慾望而咬噬，並且不惜輸入毒液。甚至於已預見到將輸入毒液。這種能攻，隨時應變的心，又是什麼心態呢？這是做夢也夢想不到的。

「你在太太面前不停地叫憂鬱、憂鬱，但你現在卻是很愉快的樣子。你那蒼白的臉，卻閃著紅光。這不奇怪嗎？我實在無法了解你的心情。」他到底有沒有虧空，或者對虧空的事毫不介意，或只是為了麗子的事而感到高興呢？感到困惑的周文平，就滑稽地笑了起來。

「不要那麼大聲。」王隆生皺著眉頭，舒適地靠在椅背上。「我在家裏，就好像被什麼綁住，自覺得卑小而討厭，當然也不是不愛家。我也很愛家的呀。我所以有這種心理，可能是因為明珠寵我。」

「像個大孩子那樣。」

「呵呵呵，像什麼都不必管。在那女人那裏，我就寵人家，我也不知道怎麼說……反正受寵的心情，和寵人的心情是不同的，真奇怪。」

「這又是你的夢話了。受寵，就好像把自己給予人家，寵人，就好像人家變成自己的，好像一切都是屬於自己的世界。但我這個呆頭腦，是無法了解這種美麗的矛盾的。就是你自己，也可能不甚了解，只是來回兜圈子而已的吧。至於我，除了說是無聊，還能怎麼說呢。」

「你是不可能了解的。」王隆生苦澀澀地說：「你在現實的世界，現實地活著。你謹慎、靈巧、狡猾、會鑽營，而求實利。在中學時期，你便是這種人，說不定這正是你的強處。」

「不要這樣說。」周文平立即愉快地笑了起來。

「我也時常沉思著各種事情。但這不合我的性格，大都有頭無尾，不了了之。」

「我這種人，由你看來，好像很放蕩。」過了片刻，王隆生已忘掉會被明珠聽到，靜靜地閉著眼睛說。「養小老婆、賭馬這種事，看起來很不正經，或者根本就是錯誤。但，我已厭倦目前的生活。每天做著同樣的事，一切都停止，沒有什麼進展。我很想找回自己。我要有所愛，有所欲，有所為。麗子和賭馬，只是一種偶然而已。」

「你不說我也知道。這又是你那種懷疑的感傷主義吧。你想把自己想得過分浪漫，把生活當作遊戲。但，你賭馬、愛女人，果真就是生活的全部？這就能滿足你所說的精神生活嗎？這就是你所說的思想嗎？當然，你有你所尋求的思想生活，至於我，倒想買幢房子，或謀求店的發展。我的夢是在地上的。」

「你要我退縮到家庭裏，說它是地上的事，地上的幸福嗎？」

「這至少對你有益而無害。」周文平笑容可掬地呷了一口茶。「不飛的鳥最會飛。這種說法不適合我，但我的確這樣想。」

「我很想做些什麼。這可能是對像泡沫一般消失的慾望的一種掙扎。」王隆生直看著周文平，露出無力的微笑。

「那是你的幻影。你一點也沒有幸福。在我看來，你只是為了不可知的事物而痛苦著。」周文平想對他說為什麼不為公司多出點力，但沒有講出來。他竟也想到，明珠可能在哄孩子時睡著了。忽然，他想起應該去吳得成家，一看時鐘，已晚了一點。怎麼辦呢？

「我不願意成為受寵，而受束縛的人。連那種苦楚，也是幸福的冒險的泉源。」

「那你打算把太太怎麼樣？她豈不太可憐？」

「明珠現在這樣就可以。她有她自己的，有信心的生活。她一點疑心也沒有，繼續寵我，寵著孩子。」

「可是你這就欺騙太太了。」

「不算欺騙她。因為你認為受騙的本人，並沒有覺得受騙。我把自己的生活隱瞞住，是因為不想攪亂她的信心。」王隆生打了呵欠，靜默下來，表示對這種話沒有興趣。周文平一看到對方打呵欠，認為這是好機會，預備起身。

「你想睡覺了吧。太晚了，我要告辭了。」

周文平站起來走了幾步。王隆生要他多談一下再走。周文平親暱地回答說會再來，由王隆生送出，走到幽暗而寂靜的馬路，晚風很是涼爽。周文平很奇怪王隆生對虧空的事隻字不提，也想著如對方提起，自己應如何對應等等，趕著夜路前往吳得成的家。吳得成還沒有睡，正在等著他。

翌日，周文平想著隔壁的角間能否實現的事，一早就把店務打點清楚，交給了店員，就前往林貴的地方打聽消息。長滿青春痘的小店員出來說不在，問他什麼地方去了，又說不知道，周文平沒辦法，只好拐到吳得成家，黃昏時回到店裏，才知道王隆生突然打了電話來，說有很要緊的事要商量，請他馬上去，不是去公司，而是去他家。周文平想著昨晚一點沒有異樣的情形，也不知發生了什麼事，心裏難免怔了一下，但還是笑嘻嘻地出了門。到王隆生家，一看他毅然決然的表情對自己說話，周文平又吃了一驚。

「我想向公司提出辭呈。」

「為什麼？」周文平對事態的急轉直下完全沒有了解，好像被人猛摑了臉一般，疑惑地看著王隆生，無法立刻開口回答。

「你知道林貴那個人吧，真是討厭的傢伙！」王隆生忿然說，好像受了很大的打擊尚未恢復一般，一邊咬著指甲，在房間裏踱來踱去。周文平更加驚懼，以為王隆生已察覺到了他們的陰謀，猛跳著心臟想著，萬一對方指責自己就預備辯解說自己所指的是賴祕書。怎麼會演變到這樣子呢？周文平感到，好像已走投無路，令人快要窒息，反而決心要看個究竟，大聲問他說：

「林貴到底怎麼啦？」

「呃，對了，我必須向你說明一下。」周文平大聲一叫，王隆生好像突然驚醒過來，立即柔和語氣，笑著說：

「你已知道那個人和我合不來的吧。也許是為我有特別的好惡，我卻不喜歡他那臃腫的臉，無法忍受，所以不讓他做董事，就是他，正想暗算我。」

「暗算你？」周文平一怔，眼睛直看著王隆生的臉。「如何暗算你呢？」

「他想把我趕出公司。」王隆生已恢復冷靜。

「什麼理由？」周文平想起吳得成的事，也驚訝於林貴出手的快捷，把心靜了一下，裝成懵懂的樣子。

「今天，我在公司裏，從種種跡象，感覺到險惡的氣氛，知道有人要暗算我。我把底牌一翻，發現到林貴正在部署。我不明白林貴為什麼能那麼迅速地抓住了我的把柄。他一定有同謀，但我也沒有時間追究下去，我自己太危險了。」

周文平聽著王隆生的說明，把情形了解了之後，先叫自己冷靜下來，覺得事情發展得意外地快，並疑慮對方是否已感覺到給林貴拉線的正是自己。但王隆生的話還是像鞭子巴噠巴噠地打了過來，無處逃遁。他覺得，自己必須顯露弱點，才不會使對方生疑，就決心假裝不知到底，昂然抬起頭來，笑著說：

「你有什麼把柄可被林貴抓住？」

「我的確有把柄。」王隆生露出苦笑。「我一直沒有告訴過任何人，連對你也守著祕密。我虧空了公司的款項。」

「呢，虧空了公款？」周文平點頭，原來他真的虧空了公款。明珠出來打了招呼，憂慮地坐在牆角。「真糟糕。鬧成了刑事問題，可就完了。」

「我所擔心的正是這一點。我正在想辦法如何避免問題的發生。我虧空的原因，你大概也猜得出來。所以，我也不對你說原因，這只有貽笑大方而已。當然，我也承認在金錢方面有失節度。但錯也錯過了。自己做錯的事必須由自己承擔。以前我也打算賣土地，因為明珠反對，所以擱了下來。我當然不怪明珠。」王隆生瞅了明珠一眼，又繼續說：「因為我沒有告訴她理由。把理由告訴她就好了，只是無法說。明珠，妳明白我的心情吧？」

「明白呀，你早說就好了，事情已經過去了，說有什麼用？現在，只有盡快賠償，從公司退出來，一起回鄉下去。」明珠可能已聽到了王隆生的表白，臉上略有慍色，但好像已讓步，不再深責他，略微露出一點微笑。

「所以我就想早點把錢賠出來，辭掉不幹。明珠說要回到鄉下有我土地的地方。這件事是要另外考慮的，反正，我已一清二楚地向明珠表白過了。明珠非常生氣，但立即原諒了我。」

「這也沒有什麼原諒不原諒的了。事態已急迫到這種地步，一點也不能遲疑了。」她說。

「所以，我想請你助我一臂之力。」

「要我助你一臂之力？」周文平一看王隆生並沒有懷疑自己，已寬了心，雖然這正是他所希望的，但事情意外的發展使他感到摸不著頭腦，兩眼平分地看著王隆生和明珠的臉，不知要他幫忙什麼，也想著不願受束縛的王隆生將如何處置麗子。

「賠款的方法倒有幾種，但我已厭倦了目前這種生活，如有可能，倒想離開這裏，到新的土地，重新開始。這樣子，對我的生活可能是新的滋潤和食糧。所以，如果可能，我想賣掉股票來賠償。當然，我也可以用信用貸款，也可以向你借錢，或拿土地到銀行抵押，或賣掉土地。但既然想抽身出來，不如把股票賣掉，也好一刀兩斷。如股票不能很快脫手，再來借錢也不遲。」王隆生連眼睛都不眨一下。「雖然委曲求全於心未甘，但我覺得應該先林貴一步勇退出來才對。只要我悄悄地把漏洞補好，林貴也可能不知道我何以退出來。誰敢保證林貴不會讓我坐牢呢？我是不願為這種事硬呆下去的。連鳥都知道要走，就不要留下污跡。」

「可是，你不以為可惜嗎？」設計要對方出賣的股票，對方反而來拜託他賣，周文平雖然覺得有點啼笑皆非，但一想到這樣可以不費一點氣力，能提早解決問題，也可以堂堂和吳得成進行交易，全中暗喜，但又覺得必須勸他幾句。

「當然林貴不會那麼早就把握到確實的證據，可能只聞到風聲的程度而已，只要我趁早把漏洞補好，把賬目也弄清楚，我甚至還可以反擊林貴，但我實在不願再來這一套。如我現在辭職，尤其林貴正在暗中蠕動的現在，多少要引起人家的猜疑，但這也沒有什麼關係。既然有了虧空，就必須補。從法律上而言，我當然犯了罪，但我不想坐牢。從良心上說，我必須善後工作做好。」

「不錯。不管如何，總要留下一點尾巴，不乾不淨，但能急流勇退，也是很漂亮的。」周文平倉皇地說。他必須在王隆生未變卦之前，趕緊到吳得成家，就一本正經地：「有，可能的地方，我都去碰碰看。」

「拜託你了。我們已決定這樣了，該放棄的就乾脆放棄，另找更有意義的生活方式。所以，與其不乾不淨地留戀著這種地方，倒不如一走了之。」明珠直望著王隆生的臉，溫柔地笑著說。王隆生從保險櫃裏取出一大疊的股票，用包袱巾包好，交給周文平。

「拜託你了。」

「有沒有時限呢？」

「也許是無理的要求，我希望能在今天晚上把它處理掉。反正，越快越好。」

「我不知道能不能順利，反正盡力碰碰看就是了。」周文平笑嘻嘻地說，把股票接了過來。

「還要拜託你，儘量不要讓別人知道。」

周文平點頭稱是，想快一點趕到吳得成家，就匆匆和明珠告辭，走到騎樓，跟在後面的王隆生就附在他身邊悄悄地說：

「至於麗子，明珠不准許我帶走，只好放手了。我以後還會好好地跟她說。只要事情一解決，我就帶家人到東京、北平、或東北去。」

因為自己的計劃遽然轉到意外的方向，周文平的心還沒完全平靜下來，又聽到王隆生有遠行的計劃，忽然感到孤單，覺得對不起他，又看到自己的如意算盤，以別的方式解決，心中不免有很奇妙的、懸掛的感覺。他甚至於感到，由自己暗示林貴發動的此一陰謀，好像反而已被王隆生識破。王隆生更可能已看穿了自己的計劃也未可知。王隆生假裝不知道，但如果仔細一想，卻是為了利用自己出售股票，而故意假裝不知。周文平一想到此地，脖子就不禁起了寒意，好像有人在後面追趕一般，直奔向吳得成的家。

周文平一想到自己所張結的深謀遠慮的網，已在暗中被噬破，就感到難堪。但不管怎樣，林貴和王隆生都太機敏了。在一夜之間，林貴已迅速地佈置了眼線，而以前認為只會做夢的王隆生，也意外敏感地，應了漂亮一步棋，立即化險為夷。他想拯救王隆生的自慰性的喜悅，又該如何處置呢？王隆生不是已完全自救了？一石二鳥之中的一鳥，已翱翔在高空上了。

現在，王隆生大概正舒舒服服地靠在椅上，和明珠一起，訕笑著我的愚笨吧。周文平懷著難堪的心情，死命地抓住一個念頭，只要替王隆生賣出股票便能幫忙他，而他自己所渴望的房子也確實能到手。他一到吳得成家就直走到內客廳。吳得成一看周文平的臉，就明白了來意，笑逐顏開地問他：「怎麼啦？一切都很順利的吧？」不知怎麼，周文平忽然嘩啦嘩啦地搖起扇子，笑了出來。

「真想不到一點也不費力，很順利地達成了任務。實在沒有料到這麼快就解決了。好了，今晚你就在這裏吃飯，慢慢地談一下。其實，你那麼早回去王兄那裏也沒有用，遲一點去就可以了。」

周文平也認為可以遲一點去。吳得成能不動聲色地買到股票，對公司和對自己都好，所以心裏也感到滿足。周文平和吳得成愉快地吃過晚飯，拿了股款，也簽好了角間的建築和土地的買賣契約，正想回去的時候，吳得成笑著對他說，告訴他前往北平的文具店老闆曾立本的護照快出來了。曾立本還說，要在一個禮拜之間歇業。以前周文平曾經懷疑曾立本和吳得成串通，但現在已不必再管，既然曾立本能早日退讓，他當然高興，覺得必須早點請人裝修店面，露出再也不能更高興的表情，在昏暗的夜路上，趕向王隆生的家。

王隆生和明珠正憂慮地等著。

「太遲了，很抱歉。事情還算順利。」周文平急忙地擦擦臉上的汗，把股款交給王隆生，心裏不禁感到得意。

「對不起，太勞煩你。」周文平意外地早回來，王隆生很高興，明珠也一再稱謝。

「是一位叫吳得成的青年實業家買下的。你也知道他們吧。我想起他也許有興趣，一接頭果然很順利。只是他雖然很想買，卻不夠現金。沒有辦法，我只好借給他，要我把他的房子買下來了。」周文平說了謊，想要藏匿和吳得成之間的陰謀，把買賣契約取了出來。

「雖然買下來也不吃虧，我可能要背一點債了。」

「這增加了你很多麻煩，很抱歉。」王隆生露出歉疚的表情。

「沒有關係。問題解決了，我也很滿意了。」周文平把買賣契約小心地放進懷裏，目光炯炯地回看了王隆生和明珠一眼。

王隆生已放心，很感動，喜悅地說，對不起，對不起，我也可以高枕無憂了。周文平很滿足地粲然一笑，以回報王隆生的溫和的笑容。

原載《臺灣文學》一卷二期（一九四一年九月一日）

巫永福

巫永福，一九一三年生，南投埔里人。一九二九年前往日本求學，一九三五年畢業於明治大學文藝科。留學期間與張文環、王白淵等共組「臺灣藝術研究會」，創辦雜誌《福爾摩沙》，並開始發表作品。一九三五年學成返臺後，進入臺灣新聞社擔任記者，並參加臺灣文藝聯盟，一九四一年加入以張文環為主幹的《臺灣文學》，為該雜誌同仁。光復後轉任製藥公司及保險公司等職務，但仍熱心參與本土文藝活動，一九六七年參加「笠」詩社，一九七七年擔任《臺灣文藝》發行人，一九八〇年設立「巫永福評論獎」。由戰後至今，他仍不時有新作問世，他的活動和成就，對臺灣文學的發展，功不可沒。

巫永福以詩人身分為世所知，他的創作主要在詩歌。小說方面，僅有戰前寫作的〈黑龍〉、〈山茶花〉、〈阿煌與父親〉、〈慾〉等七個短篇，但它們在藝術上的成就卻值得注意。在藝術方面，巫永福就讀明治大學期間，因深受芥川龍之介及日本當時新感覺派大師橫光利一的影響，所以在表現上，他的小說大都朝向人的闇暗心靈的揭露，以及糾葛複雜的人際關係的探討。在三〇年代後期的小說界中，他對於臺灣新興市民、知識青年的精神層面和感覺領域的開發，具有突出的、新銳的性質。

關於巫永福的小說及其評論，請參見張恆豪編，《翁鬧．巫永福．王昶雄合集》（《臺灣作家全集》）（臺北：前衛，一九九一）；沈萌華主編，《巫永福全集》（十九卷）（臺北：傳神福音文化，一九九六—一九九九）。

花開時節

楊千鶴著
鍾肇政譯

「美麗的人啊，比起妳對我的愛，我是更深更深地愛妳的。我這一輩子，都要這麼大聲地叫嚷下去。請妳看著吧。」

南國的太陽，還只是三月天呢，已經那麼強烈地照在青青校庭的草地上。誦讀莫洛亞的「結婚、友情、幸福」的琅琅聲音和從禮堂裏傳出來的鋼琴聲，融合成一支優美的旋律，盪漾在校園裏的每一個角落。一碧如洗的天空，一股淡淡的草香味，我們雖然不再是對這些會感到青春氣息的羅曼蒂克女孩，可是因畢業即將來臨，在一起的時光並不多了，淡淡的感傷，使我們平常在放學時總是「快！快！妳做起事來，總是慢吞吞地，像老牛拉車」如此地互相催促，忙著回家的，而今卻各各和自己的「死黨」三五成群地，漫步在以往精心照料的花園裏，或者躺在校園的草地上，為所剩無幾的校園生活聊寄惜別之情。與女學校畢業時不同，這次畢業後，勢必依照命中所注定，一頭往結婚、人生撞過去。那種心中的怯怯的感覺與哀愁，雖然誰也沒說出來，但是它總在內心的深處盤踞著。

「××，妳結婚後在街上碰到，不會裝作不認識吧？」

「××，再過一個月妳就是醫學士夫人囉。」

被問的人多少有點不好意思；而問的人卻是一本正經，並且帶著幾絲感嘆的口氣。不知她們的心靈中如何複雜的交織著「道別少女生活」和「憧憬絢麗的結婚生活」。我在上課時，總希望窺探一下那些已經訂婚同學的那種奇妙的神態，看起來她們是那樣靜靜地專心聽講，但也許是心不在焉呢！不過這只是我的猜測而已，她們在下了課也一往如昔地與隔壁的同學一起互相對照著各人的筆記，並未表現出那種異樣的感情。或許，她們只是認為，結婚——在這世上本是極普通的事情而已。

三月的某一天——音樂老師走進教室來。

「從今天起我們要開始練習唱畢業歌了。女學校畢業的時候，大家都唱過了，現在就先來唱唱看吧。」

說完就對著鋼琴，大夥只是面面相覷。

驪歌初動，離情轆轆

驚惜韶光匆促……

夾雜在歌聲的餘韻之中，傳來一陣陣啜泣聲。

「哪一位？」

錚地鋼琴聲停了，老師站了起來。我們都屏息靜氣不敢出聲。那是班上第一位訂婚的林同學，正把臉埋在白色的手帕裏啜泣著。看到那微顫的白手帕，我胸口好像被什麼狠狠敲了一把。這位林同學平時並不是輕易地就會把自己的感情表現出來的啊。

「畢業對各位現在而言，的確是令人感傷的。可是能夠處在這種氣氛之中的各位，卻也可以說是處在人生中最幸福的一段日子了。就用那種少女的情懷，盡情地哭吧。哭出來的眼淚才是珍貴的。老師平常總是嘮叨地罵妳們音階沒抓準、態度不夠認真，現在到了離別的時候，其實老師也會感到心酸，只是我把它給忍了下來。你們想想，每年每年我都得處在這種氣氛之下，兩相比較，妳們不以為我更可憐嗎？大家抬起頭，挺起胸膛走出校門吧。人生不能光靠眼淚呢。用發自內心的真誠，去面對一切。不管做什麼事情，不能用嘴巴說說，要沉住氣做下去。今後橫在各位同學面前的。必定與現在有很大的不同。在傷心之餘，必須拿出勇氣；在喜悅之餘，不可忘形，須持戒慎之心。這些並不是空泛不實的高論，都是我親身經歷，以及從實際失敗中得來的體驗，是我發自內心的忠告。現在老師所說的話或許妳們一時無法了解，但是在往後人生漫長的旅程中，有朝一日妳們或許就會想起，在音樂教室裏，哪位老師曾經說過的這番話來。我是一下子感傷起來，才說了這許多的話，妳們都是非常優秀的學生，不是我在此故意地讚美妳們。妳們都是這樣的純樸，希望妳們能好好地記住現在的心情，一直保持下去。

『纖柔、美麗之中，

勿忘仍有一份凜然。』

這是我平日的座右銘，就用這句話來作為給妳們的臨別贈言吧！」

突如其來的這一番老師打從內心裏說出來的話，使得同學們一個、兩個，頓時全班都低著頭哭了。我沒哭。我哭不出來。只是感到老師的話就像一股暖流，流遍全身。我偷偷地抬起頭來。看見抬著餅乾和壽司的低年級同學從走廊走過，使我猛然想起今天是三月三日桃花節，她們正抬著餐點前往餐廳，準備今天中午的會餐。當經過我們的教室時，她們也偷偷地往裏邊瞧，正好與我的眼光碰個正著。

黑色的和服，而且領子越寬的，穿在身上便越合身，衣著顯得那麼洗練的這位深受我們喜愛、很有藝術家氣質的老師，在長談之後有點無措起來了，便又轉身面向鋼琴。而我已無心情唱歌，就將目光投往窗外的院子。在變葉樹上，正停著一隻不知名的小鳥，好像想起什麼似的，不一會兒就啾啾地叫著飛開了。

射箭場裏傳來「噗」地一聲清響，不知誰射中了箭靶。

在那樣的日子裏，大家都感到真的要畢業了，尤其不久就要結婚的人，忽然開始熱中於前此很少一顧的網球，不然就是組隊郊遊……等，只為了把握住那所剩無幾的少女歲月而幾無寧日。

我們班上全部學生不到四十人，其中屬於臺灣人的團體只有三組，其一是以說話言之有物的謝同學為首的六人小組，她們已有四個訂了婚，成績相當可觀，是屬於「賢妻良母」型；另外一組只有兩個成員，我們稱她們為「焦不離孟」，在班上並不起眼，她們是來自非常偏僻的鄉下，那種地方實在令人不敢相信居然會讓女孩子讀到高中。此外，令老師們感到頭痛的「灑脫不羈」型，該稱為三人幫的朱映、翠苑和我。我們在畢業後不準備馬上改變生活環境，並且也已約好，分手後不管誰結了婚，都不可妨礙我們現在的友情。

莫洛亞曾這樣說：「結婚總是出乎意料之外地降臨。『即使婚姻美滿，但至少在短暫間仍會扼殺少女時期的友情。因為兩種同樣熱烈的感情是無法同時並存的。』妳以為呢？」遺憾的是，翠苑、朱映和我，在還沒有找出反駁這種看法時，就在「囊螢窗雪」的驪歌中踏出校門了。

畢業與結婚，對於年輕的我們而言，似乎只有一牆之隔。不到一年，就有好幾個同學，帶著喜糖，或是拿著喜帖到學校裏去分送。我也曾經參加過兩次在蓬萊閣辦的喜宴，而屈指一算，班上同學竟有一半出嫁了。她們在學校就很熱中於準備出嫁的事情，我固然了解她們是在和順地追求屬於一個小小角落裏的幸福，但仍總覺得她們未免太過單純（或許有人會斥責我，但至少給與我這樣的感覺）。輕輕易易地出嫁，總使人覺得好像少了一點什麼。

「你們的三人小組，還是在挺著啊！」

「真沒面子。我們大概是沒人要了。」

「哪裏，哪裏。」

實則，當時的我只是為一心一意地尋找自我而在掙扎著。

住在三重的姑媽，那時經常到我們家來。

「妳已經畢業了，再說年紀也不算小了，這種好對象再不要的話，恐怕沒有更好的了。

「對方是醫生，以後賺的錢真是不可限量；而且人又老實，煙酒不沾，生活非常儉樸，這些都是我平時觀察出來的，我可以向妳保證，這樣好的對象實在不可多得。妳母親早逝，父親年紀又大了。妳好好地考慮考慮吧！不要太固執任性了。」

姑媽一口氣說個沒完，看我一直不吭聲，還以為我默應了呢。

「我們年輕時，如遇到有人來提親，就只有悄悄躲起來的份兒，根本談不上自己的意願。現在妳如不明白表示，我可是要當作妳已答應了。」

「姑媽，等一等，我可不想那麼輕易就若無其事地結婚啊。」

「當然啦！結婚是人生的一件大事，我也不會隨隨便便地就將自己可愛的姪女給嫁出去呀。只要妳願意交給我，在訂婚之前我會安排你們相相親，也可以見面談談的。姑媽雖然是生長在舊式的社會，但總不會再用我們過去的方法，連對方長得什麼樣子都不知道的情況下，就隨便把妳嫁出去的。」

那是我生平第一次被提及親事，難免感到臉紅，但我仍是像鬧脾氣似的一邊聽姑媽說，一邊用力地翻著書。

過了一會兒，姑媽走出房間去了，讀中學的外甥剛好上樓來。

「喂喂，是來提親是不是？快嫁掉算了。女人都老說著大話，可是到頭來嘛，時機一到，一個接一個嫁出去。」

「你胡說！」

太多的感受充塞在心中，我也懶得為這種自以為是的說法發脾氣。

「對方是誰？我知道的，是醫生對不對？要不要我找個學長去調查一下？」

「討厭，別煩我好不好。」

「是，我的小姐，那麼妳就慢慢地煩惱吧。」

想來，同學們多半就是在這種口口聲聲對方如何如何完美的說法下，而答應相親，然後再結婚的吧。女人的一生，不就是從嬰兒期，經過懵懂的幼年期，然後就是一個接一個學校地讀個沒完，而在尚未喘過一口氣時，就被嫁出去，然後生育孩子……，不久就老死了。在這過程之中，真的可以把意志和感情完全摒棄，將自己付託給命運的安排嗎？說實在，我對毫無懷疑、毫無任何心理準備的結婚，不能不感到不安與疑惑。難道每一位結了婚的同學真的都是在自己的同意下做選擇嗎？只憑一時的衝動，就可以決定自己的終身嗎？我只想靜下來，好好地想一想。我須要了解我自己，把握我自己。二十年來，在痛苦與哀傷之餘，我已沒有充分的時間，好好地了解我自己。哦！不不，根本不是這麼嚴重的，只不過我那倔強的脾氣，使我不肯隨便地答應出嫁罷了。

有一天，一大早我就被叫起來，說是父親有事叫我過去。我心裏直打悶鼓，不知是什麼事情。雖然還很早，年老的父親似乎已經醒來了，不時傳來無力的咳嗽聲。

自從母親死後，我與父親之間，除了要錢時之外，似乎不曾有過父女親情中的閒話家常。一來或許是因古老的傳統觀念對女兒的漠視，再者因為我一直只會纏著母親，在母親無限的關愛之下長大。一旦母親死了，就像是突然變成一個人似的，一向對家裏的事情也不願多談。我雖受過高等教育，當然也希望父親關心疼愛我這個女兒，就像有些同學的父親那樣，可以親切的交換意見，可以向他撒撒嬌。但命運多舛，自母親過世的二、三年後，六十多歲的父親，突然病倒了，已無法勝任每天站在現場監工的職業，那時我還在念初中就曾有過這樣的念頭：「要是現在父親過世的話該怎麼辦？」我懷著悲愴的心情祈禱著，甚至要比母親臥病時，還要真誠地向所有的神明祈禱。父親！在這世上我只剩下這唯一可以依靠的親人。雖然父親都是繃著臉而未嘗說過一句親切的話，可是不管是上學，或是站在母親的牌位之前，我不斷地祈禱：保佑父親平安。只是我不知如何將自己的心情向他表達而已。

「那個丫頭不是我的女兒！她對我這瀕死的父親，不但從未說過一句慰藉的話，就連從床前走過也是緊閉著嘴！」

父親向前來探病的親戚們訴說他的傷心事。我聽了那些話時，不禁泫然淚下，心裏升起一股莫名的孤寂感。當年，母親纏綿病床時，也曾一再當著別人面前感嘆：「枉我平日對女兒那麼疼愛，如今——」我對母親山高水深的恩情，未及做任何回報，也從未說過半句安慰的話，她老人家就那樣去了——如今，又聽到父親同樣痛心的埋怨。我感到對自己的氣憤，眼淚不由奪眶而出。

「爸爸！要不要吃稀飯？」被家人連番訓誡之後，我怯怯地走到父親的床前，向父親問安時問道。

「我什麼都不要!!」

父親發出使人想起平常時的聲調，大聲咆哮著。

我們父女就是這樣，雖然當我升上高女以後，在許多小節上，仍經常可察覺到父親的關心。不願意將自己內心的感情表現出來，或許可說是臺灣人的一種特性吧。從父親、母親和我自己的過去種種，我忽地這麼想。

父親有事叫我，實在是非常少有的。我與往昔一般，怯怯地走近父親。

「惠英。」

我畏怯地就像被釘在那兒似地。掀起蚊帳，父親那憔悴的臉龐驀然映入我的眼簾，我隨即俯下面孔。

「妳姑媽問過妳了吧。我也贊成這門親事。我想只要穩重、可靠、認真肯上進的青年，就是可以託付終身的對象，至於財產並不是問題。對這件事，妳不可再像從前那樣任性了。」

每一個字、每一句話，就像敲在我的心坎一般。

「聽說，妳常常埋怨說如果母親還在就怎樣怎樣，其實，我也和妳媽媽一樣為妳操心著。總之，妳要好好考慮。」

那是無限親情的關懷，我終於下了決心：嫁吧！有什麼好猶豫的呢？可是當我寫信給在南部的哥哥——我平時極為敬重他。他回信卻很使我感到意外，他在信中諄諄地解釋道：

妳的心意我很了解，父親的心情我也很清楚。現在我並不想把妳目前的心情都歸之於少女莫名的感傷。我知道妳的性格跟妳的血型有關，例如，妳當著我的面時，什麼話也不敢說；再如，這件事若是妳其他朋友的慫恿，想必不會那麼簡單地接受吧！妳是表錯「心意」了——不過，這是妳的性格，是無可奈何的事，或許對自己堅持某些原則也是好的——妳是為了要減輕父親的擔憂，才決定嫁人的。妳的想法錯了！對父親，或對我而言，我們所期望的是妳終身的幸福而已。只要妳幸福我們就安心了。但現在妳的結婚並不是出自妳的真心，那樣或許可以一時地安慰父親。但是，惠英，若是妳嫁過去而不幸福時，會怎麼樣？父親的憂慮豈不是要比現在更深了嗎？至於父親，我會寫信向他解釋。妳現在還年輕，為了要充分地體驗人生，保持妳的現況不是很好嗎？

於是，我終於再度堅持自己的原則。那種滋味實在是不好受。在學校時代就訂婚的同學們似乎沒有經過這樣的痛苦和困難吧？以她們一如往常的上課情形看來，恐怕是如此。

「你們從小時候起，就是太被母親寵慣了，今天才會變得這樣任性。惠英，就是太過任性，也許將來沒人敢要了。」

當哥哥事業失敗的時候，父親順便提起我的事情吼了一番。我只好畏縮著。爸爸，我是可憐的小女孩。爸爸，您畢竟是我慈祥的好爸爸。

我們的三人小組每月聚會一次，有時去看電影，或是互相交換書籍。交往的情形與在學校時並沒有多大的改變。唯一感到美中不足的是，見面的機會總覺嫌少了些。但是這樣的交往，已帶給我生活上極大的滋潤。正好也是我們畢業的那一陣子《姑娘時代》很風行，擁有大量讀者。它把我們這些未婚少女的無形煩惱很巧妙地提出來討論，然而我們畢竟是臺灣女孩，很多地方都不見得切合我們的情形。那麼我們又以什麼樣的心情過我們的小姐日子呢？那是我們日常裏所接觸、所感受的，可就是怎麼也沒法讓它具體地成形。唯一知道的是在我們來說，舊時代的因襲和新時世的動向之間的摩擦，更強固地糾結在一塊。

有一天我們三人在看完電影後，順道拜訪一位幸福的醫生太太，她在學校時就已結了婚，現在正等著做媽媽。那位同學在結婚不久後，我們曾去拜訪她，那時她還是一個聽到人家談起「母愛」或「撫育孩子」之類的話題，都會噁心的怪人。但那一天，我們一上去她就跟我們一起欣賞掛在牆上的一幅溫馨的油畫，畫裏是一群小孩在原野上玩耍。說道：

「有了家，跟在學校並沒有什麼兩樣，還是很盼望禮拜天的到臨，可以去看電影、郊遊，好快樂；回來時可順道到片倉街去吃壽司、喝杯熱茶。這種樂趣，若非置身我這種生活中，也許無法體會出來。」

但她最後總是會再加上這樣一句話：都是兩份嘛，所以五圓錢的零用一下子就光溜溜了。十足精打細算的家庭主婦味道。她還談起如今她居然開始喜歡「榎健」和「綠波」的喜鬧片子（此二人均為早期著名的喜劇演員）和打鬥電影。每次我們往訪，她都把我們當做她的忠實聽眾，一副「結婚前輩」的姿態，滔滔不絕個沒完。

我們每次想窺探一下已婚同學在婚後過著怎樣的生活，便大夥約好一塊到大橋附近的她們家去。我們用不懷好意的眼光打量著她身上的打扮，以及室內的裝飾，發現已不如新婚時那樣整齊了。

「妳們三個誰會最早結婚呢？」

她也用促狹的眼光，向我們逐個掃視，彷彿想從我們身上找出答案似的。

「一定是翠苑。」

最後她算定，平常衣著講究而且是富家千金的翠苑，一定會先結婚。這麼想知道人家的婚事，該去找一本卜卦書來翻翻才是啊。

「反正我一定是最後一個。」

有一雙靈活的大眼睛的朱映，每次都這樣說。她好像戶籍上有什麼問題，每次我聽到這句話時，總有幾分感傷。

「你們都快點結婚吧！真正的人生苦樂，只有在其中才能體會得到。」

我們在嚼夠了舌頭，末了是聽她這麼一番老氣橫秋的說教之後起身告辭，接下來便是：

「她真有一點叫人受不了啦。好像認定我們一天到晚都在想著結婚的事，快煩死了。」

「不管怎麼說，妳們現在才真是人生的黃金時代，既沒有柴米油鹽的麻煩，也不會受到公婆的拘束。」

醫生太太有時也會吐一些生活上的苦經，但每次這麼說完之後，必定不忘加上一句：

「不過你們現在還不能算是大人哩！」

在學生時期感到那麼漫長的一年時光，畢業後在家裏放鬆的當兒，一轉眼就過去了。當我聽到又有一批新畢業生走出校門時，不由使我從懵懂的生活中緊張了起來。雖然只不過是觀念上的問題，然而再不結婚，我自己不免也有時不我與的焦慮。有過幾次被提起的婚事，也在父親向我探詢之前就給打消了。在一個颳著強風的夏夜，我突然心血來潮地翻開這一年來的日記，其中無非是用拖拖拉拉的冗長文字記載些何時與同學到那裏郊遊、什麼電影非常有趣、或者不被家人重視而感到傷心流淚等等，除此之外，在畢業後的一年間，可說毫無所得。儘管我心中並沒有想去獲得什麼的功利性意念，但仍忍不住感到空虛。為了鞭策自己，也為了想對我這毫無朝氣的心靈注入一股活力，於是我想起找工作。在一次網球比賽中我認識了一位出身××高女，在學文學的田川小姐，開始和她高談闊論一些以前跟翠苑她們從未交談過的議論。也是正在這樣的時候，我獲得一個機會，進了一家報社工作。

在事先我並沒和家人商量，就偷偷地寫好履歷表寄出去，直到錄取後，才向父親說明原委，並準備好接受一頓斥責。原本我就知道家裏是不喜歡女孩出去工作的，然而那種顧慮鄰居眼光的虛榮作風，我是準備一刀兩斷，自己來決定生活方式的。父親原本也是很在乎周圍的眼光的老人，但是如今不再那麼固執了，有時也會跟我交談幾句了。是對新時代的動向，和對我有了理解呢？總之，當時父親並沒有動怒。

「爸爸，那我明天就要去上班了。」我又說了一遍，父親還是不吭聲。

也是在那個時候，常說「我一定會殿後」的朱映，意外地來找我商量說：

「有人來跟我提親了。上個禮拜天我和母親在教會裏瞥了一眼那個人，我覺得印象還不錯，所以說不定就答應了。」

從她的語氣聽來，似乎非常乾脆——這是我們三人的通病，容易被感動。但就個別來說，我與翠苑主觀意識較強，而朱映較沒主見。這門親事就在我們連參與意見的機會都沒有的情況下順順暢暢地進行。他們在國際館正式相親後，雙方家長一致默認他們的交往。等到從旁人處得知學歷和家庭背景相差很大時，似乎已無法動搖朱映的決心了。

「我曾問過他，日薪八十圓左右能否過日子。在學校的家事課裏，我曾經提出過靠一百圓薪金來維持生計的計畫案，到頭來跟理想相距太遠了。所以覺得如今不能夠再計較這一點了。」

朱映雖沒明顯說出，但綜合起來，她的言外之意就是如此。

我和翠苑也被介紹而認識對方。如果說他是個單純的人，說不定人家會不高興，但往好的方面來說，他確實像是個正直、毫不虛假，而且是個能真誠地摯愛妻子的人。後來，朱映要我們發表看法，翠苑支吾以對，而我則實在地告訴她：他應該是可以讓妳相信自己的看法的人吧！

「送定」那天，一早我和翠苑就自告奮勇地幫朱映化粧、整理服裝等，甚至要比她本人更忙。在朱映化粧好的美麗臉上可看出青春痘比以前更多。

「是因為昨晚沒睡吧。」

朱映有氣無力的說道，似乎一切都這麼決定，這麼平淡而利落，我自以為是地這麼思忖。

新娘穿著紅色長衫，佩戴翡翠耳墜。令人有眼睛為之一亮的感覺。我們一面幫忙，一面欣賞著。

到了十二點，男方一行人浩浩蕩蕩地來到後，女家就開始熱鬧起來。朱映什麼話也沒說，只是將我的手拉近她起伏不定的胸前。兩人四目相對，誰也沒說什麼話。男方動用了好幾臺手推車運來整箱整箱的酒、罐頭和糖果。一百、二百……不時傳來如雷鳴般的清點東西的聲音——是朱映的親戚，大概是她嬸嬸在清點吧——隨著越堆越高的箱子，我怎麼也禁不住朱映的身體正一節一節地被撕扯掉的錯覺。

朱映的母親進來了，滿臉淚痕斑斑。

「我就只有妳這麼一個女兒，我已經盡我所能的去做了。只是妳是個沒父親的孩子，也許無法跟人家相比。我只希望妳嫁過去後能過好日子，我就安心了。」

這些話都是朱映的母親常對我們說的，她今天一直都忙得團團轉，所以連向她打招呼的時間都沒有。朱映表情木然地跟我們站在一起，望著那些堆得像山一般高的糖果箱子發呆。我對眼前的種種感到不滿，尤其是當被戴上戒指的朱映回到房間之後，她的命運就如此被決定了。我們的眼睛已潤濕，而她卻帶著微笑，一副喜不自勝的樣子。她當時是懷著怎樣的心情？我至今仍然無法了解。什麼時候見到她時非好好請教一番不可。

當初我是那樣地喜愛新聞工作，這份工作也確實給了我許多體驗。但是經過半年光景，就感到無法幹下去而辭掉了。這倒不是因為我們女孩子做事情，容易精神散漫，無法集中注意力，可是種種情況，終究使這項工作到頭來只成了「跳板」而告結束。

「辭職的直接動機是什麼？」

二哥在我上班以後，才知道我有了工作，當時也沒說些什麼。這次回到臺北，得知我無緣無故辭掉工作而感到詫異，故有此一問。

「我因為覺得自己好像快迷失了。」

「嗯，這樣也好。」

既不像開玩笑，也不像很認真，二哥輕聲地回答。

在一個初夏的下午，炙熱的南風，吹得使人昏昏欲睡。我是任性的女孩，雖然有許多事情要做，卻直叫無聊。

哥哥的孩子，上二樓來告訴我：「剛才有兩個年輕的小姐來訪，我回說妳因感冒正在睡覺。她們立刻就告辭了。公共汽車的班次少，或許她們還在車站等車。」聽完，我急急忙忙地趕到車站，原來是住在基隆的謝同學和她嫂嫂，她嫂嫂是高我們一屆的校友。幸好，車子還沒來。

「哇！久違了！什麼時候到臺北來的？」

她們那一小組的同學，都已結婚了，唯獨她是碩果僅存的一個，每當同學相聚時，我們常會談到：住在基隆的她，不知有多寂寞啊。她是一位樸實不太打扮的女孩，那天她還是穿得跟以往一樣，穿著比標準稍長的裙子。或許是太久沒見面吧。她那穩重的氣質給我特別深刻的感受。總之，令人非常懷念。

「請到舍下坐坐吧。」

「我還有別的事情，得到其他同學處去拜訪，不再前往叨擾了。」真奇怪！既然是專程來的，卻又……。那麼就站著聊吧。

「最近還好吧？幾次同學會都沒能和妳好好聊聊。」

「還是老樣子，妳現在工作得怎麼樣？」

一段日子沒見面，聊起天來，總是不容易接下去，常會夾一些客套話。

「嫁到高雄的林同學，又搬到臺北來了。前些時候，我曾到她那兒去了。她去年生的小孩，現在已長得胖嘟嘟地好可愛哩。對了。黃同學在兩、三個月前，也生了一個女兒。」

「咦，我們同學怎麼都是生女的呀。謝同學，妳哥哥已經結婚了，接著該輪到妳出嫁了，希望妳會打破全班紀錄，生個男孩子。」

她頓時臉紅起來。唉，我真是口沒遮攔，愛捉弄人家。

「朱映近況如何？還住在臺中麼？」

「回到臺北來了，最近正等待生產。她當初果斷的抉擇似乎還相當幸福呢。」

「惠英，妳也該下決心了。我原以為妳會先結婚的。」

「這個嘛，我想，一定是妳先嫁的。剛想說的話倒叫妳先提了。結婚時可別忘了通知我喲。」

女孩子講話，就是這樣。一旦找不出話題時，就扯些閒言閒語。直到去年，聊起來多半是誰訂婚，誰結婚的，如今卻是誰生了小孩子等等。從學校畢業到現在雖然還不到兩年光景，但聊起這樣的話題來，可就沒完沒了。不久，公共汽車來了，她倆急急忙忙打個招呼，就上車了。

回到家裏，嫂嫂說：「這是剛才那兩位送來的。」說著遞給我一個印著一對鴛鴦中央有一個大囍字的盒子。剛才聊天時她就提到近來的糖果不好吃啦，昨天很忙啦等等叫人摸不著頭腦的話，原來是話中有話，我恍然大悟，她也要結婚了！

「謝同學，祝福妳。」

車子已絕塵而去。但一股衝動幾乎使我想大聲地說道：祝福妳！我捧著禮盒，一步一步地走上樓。

大約在謝同學回去後的第二、三天，翠苑打來了這樣的一通電話：「朱映昨天在醫院生了一個男孩，妳知道嗎？」

我興奮地叫了起來。

電話掛斷約一小時後，翠苑穿著一身漂亮的橫紋長衫，邀我一道去看朱映。不久以前，翠苑告訴我她準備再繼續研究兩年洋裁，我一聽，故意開玩笑似的說，靠不住吧，說不定妳也突然說一聲「我也要嫁了」。我得好好提防提防才行。她卻答道：「那麼妳就拭目以待吧。」她最近似乎變得非常起勁，說起話來充滿自信，不像一年前嘴邊老掛著「無聊透了，死了算了。」之類的話。一路上我們興高采烈地談著，我們三人小組中的一員已當了母親，我和翠苑也分享了那種喜悅，我們還討論道，小孩該叫我們姨媽？不妥。還未結婚的姨媽不太妥當；還是「姐姐」吧。說著說著，我不由想起了那天的事。

是個風砂大得叫人張不開眼睛的一天。

我和翠苑為了送別就要結婚的朱映，前往八里海水浴場遊玩。因為時當初夏，遊客並不多，我們躺在休息處的籐椅上，在這兒可將淡水河的景色盡收眼底。但也許是因剛才搭的老爺車，一路拋錨，被顛得非常疲倦的關係吧，大家都覺得有一股比畢業時還要深刻的感傷，籠罩心頭，一時誰也沒作聲。

「喂，來都來到了，到海邊去看看如何？」

為了舒展胸中的鬱悶之氣，我一邊準備著，一邊邀翠苑與朱映。翠苑仍是懶洋洋地答說不想去。她一直都有點不對勁的模樣。

「怎麼啦？」

「浪這麼大。」

「啊呀！沒關係啦。只在沙灘上走走……。妳怕死是嗎？」

「妳我死了倒無所謂，朱映可不行呢。」

聲音仍是那麼低沉，大夥兒仍是笑不出來。

「喂，不要這麼彆扭好不好，我才不想死呢。看，天空那樣清澄，妳怎麼那樣陰沉沉的？」

朱映本來話就不多，我跟翠苑這樣的問答時，她從未插嘴，她也靜靜地打開手提袋開始準備。

「不要開玩笑了，我們一起出去走走吧。」我和朱映聯合求她，但翠苑仍是堅持不走，只好讓她一人留下來。我跟朱映用毛巾紮緊了頭髮，手牽著手，一步一步地走下沙灘去，我並不是不了解翠苑的心情，只是在那種情形下，我實在是無法忍受那種鬱悶。只好讓她留在那兒。

浪、浪、大浪——

那一天的淡水河，浪很大。

我們走過的足跡，立刻被風吹得無影無蹤。不知是風太強了；還是壓抑不住內心的情感，我們根本就無法停下來。我口裏一邊嚼著被風吹進的沙粒，一邊想著少女時光的無常，我無意責怪友人匆促的、毫不眷戀的結婚。當一道結婚的浪頭打過來，少女間的友誼總是那麼脆弱地崩潰掉，那是多麼叫人難過的啊。其實，我也並非因結婚的扼殺友情而悲哀，每當聽到好友結婚時，我仍由衷的寄予最大的祝福，另一邊卻感到一絲落寞的心情同時湧上心頭。說露骨一點，那也許是唯恐自己變成沒人娶的落寞感吧！同時，對自己沒有目標的生活也感到悲哀。當我在思索這些時，不知朱映到底在想些什麼？她的手正冒著冷汗。猛回頭一看，休息處已離得很遠，我心裏感到有點不放心，於是就站住了。看身邊好友那纖弱的雙腿，我覺得，她現在似已充滿了對現實生活挑戰的勇氣。波浪有規則地一道道打過來。波浪，友情的波浪，結婚的波浪，人生的波浪。在遙遠的海上，一艘帆船像樹葉般地漂浮著。

「我知道選擇對象，並不只是看學歷和外表而已，只是想到婚後許多風言風語時，使我好不容易下定的決心，又躊躇了。」

朱映的決定這門親事，並沒有受到其他人的催促，似乎她也難免徬徨在這個煩人的問題上。

「只要妳過得幸福，任誰也沒理由說閒話。人生本來就是追求幸福的。幸福就像長了翅膀的青鳥一般，在牠飛近我們身邊時，須及時抓住牠。」

由於當時我剛開始工作不久，才能說出這種話來，平常的我尚且須要別人的勉勵呢！

「嗯，在颳著強風的沙灘上，兩個眺望著碧波的少女，為尋找幸福，而互相勉勵著。這種景象不是很像銀幕上的畫面嗎？」

但我仍像是在奮力做單調無聊的工作一般，我忽然起身踢著石子，最後，索性停下來用腳拇指在沙灘上寫字，寫的是「友情」兩個字，然後端詳復端詳。但它隨即被風沙颳平，於是不知不覺間兩人就像比賽似的寫起來。

「喂——」在怒吼的風聲中，傳來一聲呼叫，但我們仍專心地寫著。

「咦?那不是翠苑嗎?」

我抬起頭來，順著朱映所指的方向看去。用圍巾包住頭髮的翠苑，正在那遠處向這裏招手。

「她可能感到寂寞了。」

「回去吧？」

「不要！」

我像小孩般地使性子，故意朝與朱映相反的方向跑去。眼睛、臉頰、耳朵被沙刮得好痛。

不知不覺又過了一年，大家或多或少都有點改變了。

到了醫院，脫下鞋子後，我們才想起忘了問第幾號病房。上樓後，看到左邊的房門正好開著。於是伸著脖子向裏邊探了一探，正好一眼瞧見久未碰面的好友，一臉憔悴地從床上坐起來。

「是男的？可真不簡單哩！」

沒有打招呼，我就一把將正在吃奶的像肉團似的嬰兒抱了過來。好輕呀！我的感觸只是輕軟的肉體和軟綿綿的嬰兒服。

「妳可以起來嗎？才兩天而已……」

「那裏！已經五天了。打電話給妳們，妳們都不在。」

她帶著一絲羞怯的喜悅，整了整胸口衣襟，臉上泛出幸福的母親的微笑，彷彿像是已完成一件偉大工作似的。

「不好受吧！」

「還好，倒沒有想像中那樣難受。」

「孩子像誰？」

於是妳一言我一語地說些鼻子像母親、臉孔像父親之類的話語。

「說不定以後他將成為偉大的人物呢！來！小乖乖，讓我也抱一抱。」

說著，翠苑一把搶了過去。

「那時得請妳多多關照了。」

我這句玩笑，使得三人不覺放聲大笑。引來同房的人用不解的眼光注視我們。

原載《臺灣文學》二卷三號（一九四二年七月十一日）

楊千鶴

楊千鶴，一九二一年生，臺北市人，一九四〇年畢業於臺北高等女學院，一九四一年入《臺灣日日新報》擔任記者，任職數月，珍珠港事變及太平洋戰爭爆發，楊女士因日本皇民化政策，憤而辭職。一九四三年結婚，光復後曾任臺灣民選第一屆縣議員。

楊千鶴作品包括小說、隨筆、日本古典短歌。〈花開時節〉為其發表的唯一小說創作，在日據時代數量甚少的臺灣籍女性作家及作品中，這篇小說頗具代表性意義。從小說的敘述方式及對問題的探討途徑，讀者可以認識到日據時代末期，被日式教育塑造出來的臺灣新女性的精神風貌，領略她們特有的感覺方式和生命情調。一九九三年楊女士在日本出版長篇自傳小說，後由張良澤、林智美中譯，書名《人生的三稜鏡》（臺北：前衛，一九九五）。有關楊千鶴作品的評介，請參考邱貴芬主編，《日據以來臺灣女作家小說選讀》（臺北：女書文化，二〇〇一）。

閹雞

張文環著
鍾肇政譯

一

靜靜地坐在屋簷下竹椅上的丈夫阿勇，一如往常木木地把眼光楞楞地盯在正在夕陽下逐漸消失的屋脊，好像傻傻地想著什麼心事。

「今天可是村子裏拜拜的日子了呢，真不曉得這人知不知道？」

月里已經不再有抱怨丈夫的心情了，可是看到他那傻呼呼地想著心事似的面孔，忍不住地讓焦灼感湧上心頭。

「阿勇仔！去廚房裏幫我洗洗碗筷好不好？」

被妻子這麼一吼，他好像微微一怔，但馬上就鬼魂般地起身，連正在淌下的口涎似乎都渾然不覺，踩著涉淺灘般的蹣跚步子走向廚房。在月里來說，當然並不是有意把丈夫當牛馬，讓他去洗碗筷什麼的，只不過是希望能夠在那茫然木然的面孔上，加上那麼微微的一絲緊張的痕跡也就夠了。但是，他的臉早已失去了描畫那種線條的力量。當月里第一次發現到這一點的時候，彷彿整個人魂飛魄散了似的，一顆心都差一點破碎了，連忙跑回娘家向父母哭訴，然而雙親只是告訴她，能做的都做了，還能怎麼樣呢？月里從雙親的口吻裏感受到冷漠的意味，只得抱著眼前一團漆黑的感覺回到婆家。如今又過了一年歲月，絕望已變得麻木，習慣於跟一個不會給她迫害的鬼魂一起過日子。雖然如此，可是每逢村子裏有了熱鬧的節慶，月里的心便亂成一團了。這是怎麼回事呢？連她自己都莫名其妙，但覺一股勁地在慌亂著急。這一次的祭禮，好像也是被看透了這種不能平衡的心情吧，月里被邀請當遊行的弄車鼓的「車鼓旦」，竟一口答應了。拜拜兩天前下午四點，要在祭禮委員家的庫房排練，月里有點等不及，也有點害怕的感覺。因此，空蕩蕩的屋裏如何收拾，她都茫無頭緒，飯是好不容易地煮了，那些日常瑣細活兒居然使她覺得忙迫萬分。村子裏，這消息已經傳開，人人都在說長道短。這次的弄車鼓，車鼓旦是個真正的女人哩，真女人扮車鼓旦，在村子裏還是破題頭一遭啊，人人好奇地爭相走告，好奇心被煽動起來了。就因為人們說個沒完，月里禁不住地想拉倒算啦，也向負責的人說過，可是月里自己彷彿也被煽動著，讓出到民眾面前跳舞的魅力給吸引住一般，沒辦法打從心底拒絕這項差使。

「伊娘的，是誰洩漏了？」

負責人原來是想在祕密裏準備好，給村子裏的歷史豎立紀錄的遊行場面，直到當天晚上才突如其來地亮出來讓人大吃一驚的，想來八成是關係人之一等不及了，向人透露出去的。然而，月里倒也不至於大驚小怪。這些日子以來，來到村子裏的叫做「男女班」的歌仔戲，豈不是堂堂正正地在舞臺上上演，讓人們陶醉嗎？而且村子裏還有些男女青年離家出走，跟著那些戲子們跑了！月里好羨慕那仙女般的古典裝扮的女人身姿。她覺得這一生在死以前，希望至少也穿一次那種衣裳。

說到大正十三年（一九二四年），那正是「臺灣歌劇」的全盛時代。歌仔戲從亂彈到九角仔，不管北管也好或者南管也好，都不再說戲的名稱，而一律稱為男女班來了。受了客家歌劇對一般的戲劇的影響，戲裏的女角，非由女人扮演，便被認為是不成話說。即使是亂彈，演到夜裏十一點，到了末尾時，便成了歌仔戲的曲調，使村子裏的人們大為高興。歌仔戲為什麼能夠這樣地抓住民眾的心呢？一方面，這也是由於它與向來的戲劇不同，不再用文言體的科白，而是用易懂的臺灣語來說的。月里就是因此受到影響，膽子壯起來了，同時另有一點是過去她依照村子裏的習俗，不能過分打扮的。她有個有病的丈夫，所以被迫過著與寡婦一樣的生活。長久以來的鬱悒，使她渴望看到化妝過的自己，也渴望讓別人看到。

「我難道不能被一個男子愛，並且也愛他嗎？」

有時，她會突然地被自己這樣的獨語驚醒過來。我不是有老公的女人嗎？想來，他是在這樣的心情下答應了邀請的。然而，村人們背地裏說這位背德女人是發情的母狗，肆加抨擊。他們還是同情阿勇，將攻擊的箭頭射向不守婦道的妻子。這一點，乍看似乎是殘忍的，不過卻也是村子裏的道德規律所使然。但是，如果我們可以代替月里來說話，那麼我們便應該說：如果有這種愛管閒事的道德規律，那為什麼民眾的眼光不肯投向使這對男女落入這個地步的事件呢？這也就是這個故事所以被編造出來的原因吧。大正十三年——說來已是古老的往事了，但人的慾望不會那麼容易地就依循著時代的社會道德而改變的，因此這件事恐怕還不能算是那麼古老的吧。

這且不提，不管村子裏的人們怎麼說，月里的那個遊行隊伍的委員還是不管三七二十一地次第進行他的準備。終於到了拜拜的晚上，SS庄的廟前廣場上松把與鑼鼓陣沸騰起來，從月里家不遠處的排練場地聽來，猶如滔滔巨流，轟然而響。弄車鼓隊和即將匯流進這音響溪流的人群也出動到庭院上了，松把點上了火，竹片響板和起了絃仔的聲音，觀眾在庭院裏圍成圓陣。

那女人就是月里嗎……人們屏著氣息，踮起腳尖，伸長脖子，從前面的人的肩頭上看過去，彷彿每個細微的充滿魅力的步子都非要看個一清二楚似的。預演就在群眾面前展開了。月里那仙女般的面孔，在扇子背後時隱時現，舞出女人的嬌羞，那模樣簡直美得夠使人銷魂了！她大膽地舞起來。男人撲向她，她閃避，一面閃避又一面送秋波。松把光搖曳，每個觀眾都被鉤魂攝魄了一般，看得如痴如醉。男的舞者也上勁了，甚至使觀者都忍不住地微感嫉意起來。觀眾們只因從來也沒有在露天下看到過男女相思相悅的舞，所以個個都好像著了魔似地。就在這熱舞的當兒，一個男子恰如一塊黑影，從人群中離開，走向月里，大吼著「混蛋，妳這婊子」，一連揮動巨掌，猛虎般地摑了月里的臉頰。人們突地怔住了。月里踉蹌著舞步，楚楚可憐地用雙手摀住面孔，人們這才轟的一聲鬧起來。

「是月里的阿兄來啦！」

有人這麼喊。人們亂成一團了。拉絃仔的插進雙手掩臉的月里與阿兄之中。松把給弄熄，月里被帶走了。雖然沒有釀成亂鬥，但那個阿兄模樣的人好像有意追究邀妹妹來跳舞的人。不過群眾把這人擱下，聚到廟前來了。廟前擠滿著鑼鼓陣、松把、藝閣，喧嘩聲震耳欲聾。這裏，不再有人記掛著月里的悲劇。只有一部分目睹過事件經過的人們，腦子裏烙印著美妙的場面，耳畔響著響板與絃仔的餘韻，以空洞的眼睛看守著遊行。

第二天，村人們又傳告著在月里家發生的兄妹間的口角。

「如果你真願意關心我，那就不要只在拜拜的時候來，應該每月來一次才是。還有，阿爸阿母也請過來。不然的話，你就不必當我是妹妹啦。只有使我痛苦的時候才來說我是你的妹妹，我可不願領情啊。」

被血紅著眼睛的月里這麼一說，男子猛跳起來了，可是他被人們阻擋住，也察覺到沒有人願聽他的話，所以鐵青著臉很快地就離去了。有了這樣的阿兄，便有這樣的小妹，人們這麼批評。祭禮一連繼續了三天，不過月里可沒再在遊行隊伍上出現，甚至也沒有到過戲棚前。沒有人知道她在受了那樣的侮辱之後如何打發了時間，如何地想忘卻心口的創傷。人們只知道，有人看到她的老公阿勇來過幾次市場，買了些食物回去。想必她是一直躲在房間裏，直到祭禮告終，足不出戶。幾天後，村人們又傳告了種種其他的消息。傳言說，拜拜期間，月里家進了偷香賊，有人說月里把他攆了，有人說不。不過這一點只是市井間的傳聞，究竟如何，不必多所查究。阿勇出來購物，這一點倒確實是可令人猜到月里的煩惱是深切的。因為阿勇不是單獨一個人能夠去買東西的人。雖然比月里年長兩歲，已經二十五了，可是他的靈魂被一個叫做打擊的妖魔抽去了腦髓，連如廁，被命做點什麼，都只能機械性地行動。他差不多已經是個派不上的人。他好像被趕著般地在村子裏的街道上走了幾十公尺，凝滯著眼光急步趕，碰上電柱就突地停住，彷彿一隻達到旋轉力顛峰的陀螺，定定地站在那裏。使人覺得力氣盡了以後會仆倒，但他卻保持著顫巍巍的均衡。接著從嘴邊淌下了口涎，拖著長長的絲掛在胸口上，眼光也隨著低垂下來，以為人要癱瘓了，卻又向前仆倒般地邁開了步子。這就是阿勇最有朝氣時的樣子。沒有朝氣時，他就坐在屋簷下的竹椅上淌口水。月里對這樣的阿勇，真是一點辦法也沒有。如果害上了熱病什麼的，她便可以充滿體貼地來看護他的，然而他簡直就像是在影子裏融化掉了，她每天每天都好比抱著一塊影子，自然是沒法可施了。就是拿藥給他吃，他也像是一棵根部腐爛的青菜，再怎麼澆水，葉子也不會青綠起來，叫人焦灼無奈。看著他那坐在簷下的竹椅上，凝望著陽光的側臉，有時會悲從中來，眼眶刺熱。阿勇也是人子哩。如果他的雙親還在，能不能看著這樣子呢？只有這樣的當兒，月里的心才靜如湖水，覺得這一生可以看開了。原本是一個眉清目秀，頎長個子的青年的，月里想起當初嫁過來時的新婚生活，彷彿做夢也似的。失去了靈魂以後的阿勇，依然殘存著當日的神色，只不過是臉頰瘦削了，下巴也尖了些而已。

然而，為了使月里的思緒在湖水上靜流，她未免太健康了。如果不是鼻子微微地低了一丁點，她確是胖瘦適度型的美女。由於不化妝，頭髮也草草地束住，因此除了那活潑的健康美特別吸引住人們眼光以外，裝束都是不起眼的。當做新嫁娘的回憶使她陶醉，手腳發麻，橫躺下來時，她會像麥芽糖般地在夢裏融化。看來，她的眼裏是那樣地湛著傷感。丈夫病前和病後，雙親都來玩過，堂姊夫也一塊來。堂姊夫還把手錶取下來放在桌上神壇邊，稱讚她做姑娘時怎麼好。大家回去後，那隻錶不見了。強烈的陽光照在曝曬的棉被上。那是客人用過的被。不知從那兒來的蜂嗡嗡地響著，在屋裏也聽得一清二楚。月里慌忙地把棉被收進來，寂寞感忽地襲上來，心都碎成片片了。想起來，不幸好像就是從那個日子開始的。因為在那以後的種種場面，如今都想不起來了。阿勇依然在屋簷下的竹椅坐著，不動一動。

二

阿勇家原本在市場邊的鬧街上，自從父親鄭三桂把藥店讓給林清漂以後，家道中落，不得不把家搬到較偏僻的目前這個家。這房子以前是租給在市場賣菜的一個姓葉的農夫的，三桂原就小器，加上家運衰落，人就更加地暴躁起來，把那個農人房客趕走了。農人為了臨時另租房子，吃了好大的苦頭，並且他還埋怨說，因為是被趕出來的，所以租金方面也被逼付了較往常高的數目。這位葉姓農人還說了一段妙話：

「藥店的三桂老闆終於不得不搬到我住過的那種屋子住了，看他那神氣活現的樣子，真是因果報應啦，好過癮哩。房租嗎，貴一點又有啥關係，就當做是懲治壞蛋的費用吧，爽快得很哪。」

可是屋主聽到了這話，便去找葉理論了。我可沒跟你多要租金啦，不高興退租算啦。這房東來到葉家門口大吼一遍，又成為村人傳告的話題。總之，鄭三桂就因瑣事給整個村子散播了新的話題。只因那是因為他的先人有了先見之明，才使他成為那麼驕傲的人，過著任性的生活。只要提起本村的福全藥房，幾乎是無人不識的。村子裏除了福全藥房之外，尚有一家曾經當過庄長的黃姓人氏所開設的藥店。由於這黃家，代代都是大地主，所以藥房的經營也由傭人一手經管，人們都說，這傭人比少爺還神氣。相反地，福全藥房一般認為比較容易進去。另外也有西藥的回春醫院，不過貴得村人們非有急症，便多半靠中藥來醫治。再呢，三桂的先人不但叫人在招牌上寫了「福全藥房」四個大字，還在卸下了窗板的窗邊擱了一隻木雕閹雞。不曉得這是為了讓不認字的人認出「有柴閹雞的店」呢，或者是為了避免與黃家的店子夾纏不清，不過不管怎樣，做為裝飾物來看，這家藥店的宣傳手法倒是十分成功的。村人們通常都不說福全藥房，光叫「柴閹雞」。在村人們眼中，想來這隻用木頭雕刻的閹雞必是第一次見識的。還有，村人們與其讀字，遠不如看雕刻，印象來得更深刻，當做標記也是很方便的。然而，如果福全藥房的老闆未能察覺到這閹雞的命運，那他用了它應該是瞎打誤撞的吧。後來，村子裏的一些有識階級——例如一位算命先生便曾經就這隻閹雞做了一場評斷說：如果這項宣傳造成了這一份家當，那麼他也應該想到閹雞的命運才是。這是因為當鄭三桂把這家店子讓給林清漂的時候，不知是為了追思先人，或者是為了孝行，也可能是為了紀念店子的全盛時期吧，只把這隻柴閹雞留下來，到如今仍然擱在阿勇家的床底下。想像中，偶像崇拜也就是經過類似的方式進化而成的吧。偶然地，這閹雞的招牌不但風靡了全村，還傳遍了鄰近幾個村子，而這家藥店所出售的藥的功效，造成了簡直近乎迷信的情況。也就是這爿店子，使得這一家買了田園，納了妾，還蓋了房子。於是村子裏的有識人士便又替他的兒子下了個斷語：本來，閹雞是不會傳種的，因此偌大的財產也不會有繼承人，這一點為什麼沒有想到呢？那隻閹雞，應該連同店子讓給林家才對的。再不然，拿閹雞來當神祭祭也行。這一班有識之士便用這種論調，將這一家的子孫與閹雞拉在一起，展開了他們的話題。當然啦，這只是村人們之中的有識的哲學之士的說法而已，如果村子裏出現新的所謂「知識階級」的學者，那就會運用另外的論調來分析閹雞的精神上的缺陷，與村人們形成對立的吧。他們也許會說：閹雞造成虛榮，虛榮亦即無基礎，但這是有識的哲學之士的解釋，與故事無關，所以大可不必多研究他們的議論。總之，這隻木雕閹雞是這一家發達的根源，它使福全藥房躋身於本村富家之列。裝在方形厚木板上的藥剪，不住地在切藥材，鐵製的半月形研臼，也不停地在研製藥粉。兒子三桂像隻病胡瓜，不是結結實實的漢子，但倒夠狡猾，絕不會是傾家蕩產的人物。媳婦勤快，妻子也賢慧。一臉皺紋的老母，人人都說是幸福的老太太，每當村子裏有婚禮時，為了討吉利，必定請她牽新娘下轎。因為她年紀已近九十，所以總是被其他的幾位幸福的太太攙扶著，走向花轎。牙齒已全部掉了，一開口說話，整個臉上的皺紋便全動起來，嗓音顫抖，所以幾乎有點滑稽。不過這也是幸福的象徵，所以人們便以滿心的敬畏，務使自己不致聽漏了一個字。當新娘跨過門檻時，她會唸吉利的四句，於是這老婆婆的扁扁的顫音，人們聽來卻恰似古典音樂。老婆婆笑時，由於皺紋的牽動，整個臉兒平坦了，使人擔心是不是像橡膠那樣收縮掉，因而孩子們便禁不住地笑起來。當孩子們看到佈滿皺紋的臉上，裂開了一隻紅紅的嘴巴笑起來，便口口聲聲地叫著阿婆，纏住她。大人們發現到老婆婆的雙腿站不穩，便連忙大聲叱罵小孩們。請老婆婆牽新娘，照例有紅包，多半是兩圓，偷偷地塞進老太太的口袋裏。這時，她必定推辭如儀。

「免啦免啦。喔喔，這裏的人，力氣好大啦，我老婆婆真受不了。」

「不！阿婆！」

老太太耳朵聾了，所以鄰房也可以聽到這種和藹的一問一答。

「這是要祝福阿婆長命百歲啦。」

「是嗎？喔喔，阿婆貪財啦，又要吃，又要拿。」

兒子也開玩笑地說過，媽媽都快九十了，自己的零用還自己賺，這話使孫子、媳婦也都笑了。這位老太太八十八歲時過世，村子裏破天荒地辦了一場熱鬧的喪事。老婆婆死後，村人們與這個家庭的紐帶便由鄭三桂的母親來取代。這樣過了四五年，其後鄭三桂的雙親也隔了兩年相繼過世。這些，當然對鄭三桂本人的財產毫無影響，不過卻也因此，鄭家與村人們之間的連結，便算是斷絕了。不管形式上的也好，精神上的也好，鄭家的一切便落到三桂手上，當然啦，三桂也沒有想到這些瑣碎的事，對一家人的運勢會發生影響。不過似乎也可說，三桂這個人是德薄能寡，到了連這麼名譽的事都察覺不到的程度。他有兩個兒子。一個名春成，另一個叫春勇。妻子背微駝，出身好家庭，不過據云不曉得從什麼時候起，差不多沒有跟娘家來往。有人說，每次娘家有人來玩，夜裏就會偷走一些藥材，這個謠言真是匪夷所思，因而娘家那邊也受不了，漸漸地就落入斷絕來往的狀態裏。三桂這個名字，據先人的說法，是三桂與三貴同音，意思也可看做是雷同的。可是「貴」字未免太明顯地給人「貴」的感覺，所以為了掩飾，改用桂字，其實所要表達的也正是一個「貴」的意思。先人所想的三貴，也就是財、子、壽。福、祿、壽，也是三貴，先人就是希望兒子身上會有這三件寶，所以才取了這麼個名字。由於三桂身材瘦小，有個諢名叫「猴桂」，意思是瘦得和猴子一模一樣。如果他的腦筋夠明晰，那麼再加上生就的狡猾，說不定可以成為長於謀略或者富於奸計的人。可惜他太沒有學問了。三桂的青年時代，村子裏也開設了四年制的公學校，但他唸不到一個月就不唸了。後來，也進了漢書房，還是很快地就輟學，在家學習先人的鄉下火脈先生手法。連這一點，也沒有能夠完全學會老爸的衣缽。如今有兩個兒子，長子公學校六年級，次子四年級。老大阿成很有希望，像校長先生就鼓勵他與其進師範學校，更不如進中學。阿勇雖非伶俐的孩子，卻也並不笨。與雙親的狡猾一點不像，都是善良的孩子。然而，也不曉得正如村子裏的有識之士所說的，是因為閹雞的招牌作祟了或者什麼，最有希望的大兒子竟在快從公學校畢業出來時死掉了。村人們背地裏說，福全藥房走霉運的徵兆來了。

「藥房嘛，都是大秤子進小秤子出，所以稍稍樂善好施一下也是大應大該的，可是他們那麼小家子氣啊，偏偏要向窮苦人家說：恕不賒欠！」

這是說，藥店都是貪求暴利的，所以為了贖罪，對窮人施捨施捨才對。村人從來也沒看過三桂無精打采的樣子，由於他是個利己主義者，所以固執而倔強，絕不輕易地在人前退縮。

「三桂兄，藥錢等我竹筍出來才付。」

「這可不行哪。你的對手只有我一個人，可是我的對手可是幾十幾百個人哩。如果大家都學你的樣子，我還能做生意嗎？」

這就是三桂的日常生活的一部分。只因他是這樣的一個人，因此福全藥房的夥計們也都待不久，往常都是等阿成放學回來，才照藥方單抓藥，用紙包得整整齊齊交給顧客。也就是因為這緣故，所以上一代人死後才不過十幾年光景，傭人都沒了，如今只有一個小夥計和三桂夫婦倆看著店門，廚房裏的工作全交給一個洗衣的女人。於是三桂便想：自己年紀也四十出頭了，與其讓阿勇進中學，倒不如上師範學校，來得快些。師範出來，回到村子裏的公學校，逢到節慶的日子，帽沿加了金邊，肩上更佩金肩飾，腰間還吊著一把劍，神氣死了。到了有恩俸可拿，那時就可以把藥店讓給他了。還有比這更合理的安排嗎？他那輕浮的鄉下女人老婆也認為這是妙著，表示贊成。不料，阿勇從公學校畢業出來，卻進不了師範學校，只好讓他上R市第一公學校的高等科。R市與SS庄相距四公里，阿勇便在R市寄宿。R市與SS庄之間還有個TR庄，本來也可以讓他在TR庄的林清漂家住下寄讀，可是反正寄宿費差不了多少，為了不願擔這份人情，三桂決定讓阿勇在R市住。清漂的二兒子福來也在R市第一公學校高等科就讀，憑這一層關係，兩家便較前親近了些。

「還是不要常到清漂家去打擾人家吧。那個人好自私，小心以後惹麻煩。」

三桂向兒子阿勇這樣告誡。

「讓兩個兒子都上學校，怎麼月里就不給讀書呢？」

三桂很中意清漂的女兒。乖，而且動人。三桂是這麼想，可是如果換了他，他也不會讓女兒上學校吧。女人的命運就像菜種，看你怎麼播怎麼種，便不一樣。儘管質好，如果後面的過程不好，也是枉然。清漂就說過：所以嘛，女孩受教育，過分地去照顧，也不見得有好結果。對這一番話，三桂還著著實實稱許過一番哩。

三

大正四年（一九一五年）春間，TR庄與SS庄之間，鋪設了製糖會社的鐵路，SS庄的產業因而大為發達起來。但是，SS庄的會社鐵路車站在村子的緩坡下四五百公尺的地方，從村子到那兒，一些貨物還得靠臺車或牛車來搬運，尤其夏天，滿路泥濘，頗不方便。入冬以後，傳聞裏說車站會延長到村尾來，三桂對這一點也深感興趣。他想到如果在車站前有十間左右的房產，那就不必每天坐在藥店店口，像釣魚般地等待顧客上門，舒舒服服地躺著也可以過下去。假使火車開到村子裏的街路上，那麼除了那個地點以外就再也沒有設立車站的地方了。三桂發現到那個地點與自己所有土地還隔得好遠，覺得好遺憾。那附近，大部分還是屬於清漂哩。清漂原本也是SS庄的人，後來因為開設貨運行，搬到TR庄去的。他是三桂的母親娘家的親戚，母親在世時經常有來往。三桂於是有了野心，逢到TR庄有拜拜什麼的時候，便特地跑到清漂家，打聽打聽房地產及山產的貨運等行情。然而在清漂這邊倒也另有野心。他唸完四年的公學校，為了準備考臺北的醫學校，希望能夠離開故鄉，可是雙親偏偏不許，如今每次看到醫生全部變成富翁，便懊悔不迭，怨恨雙親。好久以來，他看到三桂的藥店開始走下坡了，便有意弄到手。他覺得他會「國語」（指日語），也懂得漢醫，實在大可不必幹這撈什子的貨運行當。

「三桂兄。」

清漂總是這麼稱呼比他大三歲的三桂。

「你也不必老是守著藥店，該擴張擴張事業啦。」

「你想借資金給我嗎？」

「開玩笑！我自己才不夠啊。有不少事，明明知道可以賺，還是出不了手。」

「是指鐵路吧。」

「也有。」

「那只是傳聞吧。」

三桂聽著遠遠傳來的拜拜銅鑼聲這麼說。

「也不一定哩。時勢不一樣了，真的，沒有像SS庄這麼遠的車站啦。」

「這跟你的貨運行有關係嗎？」

「有啊。」

清漂好像不太樂意似地這麼回答著，岔開了話題。他倒是以同情的口吻，巧妙地談到近來西藥房增加了不少家，所以漢藥店必定受到威脅吧。他故意地說起漢藥店的前途不可靠，想讓三桂感到灰心。這時，阿勇雖然已經從高等科畢業出來，但因考不取上級學校，只好在家幫忙藥店的事。在清漂這裏，二兒子也是沒有能考進上級學校的，目前在「庄役場」（鄉公所）工作。然而，到R市的學校學來的，只不過是愛趕時髦，藥店的生意依然沒有起色。因此，清漂認為福全藥房再不會有前途了。藥店生意也要靠走紅，一旦開始走下坡，通常都會滾落到底的。清漂看準了頂讓這爿藥店，正是時候了，不過碰到三桂那冷峻而精明的眼光，便決定還是等人家坦白地提出來吧。三桂這邊深知彼此都在窺伺對方的縫隙才是人生，即令是親戚，也未便輕易地就啟口。如果藥店幹不下去了，改改行也是順理成章的事，但在確定下一個目標以前，放棄藥店等於就是放棄死抱住的木樁，讓波浪把你捲走。當然啦，三桂其實也未嘗沒有想到，如今這爿藥店就只有讓清漂來接手才對。清漂那一身白麻紗圓領的瘦長個子，的確有著漢醫派頭的。並且，清漂在那方面有一手，這也是村子裏人人知道的事。就這樣子，三桂儘管特意跑到TR庄來，也總是談不出一個結果，大家都不肯把肚子裏的話說出來，當然沒法談攏啦——三桂向老妻這麼埋怨。不久，冬去春來，三桂又幹了件無聊事，使他的藥店受到了沉重的打擊。

在SS庄，一年當中最熱鬧的行事是舊曆三月三號。這一天是清明，同時也是S廟的拜拜日。這天晚上，三桂竟在路過時順手摸了一把剛搬到村子裏來的雜貨店老闆謝德的女兒的奶子，引發了村人們群情激憤。五色繽紛的村子裏的姑娘們聚集著看大戲的時候，他趁著黑暗伸出怪手的。自從那女孩搬來以後，村人們都傳告著說她是荔枝般漂亮的姑娘，而三桂竟然不顧自己一大把年紀，看中了她那要爆裂般的乳房。三桂大概是認定人家是搬來不久，不至於聲張的吧，不料那女孩驚叫了一聲，使得三桂遭了一頓毒打狠揍。三桂的老婆目瞪口呆，一句話也說不出來，默默地迎接了老公，不過她倒也逢人便訴說一定是那兒弄錯了，那女孩本來就像隻蝴蝶般的，很可能就是被誣告了。可是誰也不肯聽她的。

清漂聽到了，馬上就趕來看三桂。當然是為了提防三桂自暴自棄起來，把藥店賣掉。在清漂來說，為了頂讓三桂的藥店，非等到三桂徹底地受到打擊，因此他並不覺得這件事是多麼不體面的事。阿勇這位沒有見過世面的年輕人，倒是耿耿於懷，看店子時也總是躲在櫃臺後面。

「三桂兄，你也不必太記掛著啦。」

清漂站在病榻旁安慰。

「是你運氣不好，一定是著魔了。所以不妨認為是碰上了夜叉，忘了算了。如果你這裏人手不夠，我可以來幫幫忙。」

三桂好像被打慘了，清漂從來也沒有看過他這麼軟弱的嗓音和眼光。

「哎哎，我反正活不了多久啦，只要阿勇的婚事定了，我就……」

三桂的眼裏第一次湧出了淚水，所以清漂也禁不住眼熱起來。

阿勇與月里的婚事被提出來，是在這次的拜拜後幾個月的事。要想把這爿藥店弄到手，等於就是投考醫學專門學校，所以村子裏的事業家們都對它垂涎著。為了這，清漂想到先把女兒許配給對方，討得了歡心再來進行。但是，當兩家婚事決定了之後，事情便往對清漂有利的方面展開了。三桂的身子恢復了一些，阿勇的婚事也順利進行，他這就有了活力，提議用清漂所有的可能成為車站近傍的土地來和藥店交換。這對沒有現款的清漂來說，簡直就是一石雙鵰的事。

四

西北雨打翻了桶子般地落，屋簷水管水迸溢，鴨子在庭院裏泅泳，月里忙於枕頭布的刺繡和桌巾的編結，母親也為她從R市買來了絲線。關於聘金，沒有向媒人提出過分要求，這使月里感到輕鬆。她一面刺繡一面想起的阿勇，的確是個很乖的青年。圓聘後，兩個哥哥對她特別好，這也是令人懷念的事。下雨了，把上衣穿上吧，母親的這話聽來特別沁入心中。在TR庄的林清漂家，店子與住居之中有一塊正四方的庭院，下雨時，從住居出到店子，都得打雨傘。不過通風特別好，夜裏涼爽。庭院上種著栴檀、桂花等。阿勇小時候，和母親一起來看拜拜，住在這裏。從居門看進去，庭院上花朵盛開，在住家門口做女紅的月里，顯得好漂亮。她坐在一把籐椅上，翹起二郎腿專心地做刺繡。三桂巴不得早一天把這個媳婦娶過門，每次來到TR庄，也不經過媒人就直接向清漂說：「我家人手不足，得早些讓孩子結婚才行呢。」

在清漂這邊，反正女兒已許給了人家，幾時娶過去都是一樣的，不過一旦到了商議日期時，總又消極了，說還沒準備，根本就無意早嫁。土地與店子的事，清漂不免也貪心起來，希望能有比時價高出一倍的價格。SS庄上那塊地，當時每甲二千五百圓應該是最好的價錢了。可是清漂主張想到將來，應該有五千圓。再者，他還以為如果沒有五千圓，那麼為了那爿店子，得負一大筆債。但是，三桂這邊也強硬地說，加上店子裏的存貨，非有一萬圓以上便不想放手。這麼一來，阿勇的婚期就沒法決定了。一天，當媒人阿金婆來到清漂家商量時，三桂湊巧地也來到了。老婆婆看到三桂的臉色，覺察形勢不利。儘管是親戚，不過事關婚嫁的問題，應當全權交給媒人才是，家長雙方直接談判，實在不成道理。如果雙方不互相客氣些，必定會傷了感情，這麼重大的事情，要是傷了感情，一定對將來有不良影響的。俗語也說：先小人後君子，起初還是應當透過媒人，把想提的全提出來，以後便應該親親密密，這也就是這句自古以來的格言所規定的。而這兩個人早已把媒人撇在一旁接觸過了，教媒人失去了立場。老婆婆有些不愉快起來了。但是，兩人談著談著，老婆婆總算諒解了，原來他們之間已弄到非有她出面，便很可能使這樁婚事泡湯的關頭，因此老婆婆禁不住地積極起來了。她把咬碎的檳榔吐掉，拈了另一隻塞進嘴裏，坐直了身子說：

「清漂和三桂兄啊，男人在談房子土地的事，女人好像不太應該插嘴，可是我總算也是負起了把兩家連結在一塊的任務的人，你們就忍耐著讓我也說一句話吧。」

爾虞我詐的兩人爭執到了頂點時，愛插嘴的老婆婆這麼一番說詞，總算讓兩人衝到喉嚨的話給抑止住。

「這樣不就好了嗎？」

老婆婆比三桂還少一歲，所以她往常都是把三桂當做兄長的，於是她的話有勁起來了。

「將來你的女婿家貧窮了，你的女兒也不會太好受的，還有你這邊，媳婦的娘家沒有錢了，頂讓過來的藥店生意好不起來，最後又得轉讓給別人，這也不是你願意的事吧。」

兩人因為老婆婆的話刺中他們的矜持，便緘默下來了，而且面孔也和平了許多，於是她探出了上身。

「我沒說錯吧，大家都是自己人哪。」

「不錯啊。」

清漂表示了同意，於是老婆婆忽然有了自信。

「所以嘛，看在我的臉上，就減三千圓吧。」

「哎呀，這可太過分了，阿金。」

三桂驚詫地叫了一聲。清漂縮住了脖子等待阿金的話。

「買賣啊，三桂兄，靠眼前的討價還價賺的是女人生意，靠將來的希望，這才是男人的生意哩。背城借一，知道吧，這是男人的話啊。」

兩個大男人瞠目結舌了。在SS庄，鼎鼎出名的就是阿金婆的一張嘴。碰上這張嘴，整個村子裏的人都會成為親戚的。

「怎麼樣？差不多可以成交了吧。」

這，這算什麼話啊，三桂在內心裏嘀咕。

「阿金，妳到底知不知道那一帶土地的時價呢？一甲地，時價不過是兩千五啊。」

「我當然知道。你的目的也不是要買一甲兩千五時價的土地吧。雙方都是投機，不是嗎？明天，如果那裏成了車站，清漂也不會願意一甲四千塊錢就賣掉吧。」

話是刺中了三桂的要害啦，所以他也不想再爭下去。看到兩人都不響，阿金就反覆地說就這麼決定了，一面在那支長煙管上換上了煙草，陶然起來。清漂的女人也出來，萬分羨慕地向阿金笑笑說：

「女人如果都像阿金婆那麼聰明，那就不用再擔心被男人欺負了。」

「這可不一定呢。唔，就這麼說定了。」

老婆婆又叮嚀了一句，指了指嘴邊的紅檳榔汁。

三桂與清漂交換了一個眼色，可是此刻三桂屈居下風，因此馬上便又岔開了視線。

「該請我喝杯茶了吧。」

阿金婆的話使清漂的女人醒過來似地，連忙拿起茶壺，一面說哎哎，聽著這麼好聽的話，都給忘了，失禮失禮，一面為阿金婆倒茶。庭院裏的栴檀被那隻給雄雞窮追不捨的母雞撞了一把，花瓣紛紛地掉在地面上。

清漂與三桂的這筆買賣，在料想不到的情形下成交了。但是回程三桂覺得牝雞司晨這個詞，一定就是指像阿金這種女人了，而他自己也不知道究竟滿意好呢，還是不滿意，心裏倒似乎有一抹不安。在阿金婆來說，只因婚事很可能觸礁，所以不得不挺身而出，聘金是少了，不過房子與土地的買賣也會有一筆中人禮，因此大為高興。這個紅包賺到手以後，可得好好地拜一下土地公才行呢。這是意料之外的賺頭，非得分出一些孝敬孝敬神明，否則下次便不會再有這種甜頭了，阿金這麼祈禱。

入秋後，阿勇迎娶的日子是看定了，可是林家忽然碰上了不幸，結果又給延到明春。在鄉下裏，向來的習俗是婚嫁前如果兩家有什麼變故，便認為這樁婚姻是不吉利的。這次林鄭兩家的婚姻，由於過程上有了這麼多波折，最後好不容易地才成定案，所以這一點倒是不成問題的，當媒人聽到清漂的長子夭折的消息時，著著實實地大吃了一驚。她從未做過這麼麻煩的媒人，而且像清漂這邊，正要幹起一番大事業的當口，家裏的臺柱忽然斷了一根，這好比是在幸福的背後發現到了魔鬼，自然叫人吃驚。阿金不由地想：佛教認為一隻貓的死，都對人生有所教誨，真是一點也沒錯啊。清漂流著淚嘆息著，把藥店的店面改建。勤奮的大兒子，一直都當做是一家依靠的，這一來跟三桂的遭遇毫無兩樣了。清漂為此有些不安起來。憨子才會送親終，這真是無情的箴言啊。

長子死後，清漂完全變了人，話也說得很少了。這倒使他看來更像個漢醫。名醫總是沒法放手為自己的骨肉開藥方的，村人們都這麼說。不過在月里看來，父親雖然夠可憐，但卻也因了哥哥之死，父女的情分彷彿變淡了。聽著改建工事敲敲打打的聲音，月里終究開始希望能早一天離開這個家了。這也許就是一個女人成長的過程吧。

清漂的藥店決定正月中旬開張，店名仍沿用原來的福全藥房，不過店面則取消了木板窗，全部改用玻璃，以便求個面目一新。阿勇的結婚也定在正月末尾。SS庄與TR庄之間，巴士開通的消息傳開了，車站店舖的傳言也隨之傳遍全村，村子裏忽然高漲起繁榮的氣氛。三桂為了重振中落的家運，在可能成為車站的土地上開始了營建連三棟的二樓房屋，每天都有牛車載著建材駛過。乾坤一擲，成敗在此一舉，三桂因為蓋樓房與娶媳婦，成了村人們談論的對象。那可是村子裏第二棟的二樓建築哩。他會飛黃騰達呢？或者身敗名裂呢？人們議論紛紛。也是趁著這一分氣勢，阿勇得了恩師的幫忙，在役場獲得了一個職位。這麼一來，阿勇就要有個美貌媳婦，並且也可以躋身村子裏的準紳士階級。他就這樣，馬上要踏出春風得意的人生第一步了。

在清漂這邊，他的TR庄福全藥房與SS庄福全藥房不同，為了讓它多少有一點文化味，嵌上玻璃，改善店內的光線，使人有完全不同的感覺。這就是說，福全的店號是頂過來了，但闇雞的招牌，他是興趣缺缺的。他對女兒的出嫁並沒有記掛多少，倒是藥店開幕的事佔滿了他的整個腦海。有時，偶爾也曾向女兒告誡一些一個家庭婦女所應遵守的婦德。

女人的命運與菜種一樣。一切都是天命。下雨或不下雨也都如此，清漂好像想起了大兒子般地濕潤著眼睛，對月里叮嚀。

「嫁雞隨雞，嫁狗隨狗，這是大家常常說的話。妳也知道吧。女人的血緣雖然是在娘家這邊，但這一點與女人的命運完全無關。女人的命運是跟婆家相同的。而這一點，完全看一個人的如何努力而定。」

父親的嗓音沁入月里的耳朵裏，明明知道那是當然的，可是淚水還是止不住地滾落。女人只是為男人製造後代的機器嗎？月里在這可喜的現實當中，卻茫然地感到悲哀與不安的。她雖然絲毫也沒想到將來在婆家沒得吃也還有娘家可以指望的想法，但總覺得被什麼趕著。

「不用哭了，人生的前途，每個人都會感到不安的。而且阿勇還是個善良的青年哩。」

母親也拭著眼淚挨過來安慰她。

「最要緊的是阿勇，只要他堅強，以後就是苦一點也……」

不過月里倒沒有像母親那樣擔心著婆婆與家庭的複雜。

「阿母。」

月里希望在哥哥的服喪期間過了以後才嫁，但卻沒法向母親開口。她總覺得，大兄在時才是她最幸福的時候。

五

由於三桂擁有三棟二樓樓房以及一大塊可能成為車站用地的土地，所以村人傳告說也許他會乘著村子的繁榮之波浪，飛黃騰達起來。也因此，阿勇婚禮的時候，村子裏的紳士們之中送祝儀來的意外地多，使三桂深感有面子。農人們最糟糕了。他們遲鈍，根本不懂人家了不起——紳士們都這麼說。然而農人們倒反過來嘲笑那些紳士們太無節操。也有人聽到農人們說：三桂被毆打時，沒有一個人肯出面幫助他，如今卻大家都跑到他家去喝喜酒去了。君子近有利而遠不利，話是如此，不過三桂倒也不會那麼容易地就被喜悅沖昏了頭。

到TR庄去迎娶的嗩吶和爆竹聲，打破晨靄響起來。

「是去娶阿勇的新娘哩。」

園裏的農人們都回過頭來看這一隊三十幾個人的迎親隊伍，有挑禮物的，有嗩吶班，也有媒人乘坐的轎與六人花轎。三桂家前庭搭起了帳篷，準備了二十張喜宴桌子，只等新娘駕到。親戚的小孩們所放的鞭炮，在街路的這個角落煽起了拜拜的氣氛，連一些大人們都笑逐顏開，興高采烈的樣子。

花轎傍晚時分才到，三桂家一下子沸騰起來了。擠過來看新娘的，準備宴席的，還有就是穿上體面衣服的賀客們，都聚集過來了。

街路邊每家的門口擁擠著想看新郎通過的婦人們的面孔。村子裏的青年們之中，婚禮時穿過西裝的沒有多少位，所以人人都在注意看他穿著的情形。黑呢西裝，紅皮鞋咻咻地響著。該穿黑皮鞋才是啊；領帶針上的珍珠是真的還是假的呢？不管怎樣，三桂家的小子有這種排場，真不容易啊；不，高等科畢業，又在役場工作，應該的吧等等……。照村子裏的習俗，新郎必須由親戚或年長的好友陪同，左手提菜籃，到應該邀請的每家去分發香煙或檳榔才算盡到禮數。新郎紅著臉，陪同的人在一旁殷勤致意。真感謝您的照顧了，今天晚上，準備了一些粗酒粗菜，請您一定賞光——這麼說著向男人敬煙，女人則敬檳榔。阿勇穿上那雙還沒穿慣的鞋子，腳跟磨痛了，踩著八字腳到許多人家去敬禮。大體上說，阿勇的禮貌不算失敗的，可是那雙鞋子不是訂製的，這一點人人都看出來了。村人們看到阿勇這位生硬模樣的新郎，便想起了庄長的兒子結婚時的事，反覆地當做永不厭膩的笑料來談了。那位新郎穿著大禮服，戴上大禮帽，一出現就以那種異樣的姿態驚倒了村人們。那有尾巴的上衣與水桶般的帽子使村人們個個瞪圓了眼睛。不是瘋了吧？村人們啞然，被敬了香煙也說不出話來。這已經不是可笑不可笑的問題啦，村子裏的女人們趕快躲進房間裏笑得前仰後合，有些急性子的人還為新娘擔心起來。還好有識之士又出來了，告訴大家那是西洋的禮服。禮服還可以忍受，可是那有邊的桶子，實在叫人沒辦法領教。連走路的樣子也不對勁。因此，庄長的一位親戚告訴庄長，他們成了笑料啦，以後不許再放縱兒子啦。阿勇的婚禮總算完成，廚房門口偶爾會有桃紅色衣裳的新娘出入，三桂一家真的是大地回春了。這位新娘子，勤快地幹起她的活來了。

一個月過去，兩個月也過了。阿勇的新娘子被遺忘了，月里也開始雜在村子裏的女人們之中到溪邊去洗衣服。阿勇從役場下班回來就一步也不離開家，招來了同事們的揶揄，不過新夫婦倆倒是幸福的。

「有時也得到爸爸的新居去幫幫忙啊。」

二十歲的新郎與十八歲的新娘，開始意識到世人耳目。中元快到，雨水多起來，傳聞裏的巴士通行的事也大體確定了，因而阿勇家也忙起來。R市的開南客運公司派人來勘查SS庄與TR庄之間的道路情況，村子裏的街路上每天都有汽車的喇叭聲響起，小孩們麇集在車旁看。有關巴士的傳聞成為具體的事實，但火車站延長的事卻一點也不見動靜，使得三桂焦急起來了。以目前的家計來說實在無法透視幾十年以後的事而投資。為了站前的房子，他背了一筆債，生活已經是捉襟見肘了。三桂原以為看準了無法預想的社會進化搶了個先手，然而這著棋能不能依循社會進步的路線前進，大成疑問。以村子來說，不能讓車站老是那麼遠，這是常識，但世上的事有些是不能靠常識來判斷的，三桂禁不住地感受到，這次他是真正跳進社會的波濤之中而四顧茫然了。三棟樓房的落成近了。而三桂卻相對地越發不安起來。那一次拜拜之夜被揍後，身體一直不好，肋膜常常發痛，於是他一有空閒便跑到TR庄的藥店，靠自我判斷開個藥方抓藥來吃。看到清標的店子生意興隆，心痛之餘，有時禁不住地坐在那店裏，享受回憶自己的藥店的樂趣。由於三桂來得勤，有人便說這家藥店可能是與三桂共同經營的吧，因此清漂看到三桂來，總是沒有好顏色。三桂開始咯血。他猜疑心重，只要身體情形好些，便親自到TR庄的福全藥店去抓藥。有時看到主人託詞不在，店員便老實不客氣地在藥包上寫明藥費數目才交給三桂。三桂氣憤不過，便默默地付了錢，然後用力地合上錢包，匆匆地趕回SS庄。他開始詛咒清漂，甚至也拿媳婦出氣。嫁過來後一個多月的時候回了一趟娘家，以後月里就從來也沒有回去過。那一次是正式的歸寧，她希望這一次只是玩的，順便也打算請父親免去公公的藥費。阿勇也高興地表示贊同，並吩咐說，萬一不行，可以偷偷地記下賬，他會去付清。

然而，月里回到娘家一看，情形完全不同了。父親專心於他的新事業，連碰面的時間都沒有，好不容易地才在吃飯時，流著淚向父親請求。她說明做一個媳婦的立場，而公公這一生是從未花過藥費的，為了安慰病人，希望不要收費。父親默默地在吃他的飯，一言不發。比起沒有電燈的SS庄，TR庄的家看來明亮而富裕。

「月里，藥費不是問題啊。我們不願意的是因肺病而衰弱的他會在這裏倒下去。妳的爸爸是想在我們家死的，這種心意才叫人受不了。」

二哥用了「妳的爸爸」這個字眼，使月里覺得格外難過。看到他那激憤的面孔，她再也不想說話了。福來一方面是因為店號剛好跟他的名字有緣，另一方面生意確實太好了，因此如今月里的公公憑過去的一段淵源就要來糾纏，故而深感不快。同時他還覺得，最近他與一位名望家的千金談起了婚事，能夠與月里的婆家斷絕來往，這家藥店才算真正成了他們林家的東西，而摒絕了像三桂這種人的頻繁的出入，便可保持面子。這就是牌局裏的「清一色」了。

「阿兄，那你是不管我啦？」

「妳一開口就管啦，不管啦，其實如今在妳來說，婆家的繁榮比娘家更重要啊。所以呀，家裏也有家裏的做法——」

「福來！」

父親好像聽不下去了，斥了二哥一聲，不過還是不發一言。

「阿爸……」

「嗯，你們兩個都沒錯。不過，現在必須考慮的是不能兩家都垮了。還有就是福全藥房是剛在TR庄創業，再跟三桂有瓜葛，對藥房是不是有利呢？我倒是想，再過一段期間，藥房基礎穩固了，那時便可以幫助他們了。目前，我以為還要多考慮考慮才好。」

「明白了。」

這話的意思就是說，月里的公公是被討厭的人，而且正在走霉運，應該避免被連累。為了月里，還是先與三桂斷絕，到了某一個階段再來給她幫助，換句話說，就是等三桂死後，鄭家落到阿勇手裏，那時再來為鄭家的復興而相助。綜合母親的話，父親的意思大概就是這樣。這等於是說：等成了富翁再來行善。月里無心在娘家住下來了，決定傍晚時分回去。母親流著淚挽留她，但這只是感傷而已，月里踩著夕陽的影子，匆匆趕回SS庄。這條路曾經坐在轎上走過的，月里瀏覽著山丘上的草木想：回去後如何向公公交代呢？一路上想了三個小時，她決定撒一個謊。

爸爸老是吃自己藥房的藥，所以才好不起來。算命先生說，五十五歲是不吉的年份，非大損便可能折壽。月里的苦肉之計，倒也使三桂的心平下來。雖然是荒唐的事，不過想起來卻也是合乎道理的。

林鄭兩家從此疏遠了。阿勇看到父親受苦，打算親自到TR庄去抓藥，可是被妻子阻止住。三桂總算也聽了一家人的勸告，第一次接受西醫的診療。然而，他的病況不佳，加上滿心憂憤，終於在三棟新樓房未落成時就一命嗚呼了。

六

三桂死得好可憐，連親戚們都很冷淡，甚至背後也有人數說他死得正是時候，車站的前景已經不可想望了，所以善後都沒來得及做就逃一般地死掉。然而，只有三桂的妻子深諳丈夫的癖性，因而心疼不已。信了算命仙的話，願意接受西醫的醫治，都顯示了他的趨於軟弱。還好像預感到死似的。出殯時，弔喪客還不到阿勇婚禮時賀客的三分之一。不過這倒一點也不算奇怪。這村子裏有一位當了十三年區長的陳先生，晚年連一個壯丁團（普設於鄉鎮的一種團體，類似民防團）都沒有去看他，這是人人都知道的故事。進茅屋去弔唁死人，沒有人認為是一件體面的事。一旦家門沒落，一切公職都失去，從庄長到派出所的巡查一個個換了人，終於再也沒有人想起他的過去的功績了，這時陳先生便只是個貧窮農人而已。三桂的店子垮了，又沒趕上時代的潮流，那麼比陳先生更壞的現象在等著他，是自然不過的事。如果車站沒有能延長到預想中的地點，那麼三棟樓房的房租收入，連付債款的利息都不夠。充其量只能把樓下充做商店的山產物庫房，樓上租給人住罷了。一切都顯現出料想之外的事實，最後三桂一家人只得搬到趕出房客要回來的這幢在村東後街曾經充做養豬養雞的房屋。阿勇的母親讓媳婦幫著，小心翼翼地飼養那隻像是三桂的遺物般的母豬。這是說，如今他們一家人必須靠豬仔來過活了。並不是人人都看透了阿勇，有著要討債就趁現在的想法，然而家裏的財產已經少得不是母子倆所能應付生計的地步，這使他們深感意外。阿勇好像看破了似地，聽任東西被查封。最後剩下的唯一的財物，就是這一幢農屋了。人一旦開始在斜坡上滾落，再也沒法止住。倒下又爬起來，這是人生之常。阿勇使出了所有在學校學來的學問來解釋，但還是敵不過母親的淚水。一家的首腦以淚洗面，這個家必趨於暗淡。於是阿勇的家運，落到恰如風一吹便會消失的一縷煙。

月里沒有生下小孩，每天每天都勤奮地幫著婆婆養豬。養母豬讓牠生小豬，成了他們唯一的生產手段。在這種情形下，阿勇到役場去上班，也不得不凡事萎縮，幾乎成了群鶴中的一隻雞。而且這隻雞還是羽毛脫落了的慘兮兮的雞。日常的衣著不用說，連村子裏的有閒階級常常來的那種大夥分攤費用買東西吃的活動也沒法參加。這麼一來，他就落到準紳士階級的水準以下，即令請來了恩師也沒法可施了。從役場下班回來，他便得和妻子一塊到田園裏去採給豬吃的蕃薯藤。面頰瘦削了，變黑了，也憔悴了。到了四月份，天氣激變，一會熱起來，一會又得慌忙地拿出夾衣來穿，阿勇的母親開始受不了這種天氣。某日，終於中風倒下來了。母親衰弱的身體，受到了病魔的侵襲。一樣一樣地換藥，還是沒有能治好母親的病。奇異的是在SS庄與TR庄之間巴士通行的一天，阿勇的母親過世了。在阿勇來說，那是悲苦的一天。阿勇在這寂寞的鄭家葬禮上，首次體會到了落魄的悲哀，人從此一變。他失去了青年人的熱情，連到役場上班都感到心怯了。在僅剩下夫婦倆的閒散的家裏，他連翻開雜誌的意趣都沒有了。母豬生下了小豬，月里一個人沒法料理，他便決心辭職，與其在那裏像繼子般地萎縮著，倒不如在家幫老婆的忙。不過關於這點，他倒是對妻子抱愧的。他下定決心拚命地幹活。因為一個鄉下女人，有穿洋服的丈夫是夠體面的事。一般都認為只有那一類人，才配在村子裏的街路上痛快地挺起胸膛走路。然而，即使阿勇不辭去役場的職務，昂首闊步的權利早已失去了，因此月里也就不想阻止他。儘管這樣，阿勇遞上了辭呈後，回到家還是躲在寢室裏號啕而哭。

「好傻，真不像個男子漢大丈夫。早知道這樣，為什麼要辭掉呢？真沒出息。一個男人，二十一歲了，如果是個有作為的人，早當上學校的訓導啦。」

妻子這番話好像針一般地刺向阿勇，使他頭都抬不起來。他想起自己沒有能進師範學校，又失去了一切財產，憂煩極了。為什麼我不能像別的農家子弟那樣和平過日子呢？每次嗅到妻的雙手有豬食味，心胸便起一陣絞痛。豬們開始在豬圈裏催午食般地響著鼻子，月里便從房間出去了。聽到妻的腳步聲漸漸地從廚房遠去，阿勇便從床裏爬起來，這裏那裏地收拾起屋裏來了。不知不覺間，村人們把鄭家一家人遺忘了。阿勇淪落為一個平平常常的貧窮青年。也許人都是易於習慣於境遇的吧，月里也增添了農家女的堅強。尤其女人一旦看開了，似乎都會強起來的，孱弱的阿勇，給人們的印象是四時都跟在月里身後走著。

每個村庄都會有一些喜歡惡作劇的青年，SS庄也不例外。這些年輕人們每有空閒便背地裏蜚長流短地說阿勇的老婆一定會跑掉的。

「真是牛屎上插了一朵鮮花。看來阿勇會做一隻烏龜，幫老婆看門的。」

這樣的話終於也傳進阿勇的耳朵裏。真可恨，真想把他們殺了，可是這些話並不是一個人說的，是幾個人聚在一塊冷嘲熱罵的，因此阿勇儘管憤怒，也拿他們沒辦法。那種欺負弱者的心理確實叫人憤恨，可是阿勇倒是信得過妻子的。懷恨在心卻又沒有抗爭的方法與力氣，沒有比這種情形更叫人難受的了。於是村子裏的這一類諷言冷語成了阿勇精神上的另一個負擔。

「月里，我們把這房子賣了，到TR庄或R市去吧。」

阿勇被逼得受不了，這麼說。

「TR庄比這裏還討厭呢。而且爸爸和哥哥都不可靠，TR庄根本就沒有一件可依靠的啊。R市也一樣，沒有指望，只有比在這裏更糟。」

月里有時也想過出去都市比在鄉下好些，但萬一找不到生活的方法，那就更可怕了。

「你在意那些小流氓的話嗎？」

「不是的，我總覺得這個村子，叫人討厭。」

兩人都緘默下來了。阿勇好像累了。月里看得出丈夫的身子瘦薄了許多。阿勇不適合在強烈的陽光下工作，這幾個月來太過勞累了。得了瘧疾後，他聽月里的勸告看了醫生。發高熱的時候，阿勇也不住地埋怨這村子叫人討厭。他已衰弱得從園裏回來必須躺下來休息，否則飯也吃不下去。一連又發了熱，醫生說是慢性瘧疾。媽的，竟害上了要多花錢的病——他顫抖著手拿藥吃，一面這麼咒罵。

「誰叫你上園裏不帶傘或蓑衣。」

妻這麼說。急性瘧疾雖然激烈，但好得也快。慢性的要好受些，但每三天或五天便來一次，臉色也很快就變黃。阿勇因這場病，身子更不行了。另一點是好些了馬上就得上園裏，便不免常淋驟雨，病也就拖下來了。阿勇的面孔黃得像色紙。大熱天裏還要蓋上棉被，抱著火籠抖個不停。熱來了，便喊阿爸阿母喊個沒完。

七

自從阿勇得了瘧疾以後，多半在家裏無所事事地過日子。當人手不足的時候，看到他在村子裏的街道上懶洋洋地走著，那是很叫人焦灼的事。月里由於沒法光靠養豬過活，只好到金銀紙製造廠去做工。這種情形使得阿勇不好意思再開口向月里要零用錢，便勉強驅策著疲困的身子到田園，回程順路砍了些月桃，以一枝一錢的代價賣給魚販、肉販，或村子裏的商店，以充做綁東西的繩子。背二十枝月桃，就叫阿勇吃力得什麼似的。他的身體一天天地衰弱了。淪落為採月桃的阿勇，走在街道上，看來那麼苦哈哈的，惹得村子裏的婦女們大為同情月里。到了盛產水果的五月某日，阿勇到俗稱山仔脫的地方割給豬吃的野芋藤，割好後，一如往常地穿過香蕉園，來到雜木林找月桃，不料碰上了在園裏做工的阿漫，受到一場冷嘲熱諷。阿漫也是血氣正旺的單身漢，每次碰上總會開開玩笑。可是這一天，阿勇覺得阿漫的話不是玩笑的，因而感到侮辱。

「阿勇，你不必自己一個人這麼辛辛苦苦地養老婆啊。咱們兩個來養，你就舒服多了。反正你的身子……」

這種淫穢的話，使得阿勇忽地火冒三丈，背過手就從腰後的刀架抽出了刀，猛地砍向阿漫。阿漫閃過了這一擊，四寸粗的香蕉樹被一刀兩斷了。阿漫沒命地逃開。阿勇渾身的血都倒流了，身子顫抖，一時天旋地轉起來，就在那裏栽倒下去。他好像以為自己殺了人，當他聽到香蕉葉在風裏拍拍地響著，這才發現到自己坐在地上，滿頭大汗。被砍倒的香蕉樹滲出了樹液，太陽在頭上猛烤著，大地搖晃的感覺那麼強烈，他再次橫倒了。不知不覺間便在香蕉蔭下睡著了，一陣冰涼掠過了背脊，他猛地又醒過來。雨點在打著香蕉葉，這使他著慌了。是驟雨！瘧疾最怕的就是雨啊。阿勇爬一般地在田野間的小徑上趕回去。熱烘烘的身子淋了雨是很涼快的，可是腳步踉蹌著，自己的生命彷彿從腳邊融化著，他一次又一次地顛躓，肩上的豬食也紛紛掉落。回到家時，月里還沒有從工廠回來。阿勇像一個從水裏爬上來的投水者，渾身透濕，嘴唇發紫，顫抖不已。阿勇不知道月里是什麼時候回來的。她在燈影下縫補阿勇的衣服，好像哭著。他只模糊記得她餵了他幾次茶。一團漆黑裏，兩腳好像還在濺著水花。

「幾點啦？月里，怎麼還不睡呢？」

如果是十二點，那麼阿勇是昏迷了差不多十個小時了。

這一天起阿勇就臥床不起，村子裏的人們也有段日子沒有人看到阿勇。連在工廠一塊工作的婦女們也問月里是不是死掉了吧。秋收開始，人手又不足了，村人這才來到阿勇家，希望能請他幫幫忙。他們發現到阿勇悄然坐在屋簷下的竹椅上，淌下的口涎在胸口牽著絲，楞楞地看著院子。

「阿勇！」

他只是微微地側過一下臉，不發一言，仍凝盯著什麼。

「想請你幫幫忙的，病還沒好嗎？」

月里到工廠去了，來訪的人看不慣在桌上跳的雞，鼓著手掌趕開了。阿勇就這樣再沒人管，整日裏都那樣坐著。

「阿勇死了，月里才會幸福的。」村人又開始說話。有人說：話是不錯，可是娘家那邊，如今恐怕也不好意思把已經成了鄭家唯一支撐的月里要回去吧。也有些愛管閒事的人憂慮地表示：一開始就不順遂的，所以一切都不行啦，而且月里也埋怨著娘家，聽說阿勇剛得病的時候，月里就回娘家求助，卻被二哥拒絕了。也有一次，有人說阿勇的病是可以治好的，那是有某種邪魔作祟，月里便到處去要了藥來給阿勇吃。阿勇雖然稍稍恢復了元氣，但人就像是一隻陀螺，凝滯著眼光跑步般地走了幾十公尺，碰上了電柱，恰像陀螺到達了旋轉力的顛峰，定定地站住。以為他會倒下去，卻又忽然拔腿跑起來。

這就是阿勇恢復元氣時的情形。月里還是跟阿勇住在一塊。這種影子般的男人，有時也會使月里不知如何是好，但當她看開的時候，卻又覺得這也是對雙親的報復，不免有些快樂起來。看，這就是TR庄福全藥房的千金，雙親為了想成為名望家，把女兒給犧牲了。有一次，月里還想跟阿勇來個合照，將照片寄給父母看看。人們不管這些，一股勁地傳言說月里的雙親是要等阿勇死後，才把女兒接回去。月里對這樣的說法嗤之以鼻。

「我就是死了也不離開鄭家啦。孤兒成為幸福的方法，是知道自己的本分哩。」

女兒的這種言辭當然不會不傳聞到父母那兒。也因此月里已斷絕了與娘家的一切連繫。可是過了一年，阿勇還是老樣子，情形好時便會出到市場，照月里的吩咐買些青菜回來。這樣子，與其說是夫婦，倒毋寧更像拖著一個有血緣的影子一般的男人走路，使得自己的身子都彷彿輕得經不起一陣風吹來了。阿勇成了一隻被雨水打光了羽毛的慘兮兮的雞，而月里似乎下意識地恐懼著被人們討厭。也因為如此，她較前更注意服飾。有時看著鏡子，會忽然好想化妝起來。我不是女人嗎？為什麼不可以化妝呢？從來沒有人說過不行的啊，月里在心中自問自答。她還是沒有能衝破村子裏的習俗。影子般的阿勇坐在屋簷下，從不管月里。兩人就像一對母子，是有連繫但想法則是南轅北轍。月里是容易使喚的女工，也是相當美貌的女人，有時顯得稍輕率，但也不會被蜚長流短。阿勇幾乎砍死阿漫的事，不知如何傳揚開的，阿漫成了村子裏被討厭的人物。蚯蚓也有三分心志，人們這麼讚揚阿勇。也有人認為阿勇雖然坐著不動一動，但那是惡犬般地守護著月里呢。事實上，阿勇是不會有這種力氣的。而村子裏的風習仍是正派的，以後再也沒有人敢學阿漫的樣子。也因為這樣，月里就像個男人那樣，隨便那裏都去做工。很快地，她說話的口氣也像男人了。這一來，男人也就大膽起來，跟她開開玩笑。正如畫家不應該和模特兒說話那樣，月里也必須有工作的女人的尊嚴與矜持。被金銀紙工廠的年輕人們慫恿著，答應扮演車鼓旦，也是由於她不再把男人放在眼裏，內心也有點放肆起來的緣故。另一層就是希望讓自己的美姿展現在眾目之前的心情，使她大膽起來的。什麼是送秋波呢？她希望能把它具體化。

也就是因為如此，她從那天晚上以後個性一變，並且社會上人們對她的觀感也不同了。保持男性與女性之間的尊嚴與矜持的幔幕給撕破了，她開始有了個外號叫村子裏的夜鶯。村子裏家家戶戶的父母們都嚴格地吩咐女兒們避免去接觸她，月里也屢次地成為人們的家庭糾紛的原因。某個月夜，月里被一位太太的娘家的人抓進派出所裏，她已經自暴自棄，生活放肆了，化妝與胭脂成了她的命根，不管人們討厭不討厭，她隨時都不忘點上一抹紅唇。然而，月里也第一次發現到村子裏的青年們是一點勇氣也沒有的，他們的自私自利使她深感憤然。月里成為村子裏婦女們眾矢之的。儘管如此，逢到收割期，月里偶爾也會被請去幫工。她能雜在男人們之間幹活，工資卻又便宜，有些農家倒是覺得很划算。例如李懷家便是。在月里來說，既然到處充滿白眼，能有個李家可以做工，也是很高興的。李家沒有女兒，也沒有未婚青年。三個兒子都已娶了媳婦。其中兩個哥哥是笨頭笨腦的農人，每天上田園裏做活，老二瘸了兩腿，去春才與名叫「大頭仔」的女人結婚，已有個男孩，受著一家人寵愛。雖然雙親都畸形，生下的嬰孩卻白白胖胖，可愛極了。這大頭仔頭部特大，手腳又小，連每天梳頭髮都要婆婆幫忙。瘸腳仔阿凜討厭大頭仔，但父親李懷總是吼他。

「阿凜！你總說阿珠討厭，如果阿珠也說你討厭，那你又該怎樣？」

「阿爸，我原不必結婚的。」

「娘的！還不知足呢。」

於是阿珠和阿凜才結婚的。奇怪的是過了一年，孫子也生下來了。不但李懷喜出望外，阿珠娘家的父母親也送來了比往常多的賀禮。不過阿凜還是對妻子不滿。我至少是公學校畢業的，腳雖不好，但成績是優等的。尤其畫畫，村子裏人人稱讚他。就因此有強烈的自尊心。反觀阿珠，名字好美，外觀卻是大頭仔，人人都這麼叫她。阿凜是沒有人叫他瘸腳仔的。阿凜會寫信，每到過年的時候，街坊鄰居便要來請他寫對聯，因此有什麼事，人們便會送雞或者什麼的，「有了好鳳梨啦」這麼說著送水果來的也有。阿凜會用木炭畫肖像，附近老人也有來請他畫肖像的。阿凜人挺好，大家都喜歡他。雖然人人喜歡他，但就是沒有人為他介紹一房正常人的媳婦，因此阿凜懷恨世間的無情。阿凜的刺繡也棒極了，附近的女孩們便由母親陪同，來請教他。不過每當阿凜拿出鉛筆要寫生時，這些姑娘們便笑著走開。瘸腳仔的畫好像還是不受歡迎。也因此，阿凜更渴望著能畫美麗的女孩，便常畫些楊貴妃啦、王昭君啦。自然，這不能使他滿足。他好想能畫畫現代的女性美。這個家庭就是由於這個樣子，沒有一個人擔心月里。這使月里非常高興，每次被請來李家，便勤奮地做工，使李懷夫婦倆大為滿意。月里對李懷太太總是嬸嬸長嬸嬸短地叫得怪親熱的。李懷太太便也常常安慰她，認為人們對她實在太苛酷了些。

八

早稻開始收割了。月里仍覺得來李懷家幫工較有意思。田裏，割稻師傅手忙腳亂地幹著活，熱鬧極了，烏秋也飛到牛背上來嬉戲。月里從曬穀到廚房裏的活兒，無一不做，且做得好起勁。

「月里，妳好勤快啊。」

連阿凜的房間，她也收拾了，因此阿凜好感謝。他正在客房兼書齋的房間中心的床前的桌子寫著什麼。

「人家都說我懶呢。只有你稱讚我。」

月里也朗朗地回答。牆上滿滿地貼著阿凜畫的畫。月里一幅幅地看著，心想不是有天才，絕對畫不出這麼美的畫。她欽佩得五體投地。

「能畫得這麼好，一定很安慰吧。真叫人羨慕。」

「才沒有安慰哩。好像跟老頭對看著，沒意思。」

說來也是的，畫裏的人不是老頭便是古代女人。阿凜還只有二十八歲，可是額角上已刻著好幾道深深的皺紋。

「咦，為什麼？」

月里那清脆的嗓音，使得阿凜的心有些怦然起來，便說出畫這些東西是多麼無聊，不能到別的地方去學畫又是多麼遺憾，還表示一張張地畫著，等於就在等死。這話使月里大吃一驚。這樣的人，居然有這麼大的志氣，那種智能令她吃驚。她以為阿凜的煩惱只是生來殘廢，沒想到他有對人生的不可思議的慰藉，月里不禁覺得深得吾意。月里想了這些就出到庭院裏，大頭仔正在那兒趕偷吃穀子的雞。不知怎地，阿凜的一席話好像在腦子裏隱現著，竟覺得希望多聽一些。他內心的吐露等於也是觸到自己的內心。想起來，自己豈不也是殘廢的嗎？阿凜的煩惱，正好也等於是自己的煩惱。阿凜的話使她奇異地感動起來，似乎自己也變成了一個殘廢的人啦。並且認為自己也是殘廢，那就更能用阿凜的話來表達自己的心情，心緒也就奇異舒泰起來。對啦，我也是個殘廢。月里茫然地這麼認定。然而，儘管她這麼認定，可是一旦看到大頭仔，便起了一種反抗心，感到一股嫌厭之情。她覺得大頭仔整個人都是畸形殘廢的，而她與阿凜則是人變形而成的另一種人，儘管是殘廢，卻擁有了不起的東西。好比說，大頭仔是投錯了胎的，而他們則恰如變形的竹筍根，有著藝術味與深刻味。在強烈的陽光下，穀子就像黃金一般，一粒粒地閃著光。看著看著，月里覺得自己真的是殘廢，心平氣和了。殘廢的阿凜有了不起的技能，而另一個殘廢的我，有著完好的手腳與整齊的五官。聽著阿凜的傾訴，月里彷彿覺得自己的人生受到了啟蒙，也覺得阿凜就是她所遇見的男人之中最了不起的一個。在大白天裏，她一面拉起嗓門趕雞一面這麼想。這就成了兩人幽會的動機了。穀倉後或庫房裏，兩人盡情地交談著殘廢與人生。

「我也和你一樣的。」她說。

「為啥？」

「我想你應該是最了解的。阿凜兄，你畫我吧。我希望看到在你的眼裏所看到的我。」

「好，我畫，我畫。」

月里成了阿凜的模特兒。看了這情形，大頭仔雖然說不出，但心裏燃起了苦苦的嫉妒。不過父親倒是認為這可以壓抑阿凜的向學心，反倒對月里的親切感謝。阿凜的畫不再是木炭的，而是用水彩，當清淨的月里在畫面上出現時，月里高興得幾乎流淚，禁不住握住了阿凜的手。

「阿凜兄，像嗎？這就是我的臉嗎？」

「像，只是我沒有能畫得更好。我不知妳怎樣看妳自己，不過我看到的妳比這畫更美。」

「這看起來像殘廢嗎？」

「不，妳不是殘廢。」

「為什麼？為什麼呢？」

月里的臉上罩上了一朵暗雲。為什麼不是殘廢呢？說是殘廢，才更使我舒服啦。她說：

「不行。我覺得看起來像個殘廢，才能表達出我的心情。」

「勉強說，這眼裏的光就是殘廢。想從環境跳出來的這種眼光，也許在旁人看來是殘廢的吧。」

阿凜綻開了臉，看了看月里。

「同志！」

阿凜叫了一聲。月里一驚，回頭看了一眼。穀埕上，阿凜的母親與大頭仔還在曬穀。

「我也跟你一樣哩。」

月里細聲地笑了笑，把畫拿起來看了看。到了入秋以後，人們這才知道了月里與阿凜相愛。那也是因為阿凜偶爾會雙手撐著木屐樣的東西，拖著不聽指使的腳爬一般地前往月里的家，人們這才發現到的。自從畫了月里的肖像以後，阿凜人變得不落實起來了，大頭仔有一次偷偷地跟蹤他，終於明白了事實的原委。起初，加上阿勇三個人一起吃東西，後來便只有阿凜和月里兩人了。大頭仔看到後，急忙回來，想在房間裏上吊，卻被婆婆看到了。大頭仔邊哭著向婆婆說出了一切。這事很快地就傳遍了整個村子，有一天大頭仔娘家的父母與兄弟們來包圍月里的家，差一點沒把月里拖出來。

「妳這臭婊子，月里，出來吧。把妳這夜鶯的肉撕開，才能當做給別人的教訓。」

然而，月里那決意的蒼白的臉，使他們畏縮了。

「臭婊子，妳另外還有男人吧，幹嗎還要搶人家的丈夫？」

「搶？」

月里頭髮鬆亂了，牙齒咬得緊緊地說：

「沒下卵的，那麼看不過去，那就把我殺了吧。難道連一個女人也殺不了嗎？」

看熱鬧的圍過來了。大頭仔的家人被有識人士阻止住，雙方只互相叫罵了一陣便散了。只有看熱鬧的，意猶未足似地疏疏落落地走開。月里和阿凜沒法再相會了，可是兩個人的熱情反而更被煽動起來。

「我願意永遠背著你走。」

大頭仔跟蹤阿凜，所聽到的月里對怨嘆腳不好的阿凜所說的安慰話由大頭仔公佈出來，而這話到了秋深之際被付諸實行。兩人在村西不遠處的碧潭雙雙投身而死。李懷咒罵了月里。看到月里的屍首還背著阿凜，更是怒不可遏，去找阿勇賠，可是阿勇楞楞地，什麼也不懂。結果葬禮費用都由李懷負擔，月里的靈位請一個乞丐婆送去給阿勇家。阿勇一點也沒有悲傷的樣子，左翻右尋地在空蕩蕩的屋裏找了半天，好不容易地才看到的是床裏的那隻木雕閹雞。阿勇好像也知道了今天起只有這隻雞陪伴他似地，抱著它傻傻地想著什麼，並一任口涎淌下。村人們傳告說，鄭家躲著一個活的影子和亡靈，他們走過阿勇家前面時，沒有人再敢往屋內窺望一眼，有些迷信的人還要喃喃地念佛呢。

本篇作於一九四二年六月十七日，原載《臺灣文學》二卷三號（一九四二年七月）

張文環

張文環（一九〇九—一九七八），嘉義梅山人，一九二七年東渡日本求學，一九三一年入東洋大學文學部，在學期間與吳坤煌、王白淵、巫永福等組織「臺灣藝術研究會」，發行刊物《福爾摩沙》。一九三八年返臺，任職於臺灣映畫株式會社，一九四一年，因有見於日本皇民化運動對文藝界的壟斷，與王井泉、黃得時等共組「啓文社」，創辦《臺灣文學》，站在臺灣人立場，與日本人西川滿主編的《文藝臺灣》分庭抗禮。光復初期，曾任臺中縣第一屆縣參議員，臺灣省文獻委員會編纂等職，五〇年代以後轉入金融界及商界服務，迄逝世為止。

張文環是日據時代末期的重要作家，創作力強，作品極為豐富，著作以小說居多。光復前的小說作品有長篇《山茶花》，及中短篇二十餘篇。光復後，經歷二二八事變及白色恐怖的衝擊，曾長期停筆，一九七二年始恢復寫作，三年後，日文長篇小說《在地上爬的人》（一譯《滾地郎》）在日本出版。一九七七年開始撰寫另一長篇《從山上望見的街燈》，惜未及完稿即謝世。

張文環的小說大都集中於農村及小鎮生活的描寫，他光復前的作品雖未直接攻擊日本殖民統治的罪惡，但意識上卻始終站在人道主義的立場，摒棄四〇年代皇民化文學的夢囈，遠離戰爭末期蒼白逃避的唯美傾向，以堅實，關懷的筆觸，忠實地記錄生活於這島上的人們的悲歡和願望。光復後，自覺「背負著臺灣人陰慘的影子苟活下來」的張文環，他的新作《在地上爬的人》，探討的仍是在歷史巨浪下，始終以自己的面目生活和發展的臺灣人民群像。他這堅定不移的創作精神和方向，使他的作品成了二十世紀臺灣鄉土史的畫卷。

張文環的作品及其研究，可參見張恆豪編，《張文環集》（《臺灣作家全集》）（臺北：前衛，一九九一）；陳萬益主編，《張文環全集》（八卷）（臺中縣：臺中縣立文化中心，二〇〇二）。

奔流

王昶雄著
鍾肇政譯

一

我離開住慣了十年那麼久的東京，是三年前的春天的事。到如今把眼睛閉上，那天晚上的情景，還可以清清楚楚地浮上腦際。九點正，像巨蟒一般的開往下關的夜車離開了東京站。當車子經過有樂町、新橋、品川、大森，串串街燈次第從視野消失時，我怎麼也止不住熱熱的東西湧上心頭。與其說離情的淒苦，倒毋寧是想到自己一旦回到鄉里，何時才能再踏上這帝都土地呢？這樣的思緒使我感到難忍的寂寞。這也不僅僅是年輕人的感傷而已。我在S醫大讀完了課程，在附屬醫院從事臨床的工作，另一方面還以解剖學教室研究生的身份留下來。但是，這也是極短暫的事情。才不過一年工夫吧，在故鄉開設內科醫院的父親突然逝世，不得不立即束裝返鄉。想研究到有個名堂出來的心情，還有對日本內地生活的摯愛，終究在現實之前，那麼輕易地就瓦解了。繼承父親的衣缽，一生埋沒於鄉間醫生的境遇，對我來說委實是難以忍受的。

睽違多年的故鄉風物，使我打從心底裏感到優美，心情總算開朗了些。但這也沒有能維持多久。當一個平凡的鄉下醫生，工作並不算煩瑣，可就沒有辦法全心投入，只是茫然的過日子。沒法子逃避的無聊，使我拿它一點辦法也沒有，簡直想把身心都豁出去。追憶著在內地時的那種氣魄，想到在如此單調的生活中，今後如何求得刺激，這種不著邊際的思想，經常像燻炙似地在胸口翻湧、盪漾，把頹喪的心，帶向無限的遠方。雖然有故舊，也不是能誠心安慰，或剖心相告的人，吊在半空中的慵懶，經常弄得心情憂鬱難解。很想乾脆拋棄一切，再一次到東京去，想到孤單的老母親，也就下不了決心。

就在那時候，結識了伊東春生這個人。說得詳細些，當我正沉溺於恍似客愁般的狂暴的感傷當中的時候，給了我的飢渴一服清涼劑的，正是伊東春生其人。這就是我和伊東接近的動機，也是加速地使意氣投合的程度加深的因素。經過情形是這樣的——

十月將近尾聲的時候，殘暑仍然相當逼人，可是到了晚上，氣溫簡直不可相信似地驟降，變得涼氣逼人。因此，感冒流行起來，使我無分晝夜都手忙腳亂。一天傍晚，我一個個依序看著病人的時候，突然有一個人，喊了一聲：「拜託！」很有氣勢地走進來。注意一看，是三十四、五歲的，體格健壯的人。眼睛紅紅的，面孔因發燒而泛紅。雖然很隨便地披著單衣，總覺得有著迫人的凜然。這人就是伊東春生。我立刻把聽診器貼上胸部，看看喉嚨，不用說是嚴重的感冒了。體溫有三十八度五。

「因為太好強了。逞強，好像還是抗不過病喲。」伊東笑著說。

面孔雖然看來很大方，笑裏卻隱伏著複雜的陰影和線條。彷彿無言地訴說著他意志的堅強和主張個性尊嚴的剛烈似的。問他職業，說是城邦大東中學的國文教師。我不覺把視線傾注於伊東的臉。借職業上的方便，好像觀察似的，瞪著眼凝視他。像是內地人的這個伊東，從說話的腔調雖然沒有辦法識別，但那臉的輪廓、骨骼、眼睛、鼻子，在我看來，很像是本島人。也許是出生於殖民地的神經過敏式的敏銳靈感所使然，我在內地的時候，內地人當然不用說，是半島人（指朝鮮人）還是中國人，看一眼，就能毫無例外地辨認出來。除非我這敏銳的靈感麻痺了，這時，我的雙眼所見，應當不會有誤。這已夠誘發我異常的好奇心了。我希望及早查出伊東的真正身份，也興起了跟這個人盡情地交談的衝動。而如果伊東正如我所預感是本島人，那就更能誘發我的興趣，我的期望也因此會更為廣大。但是，乍一見面就不客氣地再多問下去，未免失禮，並且後面又還有很多病人在等著，給了兩天份的藥，告訴他希望再來，就分手了。

跟他錯身進來的，是這裏的中學五年級的林柏年。柏年看到了伊東，就行了舉手禮。我很高興柏年來得正是時候。他今年十八歲，劍道鍛鍊出來的身子，雖然很結實，仍有小孩子的感覺。原來愛好運動的他，劍道以外，也從事其他各種各樣的運動，由於過劇地酷使身體，傷了肋膜，繼續來我的醫院看了兩個半月的病。我在胸部輕輕敲打，問過了最近的狀況之後，才問他：

「我想問你一個怪怪的問題。那個伊東先生，是什麼地方的人？」

「那個老師嗎？」柏年好像所等待的機會終於到來似地說「他是本島人。太太是內地人。」

「果然沒錯。」我露出了會心的微笑。並不是對自己的靈感未衰的慶幸，而是這個人的存在，彷彿與我有緣似的，是詭異但又似乎在追求開朗的思念似的莫名的歡喜。教授國文，以及和內地人毫無分別的沒有半點土氣，有這樣的本島人在鄉里，使我覺得深獲我心，由衷地湧起了歡喜。

「是好老師嗎?」在次一瞬間,我竟無意識地問了這樣愚笨的問題。

「這個……我也不曉得該怎麼說。」

不知為什麼,柏年好像逞意氣似的,脫口而出。這個人,與體格不相稱地,感覺很細膩,有很不好應付的地方。眼睛大概是心理的關係,有所疑惑似地細瞇著。這種「倔」的地方,不是我所喜歡的,但那種青年人的正義感比人強過一倍的地方,卻使我很同情。我不再多盤問伊東的事,從此之後,就急切地等待伊東再到醫院來。

可是,過了三天、五天,伊東都沒有出現。感冒完全好過來了吧。他不來,就去找他聊吧,又提不起勁兒,我只好等待機會了。

這時候,感冒的流行,漸漸到尾聲了,代之而來的,是這個城特有的雨,是不成粒的,像霧一般的雨。一天晚上,病人都走了之後,想藉讀書來排遣鬱悶的心情,在時鐘敲響九下,高興地想關門的時候,有個人說聲「晚安」就走進來了。那是伊東。對他出乎意料的來訪,不用說我是打心底裏頭歡迎的。他來是為上次的事道了謝就想走,我卻極力留住他,引他到書房。

「藏書真不少,是個學者啊!」伊東說著,瀏覽著兩架大書架。「哈哈!你的文學的書,比醫學的書還多嘛!」

「哈哈,哈哈哈哈!」我笑著推過坐墊給他。「過世的父親的書也在裏面。不敢相瞞,我曾經是很熱烈的文學青年,想做個作家,不過這已經是從前的夢了。」

「是嗎?不過,人是需要夢的。因為人類的成長進化,是受那夢的鼓舞,推進的。我們學校是專收本島人子弟的,他們並沒有懷抱太大的夢,直截了當地說,殖民地的劣根性經常低迷不散,很傷腦筋。」

「對的，他們並沒有魄力。」

「他們的視野很窄。因為無法離開自我的世界去想東西，所以凡事總是怯怯的，人都變小了。氣節、氣概，全都沒有，譬如說……」

這時，母親端著放著茶和糖果的托盤進來了。「歡迎！」這是用國語（指日語）招呼的。然後說：

「討厭的雨季又來臨了，真傷腦筋。」這是用本島語說的。

「是母親。國語只懂一點點。」我這樣介紹，伊東便禮貌地說：

「啊！是高堂。請多指教。我是伊東春生。毫不客氣地在這裏打擾。」

這是用國語說的。我感到很意外，伊東在這種場合，也不肯說本島語。在這一瞬間，我感到伊東所持的人生觀異常地徹底。我不得已，只好把他的禮貌的話向母親翻譯。

「父母親都健在嗎？」母親離去後，我這樣問他。

「嗯，老人家他們總有辦法的……」

伊東這樣說了之後，像要岔開話題似地說：

「你在內地住了很久，尤其對精神文明方面有興趣，大概也曉得，俗話說的日本精神，如果不通過古典來看，多半沒有意思，譬如《古事記》。我們所以會被它吸引，是因為心和詞，絲毫沒有歪曲地，而且很率直的關係。有個偉大的學者說，像幼兒依偎在祖父母的膝下，亮著好奇的眼睛，傾耳於那古老的故事那樣，有一種愉快。離開了日本的古典，就沒有日本精神了。」

伊東在說話時，眼角放出紅光，看來臉上的皮膚都發放著光輝似的。我在心中暗暗地想：這是比我所想的，更為傑出的人物。想著他的人生觀的不凡，我吞了一口口水。想想看吧，現在，在這裏，一個本島人，娶了一個日本人為妻，言語、舉動，根本上，完全變成日本人了。而他站在中學校的教壇，堂堂地教授國文。過去的人，不敢祈望的，接觸到真正的某種東西的、深遠的知性的芬芳，變成了挖掘對方心臟一般的熱情的話，在感受性最強的時代的本島人中學生們心中，植下崇高的精神，喚起對正確學問憧憬的心，描繪能誘發對氣節無法遏止的思慕之念，扮演重大任務的姿態時，我的眼角，不知不覺就會熱起來。那是既不是喜悅，也不是什麼的，只是不可思議地搖撼靈魂的感情。是稱為感動的東西。

兩個人雖然今天才開始聊起來，卻簡直像十年的知己一般，談了很多。伊東離去時，是在敲過十二響以後，從內地回來那時候的，徒具形式而沒有靈魂的那種空虛的寂寞，彷彿已像霧的散失，不知飛到那兒去了。

二

小城雖小，父親留下的地盤卻意外地穩固，病患經常門庭若市。一個半月過去了，每天每天，都面對人生痛苦的一種象徵——病痛的人，我反覆著喘不過氣來的、緊張繁忙的生活。從伊東上一次的來訪開始，兩個人心心相融的交往便開始了，但是，我由於開業醫生的悲哀，一步也不能出外，多半是伊東來訪我。

不知不覺一年已到尾聲，就要迎接新年了。

向來懶惰成性的我，忽然想到神社參拜，很早就起來。在薄暗的凌晨的冷氣中，周遭靜悄悄的，什麼聲音都沒有。神社在市郊二町（一町約為一〇九米）左右的小崗上，對面隱約可見的山，看來比白天更遠，呈現著蒼黑的影子。天空是山邊仍有隱隱約約的白色星星閃著冷光的晴朗的藍黃色。久雨已停了，美麗的闇夜，幾乎使人茫然若失。參拜完後，我就像從日常的煩瑣中解放出來的人似的，毫無顧忌地在附近漫步。每當感到冷氣透身的時候，我就懷念地憶起內地的冬天。就是這時節吧，關東平原的冬晴的美，是無可比擬的。冬陽和枯草，不可思議地暖和，冬天的空氣洗滌了五體，連心都會有被洗濯的感覺。這在臺灣是無法想像的。想到灼人的季節很長的臺灣，就禁不住憂鬱。簡直要懷疑，自己的頭腦，逐漸地變傻了。不知走了多久，東方的天空逐漸發白了，我只得回家去。

因有來客，所以我第一次拜訪伊東的家，是在午後四時左右。

「歡迎歡迎！」

穿著和式禮服的伊東，發出驚叫似的聲音迎接我。「新年好！」我誇大地做禮貌的招呼，伊東就魯莽地說：「那樣太舊了，我們用新體制吧。」「唉唉，」我搔起頭來，兩個人便互望著臉哈哈哈哈地笑了。我被引入八張榻榻米的客廳。林柏年非常無聊似地盤著腿，先我坐在那裏。看到我，趕忙坐正，雙手按在榻榻米上說：「新年好！」我模仿伊東說：「那樣太舊了，我們用新體制吧。」大家又愉快地笑了。但是，柏年不知為什麼，稍稍微笑一下，立刻又恢復本來的不愉快的表情，微笑已無蹤影可尋。（真是奇怪的人），我在心中這麼想著，原來這個青年，氣質並不開朗，經常沉默著，怪寂寞的。

「我媽馬上會出來。」

伊東一邊把坐墊推給我一邊說。我真想看看有這樣了不起的兒子的母親是什麼樣子。可能是遵照古風教養出來的女性吧。在心中想像著，望了望天空，彷彿有一點陰暗下來了。可是，像早晨那種冷氣，已一點也沒有了，反而漸漸地明亮，溫暖的空氣在飄動著似的。

不久，紙門拉開了，太太和母親進來了。我端正地坐好。突然，我的眼睛瞪大了。應是伊東的母親的那個女人，穿的是標準的和服裝。年紀大概老早已過了六十了。是個——與其說斑白，不如說白的較多，又稍稍不順的頭髮，眼睛瞇瞇的，肩膀廣闊的老婆婆。

「久仰久仰！今後也請多多關照。」

母親雙手按在榻榻米上，恭敬地招呼。因牙齒脫落的關係，說話有一點漏風。太太向我們敬茶。我在腦子裏感到疑惑，但立刻直覺地感到是太太的母親。這又是怎麼回事呢？伊東又不是沒有生身的父母。也許是來臺灣觀光，暫時來叨擾女婿的吧。交談了二三句話，母親就匆匆退到裏面去了。隨和的太太陪我們談東說西的。這期間，柏年始終靜默著，是一副懊悔不該來的表情。我忽然發現，壁龕的右側有一盆插花。大概是太太插的吧。花盆是千德的薄端，那有鮮紅可愛的果實的南天燭的明朗，正合新年的客廳是穩重的風格。旁邊放著一本謠曲的書，尺八就擱在上面。太太雖不能說是美人，但是眉毛和額頭帶，飄蕩著無可比擬的清純。那直直的鼻樑，令人想到不會高傲的品德。穿著穩重的有楚楚動人花紋的衣服，披著暗紫色的短外褂，使我彷彿回到了久違的內地似的。

我在內地所過的十年的生活，決不是全都愉快的回憶，但我發現了真正的日本美，觸到了像稻草包著一般的溫暖的人情味，體驗到把我那接觸到比憧憬更高更高的理想的精神，從根柢搖撼的事情，就是在這期間。自己不能甘於出生於南方的一個日本人，而非成為純粹的日本人，心便不能安。並不是自動地努力於內地化，而是在無意識中，內地人的血，移注於自己的血管內，在不知不覺間，已靜靜地在流動般的那樣的心情。

關於這一點，東京某良家的一個女性的存在，我是不能忘懷的。我能了解插花、茶道、能喜愛日本服裝，高聳的女人髮型，能陶醉於「能」（一種日本的古典樂劇）歌舞伎，完全是靠這個人培養起來的。圓圓的眼珠經常閃動著聰明的光芒，端整的臉龐，雖然有點好強和冷漠，奇怪的是，卻讓我感覺到溫暖的心情。又多又密又黑的頭髮，盤成柔美的結，她那動作的柔和，都對出生於南方的我，投來純粹日本式的魅力。其後好像做了插花的師匠。她透過插花，不斷地追求人生更深更深的某種東西，那種死心塌地的人生方法，引發我激烈的懷念。換句話說，是把感性的觸指，不停地伸向內心，把勃發不已的生命力，傾注於高尚的藝道。可能經常搖撼著她心絃的求道心，經幾次荊棘的揉磨，一定會有發出光輝的日子來臨吧。予我的心靈無限啟發的她，是我的老師、朋友，也是心中的戀人。每碰上她的視線偶然向著自己時，我就感覺無法形容的熱熱的血潮在體內奔流，同時羞恥於自己的不成熟，彷彿感覺得到真摯的鼓舞：要成就一個人，須更多更多的鍛鍊。

我要歸鄉的一星期前，她為表示餞別，送我一張詩箋。上面寫著「天下第一等人物」。這大概是大儒佐藤一齋的「若要立志就要做第一等人物」的意思。我想不要見面好，就寫一封信道謝，結果回信卻很快就到了，其中有一段這樣寫著：

請不要說詩箋是傑作吧。地面上有洞的話，真想鑽進去呢！當我要寫下那些字時，曾反省過：

自己是不是有資格寫下那句話送你。心中感到十分慚愧。猶豫了好幾次，還是不能不寫。這種心情，終於使我寫了那詩箋——是我的真心——這種過份不遜的行為，相信神一定會寬恕吧，當然，你也……

我靜靜地抑制著熱熱的東西湧上來。即使彼此心中，都在描繪著某種事物，這時也該是分別的時候。做為一個人，我究竟具有跟她結婚的資格嗎？加上獨生子的我，非把她帶回到臺灣偏僻的地方不可，到那時候，從各種角度看來，能否保持以前的幸福感呢？簡直像走鋼索的心情一樣。為自己的窩囊，我哭了。

和我相比，伊東真是明星演員。他的事情我雖然還未完全明白，他不是毫不猶豫地做了，而且不是做得很好嗎？內地的那種優閒的心情和生活，伊東原原本本帶回到鄉里來。常常想：他是了不起的。

鐘敲了五點時，柏年說要回去。我雖然很想再坐一會兒，也認為是該結束的時候，也就告辭了。可是，伊東紅著臉，硬把我拉住。

「過年時節，您和柏年怎麼這樣客氣呢？今天就好好地多玩玩嘛！」

柏年搔著頭，「啊，啊」地猶豫著。於是太太也勸起來了：

「這個時節，雖然沒什麼東西，還是請吃個晚飯吧。」

兩人便下定決心打擾一餐了。

餐席上有五個人，滿熱鬧的。不期然地把目光注視太太端出來的菜餚，我幾乎茫然若失，把筷子伸向雜煮（日式火鍋）時，我打量著桌上許多的好東西，感到受了一次難得的款待。大大的鯛魚、鯡魚卵、雞湯、油炸的蝦，我已好幾個月不曾參加這樣的盛宴了。可是，柏年卻全不夾肉，只是默默地吃著雜煮。

大門響起悄悄推開的聲音。太太放下筷子，走過去了。

「啊！是臺北的媽媽。請進來吧。」門口傳來這樣的話。

「不用啦。我馬上就要回去。大家都好嗎？」

說話的人，彷彿是相當上了年紀的女人，從那笨拙的國語，立刻就可曉得，是本島人。不知為什麼，伊東有點慌張地到大門口去了。

「有什麼事嗎？」

過了一會兒，才傳來那老婆婆的聲音。

「並沒有什麼要緊的事，很久沒看到你們了，想來看看。春生啊，你爸爸最近忽然身體衰弱下來，經常口頭禪似地叫說，寂寞得沒辦法過下去。偶爾也去見見你的爸爸吧。」

這是用本島語說的。末尾的地方，變成了抽泣聲，不能聽得很清楚。

「放心好了，我會去看就是了。」

伊東厭煩地說了這話，就回到客廳來了。呼呼吐著氣，好像有一點亢奮著。看來整個臉上都在忍受著微寒而脫落的感情似的。究竟是什麼事，我把握不到明白的焦點。只是，在我腦海中一閃而過的，是那本島人的女人是伊東的生母。若是，伊東為什麼這樣鄙夷自己的母親，而敬而遠之呢？一定有很深的事情潛藏著。我憑純真的心情，這樣想著。一直沒感覺到，這時的柏年放下筷子，低著頭咬著嘴唇。眼角看來有點蒼白。不多久，太太也回來了。本島人的女人大概回去了。「很對不起！」太太說。但是，已經陷入空虛的沉默的房間，彷彿只有呼吸的聲音在交錯著。其實，我的喉頭，也感到熱熱的阻塞，聲音都吐不出來了。大概覺得不妙吧，伊東忽然熱烈地說：

「快活起來吧！快活起來！讓我唱一首最得意的伊那節（歌名）吧。」

於是，他就唱起來了：

無情啊
木曾路之旅
樹葉兒會
落到笠子上來

可是，伊東唱到要完未完時，柏年像無法再忍受下去了似的說：

「肚子疼得厲害，我先失禮了，謝謝豐盛的晚餐。」

柏年說著，忽然站起來，跳到大門去了。那氣勢，如果有人笨拙地想阻止的話，彷彿會被摜倒似的。柏年那魯莽的表現，使我茫然。但是，柏年對伊東，在意識之一角，始終棲息著的反抗心，我今天才體會出來。我不能不這樣勸阻：

「柏年！這樣對老師不是不禮貌嗎？」

但是，伊東一邊用手勢制止我，一邊說：「別管他，別管他。」

「長久的教育生活中，這樣的場面，也不可不事先想像到。不知是誰說的，陶冶學生，不僅僅是磚塊的堆積，每天每天的經營，多半需有耐性。尤其是本島人學生常有的扭曲的心情，非從根柢重新改造不可。」

他把柏年的事，放在教育的名義下來辯解。我倒很想探觸剛才在大門口交談的真相。但是，不知為什麼，我還不敢有追究的心情。日常對伊東的信賴心和類似尊敬的心理，我不願在此讓它脆弱地崩潰。

「真是奇怪的孩子。」

一直沉默著的、穿著和服的母親，開著嘴咀嚼著。太太一直望著窗外，那好像專心在想什麼的表情，流動著一抹像是悲哀，又似淒涼的難於捉摸的東西。

我告別是在一個小時以後。外面相當黑暗。一月的夜風吹在身上相當寒冷，我有一點禁不住發抖。無數的星星，在頭上繼續著清瑩的閃爍。我想消除剛才的情景，不知為什麼，它卻不斷地在腦中明滅著。

我要橫過草地時，忽然被「先生」的叫聲叫住了腳步，搜尋似地注意一看，說話的人，站在榕樹下，彷彿靜靜地凝望著我。我起初愣了一下，後來才知道，那是柏年。

「不是柏年嗎?為什麼現在還在——」

「先生!」他不知什麼時候已站在我身旁，在夜的黑暗中，帶著震顫的，低沉而激烈的聲音迸出來了，激動得很厲害。

「伊東春生，不，朱春生，他把自己生身的父母踩在腳下……」

「鎮靜一點。」我勸慰說。「對老師，不要亂說。慎重一點好。」

「先生可能不知道，那時候，在大門口的老女人，是伊東親生的母親。他是拋棄自己年老的父母，過著那樣的生活。只認為自己過得快樂就好。……」

「不要說了。」我幾乎無法忍受了。

「請讓我說！我不說心裏不會開朗。伊東的生母，是我，我的姨母，我最知道姨母的苦惱。請想想在天地間只有一個兒子，而被兒子拋棄的人的心情吧。先生！這樣您還要袒護他嗎？難道這樣，你還要——」

柏年聳動著肩膀，終於哭出來了。平時潛藏於心中深處的激烈的感情，找到了機會似的，向我發洩出來。沉默寡言，和體格不相稱的膽怯的柏年，在那裏會有這樣熱情的地方，簡直令人不可思議。柏年的激動固然不尋常，我的失望也相當大。一種不知名的東西，湧上胸口，站著的腰部有點不爭氣似的。

「我知道了。你的氣憤，大體是正確的。不過，還是再冷靜地想想的好。伊東先生有伊東先生偉大的人生觀，也許憑你那樣單純的正義感，我想不一定適合做這樣的批判吧。今晚很冷，又很遲了，現在就回去睡吧。」

我這樣安慰過他之後，就讓柏年回去。

我一整個晚上不能入睡，彷彿柏年的激憤感染了我，眼睛更雪亮，神經異常的亢奮。平日伊東對柏年的態度，以及每次問起伊東父母的事，都像要逃避的那種作風，也好像得到了解了。在那一瞬間，伊東的亢奮，究竟表示什麼意思呢？可以解釋為：由於不體面的本島人母親的出現，一向籠統的很大的幸福，好像忽然碰上了現實，以致惶惑起來似的。伊東是否如柏年所說，犧牲自己的至親，來求取自我的安樂呢？我忍不住地禱告，他有一次向我講述的夢，但願不是指這樣的安逸。

三

胸中迷濛的東西，還未淡薄、開朗的有一天，一種苛烈的現實，卻從根本上，使我的心變暗了。

伊東的生父朱良安終於死了。由於長時以來的糖尿病，身體一天比一天衰弱，更壞的是，半月前患上雙球菌性急性肺炎，成了致死的原因。後來聽柏年說，伊東去探病的次數只有一次。也許那是雙球菌性肺炎的症狀，病人在一再出現昏迷、噩魘中，經常喊叫著像詈罵、像詛咒的陰森囈語。好像為自己斷了後嗣的事而經常感到痛苦，而現在躺在床上，猶如表示想死也死不下去的深刻苦悶一般，眼睛炯炯的放出異樣的光輝。

葬禮那一天，不知為什麼，伊東也沒通知我。我跟伊東的父母雖不曾見過面，我想不必等他的通知，這個葬禮是非參加不可的。當然是出於平日開懷傾談的朋友之誼，不過，想率直地接受柏年所說的事實，想注意當天身為孝男的伊東的一舉一動，這種好奇心的驅使，應是更有力的動機。這種對他不信至極的心情，如同用粗糙的手觸摸自己的神經，老實說，這種壞心眼兒，自己也對它無可奈何。

當天，特別用心地穿好了服裝，卻因急事，終於沒能趕上時間。於是打斷了前往臺北的告別式禮堂的念頭，急急趕到埋葬他的本鎮近郊的墓地去。我到達時，棺柩已經放在壙穴前，遺族們正圍著那棺柩在號哭。時間大概是五點多吧，薄暮的夕陽已向西傾落，只留下微弱的光明，天空已經暗淡了。

因此周圍的事物，染得黑黑的，很不是味兒。墓在丘陵的中腰。途中任其成長的茂盛的雜草，和不知名的花草包圍著的墓，散在各處，赭色的泥土單調地延伸到無盡的遠方。我一邊往上爬，一邊感覺到某種熱熱的東西，在胸口洶湧著。

送葬的人很多。我躲在後面，把周圍迴望一遍。穿麻衣的遺族們所包圍著的棺柩右側，直著腿挺立的伊東的身影，立即吸引了我的眼睛。穿的是黑色西裝，佩的是黑色腕章。大概由於心情的關係，臉上的光彩消失了，顯得很蒼白。身傍的太太，穿著和式禮服，嚴肅地站著。雖然微俯著身子，眼角彷彿有一點紅著。女人們的號哭正在無止盡地延續著的時候，伊東簡直忍無可忍似地更歪起原已苦皺的臉，怒斥說：

「不要再學那種難看的做法啦！」

並且向一個法師催促，法事能不能快些進行。法師慌張而驚恐，指揮哭的人們離開棺柩，想進行下一個手續。但是有一個趴在棺柩上不肯離開的老婆婆。是個瘦小的女人。長久以來忍耐又忍耐過來的壓縮的感情，忽然找到爆發點似的，如同向死者控訴，也彷彿在詛咒一切事物般的自棄的哭聲，毫無節制地延續著。那是彷彿在哪裏聽過的聲音。幾乎同時，我直覺地感到，是伊東的母親。想像一個無人可依靠的悽慘的女人，好像胸口受到擠壓，我的心跌進了苦悶中。但是，次一瞬間，把這個可憐的老婦人，保護似地帶開去的，卻不是伊東，而是穿著簡單的麻衣的年輕人。他是柏年。哭得紅腫的眼睛，大大的淚珠在亮著。我幾乎忍不住要叫他一聲「柏年」的衝動。

幫助的人，揮起鋤頭，在棺木上掩土的時候，遺族們為了向死者做最後的訣別，在靈座前的草薦上，依序行跪拜禮。伊東夫婦只是站著，行了簡單的禮拜。法師打響的鈸的聲音，在風裏流動，糾合在一起，時遠時近，或傳到耳邊，彷彿要把蟄居在地下的鬼魂都喚起來一般，很是陰森恐怖。不多久，饅頭形的小丘做成了，接著臨時墓標也植立起來了。

這樣把埋葬的儀式做完時，究竟是幾點鐘了呢？太陽完全下去之後，天空的餘光下，還看得見的遙遠的海，對岸的山，只是映出一片蒼黑的影子而已。人們向剛剛埋葬完成的新墳，依戀地，頻頻回顧著走下山去。伊東的臉，在我看起來，好像是愈來愈悽慘。在行走中，伊東的夫人靠近走在前面的老婆婆說：

「媽，先到家去，然後再回去吧。」

可是，伊東說：

「不，臺北的家還要收拾，早一點回去比較好。反正我會去看的。」

說著，幾乎要拖著太太的手似地，很快地走下山去。我試著懷疑自己的眼睛和耳朵。但是，既不是夢，也不是別的什麼。當我感覺出那是世上深刻的現實時，我簡直想咬破嘴唇。因為我感到，有生以來不曾嘗到過的欲嘔的重壓。我連看到那可憐的老婆婆的身影，都會興起恐怖感。這時候，有個人打橫裏跳出來，尖叫著說：「姨母！跟我一道回去吧！」就去拉住老婆婆的手。那人便是柏年。他好像完全沒有發現到我。那聲音，顯然只是為了對伊東的做法的反抗。也許是因為反映出燃燒的憤怒，嘴唇激烈地痙攣著。它還傳到全身，振幅過大地顫抖著，在夕暮昏暗中，還是看得很清楚。對於易感的柏年，這無疑是相當大的衝擊。我拖著沉重的腳，走下山去。雖然想叫住柏年，但是，希望一個人悄悄地思考、反省各種事情的心情，充滿了心胸。

我想起了在內地的時候。被問到「府上是那兒啊」的時候，不知是什麼心理作用，大抵回答四國或九州。為什麼我有顧忌，不敢說是「臺灣」呢？因此我不得不經常頂著木村文六的假名做事情。到浴堂去，到飯食店去喝酒，都使用這名字。自以為是個頗為道地的內地人，得意地聳著肩膀高談闊論。有時胡亂賣弄一些江戶土腔，把對方唬得一愣一愣的。因此，跟臺灣土腔很重的友人在一道時，怕被認出是臺灣人，為之提心吊膽。當假面皮就要被揭開時，我就會像松鼠一般逃之夭夭。十年間，不間斷的，我的神經都在緊張狀態之下。

（你真是個卑劣的傢伙。那顯然是鄙夷臺灣的佐證。臺灣人決不是中國人，也不是愛斯基摩人。不僅如此，和內地出生的人，沒有任何不同。要有榮譽感！要有同是日本臣民的榮譽感啊。）

當我日漸對自己個人的醜戲感到疲乏之時，必定這樣曉喻自己：

（慢著，我決不是變得卑鄙。我死勁地隱藏自己的本性，豈不是對那常賜給我溫床的母鳥慈愛的翅膀的一種渴求嗎？那種心情，換句話說，並不是被強迫才這樣努力的，是一種憧憬的心，在不知不覺間，使我浸染於那種生活，精神的。我是在渴求，是對宏大的慈愛的跡近貪婪的渴求。）

另一個我也曾這樣抗言：伊東回到臺灣以後，還能堅持這樣的心情。憑我自己在內地生活過的體驗，應該比誰都更容易地，而且最能理解伊東的心情才對。但是，當真要把父母當踏腳臺嗎？伊東娶了內地人的女人為妻。因妻的關係，對內地人的岳母，極盡獻身的孝養，固為當然的事，然而難道就不能同時對本島人的父母克盡孝養的責任嗎？

我想著各種各樣的事情，在黑暗的道路上急切地邁步。我無法阻止淚水從眼睛滾落下來。我想我不知該怎樣才好。這種淒涼的心情，難道沒有讓它生存的世界嗎？我的思慮，碎成片片了。

四

其後，我和伊東、柏年都很少碰面。我好像被奪去了一切希望的人一樣，每天過著心裏空洞的日子。但是，不管目標的正確與否，原本以為最富於積極性，也深深地生活過來的伊東的生活方式，我發覺到實際上只不過是神經過敏的、無謂的淺薄的東西時，不知是幸還是不幸，總算給了我一個信條。那就是要通過醫業，堂堂地活下去。醫生這種人物，會不會只顧人的肉體，而忘掉人有精神的一面呢？我開始領悟：診察了人的肉體，而不能同時適切地判斷人的感情、心理的力量，沒有這個自信，是不成的。沒有比本島人對醫師的盲目的憧憬，更淺薄的了。

有一天午後，從出診回來時，從大觀中學校來了電話。是伊東打來的。學生中，有因腦貧血倒下去的，要我馬上去一下。我急急忙忙提著皮包就出門去。隨著伊東的引導，到醫務室，將躺著的患者，上身和頭部稍稍下傾，把下半身抬高，使胸部緩和，能自由呼吸之後，才打了一針強心劑。一會兒之後，才一點點地恢復了精神。這個學生是伊東所擔任的班上的學生。這期間，伊東的看護，堪稱是無微不至的。那時候他的眼睛充滿了真摯的光。那該怎麼說呢？就說是心的窗吧。在那清澄的眼中，無論如何點滴都尋不出，對那老婦人加以排拒的不光明行為的影子。我想馬上回去，可是伊東幾乎是強硬地邀請，說十天後有州內的劍道比賽，選手們每天午後都在猛練，要我去參觀一下。我與其說是好奇，不如說是愉快的心情產生在前。本校是專收本島人子弟的學校，想到那些本島人學生，現在堂堂地揮著竹刀站起來了，光這麼想像，胸口就會開朗起來。

道場是相當廣大的木板地，戴著面具和護胸的幾組選手，把這裏當做決戰場似地，使出渾身的力量在交戰著。時而傳來教練的粗大的叫聲：

「不要把劍舉得高高的，採取威壓敵人的姿勢。那不是笨拙，而是不懂劍術正法的人……向著敵人，從自己身體的中心向左右斜斜地變化刀法，手會反扭，身體就會出現空隙……士氣不夠！還不夠！還要再大膽地奮力突擊。」

伊東認真地凝望著。一會兒，他才開始向我說明：

「去年大賽的時候，很是可惜。只差一點點，而失掉了優勝的機會。所以，今年，非拿到不可——。不過，想起來，問題本不在比賽的勝負，要緊的是，要讓日本人的血液在體內萌生出來，使它不斷生長。」

我沒有從訓練的場面移開眼睛，只是對伊東的話一一點著頭。

「可是，林柏年這個孩子……」

伊東又接下說。這時候，我才轉向伊東。

「曾傷過肋膜，這樣劇烈的訓練，對他恐怕太勉強了。依您的診斷認為怎樣？」

我這才想起了柏年的事。

「啊！對了。我知道他最近不常到醫院來的原因了。如果可以的話，盡量讓他休息是比較好些。」

「啊！就是那個。」

伊東指著正在比武的一組說，面向那邊的就是柏年。的確是以全副精神在練著。氣力充溢全身，那種用正擊法用力打下去時的兇猛，該說是獅子的撲擊吧，又像奔放不羈，彷彿使出全力揮動長久受壓抑的四肢似的。那氣勢，連看的人都要滲出汗水來。但是，平常缺乏敏快動作的柏年，在那兒潛藏著這一種氣力呢？我忽然想起有一天晚上，對著我詰責伊東的那種可怕的熱情。我甚至想，在這種氣勢下，病魔立刻就會被吹跑的。

我們不眨眼地凝望著的時候，後方有人發出很尖的聲音叫起來了：

「啊！啊！是牧羊堂醫院的先生吧？這太稀奇了！」

回頭一看，是因感冒，曾到過我那裏兩三次的教務主任、擔任史地科的田尻先生。他是頭髮半白的中老年人，微彎的背脊，大概是長久忍受複雜生活的緣故吧。但是那轉動不停的，令人不快的眼神，卻不能予人和藹的感覺。我禮貌地向他行了禮。

「教務主任你好。我正在打擾你們。都精神蓬勃的。今年優勝的可能性如何？」

我略帶恭維地問了一聲，他便回望著伊東，裝模作樣地大笑著說：

「哈哈！哈哈哈哈！究竟怎樣呢？看見狗都會害怕得想逃的呢。古語說：人必自侮而後人侮之。被那種畜生侮辱，還不知用什麼辦法來對付，優勝恐怕沒什麼希望吧？伊東君，你認為呢？」

伊東十分慎重地說：

「完全同感。我平常也對那一點感到很可惜。」

我比較地看了看兩個人的臉，再去注視練習的情形。不久，田尻教務主任說：「請慢慢觀戰。」就匆忙地離開了道場。選手們根本沒注意我們的談話，彷彿要打斷手腕，彷彿要喊啞聲音似地，揮劈著竹刀。我的眼角熱起來了。（本島人青年啊！）我在心中叫喊著。

（我們現在非隨著歷史的成長，來學習自身的成長，並得到成長的結果不可。讓我們向山實實在在地一步步攀登吧。有時說不定會從山路退下來，也要忍耐下去。對於我們茫茫然的前途，一步的怠惰、頹廢都不許可。始終要以不屈的精神，把一切加以新的創造。）

不久，教練忽然下了命令：「停！休息十五分鐘。」選手們立刻停止練習，互相恭敬地行禮之後，才解開綁面具的繩子透透氣。柏年看見了我，忽然奔跑過來，可是，跑了一半，就轉向出口，跑去了。我便向柏年追過去。

「柏年君！」

聽到我的叫聲，柏年停住了腳步，微笑著，靠過來了。大概由於緊張的關係，笑起來的面頰，怪不自然的。

「身體狀況好嗎？不要太勉強比較好。」我說。

「先生請放心吧。托您的福，有了這樣的身體。手腕癢癢的，一點辦法都沒有。我要贏得勝利給你看！」

柏年撫著手腕，很愉快地笑著。他那淺黑的肌膚滲出了汗水，我卻從那裏感覺到某種剛強生命的昂揚。

「請盡力而為。柏年啊！歷史的腳步，不論喜歡不喜歡，都一天一天地向激流奔過去，本島人要成為堂堂的日本人，躍上真正的舞臺的時期，就要來臨了。所以，這一回，你們的優勝，是有很深的意義的。」

我終於說出這樣艱深的話勉勵他。他對這話彷彿馬上領會了似的。

「是的，無論怎樣艱辛我都會努力下去。本島人也是堂堂的日本人。每天像三頓飯一般地被罵成怯懦蟲，真是受不了。還有，在打垮那些身為本島人，卻又鄙夷本島人的傢伙的意義上，我也要拚命。」

他所說的本島人，大概是指伊東吧。上次事件的餘憤，會描繪出這樣無限的波紋，是很可怕的。感受性很強的心，如同糾纏住的線，拉錯了一條線頭，就不曉得會擴展到什麼地方去。

「好了。」我慌張地舉手先制止他，才說：「那種精神，我很欽佩。不過，最好不要把事情想歪了。在身體不會過度的範圍內好好努力吧。」

「先生！不會過度的範圍，是不徹底的。」

他反抗似地忽然跑開去了。但是，臉上那出乎意料之外的兩條淚痕，我並沒有看漏。我第一次接觸到他不服輸的、不顧一切的奮鬥的一面，反而感到可憫。

又過了十天。對我來說，那是一連串緊張的日子。本島人的選手們，雖然決心要奮鬥，可是由於過去不曾在比賽中得過優勝的缺乏自信，以及對未曾接受考驗的技巧的不安，交織在一起，彷彿是自己的事似地，使我的心情非常不安。但是，蓋子終於掀開了。獲得優勝。我知道消息，是紀元節（二月十一日，日本開國紀念日）那天，也就是比賽當天的傍晚。

那並不是做夢。本島人終於把國技——劍道，變成自己的東西了。該是心和技一致了，即所謂能虛心坦懷地應戰的結果吧。或者激烈如噴火的鬥志，壓倒一切了呢？無論如何，是優勝了。州中的稱霸，也就是全島的稱霸。被狗畜生欺侮，而不知如何對付的事，現在已成古老的故事了。古來的武士道的花，是不是就要有意識地在本島人青年心中發芽了呢？現在就要吹滅卑屈的感情，本島的青春，正要開始飛躍了。我欣喜之餘，氣都喘不過來了。胸部無端地膨脹起來，感到無法抑制活活的血奔躍的疼痛感。我很想看田尻教務主任的臉。

然而，我忘了比我更歡喜的人了，那是伊東。比賽得了優勝的第二天，選手們的座談會上，由於伊東的好意，我得了出席的機會。在歸途中，我和當天的英雄，「中堅」（五名選手中居中者）的柏年並肩回家時，被伊東叫住了。

「柏年！到我家去一趟，先生也請一道去。」

是喜悅使得伊東不想讓柏年就這樣回去的吧。我的心胸也開朗起來了。我以為柏年今天大概會接受的。

「不！我要回家去。」

柏年咬緊嘴唇，和往常一樣，奇妙地表現出反抗的態度。我的神經有一點焦躁不安起來。但是，伊東仍然微笑著說：

「我是想為你祝賀。走，咱們一塊去。」

「那是多餘的事，我還是回家吧。」

柏年自顧向前走，我呆住了。

「柏年！等一下！」

伊東終於生氣了。追上去，抓住了衣襟，強有力的手掌，連續地向柏年的面頰飛過去。但是，柏年並沒有想抵抗，任他毆打。

「你真是個不識好歹的傢伙。那種又臭又硬的精神，能有什麼用！」

「老師才是那樣的。」柏年並不服輸。「拋棄親生父母的精神，還能從事教育嗎？」

「傻瓜！你怎會知道我的心情？不過，總有一天你會知道的。今天不講多餘的事。你那種歪曲的根性，丟給狗吃了吧！」

講給他聽過幾次的話，伊東又誠懇地說了。我不知該怎樣才好。而伊東把蓬亂的頭髮，用手往上梳著梳著，很快地往前走去了。

「柏年！」我這才開口。「你很倔強啊。伊東先生平時怎樣關心你，你大概不知道。我曾經說過，你的感情，大致是正確的，不過，伊東先生的人生觀，是大乘的，一般的常識是沒有辦法理解的。不過無論如何，他是你的老師，一齊去向他道歉如何？」

「我不要！」

彷彿對我的囉唆很不滿似的。可是他在努力不讓我看到眼淚，而當他把鼻涕往上吸時，大粒的淚珠反而滾下來了。接著掉了好幾顆，他也沒有加以理會。

這天我倒很想到伊東家去。我害怕。若不毫無忌憚地究明雙方的心理，掃除一片低迷的暗雲，彼此的悲劇，會以悲劇落幕。可是，到真正要付諸行動時，我又躊躇了。究竟是常常被伊東那很強勁的推動力推動而不滿，還是不願攪亂他好不容易才建立起來的那種幸福呢？我為此焦急、煩惱。這種焦苦的心理，可能意味著：如果我被安放到和伊東同樣的境遇，可能也會蹈其覆轍的心理弱點吧。我甚至還懷疑，說不定連我自己的心理都有點扭曲了。

五

歲月同時把悲傷的記憶與愉快的記憶一起裝載著流逝而去。林柏年他們要離開學校的日子終於來臨了。留下了那光輝的優勝——比什麼都值得紀念的禮物。有一天，我從費了半天的出診回來，藥局生告訴我，大約兩小時前，柏年提著皮箱來告別。我跺著腳深感可惜，卻已無可奈何了。我靜靜地閉上眼睛，眼前就會浮起柏年那細瞇而慵懶的清澄的眼睛，把理智的敏銳打消了幾分的矮鼻子，和彎成弓形的緊閉的嘴唇。雖然有著也許是環境使然的，那種扭曲了的氣質，但是，到了面對問題的時候，那剛強的氣概，在我腦海中留下了很深的印象。最初來到醫院時，臉色蒼白，從上方俯視他的脖子，還殘留著少年的純潔和孱弱。可是，到了做最後的劇烈的訓練時，簡直像成長了一年或兩年的人一樣，給了我剛強的感覺。想起來，我們兩人，不過是醫師和患者的關係而已，一直不曾有過好好談天的機會，但是卻覺得，他彷彿最信賴我似的。如果時間許可的話，很想聽聽他的希望，以及今後的方向，還有，對他表兄伊東家庭的事情，也很想尋根究底地探詢一番。

很不可思議的，想見這個年輕人的一念，以後更為熊熊地燃燒起來。我也想過到他的鄉里南投去看看。然而，由於絡繹不絕地來醫院的病患，找不到空閒的時間，一直到了三個星期之後的一個星期天早晨，才毅然決然離家出發。

柏年的家是在南投的鎮郊不遠的地方。從屋子的外觀和室內的家具，大體可以知道，並不是富有的家庭。迎接我的是將近六十歲的瘦瘦的女人。是柏年的母親。和伊東的母親很相像。我向她表明，是在×鎮開業的內科醫生，和伊東春生先生及令郎都非常友好，同時報告了今天的來意。老婦人就很惶恐似地，彎低著腰，一遍又一遍地行禮。並且從眼睛裏，簌簌地滾出淚珠，微微顫動著聲音說：

「很不巧，柏年在兩天前，到內地去了。家，如你所見，柏年的父親和唯一的哥哥，在同一家公司服務，是薪水很低的職員，完全沒有供那孩子到內地去的財力。可是，先生，那個孩子，從小就喜歡讀書，說再苦也要靠工讀完成學業，苦苦的哀求。父親示以白眼，加以鞭打，也不在乎，一點辦法都沒有。如果能像先生一樣，做個醫生的話，有時我們也會想，借債也要供他學費。」

觸及這個老婆婆衝口而出的樸訥的本島語背後流露的親情，我的眼眶禁不住刺熱起來。柏年的內地之行，是完全不曾預期的，一旦知道他離去了，心口禁不住湧起與做父母親的人有所不同的寂寞感。為什麼不來跟我商量呢？雖然有些抱怨，不過我不免又想，不論對於怎樣未知的世界，他都有辦法使自己沉浸到裏面去，這樣的人絕不會是凡庸之輩。從他所做過的事情，所見到的堅忍的功夫，我禁不住要為他喝彩的。我雖然錯過了向他問將來的希望的機會，對於：如果能做醫生的話，父母親這種安逸的想法，背脊上忽生一陣寒慄。讓潛藏在一個年輕人身中的可能，充分地成長，這種沒有偏見的熱忱，不才是現代的父母親所應有的嗎？醫學萬能，絕不是對本島可喜的語辭。但是觸及柏年的母親注視我的那種含著強勁的羨慕之意的眼神，我的精神就完全消沉下來了。

「你們能答應他，也真不容易了。」

我不得已這樣問問。

「先生，大概是那孩子畢業典禮的兩天前，伊東先生特別來訪。說柏年一定會要求到內地去，不論要進哪個學校，都請讓他去吧。學費的問題，雖然他力量有限，他也會想辦法。說起來真慚愧，我們這才有讓他去的意思，只是叮嚀要立志做醫生。呵呵！呵呵呵呵。」

老婆婆做出表情的時候，眼尾的小皺紋就像刻痕一般的很是顯眼，這是她勞苦的象徵。因為說到了伊東，我不由得把膝蓋往前挪，落入感慨似地，側起耳朵來。伊東這一回的做法，一瞬間，給了我青天霹靂似的衝擊，恢復鎮定之後，彷彿知道了伊東的心底似的。當他的決意，深刻地激動著我的時候，我感到呼吸似乎就要窒息了。如果柏年知道伊東的這種做為，多半會咬著牙根，毫不客氣地加以拒絕的。

「原來如此。伊東先生真是個熱血的漢子。是難得的一番好意，想想柏年君的將來，我想還是接受下來好。」

我以這話做前提，想透過這個女人，探詢出伊東的事情。

「我和伊東先生交往並不很久，他們家庭的事情，似乎很複雜，關於這一點，我聽到了一些風評。」

老婆婆的臉，突然陰沉下來，但馬上又恢復了平靜說：

「那是沒有辦法的事情。一切都看成命運才成。」

這樣一打開話匣子，她的話就一直說個不停。我終究還是觸到了不該觸及的問題，會不會更加傷害做為親戚之一的她的心胸呢？我為此稍稍感到了畏懼，不過，看到她非常豁達的樣子，心情也就寬鬆了。

話是從伊東的童年開始的。稍不注意，她的話就會重複，或糾纏在一起，不容易理出條理，所以這裏還是讓我來改編一下，用我個人獨特的見解，加以整理，就成了以下的樣子。

朱良安，也就是伊東的父親，是個商人。但倒不是道地的商人。良安的父親是清朝的貢生，無疑是堂堂的書香世家。所以，良安自小就被灌輸四書五經，純然是社會的事完全與我無關的所謂讀書人的氣質，但是，時勢變了之後，就不許甘於做個讀書人，如果不轉向，連生活都要受到威脅。轉向為商人，如所預料，成績並不怎麼好。心理焦躁不安的時候，又碰上了妻子的嘮叨，於是雙方的衝突就頻頻發生。每天都是風波很高的日子。小孩只有伊東一個。因此，伊東雖然被疼愛著，到十三歲畢業公學校止，他所受到的刺激，是很複雜的。雙親頻繁衝突的漩渦，絕沒有閃開過這個孩子。此後母親的歇斯底里愈來愈厲害。彼此互向著捲起龍捲風一般的感情風暴，一個旋轉之後，變了方向，多半會像雪崩地落到這個孩子身上。伊東這個孩子的心靈，雖然感受著父母的愛心，對家庭中不間斷的重壓，大概已無法忍受了吧，公學校一畢業，馬上要求到內地去讀上級學校。起初，父母對這怪異的要求並不當真，由於這個膽怯的孩子意料之外的剛強的態度，以及帝都有遠親住在那裏，再加上事業上成績雖不理想，又不是沒有讓兒子讀完上級學校的學費，就勉為其難地把這個孩子送到內地去了。但是，條件是：要入醫學校。

伊東很認真地求學。如同從籠子裏放出來的鳥一樣，展開幾乎要懷疑自己曾經擁有的大翼，向著宏大的天空飛去。

中學校的成績，一直都在五名以內。五年間，只回過家一次。已經變成叫人認不出來的，體格健壯的青年了。怯懦的地方，一點也看不到痕跡了。更令人驚奇的是，表現的態度，所使用的國語的腔調，跟內地人一點都沒有分別。對只能講很不流利的國語的父母，或者對完全不會講國語的人，也很少說本島語。父母親對兒子了不起的成長，在心中互相歡喜，再度送到內地去，而出乎意外的，卻發生了一件糾紛。

期待著他進醫學校的，他卻背叛了父親的要求，考上了B大的國文系。父親發脾氣，更有過之的母親的歇斯底里的吵鬧，都是慘不忍睹。這時候，他們以不轉系，學費的供應就立刻中止來做威脅，但伊東的決心仍絲毫不動搖。之後，直到畢業B大，父親的匯款不論有無，他都完全不在意，一任青年的血氣，設法工讀一直苦學過來。對只顧眼前的老父母的反抗心，以及洋溢的年輕氣概，驅使著他，通過苦學的實踐，把他鍛鍊成剛愎的人物。

「失去了唯一的兒子的姊姊的感傷，可不是尋常的。我都沒有辦法安慰她，很傷了腦筋。但是，一切都可以說是天命。柏年要到內地去固然好，如果反而造成了反效果，就沒有意義了。」

老婆婆的話，到此結束了，眼睛裏卻閃著淚光。一會兒，卻又變成了像邊哭邊笑，又不怎麼像的表情，露出茫然的眼神。我在胸前交疊著雙手一直靜靜地聽著，忽然發覺自己的全身無端地熱起來，而且有一點疼痛。事情的真相，這樣就大體明白了，可是，對伊東的心理，該如何解剖，我就拿不出主意了。現在可還沒有這餘裕，只有對老婆婆說這樣的話：

「伊東先生所做的事，雖然不值得讚賞，不過，他的動機是非常正確的。很可惜，對柏年君，當然現在已沒什麼可說的了，也是不用擔心的。依我看，那個孩子頭腦好，又是意志堅強的人，相信他的知性不會往偏頗的方向發展的。一定會培養成結結實實的教養回來的。」

最後，我並沒有忘記說這樣的話：

「歐巴桑！本島人的前途，並不限於醫業，今後的本島人，既可做榮譽的軍人，也可做官吏，開拓藝術之道也可以。所以，如果抹殺了個人所具有的天賦能力，是非常可惜的。」

老婆婆像了解又像不了解似地，露出了曖昧的微笑。我想到此事情已了，她雖然表示主人和兒子也快回來了，堅決要我留下來，但我還是婉拒了，為了趕上夜車，向車站進發。

我接到柏年的信，是半個月後的事。

拜啓　先生　我終於進了武道專門學校。違背了親人們的期待。——經常在揮動著竹刀。迸裂一般地充滿活力。據說這個學校，本島人學生我是第一個。用盡力量，踩著大地，揮舞竹刀時，無我般的愉快，會把我一向鬱屈的心，一下子解放開來。請想像我這種暢快的心情吧。事實上，我生活裏的氣氛，有一種引起胸口莫名激動的奇異力量。最近，還未萌發新芽的樹梢，也會使人感覺到漲滿柔軟的力量。老練的方法，囉囉嗦嗦的理論，我們都沒有。這單純的年輕，不就是我們唯一的武器嗎？我感悟到，要和宏大的大和魂相連繫，非默默地用我們的血潮去描繪不可。這，比什麼都重要的是決心。我們過去所缺少的，就是這決心。

但是，我愈是堂堂的日本人，就愈非是個堂堂的臺灣人不可。不必為了出生在南方，就鄙夷自己。沁入這裏的生活，並不一定要鄙夷故鄉的鄉間土臭。不論母親是怎樣不體面的土著人民，對我仍然有著無限的依戀。即使母親以那難看的外表到這裏來，我也不會有絲毫的畏縮。只要被母親擁在懷裏，是喜是悲，就像幼兒一般，一切任其自然。

日昨父親來信說，學費會儘量想辦法。但是我不想勞煩父母親。我要儘可能靠自己奮鬥。想寫的事還很多，下次再談了。敬請也給我信。在鄉時，受了您很多照顧，衷心感激。

謹致

洪先生

林柏年　敬上

我讀完了之後，久久不忍釋手。我在腦中描繪出，兩頰泛出異樣的紅潮，皮膚稍稍冒汗似地光潤著，烏黑的眼睛雖然小些，卻炯炯有神的柏年的英姿。也想像把洋溢的熱血，集於那手臂上的筋肉隆起的怒脹。但是，老實說，比這些更使我愉快的，是柏年的一顆心。

渡過海去後，雖然日子尚淺，居然一點也沒有卑屈感。他對伊東要負責匯寄學費的事，好像一點也不知道。這使我放下了胸中的一塊石頭。這封信上一個字也沒提到伊東的事，但是伊東的心理，柏年一定會逐漸得到了解。但是，排拒有土臭味的母親的態度，這個青年始終堅持著痛責的架勢。因為和伊東相比柏年實在太純真了。

一個星期天的午後，我想要伊東看看這封信，去中學校的宿舍訪問他。不巧得很，伊東不在家。沒辦法，把信紙放在口袋裏，信步走著。走在長長的石板路上，上完了古老的石階，就出現了青草地優美的高崗，從這裏，可以把港口一覽無遺。白雲在清澄的天空飄遊著。是四月的中旬，由於陽光朗朗，稍稍走動，汗就冒出來。

我坐在青草地上，眺望港口。我幾乎覺得自己現在所在的位置，和前方、背後的山都是同樣的高度。周圍是名副其實的下界。馮虛御風知其所止——古人在文中寫得太好了。山巒、河流、對岸的每個林子，眼下市街上的每一幢的屋子，一切都在陽光下，籠罩在輕霧中，這樣反而叫人想到這廢港的風情之美。可以望見遙遠而荒涼地展開著的臺灣海峽。海的藍，溶入了天空的藍，連吐出的氣息都會染上顏色似的。曾以臺灣長期間文化的發祥地、貿易港，獨享盛名的這所廢港，這一刻如此靜靜地睡眠在充滿一片晚春色彩的大自然上的情景，奇異地使我感覺到，我的心靈被連繫上某種悠久的東西，以及人智不可及的偉大事物。接觸經常聳立著的山川草木，以及幾乎目眩的藍空的光輝，清清楚楚地感覺到有生命的強勁力量。只因內地冬晴的驚人美妙烙印在心裏，這才恍然大悟，原來我竟然忘掉了故鄉常夏的好。使我痛感對鄉土的愛心不夠。我不是從伊東和柏年，學習了純真與世俗兩種東西了嗎？今後，我非用這個腳跟穩重地踏著這塊土地不可。邦家所體驗的陣痛，個人所嘗到的苦惱，全看做是最後的東西，好幾次，但願是最後的，現在應該再來忍耐一次吧。

不知過了多久，感覺山崗下的路上，有人走了過去。當我知道那正是伊東時，我愣了一下，但馬上想叫住他。可是次一瞬間，我又想裝做沒有看到，放他過去。真是奇妙的心理狀態。大概是上一次在墓地上的他的態度，還在我心中某處冒著煙的關係吧。不，或許是由於在他超人的剛愎之前，要把這信中的文辭讓他過目的勇氣，忽然煙消雲散了的緣故吧？

一直不曾覺得，從崗上俯瞰下去，伊東的頭髮，一根根彷彿數得出來似地映在眼中。我的心情彷彿看到了不該看的東西那樣，做了無法挽回的事情似的。三十才過了三四歲的伊東的頭髮，白髮不是佔了三分之二以上了嗎？我頓時禁不住想到伊東不為人知的憂勞。線條看來異常粗的，其實不是相當細嗎？在伊東來說，認為成為一個道地的內地人，也就是要把鄉土的土臭完全去掉之意。為了這個，連親生的親人也非踩越過去不可——也就是「大義滅親」之意。在學校，或者在社會，接受純日本化教育的年輕人，回到家門一步，往往就會被放到完全不同的環境裏。這正是本島青年雙重生活的深刻苦惱。所以，要克服這種苦惱，向著單一方向，從正面去挑戰，並且非把它踏得粉碎不可。還有，在這個時代，我們為了求得從牢固的既成陋習獲得解放，而不顧死活地去戰勝了它，下一個世代的我們的子女，應該可以一生下來就擁有它。也許伊東是為了贖所犯的、拋棄俗臭沖天的父母的罪，才會為了培育感覺上格外激烈，對不成熟的生活方式感到戰慄的一個本島青年，而在拚命省吃儉用也說不定。對柏年所表示的好意，我不能夠光把它當做好意。無論如何，伊東的白髮豈不就是這不顧一切的戰鬥的一種表現嗎？這樣就好，這樣就好——我一遍又一遍地說著，不知為什麼，墓地上的情景，仍不斷地在我腦海裏明明滅滅。想痛哭一場的心情，充塞著我的心胸。

我忍無可忍，連呼著去你的！去你的！拔起腿從崗上往山下疾跑起來。像小孩子般地奔跑。跌了再爬起來跑，滑了再穩住地跑，撞上了風的稜角，就更用力地跑。

原載《臺灣文學》三卷二號（一九四三年七月三十一日）

王昶雄

王昶雄（一九一六—二〇〇〇），原名王榮生，一九一六年生，臺北淡水人。十三歲即赴日本求學，一九三三年入日本大學文學系，次年轉入齒科系，一九四二年畢業返臺，開設醫院行醫。王昶雄於留日期間即參加日本本地文藝活動，一九三五年及一九三七年先後加入《青鳥》、《文藝草紙》等刊物為同仁，並開始發表作品。返臺後，加入張文環主編的《臺灣文學》雜誌。光復後，因語文障礙，一度中斷寫作，一九六五年起開始以中文發表文章，老而彌堅，寫作不輟。

光復前，王昶雄同時創作新詩和小說。中篇小說〈淡水河之漣漪〉連載於一九三九年《臺灣新民報》，另一中篇〈奔流〉，一九四三年發表於《臺灣文學》。〈奔流〉一作，一般評論有著分歧的看法，有的認為它是日據末期的皇民化作品，有的則以為是站在臺灣人立場，表現皇民化運動下的苦悶心理。這截然不同的詮釋，除了證明這篇作品具有豐富的藝術內涵，更凸顯了這篇問題小說所揭示出來的巨大的歷史問題。

如果把小說中的問題歷史地放到它的發生條件上來考慮——也就是日據時代，在殖民主義不自然的經濟、社會發展條件下，以啓蒙思想為根柢的臺灣知識分子，對於先進的、理想的「人」的觀念和渴求——當不難發現這篇小說中呈現著的，正是負荷這一精神要求的知識分子，在那以一切美麗辭彙妝點起來的「皇民」的蠱惑下，所發生的個人人格的解體和民族認同的危機。更不難發現，作者曲折地夠畫出來的所謂「皇民」精神，它的本質上的法西斯的人種崇拜和社會達爾文主義的傲慢冷酷。在這樣的思考下，我們或許能夠較真切地掌握這篇以小說敘述者的狂奔為終結的問題小說，意欲奔赴和逃離的是怎樣一個巨大的、悲劇的歷史問題。

有關王昶雄作品及評論，可參見張恆豪編，《翁鬧．巫永福．王昶雄合集》（《臺灣作家全集》）（臺北：前衛，一九九一）；許俊雅主編，《王昶雄全集》（十一卷）（臺北縣板橋市：臺北縣政府文化局，二〇〇二）。

臺灣文學史大事紀（一六五二—一九四五）

一六五二（明永曆六年）

‧明太僕寺少卿沈光文（浙江鄞縣人），漂流來臺，開啟臺灣漢文文學傳統。

一六六六（永曆二十年）

‧承天府（臺南）孔廟落成，設學校，建立考試制度，奠定臺灣文學發展基礎。

一六八五（清康熙二十四年）

‧沈光文與季麟光（江蘇無錫人）等十三人創「東吟社」，為臺灣詩社之始。

一六九七（康熙三十六年）

‧浙江仁和人郁永河來臺採硫礦，作《海上記略》，次年作《稗海記遊》，記述臺灣風物。自是爾後，宦遊臺灣人士，頗多詩文記遊之作。

一七二一（康熙六十年）

‧四月，朱一貴糾眾反清，五月在臺南府自立為「中興王」，閏六月被擒，次年斬首於北京。

一七五七（乾隆二十二年）
・諸羅（嘉義）縣人王克捷舉進士，為臺灣人登進士第之始。王氏著有〈臺灣賦〉、〈澎湖賦〉。

一七八五（乾隆五十一年）
・林爽文反清，據彰化縣署為「大盟主」，年號順天，一七八七年被捕，斬首於北京。

一八一〇（嘉慶十五年）
・陳震曜等於府臺（臺南）創立「引心文社」，一時文人蔚起。

一八二三（道光三年）
・竹塹（新竹）鄭用錫舉進士，一八三七年築「北郭園」，邀詩人墨客吟詠其間。一八四九年林占梅築「潛園」。新竹文風於是大盛。

一八四五（道光二十五年）
・臺南府人施瓊芳舉進士，著有《石蘭山館遺稿》。一八七六年（光緒二年）其子施士洁亦舉進士，著有《後蘇龕合集》。父子同登科甲，並長於詩文，為臺灣文學史美談。

一八七五（光緒元年）
・設置臺北府，下轄淡水、新竹、宜蘭、基隆。

一八八五（光緒十一年）
・唐景崧（江西灌陽人）任臺灣兵備道，公餘常與文士在署內「斐亭」詩酒會聚，稱為「斐亭吟會」。

一八八七（光緒十三年）

・臺灣建省，省會臺南。

一八九四（光緒二十年）

・唐景崧任巡撫，移省會於臺北。

一八九五（光緒二十一年，明治二十八年）

・四月，馬關條約簽署。五月，日軍迫境，臺灣民主國成立，年號永清，共推唐景崧為總統。六月，唐景崧逃回廈門，民主國瓦解。

・日本派海軍大將樺山資紀為首任臺灣總督。

・臺灣新文學之父賴和生於彰化市。

・日作家森鷗外任臺灣總督府陸軍軍醫部長，隨軍來臺。

一八九六（光緒二十二年，明治二十九年）

・日本政府公佈六十三號法令，規定臺灣總督於管轄區內得公佈有法律效力之命令，此即「六三法」。

・臺東劉德杓、雲林柯鐵舉兵抗日。

・陸續成立「國語傳習所」，供臺人學習日語。

一八九八（光緒二十四年，明治三十一年）

・臺灣總督府公佈臺灣地籍規則，清丈土地，確立業主權。

・公佈匪徒罰令，招撫義兵，對抗日志士一律施以極刑。

・抗日志士林少貓攻潮州、恆春。

・臺中霧峰林朝崧等創立「櫟社」，倡導「擊鉢吟」之風。
・《臺灣日日新報》創刊，章太炎來臺主編該報漢文欄。

一八九九（光緒二十五年，明治三十二年）
・林少貓投降。本年依匪徒刑罰令處死者計一〇二三人。
・成立醫學校、師範學校，培養臺籍醫師及教師。成立臺灣銀行，啟用臺灣人為巡查補。
・舉行饗老會於臺南，兒玉總督親臨致詞，以懷柔民心。

一九〇〇（光緒二十六年，明治三十三年）
・公佈治安警察法，控制臺人生活。
・成立臺灣製糖株式會社。
・兒玉總督在淡水舉行「揚文會」，籠絡舊文人。

一九〇二（光緒二十八年，明治三十四年）
・林少貓被殺，同時死難者二百餘人。

一九〇五（光緒三十一年，明治三十八年）
・六三法延期。宣佈全島戒嚴。
・一年間被處笞刑者計四〇六八人。
一九〇七（光緒三十三年，明治四十年）
・新竹北埔抗日事件，何麥賢等九人處死。

一九一一（宣統三年，明治四十四年）

- 開始採用臺灣人為巡警。
- 梁啟超由日來臺，臺灣文士歡宴於臺北薈芳樓。

一九一二（民國元年，大正元年）

- 林圮埔抗日事件，劉乾等八人處死。
- 土庫黃朝計劃起事，被捕，死獄中，與謀者被處死。
- 留日青年成立「應聲會」於東京，響應中國革命。

一九一三（民國二年，大正二年）

- 苗栗羅福星響應中國革命，發起抗日組織「中國革命黨臺灣支部」，事發，三百二十餘人被捕。
- 連溫卿等人成立日本世界語協會臺灣支部。

一九一四（民國三年，大正三年）

- 羅福星等六人被判死刑，其餘百餘人徒刑。
- 板垣退助來臺組成「臺灣同化會」。

一九一五（民國四年，大正四年）

- 六甲事件，楊松等三人被處死刑。
- 新莊事件，楊臨組黨反日，被捕七十人。
- 噍吧哖事件，余清芳等密謀起事於臺南西來庵，事洩，民眾戰死無數，事後判死刑者二三八人，次年又處死三十七人。又稱「西來庵事件」，為臺灣民眾武裝抗日之結束。

一九一八（民國七年，大正七年）
・美國威爾遜總統發表和平宣言，提倡民族自決，臺灣人士深受影響。
・「櫟社」社員蔡惠如、林幼春倡立「臺灣文社」，謀求普及發展漢文。

一九二〇（民國九年，大正九年）
・東京「應聲會」改組為「啟發會」，後又組織為「新民會」，會員百餘人，以文化啟蒙為宗旨。
・《臺灣青年》在東京創刊（一九二二年改稱《臺灣》），一九三〇年停刊，共發行十九期）。
・林獻堂、蔡惠如等籌設臺灣議會。
・連雅堂《臺灣通史》出版。
・陳炘於《臺灣青年》發表〈文學與職務〉，倡導新文學觀念。
・日作家佐藤春夫訪臺，寫作取材自臺灣之遊記〈霧社〉、小說〈女誡扇綺譚〉。
一九二一（民國十年，大正十年）
・「臺灣文化協會」成立，會員一〇三二人，發行機關刊物《臺灣文化協會會報》。
・甘文芳於《臺灣青年》發表〈實社會與文學〉，申論文學之時代性。
一九二二（民國十一年，大正十一年）
・留學北京之臺籍學生范本梁等組織「北京臺灣青年會」，與臺灣文化協會呼應。
・一月，陳端明發表〈日用文鼓吹論〉於《臺灣青年》，攻擊傳統漢文學，為臺灣新舊文學論戰序曲。
・四月，臺灣文化協會刊物《臺灣文化叢書》第一號，刊登署名「鷗」之〈可怕的沉默〉，為目前所知第一篇臺灣新文學中文小說。

- 七月，追風（謝春木）發表〈她要往何處去〉，為臺灣人寫作之第一篇新文學日文小說。

一九二三（民國十二年，大正十二年）

- 臺灣總督府實施治安警察法。
- 蔣渭水組織「臺灣議會期成同盟會」，日政府以治安警察法禁止其活動。
- 治警事件，賴和等四十九人被捕入獄，五十人受傳訊。
- 《臺灣民報》創刊於東京（一九二七年遷臺，一九三〇年改稱《臺灣新民報》，一九四一年改稱《興南新聞》，一九四四年三月停刊）。為臺灣日據時期主要報刊。
- 文化協會以連雅堂為講師，設「臺灣通史講座」，並陸續舉辦文化講習會。
- 黃呈聰、黃朝琴、蔡孝乾、張我軍等，發表有關白話文問題及介紹中國五四新文學運動之論述。

一九二四（民國十三年，大正十三年）

- 日政府以違反治警法，起訴「臺灣議會期成同盟會」會員蔣渭水等十五人，蔣渭水、蔡培火、陳逢源等被判刑。
- 臺灣文化協會舉行「全島無力者大會」，對抗臺灣御用士紳「公益會」所舉行之「全島有力者大會」。
- 范本梁、許地山等在北京組織無政府主義社團「新臺灣安社」。
- 赤陽社創刊《文藝》雜誌。

・張我軍發表〈糟糕的臺灣文學界〉等文，猛烈抨擊舊文學傳統。
・追風（謝春木）發表〈詩的模仿〉於《臺灣》，為日據時代臺灣人寫作的第一篇日文新詩。

一九二五（民國十四年，大正十四年）

・彰化二林蔗農抗議林本源製糖會社壓榨，遭日警凌辱毒打，送審者三十九人。賴和因此寫長詩〈覺悟下的犧牲〉，表達悲憤之情。
・《人人》雜誌創刊，楊雲萍及旅臺大陸人士江夢筆主編。
・《七音聯彈》創刊，張維賢主編，以文學評論為主。
・新舊文學論戰全面展開。
・張維賢（張乞食）聯合無產青年組成「臺灣藝術研究會」。
・王詩琅、王萬得組成無政府主義「臺灣黑色青年聯盟」。

一九二六（民國十五年，昭和元年）

・「臺灣農民組合」成立。
・賴和主持《臺灣民報》文藝欄。
・蔣渭水在臺北創立「文化書局」販售進步書刊。

一九二七（民國十六年，昭和二年）

・臺灣文化協會左右翼分裂，連溫卿、王敏川先後取得領導權，舊幹部另組「臺灣民眾黨」，蔣渭水脫離文協，另組「臺政革新會」，旋被禁。
・「臺灣工友總聯盟」成立。

・王詩琅等因無政府主義組織「臺灣黑色青年聯盟」事件被捕。
・楊華因違犯治安維持法入獄，寫成〈黑潮集〉。
・留日學生許乃昌、楊逵、楊雲萍等人於東京組織「社會科學研究部」，研究馬克思主義理論。
・楊逵應文化協會之召，返臺工作。

一九二八（民國十七年，昭和三年）

・臺灣共產黨建黨大會在上海召開，謝雪紅在島內組織臺共黨中央。
・臺灣總督府為加強思想箝制，設高等警察，取締思想犯。
・楊逵負責農民組合工作，並成立特別行動隊。
・蔡培火發表〈與日本國民書〉，譴責殖民政策。

一九二九（民國十八年，昭和四年）

・臺灣文協中央委員會與農民組合聯合，擴大活動，被日警檢舉。
・臺共確立對農民組合控制權。

一九三〇（民國十九年，昭和五年）

・「臺灣地方自治聯盟」成立。
・第一回戶口檢查，全臺人口四、五九四、〇六一人。
・霧社事件，日軍警殘酷屠殺霧社原住民，傷亡慘重。
・臺北高等學校學生抗議殖民教育，四四〇人罷課，三人遭退學。
・黃石輝、郭秋生等人掀起鄉土文學及臺灣話文論戰。

- 《明日》、《洪水報》、《伍人報》、《臺灣戰線》、《赤道報》等左翼刊物相繼創刊，出版後多被查禁。
- 全臺漢詩人於臺中舉行聯吟大會。
- 《臺灣新民報》增闢「曙光」欄，徵集新詩，由賴和主編。
- 《三六九小報》發行，為漢文通俗刊物。

一九三一（民國二十年，昭和六年）

- 九一八事變。
- 檢舉臺共，臺共黨中央遭破壞。
- 張維賢成立「民烽演劇研究所」於臺北，推動劇運。
- 王詩琅、張維賢與日人別所孝二等中日文藝工作者，合組「臺灣文藝作家協會」，發行刊物《臺灣文學》。
- 臺灣鄉土文學及臺灣話文論戰全面展開。

一九三二（民國二十一年，昭和七年）

- 新竹、竹南農民組合支部於大湖發起民族運動，遭鎮壓及檢舉。
- 臺灣地方自治聯盟在臺北召開大會，要求全面實施自治。
- 日本當局濫捕抗日文化工作者，臺共四十五人被捕。
- 《南音》雜誌創刊，葉榮鐘、黃春成等主編。
- 留日學生吳坤煌、張文環等組織「臺灣藝術研究會」於東京，發行刊物《臺灣文藝》。

・楊逵〈送報伕〉刊登於《臺灣新民報》，遭腰斬。

一九三三（民國二十二年，昭和八年）

・日政府否決臺灣地方自治案，並反對臺灣議會設置案。

・郭秋生、黃得時等組織「臺灣文藝協會」，發行刊物《先發部隊》。

・《福爾摩沙》創刊於東京，為「臺灣藝術研究會」刊物。

一九三四（民國二十三年，昭和九年）

・日政府召集林獻堂等三十餘人會談，命令停止長達十五年之設置臺灣議會運動。

・「臺灣文藝聯盟」成立，張深切為委員長，為全島性文藝組織，發行刊物《臺灣文藝》。

・楊逵〈送報伕〉獲東京《文學評論》徵文獎第二名（第一名缺），全文發表於該雜誌。

一九三五（民國二十四年，昭和十年）

・楊逵退出臺灣文藝聯盟，另創辦《臺灣新文學》雜誌。

・「風車詩社」成立，主要成員有楊熾昌、林修二、李張瑞及日人戶田房子、島元鐵平等人。

・張文環〈父親的顏面〉入選日本《中央公論》小說徵文獎。

・呂赫若〈牛車〉發表於東京《文學評論》。

・臺灣總督府舉行「臺灣始政四十週年」紀念，開盛大博覽會，為期五十天，參觀人數達二百七十餘萬。

一九三六（民國二十五年，昭和十一年）

・臺中清水人蔡淑悔以中國國民黨員身分，在臺組織「眾友會」，倡導民族主義，被捕。

・郁達夫應日政府之聘來臺，舉行多次演講。
・楊逵〈送報伕〉、呂赫若〈牛車〉、楊華〈薄命〉編入胡風譯《山靈：朝鮮臺灣短篇集》（上海：文化生活出版社出版）。
・楊逵主編《臺灣新文學》刊出「漢文創作特輯」，以「內容不妥」被禁。

一九三七（民國二十六年，昭和十二年）

・七七事變，中日戰爭爆發。
・臺灣進入戰時體制，強徵臺灣青年充當大陸戰地軍伕。
・禁止使用中文，廢止各報中文欄，中文雜誌停刊，漢書房（私塾）被強制廢止。
・龍瑛宗〈植有木瓜樹的小鎮〉入選東京《改造》雜誌徵文佳作。
・張深切赴北京，主編《中國文藝》。

一九三八（民國二十七年，昭和十三年）

・臺灣總督府公佈國家總動員法，日政府發表「建設東亞新秩序」聲明，為侵略張本。
・王詩琅赴廣州任《迅報》編輯。

一九三九（民國二十八年，昭和十四年）

・臺灣總督小林躋造發表談話，以皇民化、工業化、南進政策為施政重點。
・公佈食米配給統制規則。
・西川滿主導之「臺灣詩人協會」成立，龍瑛宗任文化部委員。

一九四〇（民國二十九年，昭和十五年）

・強迫實施改姓名運動。
・嘉義設立「皇民化模範部落」。
・西川滿等組織「臺灣文藝家協會」，發行刊物《文藝臺灣》。在臺灣各大都市舉辦「大東亞文藝講演會」。
・藝術雜誌《臺灣藝術》創刊，黃宗葵主編。
・李獻璋編《臺灣小說選》收賴和、楊守愚、王詩琅等作品，送審，被銷毀。

一九四一（民國三十年，昭和十六年）

・珍珠港事變，太平洋戰爭爆發。賴和因思想問題，第二次入獄。
・「皇民奉公會」成立，發行雜誌《新建設》。
・《民俗臺灣》創刊，金關丈夫、池田敏雄等主編。
・張文環、王井泉、黃得時等組織「啟文社」，發行《臺灣文學》，與西川滿《文藝臺灣》分庭抗禮。

一九四二（民國三十一年，昭和十七年）

・受皇民奉公會指示，臺灣文藝家協會在全臺各大都市舉辦「文藝演講會」。
・「日本文學報國會」派久米正雄、菊池寬等作家來臺，巡迴主要都市，舉行「戰時文藝演講會」。
・西川滿、濱田隼雄、張文環、龍瑛宗到東京參加第一回「大東亞文學者大會」。
・張彥勳等人在臺中組織新詩社「銀鈴會」。

一九四三（民國三十二年，昭和十八年）

・賴和逝世。
・日政府強徵臺灣學生兵入伍。
・「日本文學報國會臺灣支部」成立，宣揚皇民文化。
・臺灣文學奉公會在臺北舉行「臺灣文學決戰會議」。
・《文藝臺灣》、《臺灣文學》停刊，改由臺灣文學奉公會發行《臺灣文藝》。
・楊雲萍、周金波等參加第二回大東亞文學者大會。
・「厚生演劇研究會」在臺北永樂座演出張文環小說改編的〈閹雞〉。

一九四四（民國三十三年，昭和十九年）

・臺灣總督府依「皇民練成所規則」，決定設立五十處皇民練成所，強制執行皇民化政策。
・臺灣全島六家日報合併為《臺灣新報》。
・臺灣文學奉公會選派作家分赴各地農場、工廠、兵團、鐵道、礦區參觀，撰寫報告文學。
・楊逵編譯演出《怒吼吧！中國》。

一九四五（民國三十四年，昭和二十年）

・盟軍疲勞轟炸，全臺普遍重創。
・臺灣總督府情報課編《決戰臺灣小說集》，收錄戰時作品。
・吳濁流《胡太明》（《亞細亞的孤兒》）完稿。
・日本投降。

國家圖書館出版品預行編目資料

日據時代臺灣小說選／施淑編．-- 二版．-- 臺北市；
麥田出版：家庭傳媒城邦分公司發行，2014.11
面；　公分．--（麥田文學；192）

ISBN 978-986-344-170-0（平裝）

857.61　　　　　　　　　　　102025166

麥田文學 192

日據時代臺灣小說選（新世紀經典閱讀版）

主　　編　施　淑
責任編輯　林秀梅

版　　權　吳玲緯　蔡傳宜
行　　銷　艾青荷　蘇莞婷　黃家瑜
業　　務　李再星　陳玫潾　陳美燕　馮逸華
副總編輯　林秀梅
編輯總監　劉麗真
總 經 理　陳逸瑛
發 行 人　涂玉雲

出　　版　麥田出版
104台北市民生東路二段141號5樓
電話：(886)2-2500-7696　傳真：(886)2-2500-1967
發　　行　英屬蓋曼群島商家庭傳媒股份有限公司城邦分公司
104台北市民生東路二段141號11樓
書虫客服服務專線：(886)2-2500-7718、2500-7719
24小時傳真服務：(886)2-2500-1990、2500-1991
服務時間：週一至週五09:30-12:00・13:30-17:00
郵撥帳號：19863813　戶名：書虫股份有限公司
讀者服務信箱E-mail：service@readingclub.com.tw
麥田部落格：http://blog.pixnet.net/ryefield
麥田出版Facebook：https://www.facebook.com/RyeField.Cite/

香港發行所　城邦（香港）出版集團有限公司
香港灣仔駱克道193號東超商業中心1樓
電話：(852) 2508-6231　傳真：(852) 2578-9337
E-mail：hkcite@biznetvigator.com

馬新發行所　城邦（馬新）出版集團【Cite(M) Sdn. Bhd. (458372U)】
41, Jalan Radin Anum, Bandar Baru Sri Petaling,
57000 Kuala Lumpur, Malaysia.
電話：(603)9057-8822
傳真：(603)9057-6622
E-mail：cite@cite.com.my

設　　計　蔡南昇
印　　刷　中原造像股份有限公司

初版一刷　2007年09月01日
二版一刷　2014年11月01日
二版二刷　2018年05月31日
定價／400元
ISBN：978-986-344-170-0